宋如珊　主編
現當代華文文學研究叢書

身體意識形態
——論漢語長篇（一九九〇—）中的力比多實踐及再現

朱崇科　著

秀威資訊・台北

目次

新版自序

二〇〇一年七月十六日，我抵達新加坡國立大學，隨後開始了我接近四年的博士學位攻讀。雖然新加坡屬於華人為主的城市國家，但其混雜風格、國際化特質以及語言政治現狀總讓人察覺自己的外來者身份。不必諱言，我或多或少在一開始有些身心的輕微焦慮，這種焦慮的釋放一方面是細心觀察新馬社會、形成各色文字加以抒發，而另一方面則是好好讀書，從閱讀中找尋快樂並平復心情。

彼時，法籍華裔文學家高行健（一九四〇－）獲得二〇〇〇年諾貝爾文學獎的衝擊力和爭議性依舊如火如荼，新加坡國立大學良好的中、港、臺、新、馬、歐美等地出版的中文藏書讓我順利拜讀了他幾乎所有的書寫和相關研究。而其《一個人的聖經》的書寫方式，糾纏了政治創傷與療治、身體壓抑與釋放的巨大張力，的確令人耳目一新，甚至偶爾瞠目結舌。於是那時我把這種感想形成論文，還曾經在國大中文系博士生內部的沙龍上和大家一起分享。同樣，彼時依舊轟轟烈烈流行的九丹《烏鴉》風波令人忍不住繼續反省跨國語境中身體的置換和複雜性，同時可以勾連的還有衛慧的書寫。易言之，身體、身份（國籍）、身份認同（政治、文化、種族）、身／心和欲望的繁複糾葛讓人眼花繚亂，都想從中找尋一條解脫之路。

二〇〇五年六月我開始執教於母校廣東中山大學中文系，講授中國大陸當代文學史（一九四九－），同時也在全校開設新馬華文文學課程，這都讓我重新思考一九九〇年代以後欲望、身體的強勢崛起和熱門現象，除了可以深入探討的全球化語境以外，背後的深意則是探討和反思後「六四事件」（一九八九年）的中國大陸的文化態勢和自由真相，同時也把眼界拓展到華語語系文學中的港、新、馬語境。為此，賈平凹《廢都》中對彼時中國傳統崩壞、文化浮躁、欲望泛起的感受既敏銳又絕望，一貫長於書寫鄉村的賈平凹（一九五二—）在書寫都市時自然也有一種用力過猛的缺憾；王小波（一九五二至一九九七）對革命、意識形態規訓的深切再現與反思經由身體後則顯得荒誕而又令人哭笑不得，但更能讓人在超越生殖器關注後獲得嚴肅的反芻；阿來（一九五九—）的種族文化身份中的性書寫讓他平添了一絲獨特文化底蘊，陳染（一九六二—）的《私人生活》則通過內轉呈現出別樣的權力話語壓迫與對抗。

對木子美（一九七八—）的關注和研究並非為了彰顯我的重口味，而是借助後現代元素介入的大陸現實社會中的一個裸露個案（插入話語）明鑑女權主義誤判下的內在弔詭，它的文化意義遠勝於文學水準張揚；而葛紅兵教授（一九六八—）作為學院內的作家對學院內同行的驚人反省和批判固然彰顯其勇氣，同時也表明了偽現代知識和學院體制對人的異化和操控。同樣，余華（一九六〇—）當年沸沸揚揚的《兄弟》書寫及其炒作也和性的複雜化息息相關。

或許是當代中國大陸過於複雜，身在其中的我們很難徹底看清楚其本來面目，仔細探勘相關文學中的性描寫就好比是借助一面鏡子，可以鑑照出可能的經濟粗暴、政治扭曲、文化崩壞、權力操控、身份尋找以及自我宣洩等等，這當然不是單純為了吻合「去政治化的政治」[1]論調，而更多是探查文學之眼的獨特進路。

二〇〇九年二月，經由中山大學出版社嵇春霞老師的精心編輯，此書在該社順利出版。從心底裡說，我覺得這本小書在我的系列論著中有其獨特的位置：它沒有大陸學者常見的宏大敘事（grand narrative）風格，不是在宏

---

1 較著名的論述則是汪暉的《去政治化的政治：短二十世紀的終結與九〇年代》（生活・讀書・新知三聯書店，二〇〇八年）。

大觀點下隨意列出集體性文本例證，而更多是採用了文本細讀（close reading）的方式鎖定目標、集中火力精心論述某部長篇，熟悉有關文本的讀者會覺得愜意和舒爽（當然沒讀過有關文本的人可能也會覺得煩悶）；同時，在這本論著裡，採用了（更多是化用了）不少當時有趣、深刻而繁複的身體／後現代理論，而且緊密結合文本，這對文本的解讀又是一種牽引、跨越和提升，也就部分超越了單純書評的風格和就事論事的局限。

在拙著出版後，其實有關主題的論述一直未曾或缺，比如，按照歷時性順序隨手拈來，馬藜著《視覺文化下的女性身體敘事》（四川大學出版社，二〇〇九年）、柯倩婷著《身體、性別與創傷：中國當代小說的身體書寫》（廣東人民出版社，二〇〇九年）、尹小玲著《消費時代女性身體形象的建構》（黑龍江人民出版社，二〇一〇年）、廖述務著《身體美學與消費語境》（上海三聯書店，二〇一一年）、徐仲佳著《中國現代性愛敘事論集》（中國社會科學出版社，二〇一二年）、楊秀芝著《身體・性別・欲望：二十世紀八九十年代小說中的女性身體敘事》（武漢大學出版社，二〇一三年）等。這些論述，自然開拓了筆者的眼界，讓人獲益，但如果從論述主題的偏重、方法論上來看，拙著依舊有存在的價值，很多論述並不過時。實際上，也頗有一些引用者。

臺灣秀威學術研究叢書主編、中國文化大學的教授宋如珊博士對《身體意識形態》這本小書青眼有加，承蒙不棄，她樂於將之拿到臺灣出版。這是十年內我在美麗臺灣出版的第二本論著（第一本是由唐山出版社二〇〇四年出版的有關新馬華文文學論述的《本土性的糾葛——邊緣放逐・「南洋」虛構・本土迷思》），這是我的榮幸，也頗有些惶恐——畢竟，認識的讀者／論者越多，接受檢閱和批評的機會就越大。但無論如何，雖然未必能夠達到聞過則喜的境界，但作為學者的我更開心於有機會繼續提升自我，歡迎大家不吝有教於我。

附錄內有兩篇論文，表面上看，似乎和該書主題並無直接關聯，但背後似乎也有可能的深意存焉。《想像中國的弔詭：暴力再現與身份認同》恰恰是憑藉三個不同時空作家（高行健、李碧華、張貴興）對中國的獨特想像來呈現他們的獨特身份認同，而其中，有關身體的暴力、性別政治和身份的糾纏無疑耐人尋味；《魯迅小說中的身體話語》恰恰是從一個更大的空間和視角，也即，有關現代文學尤其是小說中的身體的話語的形成作為論述對象，而不是單純考察力比多實踐的主題，對比來看，或許有其可取之處，它對該書的其他論述方法提供了借鑑。某種意義上說，這些方法論和實踐操作本身也是一種證明和補充，說明多元主義視角和實踐操作的可行性和必要性。

該書臺灣新版的變動不大，除了修訂之前的少許錯漏之外，主要是刪除了之前附錄的兩篇論文《華語比較文學：超越主流支流的迷思》、《後殖民老舍：洞見或偏執？——以《二馬》和《小坡的生日》為中心》（因為它們都已收入到拙著《華語比較文學：問題意識及批評實踐》（上海三聯書店，二〇一二年）中去，而且主題關聯上不太密切）而代之以兩篇書評，分別是范穎教授、嵇春霞編輯的大作，她們的解讀和評介不只是推廣了本書的流動，而且也提供了作為女性專業讀者（無論是學者，還是資深編輯）的觀察和建議。徵得她們的同意，我把它們附在這裡，也是一種美麗的紀念和自我鞭策與激勵。

二〇一四年二月於中山大學亞太研究院研究室

朱崇科

文學中的「身體」象徵了什麼？

陳思和

郁達夫先生有一句名言，說「五四」新文學運動最重要的成功就是「個人的發現」。可惜這一重要發現到了上世紀五〇年代以後逐漸被人遺忘，否定甚至唾棄，一直到三十年前的思想解放運動，又重新被人提起，啟蒙，逐漸地恢復了「五四」時期對人的尊嚴的重視和自覺。從今天的立場反思這三十年的人文主義發展道路，大致也是可以分作兩步，一九八〇年代思想解放運動到一九八九年可以算作一個階段，因為思想解放運動本身是上層政治權力鬥爭的產物，所以這一階段達到的人的自覺還是比較寬泛的、政治化的，如強調人應該有獨立的人格，有獨立思考的權力，不迷信，不盲從，同時也確認了人性中有美好的因素，對於個人的愛情生活、家庭生活、性格脾氣、個人志願等私人空間，應當給予尊重等等。這一階段的人的自覺與解放的命題，主要集中在人的公民權利的捍衛與重新認識，但是對於人作為一個個體的獨立生命的存在合理性——人的諸種欲望的發展、純粹感官的追求享受、人性中惡魔性因素的爆發、常態和變態的性取向、放棄一切意義的頹廢，酷兒與怪胎……還沒有進入人們自覺的視野。人們在追求社會公正和最起碼的人道原則和生存原則時，還顧不到人的個體生命成長的精微差別和需求。直到上世紀九〇年代初，市場經濟大潮突發性的席捲中國社會，資本、商品、股市、房地產、交易、投機事業等自由經濟因素迅速改變了社會和人的面貌；中國向全球資本敞開了大門，城市經濟迅速發展，原來殖民地或半殖民國家地區積澱下來的腐爛的文化因素又重新發出腐臭味，當時人們對政治改革的熱情普遍低落和倦怠，取而代之，或者說，在所有的社會政治和經濟綜合環境的刺激下，人們被幾十年的禁錮而固若金湯的道德戒律決堤似地崩潰，縱情聲色的生命狂歡與追逐財富、權力、感官享受的三大欲望噴薄而出，只有到了這樣的時候，「個人」才在獨立的意義上獲得了自覺。

一九九〇年代是一個人欲橫流的年代，考察這一時期的文學現象不能不研究人欲與「個人的發現」之間的關係問題。這一時期的文學受盡了批評家的道德責備，但是誰也不能否定正是這些非道德的文學創作，逼真地描繪了這一時期人們普遍的精神狀態，是否喜歡這種精神狀態是另外一回事，正是這種人欲橫流的時代創造了經濟發展的奇蹟。有時候我們從一九八〇年代思想解放的立場來看一九九〇年代的社會風氣，難免會有失望，人們似乎在政治熱情、人文精神以及追求公民權利方面反而不如一九八〇年代。「這是一種倒退！」這樣的批評貫穿了整個九〇年代；但是如果我們從另外一個向度來看：衡量人在社會道德束縛中的自由本能的體現，一九九〇年代則顯然超過了一九八〇年代，在非政治說教，非思想道德，以及人性在頹廢鬆弛的環境中享受到的個人自由，九〇年代是二十世紀中國任何一個時代都無法比擬的。當然不是說，我們已經實現了真正的人的權利，我的前提是在非政治化、非道德化的環境之下的獲得的這種個人自由，但是應該承認，這是「人的自覺」的基礎。人的自由本能只有在擺脫了社會勞動的異化狀態，擺脫了道德政治的束縛以後，才可能產生真正的當家作主的公民意識，追求正當的公民權利。這是從個人向社會（從內在的需求到外在的追求）來實現人性完善的過程，而不是像一九八〇年代那樣從長期禁錮中突然進入一種從上到下獲得恩准的政治熱情和公民權利。因此也很難否認，隨著經濟高度發展和人性欲望越來越強烈，甚至對社會產生越來越重要的影響，人們對公民意識和民主權利的理解也會出現新的更加深刻的認識高度。

如果我們從社會學的角度來看一九九〇年代的人欲問題，我們的視野很可能被充斥眼球的大量醜陋的社會現象所遮蔽，而隱藏於民間日常生活的革命性因素，往往是以極為微弱的信息存在於聲色犬馬的欲望激情之中，很難被人感知；唯有敏感的文學創作，由於作家是整體性地逼真地描繪生活的原始狀態，他們在表現醜陋乖張的社會現象和人性因素的同時，細節中必然會真實地隱含了生命本能蓬勃欲求的合理性。作家和社會的關係，與一般人有根本的差異，一般人只是在自己的職業追求中實現自身的欲望，而作家則是全息性地感知社會，力求在社會的整體考察中發現某種傾向性，作家創造的欲望文本不能僅僅理解為作家個人的欲望宣洩，而是他們對社會欲望的觀察、剖析以及整體展示。正因為這樣，一九九〇年代文學的欲望敘事就成為一個值得重視的學術動向。

我可以舉一個例子來說明這個現象：一九九〇年代初，在人們的政治情緒普遍低落沮喪的狀況下，文學創作領域卻湧現出一批引人矚目的作品，他們是——王安憶的中篇小說《叔叔的故事》，作家用反思的筆調描寫了一九八〇年代「叔叔」們縱情聲色的享樂主義，以及他們與自己血緣裡的醜陋因子發生了不相容的衝突——父與子的衝突；張煒的長篇小說《九月寓言》，作家站在民間大地的立場上，描寫了膠東平原上一群人奔啊跑啊，他們天生有兩條長腿，在奔跑中愛情、生存、寄託自己身體內的巨大熱情……；張承志的長篇宗教故事《心靈史》，作家用神祕主義筆調敘述了一個被稱做「血脖子教」的民間宗教的悲慘歷史，這一群人生活在極端貧困的山區裡，過著殘忍的禁欲的生活；賈平凹的長篇小說《廢都》，作家真實地寫出了當代文人在消沉頹廢中百無聊賴，唯有僅僅抓住自己的身體和性能力，淒苦地證明自己……還有史鐵生的散文《我與地壇》，作家用抒情與哲理的文筆抒發一個殘疾人的沉思冥想。等等。我想指出的是，這些在一九九〇年代文學史上不可繞過去的作品，它們的感情內容和文字風格雖然很不一樣，但有一個有趣的特點：他們不約而同地寫到了身體和欲望，這兩個因素都不僅僅屬於情色文學專有，而是一種連接主體欲望訴求和社會情緒表達之間的普遍的象徵物，身體有多種多樣的寓意：享樂的、自然的、禁欲的、放縱的、殘缺的……等等，欲望也是多方面多指向的，由身體象徵轉而力比多——人類生命欲望的巨大衝動，也不僅僅代表了性的發動能力，卻是顯現為人性中惡魔性因素的氾濫。我們把一九九〇年代文學中的身體意象置放在這樣一個龐大的社會欲望基礎之上，可以獲得許許多多的時代信息。

文學創作中的身體意象，起源於西方的藝術，最初的創作資源來自古代希臘人對於展示健康肉體的酷愛，奧林匹克運動員就成了裸體雕塑藝術的最早模特。藝術門類直接訴諸於人的感官，最原始也是最貼近人的自然生命狀態，體育競技本身具有模仿性和展示性，它是通過最直接地展示強健肉體，來表達人們對自身健康和孔武有力的讚美。美與力，是身體藝術的最基本的兩大審美要素，由此伸延開去才漸漸有了舞蹈藝術，雕塑藝術和繪畫藝術，它們都是以身體為基本創作素材，進一步從歌頌人體美和人的力量出發，強化了人對自身的信念和力量。這種自信甚至超越了人的邊界——從古希臘諸神的雕像到基督教藝術，我們可以看到藝術家對於「神」的理解基本上是以人自身為參照的，而且越來越世俗化和平凡化。在耶穌受難的十字架上，我們看到的「神之子」已經完全不需要用裝飾性的美和力來誇張神聖非凡的肉體，而是完全與普通人一樣的身體和表情：瘦弱，痛苦，鮮血淋淋，慘不忍睹。這時候的身體藝術，已經逐漸擺脫了純粹的審美意義，開始賦予道德和教育得涵義。

文學描寫的身體意象肯定要遲於雕塑藝術，但要比雕塑中的身體涵義複雜得多。在古希臘的詩歌與悲劇裡已經出現了身體的歌頌和描繪，薩福的著名的情詩，愛情像雷電一樣擊中了詩人，首先是身體的強烈反應：「聽見你笑聲，我心兒就會跳，／跳動得就像恐怖在心裡滋擾；／只要看你一眼，我立刻失掉／言語的能力；／舌頭變得不靈；噬人的感情／像火焰一樣燒遍了我的全身，／我周圍一片漆黑；耳朵裡雷鳴；／頭腦轟轟。／我周身淌著冷汗；一陣陣微顫／透過我的四肢；我的容顏／比冬天草兒還白；眼睛裡只看見／死和發瘋」（根據周煦良的中譯本）。這大約是早期的身體寫作文本了。文學是用語言文字來描寫和表達情緒的，比起藝術直接訴諸於觀賞者的感官有很大的不同，它全息性地訴諸於對象，要求讀者（觀賞者）通過眼睛的「看」，或者耳朵的「聽」，或者發出聲音的「讀」等感官管道，把語言文字描述的內容輸送到大腦進入思考、感受、聯想、分析的過程，然後才能獲得歡悅和精神享受。文學魅力的人體接受過程要比藝術魅力的人體接受過程複雜得多，文字本身不具有審美性（書法藝術除外），只有當文字所含有的內容調動了人的知識儲備庫，才能激發起人的感情力量，所以文學創作需要故事、情節、描寫、經驗等等與社會性相關的因素作為仲介，身體意象在文學創作中也就不能不轉化成具體的與人的經驗有關的內容：單純的美隱含了性、欲望和力比多，單純的力隱含了暴力、懲罰或者酷刑。身體的意義就不像在體育競技和雕塑藝術裡那樣純粹了。埃斯庫羅斯的悲劇《普羅米修士》就是以渲染酷刑的描寫文字取代了身體的直接感受，主人公一直是被高高地掛在舞臺中央，沒有任何動作（我看到的劇照中，主人公是穿著紅色的袍子），也不需要展示身體的美和力量。悲劇是通過圍著主人公的歌隊歌唱或者他人對話來體現，宙斯派鷹啄普羅米修士的胸膛，完全沒有被表演，而是通過赫爾墨斯臺詞來表達的。根據羅念生先生的中文翻譯是：「那時候，宙斯的有翅膀的狗，那兇猛的鷹，會貪婪地把你的肉撕成一長條、一長條的，它是不速之客，整天地吃，會把你的肝啄得血淋淋。」這樣的慘狀也許在雕塑藝術中可以直接表現，卻很難在舞臺上表現，甚至舞臺上出現的也不是普羅米修士的裸體，身體的痛感和慘烈的效果，只能是通過「肉撕成……」、「肝啄得……」、「血淋淋……」這樣的語言文字提供人們想像，鼓勵人們利用自身的經驗想像來感受其強烈痛感。再通過人們對身體楚痛的感受，聯繫到對人的感受以及人性的感受，由此產生人的自覺的力量。

我們從萊辛的美學著作《拉奧孔》裡獲知一則有趣的例子：在古代詩人維吉爾在《埃涅阿斯紀》第二卷中的描繪中，拉奧孔與毒蛇搏鬥時是穿著祭司的道袍和帶著頭巾，詩人毫無障礙地描寫了毒蛇如何緊緊纏住了拉奧孔的身體，用毒液噴到他的頭巾上，可是在著名雕塑拉奧孔中，雕塑家是無法表現穿衣服的受難者，於是拉奧孔就成了裸體者，通過肌肉的誇張和掙扎的動作來體現其痛苦的強烈性。我們對拉奧孔的印象，正是這樣一個裸體的痛苦嚎叫的雕塑形象，雕塑無聲，但是身體的誇張造型構成了一個強烈的張力，讓我們似乎聽到了拉奧孔的嚎叫。這個例子並不能夠說明維吉爾不會描寫裸體，因為詩歌是訴諸於讀者（或者聽者）的想像，不需要用痛苦的肌肉來塞滿人們的腦海——「牠們（毒蛇）的頭和頸在空中昂然高舉。／拉奧孔想用雙手拉開牠們的束縛，／但他的頭巾已浸透毒液和淤血，／這時他向著天發出可怕的哀號，／正像一頭公牛受了傷，要逃開祭壇，／掙脫頸上的利斧，放聲狂叫。……」（根據朱光潛的中譯本）。我們注意到，詩人通篇描寫的是對比、動作、傷口、聲音、比喻，其中最關鍵的是傷口（他的頭巾已浸透毒液和淤血）和比喻（公牛），詩人不直接寫拉奧孔的頭顱受傷，而是用一條頭巾作為象徵，暗示了拉奧孔已經中毒致命。接下來用祭祀上掙扎的公牛來比喻拉奧孔的絕望和痛苦（拉奧孔是祭司，當時正在擺弄祭祀）。祭祀用的公牛當然是赤裸裸的、巨大而雄壯的，面對刀斧的掙扎和狂叫，讓人產生聯想到的垂死掙扎的拉奧孔形象，絕對不會是穿著道袍和戴著頭巾的拉奧孔，因為其身體的雄壯、奮力掙扎以及痛苦狀態，都在這條被屠宰的公牛的意象上體現出來了。由此可見，文學不僅賦予了身體各種經驗和社會意義，而且表現手法也變得多種多樣，有了大量隱喻、暗示、象徵、聯想等修辭的加入，身體意象變得更加含蓄了。

討論了身體的文學意象的淵源，我們再回到一九九〇年代以來文學創作的現場中來考察身體意象的解讀，其重點當然不在身體意象是否允許出現在反映當下社會生活的文學創作中，也不在當代文學寫作中的身體意象究竟寫得好不好，而在於對身體意象文本作如何理解和闡述，如何擺脫中國傳統文學中對身體比較狹隘的理解——僅僅視為男性對於女性身體的賞玩；把身體意象從傳統觀念中解放出來，成為這個人欲橫流時代的符號，解讀其中巨大的時代信息。一九九〇年代對身體意象的關注已經成為評論界相當普遍的話題，從身體寫作到身體政治學再到身體意識形態，形成了不小的聲勢。在這個意義上，朱崇科博士的這部書稿是值得重視的。這部書稿已經在我的書桌上放了一年以上的時間，我早就答應為它寫序，順便談談我對身體意象的看法。這部書稿的優點是作者緊緊抓住了文本，通過對一九九〇年代以來十部較為知名的長篇小說的文本解讀，深入探討了身體意象所含有的各種時代信息。這十部小說，大部分我都是讀過的，還為其中個別作品寫過書評，朱崇科博士的解讀，我還是比較熟悉的。朱博士在文本解讀中用了不少西方流行的理論，顯示了他在當代西方文論領域的廣博涉獵，書稿中分析每一部作品都涉及一個領域，從性（力比多）理論為出發點，分別討論了性別、政治、消費、都市、欲望、後現代、後殖民等問題，有些理論我比較瞭解的，有些理論是我所陌生的，不過我讀起來都覺得很有意思，身體意象雖然是一個比較小的入口處，但是朱崇科博士所論述的方方面面匯總起來，當是一九九〇年代以來的一個時代的縮影。

朱崇科博士曾在新加坡國立大學攻讀博士學位，師從王潤華教授，對於中國現當代文學和馬華文學都有精彩的想法和論述。這部新著又提出了對於一九九〇年代以來當代文學的新認識，當然也是會引起爭議的，因為他在書中解讀的十部作品，大都引起過爭議。我想這都是很正常的。當代文學的許多認識都是需要經過認真討論，甚至據理力爭，才可能突破傳統的流行見解，獲得新的提高。為此，我就一九九〇年代文學特徵和文學創作中的身體意象說一些自己的想法，為崇科博士的這部新著的問世，先說幾句開場白。

二〇〇九年一月三日於黑水齋

*陳思和，中國教育部長江學者特聘教授，復旦大學中文系教授。

緒論

一、緣起

人類的身體（body），實在是一個難以破解、令人歎為觀止的謎。其自身的物質性已經值得我們仔細探究，比如它嚴密、科學、複雜的結構以及較強的復原性[1]。稍微擴展一點，它和飲食、衣著、居住空間等等之間的互相依存關係層次也是五彩繽紛。同時，它的存在也恰恰是其他很多主觀建議、形而上、社會思潮等思考產生的基礎，如人所論：「作為呈現出來的基本材料，以及先於任何主觀定義而存在的具體事實，身體召喚著我們對自身做出闡釋，對其作為神祕難解的謎的存在進行解釋學意義上的探討。」[2]

但顯而易見，身體，在物質性之外，或者更準確地說，和物質性密不可分的，恰恰還有各種各樣的添加和累積。它既是生理的、醫學的（corpse）、肉體的（flesh），也是精神的；既是本能的，也可具有超越性；既是欲

1 如一度相當流行的吳清忠的《身體使用手冊》（廣州：花城出版社，二〇〇六年）就持類似觀點。

2 簡•蓋洛普（Jane Gallop）著，楊莉馨譯，《通過身體思考》（Thinking Through the Body）（南京：江蘇人民出版社，二〇〇五年），頁一九。

望（lust）的，也可以形而上哲學。當然，身體同樣可以是文化的、政治的、社會的，也因此和不同時空文化／文學的認知轉換、累積密切相關[3]。總而言之，身體往往已經不是純粹的身體或機械的構造，而更多是一種立體的、難以名狀的複雜糾葛。

（一）生理的身體及其附加

當我們單純將身體的變化視為單純的生理現象時，我們其實很可能忽略了身體的社會性。同樣，我們對身體的理解、界定、限制等等也具有社會性、歷史性和發展性。在「劍橋年度主題講座　身體」（二〇〇五年度）中，幾乎所有的作者都認為「需要對倫理和身體的政治進行一場討論」[4]。實際上，該書也從分子學、生物倫理學、心理學等諸多角度進行探尋。

但一旦開始討論時，儘管身體已經成為一個複雜的難以切割的概念，不容忽略的是，身體首先應當是生理的。

1. 性／別的身體

如果從生理性視角切入，身體自然和性密切相關。這裡的性一方面和性（sex）相關，比如性交、發育等等。同時，更和身體性屬（sexuality）密不可分，比如，被插入或插入的身體、性特徵、欲望，也可能是繼續發育或成熟的標誌。而性向的指向，對自我身體的認知和定位，可能隨著人「自然」的成長過程而產生，但也更體現出對身體理解的權力話語凝結。

3 總論性的敘述，可參蕭學周，《中國人的身體觀念》（蘭州：敦煌文藝出版社，二〇〇八年）。

4 斯威尼（Sean Sweeney）、霍德（Ian Hodder）編，賈俐譯，《劍橋年度主題講座　身體》（北京：華夏出版社，二〇〇六年），頁一〇。

當然，性也可能被商業化。基於利益交換為目的的性交易，其立足點往往是身體。商品化的性也可能使分散的個體的身體高度結合，但卻往往不是傳說中被「神」／主分解後的人主動找尋另外一半重獲威力的追求。性交可以發生在異性之間，也可能發生在同性之間。在尋求性欲滿足的過程中，人們可能會傷害別人，也可能會傷害自己，因此有論者不斷闡明生物進化觀點的重要性[5]。

身體同時又是社會性別（gender）觀念的駐紮地。如上所言，身體在享受性行為時可以體驗快感的產生與傳遞，但對於身體本身而言，性別判斷卻往往更是社會性的行為。我們所生活的社會語境，無論是物理、自然的，還是人文、觀念的，都是一種限定和規範。比如，看起來屬於硬體設施的衛生間、更衣室、浴室等空間，它們對身體的處置就呈現出社會對自然性別的判定、控制以及促發社會性別的生成。這當然不是自然而然的事情，其中的觀念約定與建構也富含了權力話語因素。比如，思想大師福柯（Michel Foucault，一九二六—一九八四）發現，從十六世紀末以來，性不僅被部分壓抑，而且被有意啟動，甚至不斷被生產和繁殖出來。這當然是各種權力關係（fuckers VS fuckees）在性經驗機制中運作的結果[6]。

2. 被觀賞和消費的身體

身體是可以被觀賞的。我們對自我的觀察，往往是外向的、片面的，即使借助多面鏡子，也仍然無法遮蔽和忽略他人的「外位性」。同樣，我們對他人的觀察，是身體對身體的觀察、比較。但總體而言，這種觀察終歸是

5 [美]波茨（Malcolm Potts）、[澳]肖特（Roger Short）著，張敦福譯，《自亞當和夏娃以來——人類性行為的進化》（北京：商務印書館，二〇〇六年）。

6 具體可參[法]蜜雪兒•福柯著，佘碧平譯，《性經驗史（修訂版）》（上海：上海人民出版社，二〇〇五年）。

對外在身體的涉入、引導和操控。但在這種觀看和繼起的實踐中，其實也包含了一種有意無意的身體追求，欲望的藝術化展覽、情欲的淬煉以及牢籠、性感樂園等等，因此構成了「性感的歷史」[7]。

被觀賞的身體既有對外的表演性，同時又有對自我身體內部美德的自信、追求與強化。這有時候更多和時尚潮流（化妝、文身等）、商業化密切相關。比如，在時尚和身體之間就存有一種耐人尋味的關係：既可以是互相提供素材，又可以互為引導。更加關鍵的是，在時尚的背後，也可能潛伏了文化認同和日常歷史細節的變遷[8]。而五花八門的服裝設計與實踐[9]本身也可能變成了人體變化的文化表徵方式之一。

當然，身體／性也可以成為商品買賣，娛樂他人，滿足他人，這也就是娼妓出現的原因[10]。當然，身體的買賣很多時候自然性別被轉化成需要的社會性別，同志之間的性交易也可劃歸此列。

（二）社會的身體以及規訓

哲學家維特根斯坦（Ludwig Wittgenstein，一八八九－一九五一）指出，「人的身體是人的靈魂的最好的圖畫」[11]，這句話蘊含了身體與靈魂，表述與感受之間的複雜關係。而美國社會學家特納（Bryan S. Turner）認為，一

7 可參林怡君、任天豪，《性感的歷史》（臺中：好讀出版社，二〇〇六年）。

8 可參[英國]瓊安・恩特維斯特爾（J. Entwistle）著，郜元寶等譯，《時髦的身體：時尚、衣著和現代社會理論》（The Fashioned Body: Fashion, Dress and Modern Social Theory）（桂林：廣西師範大學出版社，二〇〇五年）。

9 具體可參珍妮佛・克雷克（Jennifer Craik）著，舒允中譯，《時裝的面貌：時裝的文化研究》（北京：中央編譯出版社，二〇〇〇年）。

10 有關中國娼妓的發展概述，可參王書奴，《中國娼妓史》（北京：團結出版社，二〇〇四年）。

11 維特根斯坦著，陳嘉映譯，《哲學研究》（上海：上海人民出版社，二〇〇一年），頁二七九。

方面，身體是由自然、社會與文化構成的。另一面，身體又是構成世界的原型。我們因此要注意身體社會的崛起[12]。

1. 婚姻與家庭中的身體倫理

在婚姻內部，身體的歸屬無疑既是生理交往的合法性落實，又是相關群體或個體利益、禮儀規定的具體化，所以婚姻就是對身體的有力約束和保障。前現代（pre-modern）社會中，暫時刨除不同歷史時空的差異，一般而言，儘管也不乏間歇性的放縱和特權階層的淫靡，但對普通人身體的限定多數顯得相對古板和嚴格。這種對身體的嚴厲看護和限制，使得長期男權社會中對男女雙方的要求不大一樣，即，常常要求作為弱勢性別身體的女性，更具有道德楷模性，因此也強化和增加了她們的身體的道德責任感和束縛感。

哪怕是在今天的社會中，對女性身體禮儀的要求似乎也更高一些。社會的偷窺欲望往往和女性有關，「走光」成為不同層次和職業的女性的另類情結，或者要嚴加防範，或者有意借走光吸引別人眼球等等。身體倫理，也和商業利潤、宣傳廣告密切相關。

如果將身體置於家庭倫理中，對肉體的態度，往往可以映射出一個時代的思想氛圍及其倫理限度，或者說一種文化的身體關懷。《孝經》中說：「身體髮膚，受之父母」，不敢毀傷，背後更多藉身體來表達家庭倫理的原則和限制；而《道德經》十三章中論及：「故貴以身為天下，若可寄天下；愛以身為天下，若可托天下。」這裡或多或少呈現出身體本體論的理念。當然，如果深入考究起來，考察身體、思想、行動的關係論述，它自然也是一部駁雜深刻的身體文化史，尤其是深入探究到身體中的思想與修行，則同樣也令人驚歎[13]。

---

12 具體可參[英]布萊恩•特納著，馬海良、趙國新譯，《身體與社會》（瀋陽：春風文藝出版，二〇〇〇年）。

13 具體可參周與沉，《身體：思想與修行》（北京：中國社會科學出版社，二〇〇五年）。

如果進一步從家庭說開去，身體倫理也許還應包括社會中身體政治的確立。男女之間，異性戀和同性戀、多性戀之間等等則存有幽微和深邃的政治權力描述和慣習（habitus）[14]。長遠看來，整個人類文明史似乎更多關涉到一種身體——男性身體的歷史書寫。它對女性和同性戀、虐戀等等往往是壓抑的。

2. 身體的社會監控

身體的自由與監禁作為不可分割的勾連狀態，在人類社會中自有其獨特譜系。雖然很多時候，身體得到了逐步的拓展和滿足，但身體的監禁仍然如影相隨。原因和目的當然很多：比如，作為對犯罪的報復和懲戒，作為對異端思想的監控，作為對身體經濟價值和生產力的最大程度開掘[15]等等。

其中，對身體的懲罰和規訓因為研究的廣泛與深刻似乎更引人注目。但對身體的強迫制裁與監控其實也暗含了一種悖論，與其說是監禁放縱的身體與思想，倒不如說是殺雞給猴看，藉此恐嚇未受監禁和臣服的身體及其異端思考。監禁自然有其限度，雖然是並不特別成功的身體處理策略，但它在人類社會歷史中的廣泛存在，仍然說明了其有效性和權宜性。

福柯在其名著《規訓與懲罰》告訴我們，身體可謂權力自我實現的最佳場所。從早期以威懾和炫耀王權為目的的酷刑，到近代以規訓／管理為目的的諸多「文明的懲罰」，再到精神上逐步強化對個體自由的限制，往往都

14 布林迪厄（Pierre Bourdieu）理論的關鍵詞之一，具體可參：[法]皮埃爾・布迪厄、[美]華康得著，李猛、李康譯，《實踐與反思》（北京：中央編譯出版社，一九九八年）；以及高宣揚，《布迪厄的社會理論》（上海：同濟大學出版社，二〇〇四年）等相關論述。

15 對身體的監控和釋放也和資本主義經濟倫理密切相關，具體可參韋伯（Max Weber）著，于曉、陳維綱等譯，《新教倫理與資本主義精神》（北京：三聯書店，一九八七年）。

直接訴諸肉體。在此背後，恰恰說明了身體的日益社會化，它不僅告訴我們，人的生存首先就是肉體生存，更進一步，肉體往往可以直達精神，而且連通切身的諸多文化[16]。

聖經〔《哥林多前書》（Corinthians I）第六章第十九節〕上說：「Your body is the house of the Holy Spirit.」暫時撇開其神學意義，我們不難發現，對身體的爭奪、利用似乎是一個永恆的話題，無論惡魔，還是神。同理，身體也成為思想、政治、商業化、意識形態等等的各家必爭之地。當然，哪怕是回到性觀念本身，中西方自然都有其發展歷程，放縱與禁忌，調和與打壓的張力似乎都不容迴避[17]。

當然，上面所言，包括福柯、尼采等人有關身體的觀點同時也呈現出身體研究的一種哲學流變，身體本身也記錄著精神生活與終極關懷的追求痕跡，當然，也包含了與精神創傷（psychic trauma）等的弔詭關係[18]。

回到文學書寫上來，回到一九九〇年代的中國大陸語境中來，我們發現，身體書寫同樣也是轟轟烈烈、紛繁蕪雜的，即使將範圍縮小到力比多再現和實踐（尤其是和性相關）的再現中來，類似的多元也仍然令人訝異。

一九九〇年代，中國大陸社會繼續推進翻天覆地的經濟改革（一個中心，兩個基本點），而尤其令文化人關注和有切膚之痛的則是社會的持續市場化轉型。這個市場化趨勢一方面把個人從傳統的計畫體制中解放出來，而另一方面則往往使得個人在高速發展的交換活動以及物質、精神生活諸多層面的瘋狂加速運動中，失去了原有的可能穩定感，以及既定的歸宿感。所以，對於九〇年代的中國人個體來說，往往既是一個精神流離的漂泊者，又隱喻著自身內在統一性分裂的可能，因此時時有一種在「普遍交換」和飛速變化中被分裂和消解的危機感。因

16 具體可參福柯著，劉北成、楊遠嬰譯，《規訓與懲罰》（北京：三聯書店，一九九九年）。

17 二十世紀西方性觀念的演變，可參張紅，《從禁忌到解放——二十世紀西方性觀念的演變》（重慶：重慶出版社，二〇〇六年）。中國層面的，可參[荷]高羅佩著，李零等譯，《中國古代房內考：中國古代的性與社會》（上海：上海人民出版社，一九九〇年）和江曉原，《性張力下的中國人》（上海：上海人民出版社，一九九五年）。

18 有關身體政治的概括性論述，還可參陶東風、和磊，《文化研究》（桂林：廣西師範大學出版社，二〇〇六年），頁一二七至一六三。

此，如人所論：「自我認同危機，即身份的危機，成為九〇年代中國人的基本生存感。正是對自我認同危機的深切體驗，形成了九〇年代中國文學個人化寫作（敘事）的基本動機……強化個人經驗（語言和身體），而不淪入拒絕現實和自我封閉，是個人化寫作的一個關鍵難題。無論迷信語言，還是迷戀身體，都是個人化寫作的致命陷阱。」[19]

我們如果只是擷取其中有關力比多表面張揚的部分的話，「身體寫作」可說是一九九〇年代以來最為搶眼也備受爭議的文學現象，尤其是，它挾借傳媒炒作和商業化包裝鋪天蓋地，甚至有論者慨歎：「身體敘事面對的逼仄的敘述領域湮沒了更寬廣更真實的現實存在，其津津樂道的身體細節已經讓讀者產生深深的閱讀窒息感。」[20]

當然，我們也可以說，對身體的高度關注並非僅僅發生在文學之內，它毋寧更是身體社會學在九〇年代突飛猛進的標誌之一。九〇年代以來，無論在西方還是在中國，對身體的關注、引導、使用、干預等，似乎不約而同的廣泛發生在社會生活的經濟、文化、學術、政治意識形態等各個領域。由此可以說，身體不僅成為整個社會和個體不得不關注的中心之一，而且更成為一個社會大張旗鼓消費的中心。

無庸諱言，有關身體，我們也可稍微拓展開去，比如，社會學意義上的考察，更加抽象地探討人類社會中性別認同（sexual identity）中的某些概念，比如，雄性／雌性（masculinity/femininity）、性屬（sex typing）的區分程度以及相關的特徵和權力等，它們可以理解地隨著時代產生變化，彼此間往往密切交織，當然，其差異性也是其因有自（比如個體與經濟資源限制，文化價值觀等），並且影響了不同時代的男女關係[21]。

19 蕭鷹，《九十年代中國文學：全球化與自我認同》，《文學評論》二〇〇〇年第二期，頁一〇三至一一一。引文見頁一〇八。

20 申霞豔，《消費時代的焦慮——二〇〇四期刊閱讀》，載《文藝爭鳴》二〇〇五年第一期，頁四六。

21 Betty Yorberg, *Sexual Identity: Sex Roles and Social Changes* (New York, London, Sydney, Toronto : John Weley & Sons, 1974), pp.51-54.

當然，如果我們仔細思考九〇年代以來這種肉身敘事背後的內在邏輯，不難發現，女權主義、反叛陳舊限定、解構政治倫理、享樂主義和商品化市場的考量維度，這些文化邏輯影響甚至決定著肉身敘事的可能本性以及部分走向；同時，這些被商業化、娛樂化遮蔽的邏輯也令身體寫作的面貌變得撲朔迷離、難以捉摸和需要深入探究。為此，更多時候，我們不能辨析和洞察那些躲避在文化事件背後的邏輯理路，甚至無法對個案們做出基本的符合文學層面的價值判斷，遑論深入剖析？常見的是，似乎一句缺乏深層的終極關懷就可以將一切打發。這種所謂平面評論、零度敘事的「後現代」批評狀況，恰恰預示了相關批評的困厄、泛道德化，以及虛浮不堪。

將這些傾向稍作總結，可以發現如下的問題：

（1）誤讀。

無庸諱言，在諸多傳媒刻意強調賣點的單項或片面宣揚下，在讀者「仁者見仁，智者見智」的閱讀口味日益被商品化形塑和引導的過程中，「身體寫作」已經被篡改，被誤讀，甚至被妖魔化。

有趣的是，人們對它的厭惡和喜好似乎同樣的強烈和執著。一方面，一些「身體寫作」的著名讀本，往往受到民間（指責和唾罵）和官方（禁止）的雙重批判。簡單而言，個人的道德原則、貞操觀念和國家意識形態的文化倫理管理秩序因此配合默契，逐步形成看不見的統一戰線，藉此「保護」精神或許羸弱的人民。

更進一步，「身體寫作」，在原初語境中，往往是西方女性主義者的思想線索的承載和顯現；在中國大陸語境內，卻是遭遇了一種難以言說的命運：在往往被忽略了原初語境的誤讀中，論者和有些作者們甚至又藉此自我包裝或誇大了其自身的書寫與批評；為了商業目的，它們是必須不斷被言說的對象；出於道德純潔性考慮，它們卻又是必須被純化和最好低調的「他者」。

所以，它的存在頗顯弔詭。「身體寫作」一方面極大的刺激了讀者的消費欲望（類似閱讀「提升」了小資情調或者藉此窺視女性身體隱私），另一方面，「身體寫作」卻又變成了一個被某些偽君子和唯道德論閱讀者鄙薄和唾棄的「笑話」，認為其品位不高。

但需要反思的是，當身體在書寫和再現、批評中被符號化、標籤化和簡單化之後，我們怎樣回到其意義的本身？同樣，作為欲望抒發的一種方式，我們又如何理解身體和寫作的幽微關聯？將問題拓展開去，欲望（desire）、色欲（lust）等等如何又借助、侵犯或者呈現身體？這顯然都是目前的誤讀需要持續深思的。

（2）道德批判。

在對「身體寫作」的誤讀中，道德化傾向成為相當典型又粗暴的一種。為此特別提出並加以分析，以供反思和注意。

常見的說法是，如果剔除這些作家小說裡橫七豎八雜亂交錯的「身體臨摹術」，他／她們的小說似乎徒有其名；如果小說中的性描寫是一些裝在盒子裡的廢舊安全套，那麼所謂的「文學」就是他／她們手中包裝這些破爛的垃圾袋。又說，愛好文學的讀者並不一定愛好「髒亂雜交」的身體敘事，這樣的文字只會讓人感到骯髒和煩躁。並進一步推而廣之，判斷說，文學應該給我們帶來享受而不是傷害和嘔吐。

在推及身體寫作的原因時，將之歸結為名利感太強。答曰：「錢錢錢，名名名。」要的是名和利，要的是糊弄。這些所謂的作家把文學拐賣了，為了獲得金錢和利潤，不辭勞苦，不畏無恥，假裝墮落得很舒服，還搖旗吶喊一般地吸引更多的人加入她們的搖頭舞曲行列[22]。

[22] 具體可參他愛著《十美女作家批判書》（北京：華齡出版社，二〇〇五年）。

在這種批判的背後，高企的其實是道德大棒。它認為，身體寫作玷污了文學，也玷污了讀者，不能夠讓眾多人士墮入污泥中。從商業的立場出發，認為身體寫作其實是「文學身體化」和「身體文學化」，是這幫美女、美男作家們一手製造的「偽文化轉基因」手套，此等書籍志在迎合庸俗讀者的窺視心理。

這種閱讀的觀感和批判是比較容易做出的，也比較容易藉批判的文化快感和道德高度博得讀者的同情乃至拍手叫好。問題在於，文學的功用並不只是在於道德說教，何況並非所有文學都要承擔優良品德「傳聲筒」的義務？書寫陰暗、變態、頹廢、雜亂、無序本身也可能是社會再現的必要操作，這也更是現代派書寫的重要主題之一[23]。

更關鍵的是，道德論者並未找到真正處理這些文學寫作的理路和切入點，以及挖掘文化研究觀照下的深意，以更寬容的眼光進行深度剖析，而是居高臨下進行道德裁判，從而錯過了解讀的其他可能性。

（3）狹隘化。

毫無疑問，有關身體的體系性研究是一個相當嚴肅，而且往往批判性十足的議題。同樣，重新反思和深入討論「身體寫作」並不是強化或鼓吹「欲望化寫作」，刺激讀者的欲望和興奮點，誤導民眾的文化趣味。恰恰是，對這些文本的再次集體閱讀和觀照更多蘊含了可能深刻的歷史再現、人文憂思和哲理提煉。比如，其中難免會關涉關注身體的政治性因素，但是這並不意味著，我們一定要堅持身體必然地具有這種政治批判性，或者說誇大了其可能的顛覆性。

---

23 比較經典的論述，可參[美]馬泰・卡林內斯庫（Matei Calinescu）著，顧愛彬、李瑞華譯，《現代性的五副面孔：現代主義、先鋒派、頹廢、媚俗藝術、後現代主義》（北京：商務印書館，二〇〇二年）等。

而實際上，在不同的時空語境中，身體的政治性內涵可能不一樣，相關的回應與反抗也不一樣。比如，對一九九〇年代以來所出現的所謂「身體寫作」與「下半身」詩歌創作的可能顛覆性就要審慎對待，同時，更應該將之置於當時大陸中國的具體語境中加以破解和判斷。

即使我們只集中討論一九九〇年代以來漢語長篇中的性描寫，我們也要有一種譜系學（genealogy）的眼光，為此不只探討狹義的「身體寫作」現象，而且，同時要放開視野，注意考察二十世紀中國大陸文學史上的身體書寫（尤其是建國以後的文學史）。

如前所述，身體的概念其實相當複雜。「身體寫作」的概念也有含混性和歧義性，比如，它到底是通過身體進行寫作，還是書寫身體？它是張揚身體欲望的寫作，還是藉此呈現社會以及文化隱喻？

「身體社會學」自然有其廣泛的關注性以及幽深的文化考量，比如它可能著重處理人體的社會性，身體的社會生產、社會表徵和話語生產，以及諸多層面的互動關係。同樣，在處理文學中的身體寫作時，我們也要借鑑「身體社會學」的複雜性、深刻性和有效性。身體寫作其實原本可以成為社會生活、欲望再現和話語重構的巨大寶藏。同時，也要注意不能夠單純圍繞在「身體寫作」展開論述，那樣勢必會在同類書寫中兜圈，而未必能夠獲得比照和提升。關注一九九〇年代以來長篇中的力比多書寫無疑可以拓展這一點。

為此，本書對身體政治的研究不同於以往的研究，而是採用紛繁複雜的「文化研究」（cultural studies）[24]的方法重讀一九九〇年代以來長篇敘事中有關力比多實踐的知名文本。儘管前人對這些文本不乏真知灼見，但是，從文化研究角度考察身體政治中深藏的性別之間、國別之間、認同變遷等等中的權力／話語關係則是前輩研究者忽略或者不夠注意的實踐操作，而且筆者採用譜系學的方法進行梳理，同時又以個案為中心，自然可以避免國內

24 有關文化研究的簡單介紹和梳理，可參陶東風、和磊著，《文化研究》。

學界相關論述的過於宏大和粗疏。恰恰從這個角度，我們可以避免許多單純從倫理道德角度規劃文學的偏見，而從更加複雜的文學場（literary field）、經濟資本等等社會語境給予它們一個更加合理的定位，同時也可以展現身體在二十世紀末的解放和頹廢中所發揮的複雜功用。

二、名詞解釋：身體寫作、下半身寫作、身體政治、力比多實踐、身體意識形態

需要指出的是，只有在釐清諸多概念來龍去脈的基礎上，我們才能卓有成效的對症下藥，明瞭其中幽微的差異和交叉，探究和深化新概念的功用和性能。當然，對這些相關概念的重新界定或梳理其實也是為了廓清迷霧，力圖讓後面的敘述更加通暢。

（一）「身體寫作」

「身體寫作」（或曰「軀體寫作」），是中國大陸二十世紀九〇年代女性文學中一道惹人注目的風景。當然，這個概念如果細究起來，至少可以包含兩層涵義：（1）關於身體的寫作，主要書寫身體的隱祕、衝動、欲望等等；（2）用身體寫作。書寫者多數立足自我的身體感受，或多或少帶上了自傳體的特點或實質。

「身體寫作」這一獨特概念並非中國作家或學者所獨創，而是來自於西方。比如在一九七五年，法國著名的女權主義批評家埃萊娜・西蘇（Helene Cixous）在《美杜莎的笑聲》（Le Rire de la Méduse）中就曾詮釋了「身

體寫作」的最終涵義：「幾乎一切關於女性的東西還有待於婦女來寫：關於她們的性特徵，即它無盡的和變動著的錯綜複雜性，關於她們的性愛，她們的身體某一微小而又巨大區域的突然騷動。不是關於命運，而是關於內驅力的奇遇，關於旅行、跨越、跋涉，關於突然地和逐漸地覺醒，關於一個曾經是畏怯的既而將是率直坦白的領域的發現。」[25]

根據上述觀點，我們可以發現身體寫作的一些包含和特徵：（1）「身體寫作」的對象是「一切關於女性的東西」；（2）這一切的東西包含了女性的「性特徵」、「性愛」、「身體」的「騷動」、「內驅力的奇遇」、「覺醒」等等；（3）這些書寫是「率直坦白」的。

同時，在這篇經典之作中，西蘇不但給出了「身體寫作」的內容，而且點出了「身體寫作」的性別政治意義，尤其是女權主義色彩。「寫吧，不要讓任何人，任何事阻止你，不要讓男人，讓愚笨的資本主義機器阻止你，它的出版機構是些狡詐的、趨炎附勢的戒律的傳聲筒，而那些戒律則由與我們作對並欺負我們的經濟制度所宣佈的。也不要讓你自己阻止自己。自鳴得意的讀者們、愛管閒事的編輯們和大老闆們不喜歡真正的替婦女伸張正義的文章——富於女性特徵的本文，這類文章會嚇壞他們。」[26]

西蘇還更進一步，提出了「身體寫作」的書寫邏輯為：身體的寫作—手淫—自慰—自戀—飛翔—文本引起破壞性—重新發現和找回自己[27]。不難看出，西蘇的有關身體寫作的言論帶有相當的先鋒性和顛覆性。

25 埃萊娜•西蘇，《美杜莎的笑聲》，見張京媛主編，《當代女性主義文學批評》（北京：北京大學出版社，一九九二年），頁一九〇。
26 西蘇，《美杜莎的笑聲》，見張京媛主編，《當代女性主義文學批評》，頁二〇〇。
27 可參陳志紅，《反抗與困境——女性主義文學批評在中國》（杭州：中國美術學院出版社，二〇〇二年），頁九三。

二十世紀下半葉中國大陸語境中的「身體寫作」自然有其獨特性和特殊性，但卻也和西蘇的某些言論不謀而合。尤其是一九八〇年代中期以後的書寫，在某種程度上，也同樣具有了消解／軟化長期的男權中心和力圖構築新的美學空間、豐富身體意識的積極呈現價值。

但是，如果我們初步窄化此類意義上的身體寫作，把西方的「身體寫作」的理論挪移到中國語境裡，至少包含如下兩個層次的涵蓋：（1）表現女性的個人生命體驗、身體以及欲望；（2）從女性／女權的角度去對抗和消解男權對女性的身體或欲望的壓抑。如果以此為準繩，則中國的「身體寫作」大致出現於一九九〇年代的林白、陳染時期，然後逐步發展到九〇年代後期的衛慧、棉棉等，繼而發展到二十一世紀初的九丹，接下來的譜系接班人該是木子美等等。毫無疑問，由於所處的歷史語境的差異，個體對文學理解的迥異，敘事策略和實踐的不同，也註定了不同時間段／點身體寫作文本的巨大差異。表面上看，她們對性的關注、態度以及背後的意識形態也有所不同。

需要強調的是，之所以將身體寫作的開啟定在林白、陳染時期，或曰「私人化」寫作，主要是因為這個時候的書寫大致脫離了之前（一九四〇至一九七〇年時代）盛行的「民族」、「國家」、「階級」、「意識形態」、「理性」等宏大話語限定，從而更加關注與表現女性的私人化經驗，當然包括性經驗[28]。因此，私人化寫作中的「身體」變成了承接和揭露女性的無意識隱祕欲望的一個載體。但同時，「私人化」卻沒有類似後來衛慧們的肉體化／肉欲化。

---

28 當然，此中也不乏爭議，有關其中的權力較量和意義的撒播可參徐坤精彩的分析。徐坤，《女人書寫自己——身體的憂鬱》，《雙調夜行船》（太原：山西教育出版社，一九九九年），頁六二至九二。

（二）「下半身寫作」

二〇〇〇年七月，中國詩壇引人注目的事件就是《下半身》的創刊。這期創刊號包括「專欄詩歌」（沈浩波、盛興、朵漁、李紅旗、尹麗川等），「發表」（伊沙、阿堅、宋曉賢、王順健、何國鋒、阿斐、李詩江等），還有筆談下半身、娛樂、小說，詩人訪談等。

這個刊物的宣言足夠令人觸目驚心，甚至遠超了前輩們的「身體寫作」，甚至木子美的坦率。但不容忽略的是，《下半身》的文化意義至關重要，尤其它的概念可能從某個層面看，產生了新的元素（如下所有引用，不另外注出的皆來自此創刊號）。

由沈浩波主筆的《下半身》的〈宣言〉指出，「下半身」要清算「上半身」：「知識、文化、傳統、詩意、抒情、哲理、思考、承擔、使命、大師、經典、餘味深長、回味無窮。」

朵漁在《是幹，而不是搞》一文中重申道：「下半身寫作，首先是要取消被知識、律令、傳統等異化了的上半身的管制，回到一種原始的、動物性的衝動狀態；下半身寫作，是一種肉身寫作，而非文化寫作，是一種摒棄了詩意、學識、傳統的無遮攔的本質表達，『從肉體開始，到肉體結束』。」

而伊沙則在《我所理解的下半身和我》中強調要讓中國的詩歌從雞巴那裡開始：「我理解對下半身的強調本質是在強調雞巴。不是胯，不是腿，不是腳，也不是對這半截整體的強調。強調下半身是緣於中國詩歌對雞巴的取消——甚至不是遺忘而的的確確是取消！……建設一個有身體的寫作必須直搗雞巴。」

「下半身寫作」拒絕了中、西方「傳統」：「我們已經不需要別人再給我們口糧，那會使我們噎死的。我們尤其厭惡那個叫做唐詩宋詞的傳統，它教會了我們什麼？修養嗎？我們不需要這種修養，那些唯美的、優雅的、所謂詩意的東西差一點使我們從孩提時代就喪失了對自己身體的信任與信心。」又說：「源自西方現代藝術的傳統就是什麼好東西嗎？只怕也未必，我們已經親眼目睹了一代中國詩人是怎麼匍匐下去後就再也沒有直起身子來的……看看吧，葉芝、艾略特、瓦雷里、帕斯捷爾納克、里爾克……這些名字都已經腐爛成什麼樣子了。」

他們不需要詩意與技巧、抒情等，更要埋葬大師與經典：「哪裡還有什麼大師，哪裡還有什麼經典？這兩個詞都土成什麼樣子了。不光是我們自己不要幻想成為什麼狗屁大師，不要幻想我們的作品成為什麼經典，甚至我們根本就別去搭理那些已經變成僵屍的所謂大師、經典。」

總而言之，在《下半身》那裡，所謂下半身寫作，指的是一種堅決的形而下狀態；指的是一種詩歌寫作的貼肉狀態；追求的是一種肉體的在場感，甚至是肉體而不是身體，是下半身而不是整個身體。

如果仔細考察「下半身寫作」概念的意義，可以從如下兩個層面展開：

1. 強烈的狂歡性和顛覆性

尹麗川在《再說下半身》寫道：「我們要做的，是自覺地、有意識地重新體驗自發狀態。因此，我個人的主張是，當我們意識到『下半身』後，我們要把『下半身』這一概念拋棄，打通上下半身的隔膜。我們先要找回身體，身體才能有所感知。在有感覺到來的那一刻，一個人可以成為另一個人。一個忘掉詩歌和詩人身份、忘掉先驗之說、能指所指，全身心感受生活新鮮血腥的肉體，還每個詞以骨肉之重的人。這是一場肉體接觸——我們和周遭面對面，我們伸出手，或者周遭先給我們一個耳光。如果我疼了，我的文字不會無動於衷。如果我哭了，我的文字最起碼會惡毒地笑。」

不難看出，「下半身寫作」在某些層面上是對症下藥，瞄準中西方的傳統文化陳跡與革命意識形態壓抑來展開強烈的批判、顛覆，並藉此爭取自己的合法地位的。

同時，他們似乎更強調和關注下半身的肉體性及其狂歡性，並藉此來消解一本正經和其他所有可能的身體對立面，這就似乎有了一些詩歌意義上的「怪誕現實主義」[29]的特徵或精神。如其所言：「我們就已經覺醒了，我們已經與知識和文化劃清了界限，我們決定生而知之，我們知道了，我們說出。我們用身體本身與它們對決，我們甚至根本就想不起它們來了，我們已經勝利了。我們在我們自己的身體之中，它們在我們之外。讓那些企圖學而知之的傢伙離我們遠點，我知道他們將越學越傻。」

2. 矯枉過正的偏執以及話語權爭奪

整體而言，「下半身寫作」的倡導者沒有跳脫二元對立思維的限制，非此即彼的框架固然有其矯枉過正策略的強調，但其偏執也顯而易見——無非又墮入了邊緣取代中心成為新的強勢中心的悖論。下半身在被過分強調用來對抗一本正經的同時也被本質化了。

同時，需要看到的是，下半身寫作的提倡有其譁眾取寵的一面。在一九九〇年代文學地位每況愈下的時候，詩歌，作為前沿文體，更是變成商品大潮和功利主義衝擊之下倍感失落的核心文體之一。作為一方面處於對詩歌文體的拯救或炒作考量，另一方面是來自於同道揭竿而起、另立地盤的話語權爭奪，這些原因無疑都可導致過激或譁眾取寵操作的發生。

---

29 具體可參巴赫金在論述拉伯雷《巨人傳》時候的評論，可參巴赫金著，李兆林、夏忠憲等譯，《巴赫金全集》第六卷（石家莊：河北教育出版社，一九九八年），頁二三；或可參拙著《張力的狂歡——論魯迅及其來者之故事新編小說中的主體介入・上編》（上海：上海三聯書店，二〇〇六年）。

（三）「身體政治」

Body Politics（身體政治）涵義、指向複雜，不同的學科在介入其中時，也會有不同側重。身體政治一般是指和身體相關的權力話語關係。

1. 在《身體政治》一書中，論者指出，身體政治的觀念從世界範圍來看主要有兩種：一種是宗教的，往往以為身體的現世和忍耐是身體政治的中心，禁欲是核心思想；一種是世俗的，把身體看成是短暫者，死亡的威脅、病痛的折磨、現世的享樂與禁忌，等等，成為身體政治的手段，認為身體本身就是目的[30]。
2. 女權主義者則往往結合女性的歷史與現實語境，拓寬思考的領域，同時又具體化了身體政治的內涵。一方面，則著眼於批判和解構，另一方面，則著眼於確立女性的價值、尊嚴和本質。

比如，有些女權主義者強調，身體政治意指與肉體、身體相關的權力關係，以及對加諸女性身上諸種間接暴力（indirect violence）而進行的反抗。韓蕾（Nancy M. Henley）特別提出，當代社會所使用的身體語言中，在諸多層面，比如空間、時間、環境、語言、儀態（demeanor）、觸摸、姿勢、目視、面部表情等，都蘊含有性別歧視、權力的實踐[31]。

而《女性主義理論大辭典》則指出，女性主義者在書寫身體政治時往往有一共同主題，就是要強調女性的人性本質（human essence），生而為人的尊嚴、完整性和不容侵犯的權利，同時又拒絕將女性物化[32]。

---

30 葛紅兵、宋耕，《身體政治》（上海：上海三聯書店，二〇〇五年），頁六三。

31 更詳細論述，可參Nancy M. Henley, *Body Politics: Power, Sex, and Nonverbal Communication* (Eaglewood Cliffs, New Jersey: Prentice Hall, 1977).

32 Maggie Humm, *The Dictionary of Feminist Theory* (Second Ed.) (Columbus, Ohio: Ohio State University Press, 1995), p.27.

不難看出，不管是一般的看法，還是女權主義者的認知，身體政治往往指涉了和身體相關的權力話語、關係等。

（四）「力比多」（或「利比多」、「里比多」）實踐

在佛洛德（Sigmund Freud）那裡，「里比多」一詞主要是對和「自我本能」相對立的「對象本能」的能量描述，其包含除了愛欲以外，也有一種死亡本能[33]。但在本書中，主要側重討論愛欲、性。這裡不採用「性描寫」，而是用「力比多實踐」（libidinal practice）來替代絕非譁眾取寵，而是有如下的考量：

1. 性描寫往往更著眼於外在的表現，尤其是性關係的現場描述，比較而言，對人物內在心理的精神分析、力比多衝動則缺乏細緻深入的考察。而實際上，身體本身作為複雜的形體，具有相當繁複的表現形態，也藉此可以窺得個體內心深處的衝突。
2. 力比多實踐則主要著眼於兩方面：（1）和性描寫部分的重合。也即，會注意處理性的外在表現；（2）更重要的是，力比多實踐更要處理身體內部的思考邏輯、激情與政治、身體與快感、革命與身體等等，身體在此時已經成為一個文本，它可能是政治的、文化的，又是欲望的、生理的。無獨有偶，美國學者布恩（J. Allen Boone）教授有意識地使用更多術語表述其中的糾葛，它（libidinal）關涉了心理與性、意識與潛意識、性心理與政治、無政府主義與色情（anarchic and erotic）等等[34]。

實際上，身體既是載體，也是內涵，既是形式，又是內容。因此，啟用力比多實踐更多地強調這種內外的不可分割性和複雜性。

---

33 有關描述可參[奧]西格蒙特・佛洛德著，楊韶鋼譯，《一個幻覺的未來》（北京：華夏出版社，一九九九年），頁五〇至五四。

34 Joseph Allen Boone, *Libidinal Currents: Sexuallity and Shaping of Modernism* (Chicago and London: Chicago University Press, 1998), p.18.

（五）「身體意識形態」

本書所言的意識形態（ideology）[35]顯然不只是「作為階級利益或其他社會利益表達方式」，甚至也不只是「作為另一個寬泛的權力體系的表達方式」[36]，而更多和福柯（Michel Foucault）意義上的「話語形構」（discursive formation）[37]密切相關，它可以包含了某種宗教等形而上哲思，也可表現為欲望、情感、倫理[38]以及外在的環境誘惑等對身體的操控。這裡的身體（body）是指一種複雜的物質／精神的混合物，而非簡單的肉身（flesh）概念。

需要指出的是，王曉明先生在其大作《九十年代與新意識形態》中曾經非常銳利地提醒我們要以「文化研究」的方式追蹤「新意識形態」，並且要清算其可能的副作用：「種種政治和經濟權力的多樣化運作」、「塑造今天的群體欲望和公共想像」、「麻痹和延誤社會對危機的警覺」等等。此處的「新意識形態」顯然是更具負面意義的複雜意義構成[39]。這當然也和本書的意識形態指涉不大相同，在本書中，意識形態更多是中性詞，雖然同

---

35 毫無疑問，這個概念是當代社會中最複雜的概念之一，除了本書中提到的相關著作以外，相關界定還可參Alvin W. Gouldner, *The Dialectic of Ideology and Technology* (New York: The Seabury Press, 1976); Tony Bennett et al (eds), *Culture, Ideology and Social Process: A Reader* (London: The Open University Press, 1981)，尤其是第四部分。而雷蒙．威廉斯（Raymond Williams）在《關鍵字——文化與社會的辭彙》（北京：三聯書店，二〇〇五年；劉建基譯），頁二一七至二二三對其發展史也做了簡短描述。

36 德里克（Arif Dirlik）著，孫宜學譯，《中國革命中的無政府主義》（桂林：廣西師範大學出版社，二〇〇六年），頁三五。

37 Michel Foucault, *L'archeologie Du Savior*, Editions Galimard, 1969。英譯本為*The Archaeology of Knowledge* (London: Tavistock/ New York: Pantheon, 1972)。中文版可參王德威譯，《知識的考掘》（臺北：麥田出版社，二〇〇一年），尤其是頁二二九至二三〇。

38 具體可參照王偉、高玉蘭，《性倫理學》（北京：人民出版社，一九九二年）。

39 具體可參王曉明，《九十年代與新意識形態》，《天涯》二〇〇〇年第六期，頁四至一六。

樣密佈了社會、經濟權力與文化政治。

身體意識形態，更多是為了區隔既有的一些概念，力圖可以傳達出「力比多」實踐意義下的身體的複雜包涵。如果可以繼續擴大內涵，也可包括種族政治、貴族／統治階層權力（階級）、帝國主義意識形態（後殖民論述）、強暴論述（包含同志之間）等等[40]。

三、二十世紀中國文學力比多實踐歷史考古以及文獻綜述

毫無疑問，身體一直是諸多部門爭奪的對象：宗教、政治統治、經濟運作、藝術等等莫不如此。即使是單純討論身體和狹義政治的關係，也不難發現，從十九世紀晚期，到二十世紀三〇年代，身體也一直是民族生成、國家進步和制度化等各個層面的載體與對象[41]。即使縮小主題，回到欲望（desire）上來，裡面也是權力話語的凝聚點，所以，有學者指出，追跡欲望的歷史，我們發現的其實是欲望的主客體發生轉換時所標記的一個政治過程（political process）[42]。

40 具體可參張小虹，《性帝國主義》（臺北：聯合文學，一九九八年）。

41 具體可參黃金麟，《歷史、身體、國家：近代中國的身體形成（一八九五至一九三七）》（北京：新星出版社，二〇〇六年）。

42 Nancy Armstrong and Leonard Tennenhouse (eds.), *The Ideology of Conduct* (New York and London: Methuen, 1987), p.5.

（一）二十世紀以來的中國文學中的力比多再現一瞥

同樣，在文學書寫中，身體、性愛或者說力比多實踐也是備受關注的對象。從民國開始，有關貞操問題的激烈討論，現代性愛的在質疑聲中的普及和推介，「問題小說」、「人的道德」無不和性愛息息相關。而魯迅先生不僅是「現代中國小說之父」，在身體書寫上也有其特出造詣[43]。

不管是「現代作家的浪漫一代」[44]的率性而為或是壓抑／反彈，比如郁達夫的小說很大程度上體現出力比多的民族／國家的性出口[45]，還是關涉到「革命+戀愛」模式的張力關係，如茅盾等人的現代性書寫都無不說明了一九二〇年代前後性愛問題的獨特性和重要性[46]。

需要注意的是，到了一九三〇至四〇年代，「心理分析派」（俗稱新感覺派）的施蟄存、劉納鷗、穆時英等人有關身體、力比多等流動的書寫可謂新人耳目，也難怪李歐梵會將之列入「上海摩登」[47]的經典書寫文本中。

而同樣值得注意的，還有張愛玲在一九四〇年代的崛起意義，她對人性細節和幽微之處的現代性關注讓我們察覺到了力比多潛流湧動的威力，比如，《金鎖記》裡面的曹七巧本身的異化其實和力比多出口受阻不無關係。

---

43 具體可參拙文《魯迅小說中的身體話語》，《上海魯迅研究》二〇〇八年秋季號（上海：上海社會科學院出版社，二〇〇八年）。

44 具體可參李歐梵著，王宏志等譯，《中國現代作家的浪漫一代》（北京：新星出版社，二〇〇五年）。

45 比如史書美就堅持了類似的觀點；可參史書美著，何恬譯，《現代的誘惑——書寫半殖民地中國的現代主義（一九一七至一九三七）》（南京：江蘇人民出版社，二〇〇七年），頁一三〇至一三九。需要指出的是，該書的翻譯不乏錯漏，最好參考原著Shih Shu-mei, *The Lure of the Modern: Writing Modernism in Semicolonial China, 1917-1937* (Berkeley: The University of California Press, 2001).

46 可參徐仲佳，《性愛問題：一九二〇年代中國小說的現代性闡釋》（北京：社會科學文獻出版社，二〇〇五）；以及黃子平，《「灰闌」中的敘述・第三章》（上海：上海文藝出版社，二〇〇一年），頁三七至六六。

47 具體可參李歐梵著，毛尖譯，《上海摩登——一種新都市文化在中國一九三〇—一九四五》（北京：北京大學出版社，二〇〇二年）。

不難看出，肉身敘事是民國時期的「海派」日常話語書寫區隔與左翼文學和京派書寫的重要載體，強調立足個體的身體難能可貴地成為現代文學的敘事焦點之一，並且創作成績斐然。雖然在事實上他們的書寫或多或少受到了經濟資本和殖民地話語（colonial discourse）的影響，但其標杆意義無疑值得推舉，尤其是，對於數十年後的中國文學中的姿態繽紛的身體書寫，它預設了一個前瞻性的身體書寫結構與主題。毫無疑問，中國現代文學中對身體的刻畫也是「現代人」建構的重要基石之一[48]。

當歷史步入二十世紀下半葉，一個嶄新的社會主義中國的崛起其實也部分蘊含著文學性質的變遷。如果將題目縮小，回到身體和力比多敘事上來，不難發現一九五〇至七〇年代的中國文學有關身體的書寫往往呈現出一種現代性的焦慮和一種有意的厭女情結[49]。而到了「文革」期間，對身體的規訓可謂空前絕後，在政治正確的高大全主流形態下，往往呈現出身體的「去性別化」傾向，尤其是迴避性感／感性身體的審美旨趣，這當然也和當時物質的匱乏密切相關[50]；而樣板戲文本可謂更多宣揚了對身體性愛和自然生理的遮蔽，革命的血緣、連綴遠遠超出了自然的血緣關涉[51]。

「文革」十年浩劫結束後，出現的傷痕文學和反思文學中，對性的關注也開始逐步恢復。比如張賢亮、王安憶等人的作品，已經開始通過身體訴說和平復歷史的創傷。

一九八五年可謂是中國文壇上特別關鍵的一年，不管是文學創作，還是文論，其實驗性和豐富性都令人欣喜。其中，文學上，劉索拉、殘雪的出現及其前衛性契合也引領了政治語境和緩後人們追求多元化和人性化的呼

48 具體可參黃曉華，《現代人建構的身體維度：中國現代文學身體意識論》（北京：中國社會科學出版社，二〇〇八年）。

49 具體可參王宇，《性別表述與現代認同：索解二十世紀後半葉中國的敘事文本》（上海：上海三聯書店，二〇〇六年）。

50 孫德喜，《文革文學中的身體鏡像》，見寒山碧主編，《中國新文學的歷史命運——二十世紀中國文學的回顧與二十一世紀的展望國際學術研討會論文集》（香港：中華書局香港有限公司，二〇〇七年），頁二二五至二三六。

51 有關樣板戲研究的研究，可參鄧文華，《樣板戲研究四十年》，《社會科學戰線》二〇〇六年六期，頁一〇一至一〇五。

求。雖然二人創作的先鋒性可能掩蓋了前述的身體／性別特徵，但她們或者凸現人性中的深層意識，或者憑藉歷史反思存在，都為以後「私人化」寫作的代表人物陳染和林白的創作拓寬了思路；更進一步，風格上，殘雪有時候強調的個人囈語化書寫，也為「私人化」的某些方式，比如獨白，打下了基礎。

某種意義上說，陳染、林白恰恰是在殘雪、劉索拉等人先鋒性的智性書寫中添加了清晰的性別特色，而且善於超越，既關注性別本能的詩性表達，又能自然過渡到性別權力話語的反思，並在敘事上體現為對女性個體生命體驗的女性式再現。陳染的作品中，也不乏對諸多感性的女性隱祕體驗的揭示和展覽，但同時文本中又不乏孤獨的智慧的提升，使得小說中在世俗情迷、身體隱私展覽上平添了清幽的不容褻瀆的美；而林白的文本，則添加了女性生存的種種血淚經歷和辛酸史。陳染、林白在反諷和部分消解男女之愛的過程中，仍保留了她們對靈肉合而為一的美好愛情、婚姻的嚮往和期待。

因此，有論者指出，一九九〇年代的女性寫作往往呈現出「以邊緣為中心的反抗身姿」，而且，「女性寫作中的自我認同由社會認同到性別認同再到身體認同，經歷的是一個螺旋形的上升過程」。雖然未必「私人化的寫作不再與男性文化發生勾連」[52]，但論者對林白、陳染們寫作的深層文化意義——自我認同傾向卻有著清晰的認知。

不容忽略的還有在社會轉型期間，尤其在步入一九九〇年代後，文學中的性描寫和力比多實踐被有意商業化的操作。比如，賈平凹的《廢都》的出現就不再是單純的一部小說的出版，而是一個文學事件。不管賈平凹如何為自己的作品開脫、辯護，不容質疑的是，《廢都》的性描寫已經被有意商業化乃至庸俗化。

在這樣的鋪墊下，等到七〇後「美女作家」衛慧、棉棉等粉墨登場時，「私語化寫作」和「身體敘事」已在一番道德指責和學術爭論之後合法化或日益普及化。而且，對身體消費的傾向也日益明顯，所謂「隱私文學」和

[52] 王豔芳，《女性寫作與自我認同》（北京：中國社會科學出版社，二〇〇六年），頁一八四至一八五。

隱祕敘事已經批量生產，女性身體的細節展覽也已失去了往昔的轟動。所以，衛慧、棉棉的「身體寫作」的特異之處首先在於大膽揭示了現代國際化大都市角落裡的相當另類的生活體驗、身體交流和相關的肉身認知。《上海寶貝》中存有類似的痕跡，如一邊手淫，一邊寫作；對不同男人需求分割的「合理化」擇取（或者身體，或者精神，或者日常）。《糖》中也存在對音樂圈和賓館生活炫耀似的展示，讓人感到文本敘述者享受般的創作姿態。這些小說中的女性在欲望的放縱和沉醉中展示粉紅色的頹廢。所以，如人所論：「在青年亞文化的文學文本中，『身體』往往被當作最為真實的體驗工具，『快感』成為自我認同的直接目標。」[53]

換言之，性和愛是可以相對獨立的，欲望和物質無法分離。通觀類似的身體書寫，我們可以發現此類小說的消費性生成，或者說，寫作就是消費。這實質上是全球化（globalization）語境中，個人經驗和文學書寫的商品化和機械複製。其表面的反叛更多是情緒化的逆反，其敘事情感表現出某種程度的虛假性[54]。

比較「私人化」寫作和「身體寫作」，我們在同樣關注身體的文學書寫中，不難發現其間的差異：（1）在性的書寫和揭露上，後者顯然更無遮掩、肆無忌憚，身體也更生理化和商品化；（2）在思想層面上，後者更多表現為平面化或削弱深度敘事，她們其實只是表現了社會中相當小一部分人的另類生活；（3）從敘事角度看，林白、陳染等人的小說更傾向於向內深挖，表現得更多是心靈的思考；衛慧、棉棉們的小說卻更多地表現外在的環境，敘事手法上相對傳統。

但這些比較彷彿仍然是大巫、小巫相比，等到利用網路媒體「網而優出書」攜帶《遺情書》呼嘯而來的木子美出現以後，上述有關性尺度的討論似乎顯得過於保守了。這倒不是說《遺情書》對性的有意渲染和張揚如何誇張，恰恰相反，這本「性愛日記」倒是體現出對性的悶騷式處理，性在其中已經和吃飯穿衣一樣自然，招之即

53 程波，《先鋒及其語境：中國當代先鋒文學思潮研究》（桂林：廣西師範大學出版社，二〇〇六年），頁一三八。
54 黃發有，《準個體時代的寫作——二十世紀九〇年代中國小說研究》（上海：上海三聯書店，二〇〇〇年），頁二五一。

來，揮之即去。但對絕大多數民眾來說，這種實踐，配以圖片的新聞炒作，似乎有些驚世駭俗。

類似的書寫從未停歇，更加值得關注的是，傳播媒體的變遷。像木子美一樣，很多網路文學紅人也是通過網路一脫成名，竹影青瞳的操作方式則是圖文並現，自己的散文、敘事等外加作者的裸體圖片，儘管後來作者不再實行此類噱頭招徠點擊率，但身體成為另類的焦點無疑耐人尋味。更進一步，木子美甚至將自己的做愛實戰錄音上網，如果將來加上視頻／錄影，她對身體的自戀式展覽可謂登峰造極。實際上，對身體解放的過度強調往往可能「減少了——甚至是排除了——感覺、感情生活和對關係的思考」[55]。

另外一個傾向則值得留意，比如「留學」新加坡的九丹在《烏鴉》中開始涉及跨國性的身體。雖然同樣是被消費的對象，但是當我們把這種身體放到全球化資本的流動網絡中，放在中——新關係的解剖臺上考察的話，其中的權力話語和身體政治無疑相當耐人尋味。類似地，衛慧的《上海寶貝》、《我的禪》也有可以獨特剖析的可能。

值得關注的不只是女作家，男性作家對性的書寫其實更是中心，只是由於男權社會中女性身體更容易被消費的便利一時遮蔽了男性書寫的光芒。一九九〇年代以來，很多優秀作家不斷浮現。一九九七年去世的王小波本身就是一個黑色幽默的高手，而他對性的書寫，尤其是對「文革」期間性的再現別有深意存焉。他藉「性」一方面來消解強勢意識形態及其荒謬邏輯，同時又藉此呈現鮮活的不容遏抑的人性。同樣值得關切的還有二〇〇〇年諾貝爾文學獎獲得者法籍華人高行健。在其代表小說《一個人的聖經》和《靈山》中，他挖掘出性的獨特內涵，與政治的無奈糾結、人性異化、精神創傷等等。

55 [法]托尼・阿納特勒拉（Tony Anatrella）著，劉偉、許鈞譯，《被遺忘的性》（桂林：廣西師範大學出版社，二〇〇三年），頁二三。

而到了茅盾文學獎獲得者阿來那裡，《塵埃落定》中則蘊含著非常獨到的性話語形構，其中富含了權力關係，也包含了可能的身份認同尋找。而葛紅兵教授的小說《沙床》則通過性直指大學校園裡面的頹廢與腐敗，而知識身體在紅塵中的浮浮沉沉也有其悖論性。同樣，余華《兄弟》中的性話語也頗堪玩味：無論是其性話語的譜系，還是性話語的指向都有值得仔細探究之處，遠非「不值一提」所能概括的。

（二）文獻略述：觀看身體的權力的眼睛

有關二十世紀九〇年代長篇中的力比多實踐研究，學界中的成果不少，但直接關聯的專著並不多。加上大陸學術最近十多年來的虛假繁榮，其實真正有創見的研究反倒在眾聲喧嘩中並不多見，大都為人云亦云、重複勞作之舉。

作為中國大陸第一本系統研究身體政治的專著，葛紅兵等人著述的《身體政治》是一部考察身體與文學關係的論著。該書第五章〈身體寫作——啟蒙敘事、革命敘事之後：身體的後現代處境〉，但該章在論述上仍然是簡略的，算是大致勾勒了二十世紀八〇至九〇年代文學書寫身體變遷的痕跡[56]。儘管該書在整體架構和理論描述上給予我們不少啟迪，但有關身體寫作的論述仍然是曖昧、單薄的。

在已故程文超教授等著述的《欲望的重新敘述——二十世紀中國的文學敘事與文藝精神》一書中，第八章〈一九九〇年代的欲望敘述〉涉及到九〇年代小說中的力比多實踐，但通讀後不難發現，欲望這個詞在整本書中，顯然不能等同於肉欲或物質欲望，而是包含了物質欲望和精神欲望等等。從這個界定出發，自然也會對九〇年代的小說進行泛化的分析[57]，而將肉身敘事更多視為此岸的敘事。這當然和筆者所言的力比多實踐及再現關鍵

56 具體可參葛紅兵、宋耕，《身體政治》（上海：上海三聯書店，二〇〇五年）。
57 程文超等，《欲望的重新敘述——二十世紀中國的文學敘事與文藝精神》（桂林：廣西師範大學出版社，二〇〇五年），頁三〇〇至三四〇。

詞有較大差異。

在《中國當代小說情愛敘事研究》[58]一書中，論者的論述策略採用的是立足諸多文本展開宏大敘事，比如小說情愛敘事的歷史空間與話語空間、小說情愛敘事的多維透視等等，論者在此過程中恰恰割裂了許多典型文本的整體性，將它們切割分別放置在不同的論證觀點容器中後，在貌似整體的論述中其實過於零碎，也未能給予讀者以清晰的整體感。

王宇的《性別表述與現代認同》[59]將焦點鎖定在二十世紀後半葉的敘事文本，在處理九〇年代的敘事文本時，她更強調的是日常性中所體現出的性別政治，由於論述篇幅有限，側重點不同，因此並未能夠很精闢地論述力比多再現問題。

黃發有的《準個體時代的寫作》作為對一九九〇年代中國小說研究的專門論著，的確呈現出深厚的理論和敘述功力，由於其論述的整體性和涉及層面的繁雜，長篇中的力比多關注並不集中、充分。比如，將性書寫放置在第二章九〇年代小說的文化境遇「三、還俗與遊戲」中，點到為止[60]。

《倫理敘事與敘事倫理——九〇年代小說的文本實踐》在第二章〈拒絕超越的『性愛』倫理〉中專門論述了「性愛」敘事，該文採用點面結合的方式處理，但整體上大都屬於總結型的整體論述。比如，對九〇年代性愛倫理敘事三個特點的總結：（1）潮流化傾向；（2）客觀化傾向；（3）日常經驗性和世俗鏡像性表達[61]。此類觀點引人思考。但對個案的具體分析和層次處理仍嫌簡單。

58 周志雄，《中國當代小說情愛敘事研究》（濟南：齊魯書社，二〇〇六年）。
59 王宇，《性別表述與現代認同：索解二十世紀後半葉中國的敘事文本》。
60 具體可參黃發有，《準個體時代的寫作——二十世紀九〇年代中國小說研究》。
61 張文紅，《倫理敘事與敘事倫理——九〇年代小說的文本實踐》（北京：社會科學文獻出版社，二〇〇五年），頁七六至八八。

朱大可在《流氓的盛宴：當代中國的流氓敘事》一書第十一章〈消費敘事和搖滾裂變〉中，將衛慧和九丹納入了消費敘事的範疇，這原本無可厚非，但同時將之納入流氓（妓女）的轉型考量，認為市場是流氓主義和國家主義調情的舞臺[62]。這個論斷雖然很酷，符合朱大可一貫的文風，但並不準確，因為它忽視了一類自我作踐的「賤民」（subaltern）女人身份認同的正常性、悖論以及背後更大的寄託。

在《都市敘事與欲望書寫》中，王宏圖相當精彩地梳理了一九三〇至九〇年代代表性都市敘事流派，如新感覺派、張愛玲、茅盾、五〇年代、「文革」、世紀之交等時空中的欲望書寫。然而，回到一九九〇年代的論述，作者在後記中寫道：「限於學力、才力和時間，上述設想在論文中並沒有完美地實現出來，尤其在最後一部分對於九〇年代的都市敘事本可以展開得更為充分。」[63]這段措詞照實際看來並非只是謙虛。當然，這也給後人的論述推進提供了一展身手的空間。

中山大學柯倩婷博士的學位論文《身體、創傷與性別——當代小說的身體書寫》[64]將研究對象鎖定在一九八〇至二〇〇〇年之間，主要選取了五個作家王安憶、鐵凝、莫言、王小波、徐小斌進行論述，同時結合某些國外作家進行類比。她主要從身體與物質世界、身體與母親、身體與創傷、身體與寫作、身體與政治等層面進行文本細讀（close reading）和切分，分析細膩，觀點敏銳。但不足之處在於，她的文本選擇似乎缺乏必要的譜系學梳理，而且更多是從點的角度進行闡發，對於當時文學發展的整體風貌缺乏充分的論述。更重要的是，她更關心的是身體各個層面的複雜政治，而非從力比多實踐角度著手探勘。

62 朱大可，《流氓的盛宴：當代中國的流氓敘事》（北京：新星出版社，二〇〇六年），頁三二七至三三二。

63 具體可參王宏圖，《都市敘事與欲望書寫》（桂林：廣西師範大學出版社，二〇〇五年），頁二四〇。

64 具體可參柯倩婷，《身體、創傷與性別——當代小說的身體書寫》（學位論文）（廣州中山大學中文系，二〇〇五年十二月，指導教師艾曉明教授）。

戴錦華著述的《隱形書寫——九〇年代中國文化研究》如其標題所言，聚焦於一九九〇年代的文化圖像，相當宏大卻精彩地描述了不同階層、樣式、體裁的文化潮流。雖然和文學的關涉不是很大，但是她對文化研究中的某些陷阱的清醒認知卻值得深入思考。尤其是如何處理全球化語境中的大眾文化問題。不屑或者視而不見的精英姿態固不可取，但是過於樂觀地以為「中國已然同步於世界」也是陷阱重重，這既遮蔽了全球化進程中的複雜權力關係、跨國資本的滲透、經濟驅動的差異，以及當代中國「一個民族、階級、性別話語的再度構造及其合法化過程」[65]。當然，這種警醒尤其對於一九九〇年代以來通俗長篇的書寫認知同樣適用。類似地，許紀霖等著述的《啟蒙的自我瓦解——一九九〇年代以來中國思想文化界重大論爭研究》[66]從文化的縷述和辨析角度高屋建瓴的再現也剖析了整個九〇年代的文化熱點、主流及其局限，也可和身體書寫互相對照。

如果從整體框架上展開思考，前述布恩教授的大著《力比多流：性與現代主義的形成》（Libidinal Currents: Sexuality and Shaping of Modernism）雖然主要是通過考察一九二〇至一九六〇年代的西方作品來闡述性徵（sexuality）與現代主義的形成關係，它在三個相關領域皆有建樹與推進：現代性、敘述理論、性理論，值得大力借鑑。在其銳利與嚴謹背後，恰恰論證了一九九〇年代中國語境的考察也可能頗有意義：它可能不只是相關理論的中國語境嘗試，更可能是一種對多樣性和新可能的探掘。

65 戴錦華，《隱形書寫——九〇年代中國文化研究・緒論》（南京：江蘇人民出版社，一九九九年），頁四至五。

66 許紀霖等，《啟蒙的自我瓦解——一九九〇年代以來中國思想文化界重大論爭研究》（長春：吉林出版集團有限公司，二〇〇七年）。

四、問題意識與方法論

本書的操作與展開在方法論上將採用福柯意義上的考古學和譜系學的策略，在本書的實際研究中，任何一個對個體作家的集中論述都不是孤立的，而是結合一類或者是譜系學意義上的一群進行追溯和比較，藉此可以更加凸現個體的座標意義，同時也可以顯出本書作者的取捨態度。無庸諱言，譜系學非常強調細膩、枯燥的文獻功夫，同時，譜系學根據反諷和類比來對所謂的「現實性」進行另類使用和再現，消解歷史所謂的同一性；更進一步，譜系學認為歷史的認知主體有自己的偏見和主觀性。為此，它是要描繪這種斷裂的罅隙，而不是彌補。

如果單純考察二十世紀以來的西方的身體敘述，毫無疑問，身體敘述也是一部發人深省的歷史，它在眾多領域中受到很多學術大師的關注。二十世紀八〇年代以來，西方學界很多學科／領域，比如社會學、女性主義、精神分析學、哲學等都曾把它作為焦點對象進行申論和闡發。

例如，蜜雪兒・費爾（Michel Feher）等人主編的煌煌三卷本《身體歷史談片》為後繼的身體研究夯實了堅固的基礎[67]；布萊恩・特納的《身體與社會》從社會學的角度指出身體的悖論——「人既有身體，在特定意義上，人也是身體」[68]。

而女性主義則往往將身體認定／注釋為和權力關係息息相關的符號系統，如伊莉莎白・格羅茨（Elizabeth Gorsz）《易變的身體》（Volatile Bodies）就是集中討論女性主義身體觀獨特認識論的社會建構，並藉此挖掘其

67 具體可參Michel Feher with Ramona Naddaff and Nadia Tazi (eds.), *Fragments for a history of the human body* (New York: Zone, 1989).

68 布萊恩・特納著，馬海良、趙國新譯，《身體與社會》（瀋陽：春風文藝出版社，二〇〇〇年），頁三二七。

中的權力話語[69]。同樣，不管是尼采（Friedrich Wilhelm Nietzsche，一八四四－一九〇〇），還是福柯，他們都對身體有著相當精深和獨特的認知。

如果單純從某一視角立論，則很容易遮蔽此類書寫中的繁複性，有論者指出：「他們縱情於食、色的欲望化大海，訴說物化時代人的生命狀態，同時又消解著全面發展著的人的生存理念，他們推動著世俗化時代的『身體審美』，拉平藝術與生活之間的距離，都以頹廢放蕩為基本風格。」[70]此類宏大敘事難免以偏概全之虞。

問題的關鍵在於，我們必須返回一九九〇年代以來中國語境中的身體意識形態。當然，這裡的意識形態的蘊涵也開始變得寬廣且可操作：它可以是身體自身內部的欲望覺醒及放縱的張力；也可以是和不同歷史時期意識形態等政治話語密切相關乃至異化的情境；同樣也可能是性別政治中的實踐操作；當然，它也可能成為對商業、經濟資本消費、壓制等的指涉；更進一步，在透過商業浸染的表象下，我們更要看到政治意識形態放逐下的曖昧空間，身體意識形態遠比膚淺又表面的單層或二元對立認知複雜得多。

具體到一九九〇年代以來的文學語境中，本書的問題意識如下：

1.「身體寫作」，更準確地說，這些文學中的力比多實踐及書寫究竟可視為身體的解放[71]，還是成為人被身體所奴役和支配的寓言？（有論者指出，「身體寫作」就是當代人被身體所奴役的見證，同時它也是大眾文學參與身體之大寫運動的見證[72]。）

---

69 Gorsz, Elizabeth, *Volatile Bodies: Towards a Corporeal Feminism* (Bloomington: Indiana University Press, 1994).

70 具體可參張器友等，《二十世紀末中國文學頹廢主義思潮》（合肥：安徽大學出版社，二〇〇五年），頁二四。

71 陶東風，《中國當代文學中身體敘事的變遷及其文化意味》，參學術中國網站「學術週刊」二〇〇六年三月A。http://www.xschina.org/show.php?id=6220；http://www.xschina.org/show.php?id=6221。

72 余虹，《「身體」的大寫，什麼東西正在到來？——兼談「身體寫作」》，《中南大學學報（社會科學版）》二〇〇五年第五期。

2.如果從性別政治考量，「身體寫作」是對男權話語的可能消解還是對既定男權規則和秩序的不得不順應或有意利用？

3.力比多實踐中的反叛，到底是一種現代性的自我實現姿態，還是在消費主義和市場意識形態下的炒作？

4.二十世紀九〇年代中國文學中的力比多實踐書寫中，其書寫方式表徵和傳達了怎樣的文化精神及其可能？

回答上述問題並不容易，也可能在不同的文本、個案那裡呈現出碎片化、拼貼狀的答案。本書在下面的代表性個案中會展開深入論述和解答。

本書選擇了如下個案：

1.賈平凹：其《廢都》在開啟商品化大潮中的純文學下海以及從性角度來探究社會與個體的文化症候層面頗具典型性；

2.王小波：被稱為文壇外高手的王小波以其獨特的黑色幽默、豐富想像力和對性的長久關注與獨特表達令人刮目相看；

3.阿　來：其《塵埃落定》無愧茅盾文學獎的榮銜，即使在性描寫和話語角度也可呈現出藏族土司制度下群體與個體的獨特意識形態糾纏；

4.高行健：諾貝爾獎獲得者高行健，在異國「原鄉」的時候不僅僅有著名的《靈山》，而且，在回顧歷史創傷、塗抹歷史記憶層面也有和性密切勾連的《一個人的聖經》；

5.陳　染：本書另闢蹊徑，從家庭暴力視角重讀《私人生活》，以期揭示性屬規範中的權力關係以及暴力因應；

6.九　丹：《烏鴉》中的身體其實更是民族的身體一種跨國性的漂泊和游離，其中也呈現出個體自我認同的曖昧；

7.衛　慧：《上海寶貝》和《我的禪》都是一種新東方主義的典型文本，也呈現出跨國語境（transnational

context）中力比多實踐中的認同政治；

8.木子美：《遺情書》作為網路性愛日記，意味著不只是言說媒介的變化，也呈現出對性的悶騷式冷處理，而其中也含有性別政治的悖論；

9葛紅兵：知識身體的遭遇，在《沙床》中顯得淋漓盡致，沉重的肉身在操守的堅守與現實的擠壓、誘惑中更顯悲戚；

10余　華：《兄弟》中的性話語刻畫的確耐人尋味，其成長譜系，以及意義指向都有值得探究之處。

不難看出，本書並沒有單純局限於「七〇後」美女作家的身體寫作，而是關注有代表性的力比多實踐文本，無論男女；而在題材上，則著眼於不同的身體意識形態：知識份子的商品化身體、政治的黑色幽默身體、藏族傻子的身體、政治創傷國際身體的交流、內向的女體、跨國性消費身體、自我消費的身體、知識身體的墮落、折射轉型期的身體變異，等等；同時，筆者也更關注某些作家的離散（diaspora）經驗[73]和國際化背景，這樣對於自身的瞭解和判斷無疑更加準確和動態。

當然，文本細讀（close reading）一直是我企圖對抗大而無當的宏大敘事慣用手法，其實借助譜系學和考古學的方法，我們同樣也可以小見大、大氣磅礴，而未必擺出一副大師的架勢和口吻。對文本的細膩感受、敏銳拿捏以及學理支撐下的本能判斷以及嚴密論證對於一本文學專著無疑是必需的，讓我們一起進入那些開放的文本，以文學的方式閱讀文學，以文化研究（cultural studies）的方式拓寬思考。

不難看出，本書對相關文本的選擇是有自己的標準的，一方面是立足於歷時性角度不同時間點中的長篇小說文本對力比多實踐關注以及再現的密度與影響力，比如賈平凹《廢都》中的性描寫在當時可謂轟轟烈烈，也同時

73 有關高行健的離散論述，可參拙文《想像中國的弔詭：暴力再現與身份認同——以高行健、李碧華、張貴興的小說為中心》，《揚子江評論》二〇〇八年第二期，頁八七至九二。

和時代語境——從二十世紀八〇年代轉向九〇年代的政治緊縮以及經濟強調有著密切的關聯和獨特的代表性，王小波的小說書寫對身體大加強調，但他對歷史、現實中文化政治悖謬的曲折與巧妙探討毋寧更鐫刻了時代的自反性（self-reflective）特徵，等等；另一方面則是考慮到具體個案的代表性，也即，這些文本本身既有鮮明的個性，同時，又有類的表徵，所以而和此類個案相似的其他寫作則不再重複，比如，在論述陳染的《私人生活》時，其實同時也間接點評了在同樣語境中神似的林白的長篇書寫，儘管從另外的視角考察，她們可能也有很大的差異性。

本書副題為「論漢語長篇（一九九〇—）中的力比多實踐及再現」，需要指出的是，這裡的長篇是從更寬泛的意義上使用的。表面上看，王小波的《黃金時代》等作品從單篇小說上看只是中篇小說，但實際上，王小波的時代三部曲彼此之間有著相對嚴整的內在邏輯關聯，如果把它們分別視為長篇小說，似乎也無不可。木子美的《遺情書》往往由不少短篇連貫而成，如果按照嚴格上的篇幅限定來決定是否是長篇，似乎又忽略了其書寫主題的既有獨立張力又熱烈對話的微妙關聯，所以，在本書中，筆者把它們都視為長篇小說。

這或許是一本有風格的論述、有個性的觀察、有爭議的選擇、有理念的堅守，無論如何，請您開始帶著開放的心態開始閱讀、享受也指正。

第一章　欲望的弔詭
——賈平凹《廢都》情色書寫的悖論

提　要：通過對《廢都》近乎極端的對立評價中另闢蹊徑，本章力圖探討賈平凹情色書寫實踐中的悖論——欲望的弔詭。本章大致從三個層面分析這種弔詭：（1）從書寫轉型期層面看，《廢都》的情色書寫可以概括為都市性愛的鄉土迷戀；（2）從性別視角的補償功能來看，其中的性愛敘事又是一種在場的缺席；（3）從性表徵的角度考察，《廢都》的性描寫既反映又加強了這種浮躁／失範的社會語境。

關鍵詞：欲望；弔詭；《廢都》；性愛。

文學史或文學批評對同時代文本的判斷其實往往需要一定的時間和理性沉澱加以消化，過於急切則可能得出相對偏執的結論，對《廢都》（北京出版社，一九九三年）的評價同樣如此。

在《廢都》出版後不久，相關臧否近乎鋪天蓋地一古腦兒湧來[1]。溢美者，如當代《紅樓夢》、《金瓶梅》高帽廉價奉送，小說儼然對當時世相刻畫出神入化，為後世之楷模；當然，批評者，也是淋漓盡致，尤其是，面

1　簡單而言，具體可參郜元寶、張冉冉編，《賈平凹研究資料》（天津：天津人民出版社，二〇〇五年）中一九九三至一九九四年間豐碩的研究成果附錄。

對《廢都》中鬱鬱蔥蔥的性描寫，素有著名嚴肅作家之面目的賈平凹此舉無疑招人詬病。「而《廢都》中赤裸裸的『性描寫』，在現、當代文學史上大概是空前的。『性』的隱祕性和其他涵義在這裡已經蕩然無存，只剩下人生理需求上的放縱和刺激，從這個層面上說，它僅僅具備了商業的品格。」[2]

甚至，由於其情色書寫在當代文學史前無古人地明目張膽、肆無忌憚，因此也為批評者大加鞭撻：「《廢都》徑直地投合了文化大眾陰暗而卑微的心理，從中我看不出作者對生命的正視、對人生的尊重，在這部以『廢都』為標題、貌似有歷史感的小說中我也感覺不到作者對歷史真義的體味與敬畏。人、性愛、情感與鬥爭，在賈平凹手中都變成了一種骯髒的玩弄。」[3]

如前所論，對文本解讀（哪怕是症候式分析）往往需要銳利十足的手術刀實踐和理性、宏闊的立體視野。在我看來，《廢都》顯然遠比上引兩種近乎對立的極端評價複雜。這當然不是一種庸俗的折衷，而是在回到文本、歷史現場同時又跳出歷史框限後的一種重新定位和安置。

即使回到沸沸揚揚、刀光劍影的焦點所在——性描寫上面時，我們也不難發現，前人的研究大都呈現出批評的偏執：如以道德的尺規丈量文學再現；以小說人物來比附被虛構的現實；將作品抽離社會文化的場域（field）等等。這顯然簡單化了《廢都》中的情色實踐。為此，於筆者而言，仍然有重新解讀的空間。

關鍵在於：如何展開？換言之，問題意識何在？

也恰恰是從兩種近乎極端的對立評價中，筆者在閱讀《廢都》過程中感受了賈平凹情色書寫實踐的弔詭。本章大致從三個層面分析這種弔詭：（1）從書寫轉型期層面看，《廢都》的情色書寫可以概括為都市性愛的鄉土

2　孟繁華，《賈平凹借了誰的光》，見多維編，《〈廢都〉滋味》（鄭州：河南人民出版社，一九九三年），頁九八。

3　李書磊，《序：壓根就沒有靈魂》，見多維編，《〈廢都〉滋味》，頁一。

迷戀；（2）從性別視角的補償功能來看，其中的性愛敘事又是一種在場的缺席；（3）從性表徵的角度考察，《廢都》的性描寫既反映又加強了這種浮躁／失範的社會語境。

一、書寫轉型的弔詭：都市性愛的鄉土迷戀

如人所論：「九〇年代小說也不是封閉的自我指涉存在，它在縱向上必須被放置在中國當代文學乃至中國新文學的歷史發展長河中，在橫向上必須與九〇年代非文學因素如時代語境、社會制度和文化現實等互動闡釋才會獲得自我鏡像。」[4] 無庸諱言，對《廢都》的處理如果放在類似的平臺上進行解剖，自然會獲得更佳效果。

（一）社會文化場與主體自擇

《廢都》的出現，從文化場域發展的現實和個體角度看，都可謂是種必然。

1. 社會文化場

十年浩劫（一九六六至一九七六）——「文化大革命」的完結終於給彼時奄奄一息的文學創作以喘息和復甦的時機。而曾經被視為禁區（比如當年八億人看的八個樣板戲中，家庭倫理結構，尤其是夫婦關係，往往是殘缺

4 張文紅，《倫理敘事與敘事倫理——九〇年代小說的文本實踐・引論》（北京：社會科學文獻出版社，二〇〇六年），頁二。

的[5]）的情愛書寫也逐步得以回歸。不管是作為一九八〇年代初期情緒宣洩或控訴的突破口（比如《愛是不能忘記的》、《爬滿青藤的小屋》等），還是重新建設新生活、初步小心翼翼構想的載體（如《麥稭垛》等）；或者是八〇年代中期「性」色素的添加，對人性欲望被壓抑的反撥（如張賢亮的《男人的一半是女人》），或者是釋放（如莫言的《紅高粱》），性愛敘事很大程度上彰顯了對狂熱的生命力活性與精神昇華。

當然，在這些書寫的背後同樣也蘊含了對當時時代文化場域變遷的反映或省思：比如從愛情到情愛到性色彩加重的階段式發展，也體現了社會文化道德尺度的調試和放寬主潮。而隨著時間的推移，相對純情的傳統敘事範式更是慢慢讓位於新潮作家的勇於嘗試。比如，尤其是時稱先鋒派的小說家在八〇年代中後期就異軍突起，在情色書寫上也有所推進，如陳曉明就指出：「很顯然，八〇年代後期，『純文學』特別是先鋒文學中，已經少有純潔神聖的『愛情』故事，用『性愛』故事，替代『愛情』主題，不僅表示八〇年代後期文學所面臨的尖銳矛盾，同時也預示著步入現代化的中國社會所面臨的精神困擾。」[6]

而隨著時序的遞增，二十世紀九〇年代的到來不僅標誌著時間的推進，更重要的是，在各個層次上都有相當的質變，在思想層面，有學者認為，若從啟蒙視角考察，八〇年代的主題是啟蒙的話，九〇年代的主題「就轉為反思啟蒙」[7]。同時，回到文學，整體而言，「欲望化」、市場商品大潮、全球化、大眾通俗文化、世紀末情結的瀰漫等輪番上場，眾聲喧嘩的聲色變遷給文學的嬗變添加了催化劑。從此意義上講，賈平凹的《廢都》，作為對此類現象的書寫，其出現可謂應運而生、自然而然。「賈平凹披著『嚴肅文學』的戰袍，騎著西北的小母牛，

5 李銀河指出，一九六〇、七〇年代「極端時期，性的話語甚至從公眾話語中完全消失，對性的隱匿、規避、恐懼達到了前所未有的巔峰狀態，在『革命樣板戲』中，任何能夠引起性聯想的情節和人物關係都被掃蕩得一乾二淨」。見李銀河，《李銀河說性》（哈爾濱：北方文藝出版社，二〇〇六年），頁三一。

6 陳曉明，《無邊的挑戰》（桂林：廣西師範大學出版社，二〇〇四年），頁一五五。

7 許紀霖等，《啟蒙的自我瓦解——一九九〇年代以來中國思想文化界重大論爭研究》，頁一二。

領著一群放浪形骸的現代西門慶和風情萬種、欲火中燒的美妙婦人，款款而來，向人們傾訴世紀末最大的性欲神話，令廣大讀者如醉如癡，如夢如歌。」[8]

但《廢都》在當時無疑是觸目驚心的，其情色書寫尤甚。如果我們回到哪怕是陝西地域上，路遙的《人生》（具體可參《收穫》一九八二年第三期，頁四至九〇）無疑呈現出另樣的圖景／語境，而在性愛描寫上其純情也是顯而易見。《人生》中無論是情侶高加林和巧珍，還是高加林和黃亞萍，他們的親密關係不過維繫到親嘴的程度，其中更多是非常類型化的「抱」、「親」字眼，而愛情的確是純粹得令人心動。比如巧珍對高的幻想，「她把她的手放在他的手裡，讓他拉著，在春天的田野裡，在夏天的花叢中，在秋天的果林裡，在冬天的雪地上，走呀，跑呀，並且像人家電影裡一樣，讓他把她抱住，親她……」（頁一八）甚至黃亞萍和高加林所謂比較都市化的愛情、現代愛情也呈現出相當虛泛和表面的一面。所謂現代性，不過如此：比如游泳，在沙灘上曬太陽，在東崗聊天、唱歌，穿上海時興的成衣，女帶男騎自行車等。顯然，這樣的愛情表達和十年後的《廢都》相比，自然是天壤之別。當然，這更多也反映出背後時代的滄海桑田變遷。

2. 主體自擇

如果回到作家（或知識份子）的主體位置升遷角度看，作為類的知識份子和作家個體無疑既有交叉又有區隔。從「文革」結束後的萬民關注，到逐步的光環淡去，再到商品大潮洶湧而至後的「泯然眾人矣」，《廢都》當然也反映了此類現象中當事人複雜的心態折射：「自七〇年代末期以來，處於邊緣的中國知識份子又有了短暫的『迴光返照』的機緣。他們又一次體驗了大眾『代言』人的豪情或悲壯。但商品經濟大潮鋪天蓋地的衝擊，使

8 陳曉明，《真「解放」一回給你們看看》，見多維編，《〈廢都〉滋味》，頁二四。

知識份子『百無一用』的面目和盤托出。『代言』卻失去了聽眾，原有的秩序、價值、意義都發生了變化，這些人便又一次迷失了自我，甚至喪失了再尋生存價值的信心。」[9]

作為心靈感受細膩和敏銳的作家，對時代的感知和浮浮沉沉的痛楚往往有著比常人更強烈的體驗，賈平凹自然也有深刻體察。而《廢都》中的所謂「安妥靈魂」也是一種心靈反映：「八〇年代的那個遠大的歷史主體自我反射的鏡像早已破碎，殘餘的碎片被賈氏拾掇珍藏，與其說個人的白日夢在這裡找到了它的歷史起源，不如說，破損的歷史在這裡開始了它的衍生行程。然而，一個歷史主體重新崛起的神話，其實不過是一個性欲焦慮者的心理補償。」[10]

從一個擅長寫美文、鄉土散文的作家到書寫都市，自然也反映了社會環境的氣氛／變化，也更是作者的主動選擇：「一晃蕩，我在城裡已經住罷了二十年，但還未寫出過一部關於城的小說。」甚至「有一種內疚」（《廢都・後記》，頁五一九）。

（二）都市性愛的鄉土迷戀

郜元寶指出：「從八〇年代初開始，與時代精神若斷若續的連接，對民間文化曖昧的尋求，一直是賈平凹小說創作的兩翼。這兩翼看上去那麼不協調、不平衡，卻奇妙地交織、共存著。」[11]上述論斷可謂相當精煉地總結了賈平凹作為一個優秀作家的實踐。

9 孟繁華，《賈平凹借了誰的光》，頁九五。
10 陳曉明，《真「解放」一回給你們看看》，頁三一。
11 郜元寶、張冉冉編，《賈平凹研究資料・序》，頁二。

而實際上，在八〇年代中期以前，或者更準確一點，賈平凹的成名恰恰是源於他對鄉土和民間文化的深沉浸潤與細膩傳神刻畫，而後才漸漸涉獵都市，同時又不斷回歸，循環往復：「賈平凹文學世界中最鮮明的風景就是民俗文化世界，或者具體地說是以商州為重點的三秦民俗文化世界。他的視野由商州擴展到三秦大地，由鄉村延伸到城市，又由城市重返鄉村，或者說不停地在兩者之間徘徊躑躅。」[12]在我看來，書寫都市並未讓賈平凹跳脫鄉土，這不能不是一種弔詭。

1. 書寫立場：以鄉村打量都市性愛

如果從《廢都》性愛發生的歷程來看，尤其是我們若以莊之蝶為中心的話，在整體上，賈平凹對性愛的想像和設計其實還是相當土氣的。我們或許可以認為，《廢都》中的西京敗落和莊之蝶的性愛實踐大都隱喻了古老文化和鄉村「士」人在現實生活中的頹退，但無庸諱言，莊之蝶的偷香竊玉和顛鸞倒鳳，其實更是背負了過於土氣的傳統。

和太太牛月清，莊更像是表現出類似於體制內的敷衍工作作風，恍若姦屍；而唐宛兒則是略有才氣的小混混周敏的情人，工於心計，放蕩野性，也有一些傳統的鄉土氣息，實則更多是「妾」的身份認同；阿燦，更是近乎都市邊緣的流浪女；柳月則是野心十足的小保姆。對莊之蝶性事的處理或誇張或平實，或煽情或簡約，其實都表現出賈平凹對性事書寫的過度膠著，這種過度熱心則反映出賈的稚嫩和土氣。在上述四個女人中，莊總是如魚得水，這是他勝利的一面。而失敗時，也即，當莊最後官司輸給曾經有過好感的景雪蔭時，賈平凹卻也選擇讓莊意淫景（頁五一六）。種種處理都證明了賈的土氣。

12 韓雷，《救人和自救——對〈廢都〉的症候式閱讀》，《綏化學院學報》二〇〇五年第五期（二〇〇五年十月），頁七九至八三。引文見頁八〇。

如果從性愛敘事的處理策略上看，賈平凹無疑也有其缺憾——農民式的不足。比如，其性愛書寫往往有缺乏合適審美距離的淺白化、庸俗化弊端，過於強調性動作描寫[13]。大有一種收了人家錢，要亮出真貨色的過於實在。而在性描寫上，則過於鋪張了。而如果從敘事節奏上考慮，似乎也是一種性愛壓抑→宣洩→徬徨的結構。而這樣一種敘事結構，恰恰吻合了「欲望被壓抑多年的當代農民的精神結構」[14]。

2. 前現代都市

如果將視角擴大，觀察《廢都》中更大的事件發生場地——西京，我們也不難發現，一九八〇至九〇年代的西京其實更是一座前現代城市。它所隱喻和關涉的其實更是在初步轉型期中社會和個體的尷尬，不新不舊，既新又舊。《廢都》命名廢都，但如果考察其八〇至九〇年代的頹廢，似乎遠比不上一九三〇至四〇年代的上海，而且無論在書寫手法上，還是書寫的內容上皆然[15]。

比如，塤、老者（瘋子）、牛（哲學家）都是民間文化作為背景的有意添加，作者可能想藉此起到拯救作用，卻在很大程度上平添了都市書寫的土氣與鮮活（另一面也讓人覺得這種操作的突兀和勉強）。當然，這背後也暗含了農民式城裡人（小知識份子）的複雜感受和情結。有論者指出：「一方面，我們可以把《廢都》的出現理解成民間文化從一直被壓抑、被遺忘的地位向主流文化層面的撞擊和上浮，另一方面，也不妨把《廢都》

---

13 韋妙才，《文學性描寫的「遮醜藝術」——〈查泰萊夫人的情人〉與〈廢都〉的性描寫比讀》，見《宜賓學院學報》二〇〇五年第八期，頁七二至七四。

14 任湘雲，《一九九〇年代文學「性而上」現象反思》，《寶雞文理學院學報（社科版）》二〇〇五年第二期，頁八四。

15 具體可參Leo Ou-fan Lee, Shanghai Modern: *The Flowering of a New Urban Culture in China, 1930-1945*. (Cambridge: Harvard University Press, 199).

現象看作是現代知識份子從種種現代意識和主流意識形態文化脫身而出，回歸或者說下降到某種民間文化的氛圍。」[16]但無論如何，西京的士氣卻是註定的。

所以，由上所見，《廢都》對轉型時期的都市書寫，無論是從性愛的角度（尤其是從整體角度和男對女的操縱關係上），還是從都市描寫角度，都極具農民視角和色彩，缺乏現代性和都市化的深入描寫。這或許是一種弔詭，力圖書寫都市的賈平凹在操作上仍然難以擺脫鄉村的取向／定位。

二、補償功能的弔詭：性愛敘事在場的缺席

雷達曾經指出：「莊之蝶的沉溺女色，一是為了逃避現實；二是為了拯救靈魂；三是為了安全感；四是覺得輕鬆。」[17]如果將其功能簡而化之的話，我們也可視為是補償功能，無論是對於自我、身體還是靈魂。耐人尋味的是，在這種功能實施中，卻同樣存在著張力十足的弔詭。

（一）性的廢都

簡而言之，《廢都》中的性和當時的社會語境是形影不離的，一方面，我們不妨說，賈平凹筆下的性生態很大程度上與性主體的社會生存狀態密切相關：「平凹在寫性之時，注意寫出在性之內裡的人物的心態，這心態

16 王富仁，《〈廢都〉漫議》，見郜元寶、張冉冉編，《賈平凹研究資料》，頁二六六。

17 雷達，《心靈的掙扎——〈廢都〉辨析》，見郜元寶、張冉冉編，《賈平凹研究資料》，頁二三七。

是與人物的社會生存狀態一致的。」[18]另一方面，賈平凹也恰恰是以人的本能——性來觀照廢都何以廢的過程：「作品通過莊之蝶性壓抑和性描寫，來完成對它的心靈造影，是與作品整體意象的創造相交融的。也就是說，對於性壓抑與性渴求的揭示，構成了廢都意象世界中生命情結境界的一個方面。」[19]如果梳理一下《廢都》中性的表現姿態，則不難發現其多姿多彩。為方便起見，我們不妨以表格觀之：

性姿態	具體表現及書中位置
性幻想／性夢	莊對唐，頁三二；柳月性夢，頁二〇七；吃白粉的小乙性幻想，頁二八三
意淫	莊對唐，頁七五至七六；莊意淫景雪蔭，頁五一六
手淫、自摸	莊，頁一一六至一一七；莊自瀆，頁二二九；唐自摸，頁三二一
夫妻房事	莊、牛求子，頁六二
性愛嬉戲	柳月與莊、論腳，頁一四七、一五〇；以陰水滋潤梅子，頁三三四至三三五
暗戀	汪希眠老婆對莊，頁一九四至一九五、一九七至一九八
禁忌性交	月經時期唐+莊，大出血，頁二五九
暗娼	本來要的，後來觀其陰部，同其聊天作罷，頁三一六
口交／窺淫	電影院唐給莊口交，頁四六八；莊看唐尿尿，頁四六七
幫交／誘姦	唐、莊交歡，柳月撞見，唐幫莊讓其與柳交歡，頁三二七至三二八

從上表可看出，除了嚴格意義上的性虐待和獸交以外，《廢都》幾乎囊括了全部性姿態嘗試，也難怪令時人驚呼連連。

18 田珍穎，《〈廢都〉責編田珍穎答記者問》，見廢人組稿，先知、先實選編，《廢都啊廢都》（蘭州：甘肅人民出版社，一九九三年），頁一四。

19 韓魯華，《世紀末情結與東方藝術精神——〈廢都〉題意解讀》，見《廢都啊廢都》，頁九四。

需要指出的是，從性本能角度來探勘人性及其居住環境的敗落、頹廢則彰顯出賈平凹敘事的匠心。而形形色色的性姿態及實踐其實也包含了日常倫理與某個層面的精神追求。比如，莊之蝶的「求缺屋」其實也反映出莊精神與肉體雙重的不滿足，性當然是不可或缺的，而同時由於社會的浮躁風氣影響以及莊個體的迷惘弱點，肉體恰恰是幾乎承擔了全部的需求責任，成為渴求與補償的焦點。

有論者指出，「求缺」屋的命名，更是反映了莊希望通過人類從祖先那裡遺傳下來的最原始的刺激方式「來刺激自己的生命力和創造力，從而衝破怪胎文化無形的堅牆利壁，追求文化新生的企求。儘管莊之蝶最終沒有逃出廢都，而中風在車站的候車室裡，也始終避免不了成為廢都之中一堆破爛的悲劇命運。但是與其他人相比，它畢竟覺醒過、奮鬥過、掙扎過」[20]。上述論斷可能高估了莊性實踐奮鬥的意義，因為莊的實踐既有其企圖衝破怪胎文化的一面，也有其處於轉型期中無所適從的徬徨的另一面。但整體而言，性還是發揮了其獨特功用的。比如，莊在官司失敗後對他一直保護的景雪蔭也憤憤進行意淫，從保護「舊情人」的善良（其實從莊與汪希眠老婆的純情與守德也可看出），到官司挫敗，到整個人物身敗名裂，意淫無疑起到了微弱的補償作用。類似的還有小乙的吸白粉。

而其中令人觸目驚心的暴烈則是阿燦，其通過接吻咬仇人舌頭復仇的烈女行徑卻又呈現出廢棄糜爛中另一種驚豔的美。當然，莊之蝶本身對性的實踐同樣有其善良、懦弱的一面，也有其不甘沉淪卻又無法逃避的一面：「在一個『性』字的標誌下，莊之蝶尤其集中表現了他的追求和沉淪。他企望在聲名所累的桎梏中衝出，於性的追求中尋覓美，但他恰又在這尋覓中顯出了醜；他意識到這醜的出現，又在這醜中去追求美。如此循環，形成了一個真實的矛盾體。」[21]

20 王嬌萍，《撥開『性』的迷霧——從莊之蝶的悲劇原因看〈廢都〉的文化內涵》，《浙江師大學報》一九九四年第五期，頁四四。
21 田珍穎，《簡說〈廢都〉》，見劉斌、王玲主編，《失足的賈平凹》（北京：華夏出版社，一九九四年），頁一一二。

但最終的結果卻是令人失望的，性實踐，原本可以發揮補償功用，而實際上，《廢都》中的性實踐最後多以悲劇收場：流氓才子莊之蝶官司失敗、諸女飛離，自己又中風；唐被抓回原處備受折磨，阿燦遠走高飛，柳月嫁給了市長的殘疾兒子成了犧牲品，甚至連原本清靜的尼姑惠明都曾懷孕打胎。有論者指出：「《廢都》決不是一部高揚人的主體性的文學作品，它表現的是性的無指向性，整個世界已喪失了整體性歸依，失去了靈性的光環，活著沒勁，也許只有在性刺激和性放縱中還能尋找刺激、滿足？」[22]而實際上到了最後，性刺激和狂歡（carnival）過後卻是更大的虛空，補償功能卻又反襯了這一難以掩飾的尷尬。

（二）男性凝視（gaze）：一廂情願與俯視女人

1. 一廂情願

或許是有意彰顯出「家花」與「野花」的差別，莊之蝶在牛月清那裡得不到歡愉性體驗，其各色情人們往往卻表現出「性事」方面的積極主動和令人遐思。比如，唐宛兒富有想像力的放蕩，願意隨時隨地滿足莊之性饑渴；阿燦的勇於奉獻而毫不粘連，柳月的獨特（民間說的白虎）和年輕亮麗等都給了莊相當豐富和口味獨到的體驗。但令人納悶的是，這些女性往往都表現出失卻不同身份差異的前赴後繼的「獻身」精神，這不能不說是男性作家賈平凹的一廂情願想像，甚至是自戀傾向。她們「出身經歷、文化素養、性格脾氣各各不同，然而一到『性行為』時，都一個個『色膽包天』，花樣迭出，似乎全是風月場上的老手……這就純屬作者一廂情願的浪漫，完

22 李慶來，《關於〈廢都〉》，見劉斌、王玲主編，《失足的賈平凹》，頁四九。

全游離於人物個性意識。性行為，僅僅只有姿勢動作的差別……這類不真實的性描寫，不能不影響這些人物的藝術真實。」[23]

如果回到書寫主體角度看，作者世俗世界的瑣事糾纏、磨難不斷以及近乎苦行僧式的書寫生活（參後記）也可能更讓他在書寫性實踐的時候有了不自覺的過度灌注。而《廢都》似乎也有自娛之嫌，甚至由於強調成色，而讓這種過度和剩餘走向了媚俗，「在社會規範暫時失約的狀態中，以莊之蝶為代表的文人也自我失約。外在和內在的規定性在這些人身上差不多蕩然無存」，由於缺乏必要的混跡商場、官場的本領，「於是在徒然的羨慕和阿Q式的鄙夷中，尋找欲望最後的落腳點：性與女人」。《廢都》對性題材的處理，「承繼了《金瓶梅》以來舊式文人的陋俗，既無同情、博愛之心，又無憂患關懷之情。於是寫性，成為自娛和媚俗的方式，這既類似於關在書房裡沾沾自喜的意淫，又類似於置身大庭廣眾之下的搔首弄姿」[24]。

當我們考察賈平凹一廂情願書寫的原因時，其實我們也近乎等於探究作為書寫者主體經營的缺陷，他書寫都市畢竟還是鄉村式的，「沒有徹底的『虛無』，沒有徹底的『頹廢』，面對精神的困境和現實中的困境，有的就多是傷感和自憐了……這部作品在藝術上顯得有點不夠節制」[25]。

2. 俯視女人

如果從性別視角（gender studies）來考察《廢都》，我們可以發現，莊之蝶（或賈平凹）對女性還是凸顯了男性作家凝視（gaze）的目光的，這當然有一種權力關係，他實際上在俯視女人。

23 安文江，《〈廢都〉的性描寫與作者的自戀情結》，見劉斌、王玲主編，《失足的賈平凹》，頁九至一〇。
24 尹昌龍，《媚俗而且自娛》，見劉斌、王玲主編，《失足的賈平凹》，頁一二至一四。
25 張新穎，《重讀〈廢都〉》，《當代作家評論》二〇〇四年第五期，頁六〇。

更多時候，如果跳脫性實踐的限定，我們也可以視《廢都》中的性描寫為一種文化符號，而莊之蝶／賈平凹則是在幻想中堅挺；當莊回到家庭中，甚至事業中時，都往往不能圓滿。從此意義上講，女人（和溫軟的肉體）於莊更多是被意淫、想像構造出來的概念。

而更可歎的是，《廢都》中的敘事顯然更多是獨白敘事而非複調（巴赫金意義上的）[26]，因為小說中女人的發聲往往嚴重受作者操控。比如，小說中柳月認為莊的女人應該是妻、母、女、妓四重角色（頁二〇五）；而牛月清也是對莊無奈：「誰叫我是他的老婆呢，出了這麼大的事，我還硬什麼。他去坐牢，還不是我去送飯？我就是這命嘛！有福不能同享，有難卻同當，哪一次鬧矛盾不是我以失敗告終?!」（頁二七〇至二七一）

似乎只有尼姑庵主持惠明對女人角色的體驗比較成熟，如「在男人主宰的這個世界上，女人要明白這是男人的世界，又要活得好」，「女人要為自己而活」（頁四八四至四八五），頗有點銜接和發展了五四時期「我是我自己的」獨立意識的意味。但這卻是她以尼姑身份在墮胎兩天後痛苦反思的結果，這本身也是頹廢和殘缺以後的收穫，其中的張力和悖論耐人咀嚼。

值得一提的是，作為表現性愛功能的□□手法（此處刪去多少字的同類表達），則也引人注目。有論者指出：「採用這種手法實際上是賈平凹的一種期待和反抗，也包含了某種自嘲。」[27]所論頗有意思，但語焉不詳。也有論者指出：「中國文化就是刪去了中國人最感興趣、最想看到但又覺得不夠雅觀的東西之後留下的一些雅觀的文字。但這雅觀的東西在總體的精神上卻又是與那些不雅觀的東西相通的，二者是一個渾然的整體。」[28]

26 具體可參巴赫金著、白春仁、顧亞鈴譯，《陀思妥耶夫斯基詩學問題》（北京：三聯書店，一九八八年）或者參拙著《張力的狂歡——論魯迅及其來者之故事新編小說中的主體介入・上編》（上海：上海三聯書店，二〇〇六年）。

27 辛作良，《〈廢都〉，賈平凹義無反顧的墮落》，見劉斌、王玲主編，《失足的賈平凹》，頁七七。

28 王富仁，《〈廢都〉漫議》，頁二五九。

如果依照羅蘭・巴特（Roland Barthes）的說法，文本的閱讀其實和性愉悅有相通之處，古典文本的愉悅是一種性愛前奏。它存在於讀者的好奇心和欲望之中，它不斷挑起它們而又不斷拖延對它們的滿足[29]。在《廢都》中，□□卻更是性愉悅的直接表示。賈平凹將想像交給讀者，卻更可以刺激讀者，從而避免坐實敘述的空間和內容，這有點類似於美術上的「留白」手法。而在我看來，賈平凹卻是以殘缺的手法力圖達到補償效果，這在藝術上是相當成功的，而在內容上卻是個悲劇和弔詭，也因此將它們和不圓滿互相映襯。

三、表徵的弔詭：浮躁／失範社會語境的虛泛再現

賈平凹書寫《廢都》顯然不僅僅是糾纏於性愛實踐和想像，更重要的是，我們要看到在此背後深切的社會關懷和精神表徵。毋寧說，性也是這種表徵的載體和內容之一而已。耐人尋味的是，在以性為表徵的操作中，本身也是一個弔詭：這種表徵也呈現出一種意想不到的張力。

（一）宏闊觀照：性愛內外

無庸諱言，《廢都》呈現出作者的一種宏闊視野，而這個視野體現在性愛敘事內外中。這自然是《廢都》對社會生態與個體生存處境的深切體會和本真反映。

[29] Roland Barthes, *The Pleasure of the Text* (Oxford, UK: Blackwell, 1990), translated from the French by Richard Miller.

1.性活力

如果從性愛敘事角度看，《廢都》無疑呈現出性書寫的強大力能。一方面，如果從社會轉型期角度看，莊之蝶家庭內部夫妻行房趣味的僵化與固定無疑落後於時代的發展與欲望的膨脹步伐，而某種意義上說，這也是莊頻頻出軌的動因之一。同時，反過來，對性的強調同時又反襯出個體人性的弱點，也即，對外部環境的退讓：「《廢都》中婚姻關係的倒置以及對性行為形式的刻意追求，並非完全體現了所謂作品所突出的營造的『廢墟』意識，它應該在一定程度上同樣反映了人性之間的衝突以及人性與文化迫力之間的衝突……通過充分表現這種反差的社會因素和心理因素，《廢都》從一個反面揭示了人性的弱點。」[30]

另一面，在性愛方面的洞開與放縱，其背後自然也反映出必要道德底線的崩潰，顯然，《廢都》力圖藉此來批判轉型時期道德的淪喪，無論是文人、文壇還是當時更廣闊的現實語境：「當道德淪喪成了一條普遍的律定，當粗鄙與無恥成為一種時尚，猥瑣就該是那個時代最恰切的招牌，而猥褻將成為人們的習慣。從這一意義上講，《廢都》坦露的猥瑣和正視它的真誠的痛苦，足以映襯出當代文壇上來來往往的行屍走肉。」[31]我們毋寧說，這同時也是時代道德的病態。

2.寫在性愛之外

如果跳出性書寫來看問題，我們可以看到一個更宏闊世界的病變和腐頹。簡言之，如人所論：「一面是雅文化（經典式：代表著文化向上的精神）的墮落與毀滅，一面是俗文化（商業化：標誌著文化的滑坡）包括市井文

30 吳國璋，《我們和我們的影子》，見劉斌、王玲主編，《失足的賈平凹》，頁一三六至一三七。
31 李煒東，《螻蟻之歌──〈廢都〉印象》，見劉斌、王玲主編，《失足的賈平凹》，頁五八。

化、地下文化的氾濫成災，這是《廢都》通過文化人代碼向讀者提供的兩組文化現狀和走向。」[32]

如果我們以四大閒人為例，就不難看出西京如何在表面的文化熱鬧／喧嘩中走向墮落、頹廢的歷程。龔、汪、阮、莊（諧音：共枉原裝）四大巨頭，說得簡單一點，就是在新形勢下對職業道德的嚴重扭曲：畫家仿製摹品，書法家愛好賭博，音樂家「走穴」，作家「淫亂」。據說，莊算是「活得清清靜靜」，最規矩的一位，而我們從上述分析也可看出，莊的浮躁、虛空、放縱，可謂功力極深。而四大巨頭的下場卻也很慘，或橫死，或中風，或遭查辦，或被「綁架」。文化巨頭尚且如此，其他小嘍羅更是不在話下：招搖撞騙、傳播色情、虛假廣告、倒賣文物或書號、占卜卦詞等等，一片烏煙瘴氣。

我們也可以周敏為例進行分析，這個從潼關與唐宛兒私奔闖入西京的青年自然也有其追求，即過一種美好的城市生活，而他在當代都市文明潛規則的薰染下，卻也浮浮沉沉，逐步世故乃至惡俗化起來：比如，靠拍名人馬屁謀出路，一旦出事卻又貪生怕死；有些小才氣卻又缺乏實幹與吃苦耐勞精神。可以想見，他的最後失意（因和莊官司事件一起倒楣）既是對他個人野心和人生道路的打擊，同時又宣告了小莊之蝶們的墮落和失敗。顯然，在這背後呈現了賈平凹對都市文明發展和作為農村典範的批判以及憂思[33]。

（二）持續失範與無奈強化

不難看出，《廢都》中其實包含了一個有良心的作家在社會劇變時期，對種種社會失範、道德失範以及集體虛泛風氣的深刻反映與認真反省。但弔詭的是，《廢都》卻又在某種程度上客觀強化了這種虛泛。

32 高旭國，《世紀末文化的敗落圖景——〈廢都〉劄記》，見《瀋陽師範學院學報（社科版）》一九九五年第一期，頁六二。

33 而有關賈平凹作為「知識份子」對現實的思考，可參王堯，《重評〈廢都〉兼論九十年代知識份子》，《當代作家評論》二〇〇六年第三期，頁一八至二五的精彩論述。

我們應當正視《廢都》自身的缺陷。從創作主體看，由於身為（或自命為）轉型期相當失落的知識份子中的一員，作者對小說中類似角色主人公的墮落呈現出過度的同情而缺乏嚴厲批判與總結。哪怕是在反思女人時（頁四八七），也更多呈現出一種猶豫的愧疚，立場曖昧又游移。而他對女人的凝視姿態則更應該批判。

如果從書寫內容看，作者無疑沒有掌握好性的限度。有論者指出：「《廢都》當然是以自己廢棄的、殘缺的寫作，與其說概括了，不如說**證明**了當代文化之頹敗。作為頹廢文化的自我書寫，作為文化末日的妄想症，《廢都》恰如其分，名副其實。《廢都》現身說法，完成了一次自我及其當代文化的命名。」[34]其批評自然有過分之處，但對這種弔詭的鑑別，還是一針見血的。換言之，《廢都》中對性鋪天蓋地的呈現，同時缺乏必要的審美距離感和充分的文字矜持，則讓性愛五花八門的嘗試比比皆是，頗有喧賓奪主之感。原本可以更具衝擊力的性愛敘事變得膚淺、粗糙，有時也庸俗。這無疑也是一種無奈強化，並在某種意義上延續和發展了這種失範和虛泛。

結語

《廢都》作為一部爭議不斷的作品，其實有其獨特的苦心與魅力，即使從情色書寫角度看，它對中國社會中群眾，尤其是知識份子在世紀末轉型期中的生存狀態有相當獨到的感知和呈現，當然也精彩地重現了複雜的文化症狀：「舊的價值系統分崩離析，欲望的鐵律產生新的暴力，而新的價值系統尚未確立。」[35]當然，這種呈現也

34 陳曉明，《真「解放」一回給你們看看》，見多維編，《〈廢都〉滋味》，頁四八。

35 具體可參陳建華，《〈廢都〉及其啟示：末世文士的歷史「覆影」》，《帝制末與世紀末——中國文學文化考論》（上海：上海教育出版社，二〇〇六年），頁一一至二六。引文見頁二四。

有其弔詭之處，如都市性愛的鄉土色彩、性愛敘事補償功能的失敗以及其有缺陷的性描寫對失範社會的反省與無奈強化都在在發人省思。如果將此論題擴展開去，《廢都》和一九九三至一九九五年轟轟烈烈的「人文精神」大討論[36]似乎有著緊密的關聯，我們毋寧說，《廢都》既是這種討論和引子和因子，又是賈平凹的一種回應和思考。

不得不提的是，《廢都》大熱賣之際，也啟動了更多的類似需求與市場。此時的性，不僅和文化、知識、商品相關，而且也添加了更多的佐料，比如意識形態的「揭祕」、當代史、暴力、變態等等，這就將性變得複雜化。《白鹿原》算是其中的優秀作品，但更多則是一縱即逝的，比如老村的《騷土》、京夫的《八百里情仇》、哲夫系列等等。除此以外，在偉人傳記中，也往往有意無意添加了更多的娛樂、八卦性，我們當然也可視之為一種對意識形態的投機式消費——政治、商業、娛樂，因此合謀。

36 相關分析和總結可參許紀霖等，《啟蒙的自我瓦解——一九九〇年代以來中國思想文化界重大論爭研究‧第二章》，頁七二至九〇。

第二章　規訓的悖謬與成長的激情

——論王小波長篇中的性話語

提　要：王小波的長篇小說往往因了獨特的性描寫而惹人誤讀，本章力圖另闢蹊徑，通過探尋規訓和激情的張力關係考察其長篇中性話語的功用。比如，利用性話語探勘規訓中的悖謬：道德邏輯的謬誤，以及意識形態的偏執；不僅如此，他同時也探討了性作為成長過程中的「自然」生態意義及其可能弊端。需要注意的是，性話語在小說中也有成為一種去蔽過程中的新型權力話語傾向。

關鍵詞：王小波；性話語；規訓；悖謬；激情。

作為「文壇外的文學高手」，王小波（一九五二至一九九七）生前身後所引發的熱浪以及現象無疑耐人尋味，比如其不斷經典化（canonization）和過分「象徵化」（判斷的不正確性和意指範圍的無限廣闊）的過程[1]。尤其是，作為一個特立獨行的作家，他豐富奇詭的想像力、幽默灑脫的筆觸以及驚世駭俗的性書寫等等在在引起熱烈的討論。

1 鄭賓，《九十年代文化語境中媒體對王小波身份的塑造》，《當代作家評論》二〇〇四年第四期，頁一四一至一四八。

王小波曾經頗有體會地指陳國人批評文學的道德傾向：「在文學藝術及其他人文的領域之內，國人的確是在使用一種雙重標準，那就是對外國人的作品，用藝術或科學的標準來審評；而對中國人的作品，則是用道德的標準來審評。」[2]而面對王小波小說中屢屢可見的貌似粗俗的性描寫，這種皮相的道德評價似乎更順理成章，甚至一再引起誤讀。而實際上，據王小波自己所言，寫性不是為了找些非議，「也不是想要媚俗，而是對過去時代的回顧。眾所周知，六七〇年代，中國處於非性的年代。非性的年代裡，性才會成為生活主題」[3]，他在「性道德上是無懈可擊」的[4]。

目前有關王小波性描寫的研究主要表現為如下幾個方面：比如（1）探討性的三重意義：性與愛關係的再解釋、性對專制和壓抑的反抗、性作為人之存在[5]；（2）強調要從性差異的角度解讀性和權力的複雜關係[6]以及性的顛覆意義[7]；（3）強調要回歸性本身[8]，或藉「性」研究人存在的寓言[9]等等。

上述研究多能新人耳目，增益我們對王小波性主題實踐意義的認知。當然，也存在可拓展的論述空間，比如，如何系統地考察王小波小說中性話語（sexual discourse）被形塑的過程及其悖論，以及壓制中可能的權力過度反彈等等論題。

2 王小波，《跳出手掌心》，《理想國與哲人王》（西安：陝西師範大學出版社，二〇〇四年一版，二〇〇五年一月二刷），頁六二。
3 王小波，《從〈黃金時代〉談小說藝術》，見艾曉明、李銀河編，《浪漫騎士——記憶王小波》（北京：中國青年出版社，一九九七年），頁五一。
4 王小波，《理想國與哲人王》，頁七六。
5 王軍，《愛・反抗・存在——王小波小說中「性」的三重意義》，《當代文壇》二〇〇四年第四期，頁九至一一。
6 傅學可，《對〈黃金時代〉性話題本質的解讀》，《湖州師範學院學報》二〇〇三年六月號，頁一二五至一二七。
7 丁曉卿，《論〈黃金時代〉「性」權力隱喻》，《撫州師專學報》二〇〇〇年第一期。
8 王長才，《政治、性、美：王小波與米蘭・昆德拉之比較》，《滄州師範專科學校學報》二〇〇二年第一期，頁二五至三〇。
9 彭映豔，《性寓言生存——對〈黃金時代〉中「性」的解讀》，《郴州師範高等專科學校學報》二〇〇一年第一期，頁五二至五四。

本章的問題意識在於：王小波如何通過性話語來探尋規訓與激情的張力關係。更具體一點，他如何利用性話語探勘規訓中的悖謬：道德邏輯的謬誤，以及意識形態的問題，不僅如此，他同時也探討了性作為成長過程中的「自然」生態意義及其可能弊端——性話語是否又成為一種去蔽過程中的新型權力話語？

一、性話語譜系：戲謔中的原生態連綴

王小波對性話語的功用其實有著深刻的認知，在《革命時期的愛情・序》中他就指出：「性愛受到了自身力量的推動，但自發地做一件事在有的時候是不許可的，這就使事情變得非常的複雜……我要說的是，人們的確可以牽強附會地解釋一切，包括性愛在內。故而性愛也可以有最不可信的理由。」[10]或許是基於對性愛形塑／推拉的質疑與相關話語的深刻體認，王小波在性話語呈現譜系上也有其獨特的位次與姿態。

（一）譜系中的「這一個」

在二十世紀下半葉的文學書寫中，性描寫充當了一面鑑照世事變遷的鏡子，其中錯綜複雜、姿態萬千、五味雜陳的性表徵無疑引人注目：或者是被妖魔化，乃至剔除的他者（如樣板戲），或者是被高度純潔化的過濾物（如「十七年文學」中的實踐）；或者是苦難的拯救（如一九八〇年代初期的某些書寫，張賢亮等）；或者是到了九〇年代以來的汪洋恣肆（個人隱私細描、身體寫作、下半身寫作等）。作為九〇年代的異軍突起者，王小波

10　王小波，《黃金時代》（西安：陝西師範大學出版社，二〇〇五年），頁一九一。

性描寫呈現出別致的話語實踐。有論者指出：「在王小波全部小說結構中不可或缺的性愛元素，也對其黑色幽默有重要影響，撇開人物之間的虐戀關係不說，故事主人公在磨難中遭遇性愛本身就成為主人公對滅絕人性的黑暗時代的嘲笑，給原應是悲劇的社會衝突塗上了厚厚的喜劇油彩。」[11]

1. 黑色幽默

王小波自言：「我覺得黑色幽默是我的氣質，是天生的。」[12]從整體風格／基調上看，王小說中的性話語可視為一種黑色幽默。與王朔的表面正統實則一點正經也沒有的反諷／解構風格相比，王小波的反諷背後有著堅實的意義支撐，如，批評色厲內荏的偽善道德、稀釋意識形態的濃度等等。但王小波的性話語自有其勃勃生機：它是輕鬆的、戲謔的，甚至有時夾帶有別致的抒情和詩意。如《黃金時代》中那首短詩「走在天上／走在寂靜裡，而陰莖倒掛下來」就耐人尋味[13]。

但同時，王小波極其痛恨無所不在、刻板的倫理道德的束縛等等，所以他往往既是務實的，又是蹈虛的，他將現實中不合理的實踐邏輯放在性（人性）的檢測儀上考察，以解放了的物質（性）去抵抗精神的壓制以及具體事件的操控。引人注目的是，王小波卻往往能舉重若輕，既講求小說的好讀，同時也兼顧背後的智慧[14]，將這些化為荒誕和粗疏，甚至是「狂歡文體」[15]，指斥其中的悖謬與荒誕不經。

11 王福湘，《複調小說——王小波的一種解讀》，《貴州大學學報（社科版）》二〇〇五年第一期（二〇〇五年一月），頁八六至九〇。引文見頁八八。

12 王小波，《從〈黃金時代〉談小說藝術》，見艾曉明、李銀河編，《浪漫騎士》，頁五二。

13 朱崇科，《王小波〈三十而立〉》，見楊松年、楊宗翰主編，《跨國界詩想——世華新詩評析》（臺北：唐山出版社，二〇〇三年），頁一九六至一九九。

14 在《黃金時代》的〈後記〉（頁四一五）中，王小波就指出，小說應當是好看的，而不應夾雜某些刻意說教。

15 崔衛平，《狂歡·詛咒·再生——關於〈黃金時代〉的文體》，《文論報》一九九七年十月十六日。

2. 揮灑人性

有論者指出：「作者藉『性』入手，來反思特殊年代的人性到底是否因歷史的特殊而有所改變，從而廓清是時代歷史影響著人的命運，還是人性本身的複雜性影響著人的命運（在這裡人性本身就是一個封閉自足的整體）。」[16]邏輯悖謬的背後，人性的複雜性也由此可見一斑。在我看來，王小波小說中的性話語最終指向了人性的張揚和對美好情感的追求。這本身包含了正反兩方面：一個層面是，王小波以性話語為中心，直面其中諸種規訓的悖謬，比如戳穿道德德邏輯謬誤，從性壓抑反襯出人性的扭曲和變態，比如《革命時期的愛情》中老魯和王二之間怪誕的逃避與追捕關係，彰顯出集體病態政治熱情之下個體的被異化，自己性本身的壓抑導致了對他人隱私的窺探和自由的干涉。所以，王小波「以其獨特的狂歡式敘述凸現了高貴的人性的力量，並對罪惡的現實形成了強烈的反諷」[17]。同時，他也不斷稀釋乃至消解規訓，從而反襯出強勢意識形態內在的偏執。

而另一個層面，則體現了王小波對性的正面的樹立。如李銀河所言：「他筆下的性就如同生命本身，健康、乾淨，既蓬勃又恬淡。」[18]性首先是一種物質性的凝結，或者是本能，或者是人性的某種或許醜陋的原生態；而其次，它也是一種精神需要和成長的必然，在「性」和「愛」之間隱隱然有一種內在轉換，儘管先後次序有別。比如《黃金時代》中，王二和陳清揚之間的關係就呈現了一種複雜的纏繞：莫須有的「破鞋」罪名使得性被扭曲和妖魔化，它慢慢得以成為一種試驗、交流，或者是治病的工具，或者是習慣，到了最後，在陳清揚那裡，在交代材料中，她將被貶低的物質的性化成了一種發自內心的愛。

16 余玲玲，《關於「反思」的超越——從〈黃金時代〉看「反思文學」的再反思》，《當代文壇》二〇〇二年第四期，頁二九。

17 何多，《一個被誤讀的文壇異數》，朱大可等，《十作家批判書》（陝西師範大學出版社，一九九九年），頁一二九。

18 王偉群，《黃金時代的革命、愛情與荒誕——關於〈黃金時代〉的對話》，見見艾曉明、李銀河編，《浪漫騎士》，頁二四一。

不難看出，王小波的性話語書寫其實以黑色幽默呈現了人性的一種原生態，儘管這種原生態的建立往往需要克服內外對它的精神和物質雙重壓制。王小波以一種貌似粗俗的內在優雅、深刻的想像確立了他在該譜系上不可替代的位次。

（二）性話語譜系與指向貫穿

李銀河在評價王小波的「時代三部曲」時指出其中隱含的時間邏輯順序：「這個邏輯順序就是：《黃金時代》中的小說寫現實世界；《白銀時代》中的小說寫未來世界；《青銅時代》寫的故事都發生在過去。」[19]以此作為引導解讀王小波的時代三部曲固然是提綱挈領，令人眼前一亮，但若以此來檢視其中的性話語，則需要更認真地考量，而實際上，其中的性話語指向有相當的集束性和主線貫穿——性與各種強加搏鬥的過程。換言之：「他所書寫和戲仿的並非一段特定的歷史，他所拒絕和顛覆的，並非某種具體的權力、意識形態或話語系統，而是權力機器與歷史本身。」[20]

某種意義上說，王小波小說中的性話語是體現福柯《性史》中核心精神的絕佳中文範例：比如，性取向如何從多元走向相對單一、權力等因素如何滲透其間等等[21]。

---

19 李銀河，《寫在前面》，可參本文所引王小波此套叢書「時代三部曲」之〈前言〉。

20 戴錦華，《智者戲謔——閱讀王小波》，《當代作家評論》一九九八年第二期，頁二七。

21 具體可參福柯著，姬旭升譯，《性史》（青海人民出版社，一九九九年）；和李銀河，《福柯與性：解讀福柯《性史》》（山東人民出版社，二〇〇一年）等論述。

大致說來，《黃金時代》中更多呈現出性與愛在道德監控下的變異，王小波通過重新詮釋性與愛的關係來彰顯性的可能美好。如《黃金時代》中王二和陳清揚以性擊潰了破鞋說，以愛擊敗了偷窺狂和材料政治；《革命時期的愛情》中，X海鷹卻違背了自己的「強姦」理論而性交；同樣，《我的陰陽兩界》中，性卻可以治療陽痿。

《白銀時代》[22]中更多是以奧維爾（George Orwell，一九〇三－一九五〇）《一九八四》的方式預設了未來時代中性的被鉗制以及操控。比如《白銀時代》中，在貌似有多種性愛可能的社會，性卻被異化；《未來時代》下篇《我自己》中，「我」和監控女人之間的「性」其實也是一種「戰爭」，等到「我」恢復以前的地位和物質時，自由而危險的性也沒有了；而在《二〇一五》中，正是在對小舅奇異藝術才能的壓制過程中，小舅的畫卻凸現出其迷人的性魅力。

《青銅時代》作為故事新編體小說[23]，表面上看，只是重寫老故事，而實際上，性卻是其中最蓬勃和迷人的原動力。作者恰恰是通過書寫「雞巴的歷史」重新還原可能本真的性愛，而王小波要解構的是「性愛被超越，變成了『思無邪』」（《紅拂夜奔》，《青銅時代》，頁二七三）。所以《萬壽寺》中，他更突出了英雄的欲望如何化為雞巴的欲望，老營妓和小營妓也是主角；在《紅拂夜奔》中，李靖富有體力和活力，也是床上英雄——他有一桿「大槍」。所以，從中我們也不難看出王小波對歷史真實和藝術真實的態度，他毋寧更強調藝術真實。「對於王小波來說，歷史是否真實也許並不重要，重要的是，能否透過歷史的霧靄去探查藝術的真實。」[24]

---

22 王小波，《白銀時代》（陝西師範大學出版社，二〇〇三年九月一版，二〇〇三年十月二刷），《青銅時代》（陝西師範大學出版社，二〇〇三年九月一版，二〇〇三年十月二刷），《黑鐵時代》（陝西師範大學出版社，二〇〇四年）。

23 有關故事新編體小說的論述和論證，可參拙著《張力的狂歡——論魯迅及其來者之故事新編小說中的主體介入》（上海三聯書店，二〇〇六年）。

24 黃雲霞，《歷史語境中的人性本相——論王小波的歷史題材小說》，《江漢論壇》二〇〇五年第四期，頁一一四。

《黑鐵時代》作為一部短篇小說集，其中也不乏對性愛的精彩洞見，如《二〇一〇》中，王二陽具的特異之處，說服陽具的「同志，你振作起來！」立正、稍息等口令都可讓它做出不同反應。這無疑折射出王小波對植入了性的時代政治的幽默影射和批判。尤其是小說《似水柔情》更是開闢了書寫領域，通過警察小史和同性戀阿蘭的關係變遷（比如施虐和受虐之間的關係流動）來說明同性戀因素的潛伏及其可能，而小史恰恰曾經是同性戀最堅定的反對者。

不難看出，在王小波的小說中，性話語的指向其實大致是一以貫之的，而其中在批判精神與弘揚人性上更是相通的。整體而言，王小波在《黃金時代》、《白銀時代》中相對集中的展現了性話語及其發生場域，故本章下面的例證也主要以此兩書為中心。

二、直面規訓：戳穿道德的邏輯謬誤

規訓的面孔總是多種多樣的，道德、政治、意識形態、暴力、權力網絡等等互相連綴又各不相同。而王小波對規訓的態度同樣也是分層的，他曾經不無嘲諷意味地指出：「在二十一世紀，最具危險性的是信息。做愛這件事，除了純生物的成分，就是交流些信息。愛撫之類全是墮落的信息，帶有危險性。中外格言則是些好的信息，但對勃發沒有助益。」（《黑鐵時代》，頁三九四）無庸諱言，他對道德給性愛的監控錯位持有趣意見。

（一）「破鞋」及其他道德邏輯的謬誤

當以性直面道德的時候，王小波的對策不僅是嘲諷，他更進一步，努力揭穿其邏輯悖謬。我們不妨以《黃金時代》為中心加以闡發。王小波對革命時期的性愛有著精彩評價，比如：「沒有一個完整的邏輯。有革命的性愛，起源於革命青春戰鬥友誼；有不革命的性愛，那就是受到資產階級思想的腐蝕和階級敵人的引誘，幹出苟且的事來。」（頁三四四）比如小說中的X海鷹在和幫教份子做愛時仍然穿著紅內褲以示童貞，其中的道德悖論（既排斥又得進入）可謂溢於言表。

而其中最典型的莫過於「破鞋」說。「破鞋」在《黃金時代》小說中出現過兩次，卻彰顯出迥異的指涉。在《我的陰陽兩界》中，提及淫蕩的大嫂「一貫搞破鞋」：年輕的時候和蘇聯專家有不正當關係，和大崔結婚又給後者戴綠帽子；又和李先生幽會。所以，這裡的破鞋指的是和「公共汽車」類似的性隱喻。或許略微不同的是，小說中的大嫂卻經常是情真意切的，甚至是屢屢甘願犧牲性命地愛上誰，結果卻依然健康長壽。

而在同名作《黃金時代》中，「破鞋」顯然遠比一般意義複雜，它不僅僅成為貫串情節的一個典型意象，也凝結了規訓層面之道德的某種邏輯悖謬。這其中可分為兩個層面：一個是規訓道德層面，另一個是陳清揚／王二層面。

在規訓層面中，年輕貌美的陳清揚被視為破鞋，她想證明自己不是破鞋卻不能；後有傳言她和王二搞破鞋，然後，他們真正地發生了性關係，王二成了她的野漢子後，卻沒人再稱她為破鞋。所以，仔細考量「破鞋」話語，它更是非常時期（知青「上山下鄉」）的一種想像／意淫，貌美而不同的尤物肯定是破鞋，而當她明火執仗跟人性愛頻頻時，這種想像在現實面前卻無影無蹤了。所以，陳清揚也說：「那裡的人習慣於把一切不是破鞋的人說成破鞋，而對真的破鞋放任自流。」（頁二二）所以，其中的道德邏輯不只是悖謬，而是顛倒黑白。

而到後來，農忙時候的出「鬥爭差」活動——鬥破鞋，又認定了陳清揚的破鞋身份，因為她白，而且漂亮，可以更好地娛樂大眾。當然他們也要求她和王二不斷寫交代材料，縷述做愛細節，從而來滿足道德維護者的窺淫欲。小說結尾提及他們逃脫了不斷交代命運的原因，其中也悖論重重——有一次在被王二架在肩上打了兩下屁股的陳卻愛上了王二，在交代材料中她坦陳她做愛是因為喜歡，而不只是做過。由性而愛，再由愛而承認道德層面界定的「性」，這種坦率讓衛道者無計可施。

而陳清揚／王二層面的邏輯顯然不同，以破鞋為切入點，他們最初將性愛視為研究彼此生理結構、敦倫偉大友誼的操作，相當簡單、純粹，而此時權力往往是被拒斥的，甚至，性愛也成為在寒冷的山上取暖治病（治療感冒及其他）的方式。對他們而言，性愛漸漸成為人性常規中的插曲，有娛樂性，也富含情感，甚至成為一種愛。而在此中，也是意味深長，沉醉於性愛中的陳一開始並無罪惡感，因為她無知，不懂得罪惡；當她真正愛上王二時，她卻承認了衛道者認為的一切「罪孽」，因為她懂得了愛。這種在寒濕的環境中相互依偎回歸自我的性愛，頗有些「性愛烏托邦」[25]的意味。

不難看出，這兩個層面的邏輯在交集上往往是背反的，在道德規訓和性愛的樸素之間有一種獨特的張力。當然，王小波也非常巧妙地設置了一個與眾不同的陳清揚的形象，她相對簡單純粹，所以讓這種張力結構顯得合情合理。整體而言：「王小波從毫無詩意的世界中找出詩意，從荒誕性世界中挖掘出合理性，他找到了生命與存在的獨特意義。」[26]

---

25 葛紅兵語；見葛紅兵、鄧一光、劉川鄂，《誰是我們這個世紀的大師》，《南方文壇》一九九九年第五期，頁四〇。

26 劉曉麗，《荒謬：存在的幽深之處——王小波對生命存在之謎的思考路徑》，《上海師範大學學報（哲社版）》二〇〇三年第四期，頁八八。

（二）成長的激情與悖論再現

在《革命時期的愛情》中，王小波對性愛有相當精闢的看法：「既然人餓了就要吃飯，渴了就要喝水，到了一定歲數就想性交，上了會場就要發呆，同屬萬般無奈；所以吃飯、喝水、性交和發呆，都屬天賦人權的範疇。」（《黃金時代》，頁二四四）耐人尋味的是，在這篇小說中，儘管描述的是非常獨特的革命時期，王小波仍然展現出成長的激情以及再現道德邏輯的悖謬。

比如，小說描寫男性發育中的夢遺現象——「濕被套」，往往被衛道者賦予「髒」的指示，而卻成為主人公悲觀主義的起源（頁二六六）；而在發育中的男主人公在不得不面對自己思想的監控者X海鷹，同時又缺乏其他異性的情況下，這種激情在得不到合理引導和釋放的過程中難免會被扭曲，所以他往往想像自己強姦X海鷹（頁二七五），甚至在夢中也有類似場景（頁二八八）。同樣，年幼的他在「文革」中和參加武鬥的顏色女大學生卻也未能性交，雖然有身體親密行為和機會。悖論的是，幫教者和被幫教者卻終於發生了關係；而被幫教者發現，具有充分合法性的幫教者X海鷹卻不是個處女（頁三五〇），然而她卻用種種手段來維護自己的「童貞」（穿紅色內褲）和革命性（想像被人強姦）。但正常的成長激情終於擊碎了道德的面具，同樣也戳穿了偽善的革命邏輯。

饒有意味的是，王小波在這篇小說中，還通過書寫不同的性交反證出性愛作為人生成長過程中的必然和可能原本的美好。比如，「我」和X海鷹突破幫教關係之後性交時的熱火朝天和經久不衰。而更有深刻意味的則是寫他和老婆的性愛，比如，在美國時期的隨性而性，高速路上的「壞壞」（頁三二六至三二七），甚至在英國的鄉間樹林裡也不忘「享受一個帶有霧氣、青草氣息和寂靜無聲的性」（頁二八七），當然其中不乏刺激和驚險。恰恰通過這種方式，王小波強調了性愛的自然、和諧與美好，而這無疑又痛擊了道德邏輯對人生激情的扭曲與異化。如人所論：「王小波筆下的性，是尋常性，是無師自通、不學有術、既不可闕如又自然自限的性。」[27]

三、稀釋規訓：反襯意識形態的偏執

無庸諱言，革命與性愛往往成為二十世紀中國文學史上如影相隨的組合體，而在革命和性愛之間也確實存在著神似的內在關聯和豐富悖論[28]，比如欲望烏托邦、刺激性、神祕性等等。泛言之，作為規訓另一層面的意識形態顯然也是王小波的清理對象。比較而言，在強大的對手面前，他更務實地採用隱晦的反襯方式加以稀釋。

革命與性愛的結合往往會產生一種可能的暴力傾向，不必說，意識形態也會形成一種獨特壓制或對性的有效監控。當然，出於強勢監控的需要，這種暴力有時也會指向自己和歷史。而王小波恰恰通過性話語反襯出意識形態的偏執及其機制：「王小波以超出常人的智慧，跳出政治意識形態的包圍，對性進行去蔽還原，解開覆蓋於歷史之上的文化代碼，還『歷史』以本來面目。在王小波看來，性愛關係、性愛場景實際上便是一個微縮的權力格局，一種有效的權力實踐。」[29]

27 黃集偉，《王小波締造「黃金時代」》，見艾曉明、李銀河編，《浪漫騎士》，頁二六七。
28 具體可參王德威，《歷史與怪獸：歷史・暴力・敘事》（臺北：麥田出版社，二〇〇四年）第一章〈革命加戀愛〉。
29 丁曉卿，《論〈黃金時代〉「性」權力隱喻》，《撫州師專學報》二〇〇〇年第一期（二〇〇〇年三月），頁三四。

（一）自我強暴式的性話語

話語的誕生往往伴隨了主流意識形態的擴張，也因此打上了後者的烙印，甚至這種無所不在的暴力也指向了自我。《革命時期的愛情》則非常雄辯的例證了這一點。

1.「強姦」視野中的被強暴式犧牲

饒有意味的是，幫教與被幫教者之間在性愛關係上因了性別和理念的不同而顯得遽然複雜起來。在女團支書X海鷹那裡，一切性關係都是強姦，男人都是強姦犯。所以和她發生關係的男主人公就成了「不自願的強姦犯」，而「她是一個自願被強姦的女人」（頁三四六）。

在這種視野下，作為革命者／政治代表的她就巧妙地將自己的「思淫欲」化為一種革命犧牲，她被壞份子強姦了，就好像仇恨導致的勢不兩立的雙方一樣，恰恰是通過大力狀寫對方的殘暴才可以顯現自己的充分合法性。顯然，這種假公濟私的性愛（被）幫教難免有一絲偽善。

2.意識形態強暴／造假

如人所論：「刑罰和性是權力到達軀體的兩個仲介，權力通過對軀體的懲治、虐打、戕害和對軀體最隱祕部位性的征服來達到對個體的『自我』思想的征服，軀體的形象在酷烈的刑罰中得以強烈凸現。」[30]

---

30 張伯存，《軀體 刑罰 權力 性——王小波小說一解》，《小說評論》一九九八年第五期，頁六六。

在X海鷹被形塑的過程中，性話語同樣也可成為麻痺自我的工具。某教導員的「憶苦」報告由於要加深人們對兇惡敵人的印象，所有的性愛關係都被命名為強姦，而非「性交」，甚至為了政治需要，他還要添油加醋、繪聲繪色描繪自己的女性親戚如何被日本鬼子殘忍姦殺，甚至連細節都栩栩如生。這其中的自我強暴傾向顯而易見——為了讓自己贏得榮耀，而不惜藉貶低自己的親戚來誇大日寇的兇殘，從而獲取更大的自我榮光。性話語如此被複雜製造可謂發人深省。

或許，小說中還存有更複雜的表現，從機修師傅被抓做日軍伙夫往日本侵略軍的飯裡射精不惜腎虧抗日，到作為美國高校研究生對老闆的性符號反抗，將檔案名編為caonima1（考你媽一），王小波以其慣有的幽默並舉卻又神離了事件，同時藉此消解了宏大意識形態的一本正經。當然，和壞份子去公園抓野鴛鴦的遭遇也可反映出性愛與政治的另類糾纏：毛主席逝世後一對男女哀慟過度，只好藉性愛來紓解壓力。王小波指出：「在革命時期，總有人在戲弄人，有人在遭人戲弄。」（頁二三八）其中的操控關係可謂一言難盡。

（二）強勢權力的異化性

王小波通過不同時代，甚至是世代性愛的位次可以反映出意識形態的強勢與偏執，它甚至帶有相當的異化性。而在《白銀時代》中，這種特徵相當明顯。

1. 被強行收編的私密

《白銀時代》中，身在寫作公司謀事的他在回憶他和女老師的感情故事時卻相當別致，我們當然可以將作者多次含糊其詞過程不一的性書寫視為虛構的策略，但可能更深一層的涵義是，恰恰是在這種現象中，人們才可能獲得某種有關性愛的豐富與原初的體驗／認知。

而在其公司內部，成年力量間的交媾卻被異化成統一規定的生活。而需要指出的是，在當時的語境中，做愛≠夫妻生活。前者是主動的，而後者則是被迫的。所以當公司領導信口雌黃：「要會工作，也要會生活！今天晚上回家，成了家的都要過夫妻生活……」（頁四三）以後，成年人因此被迫過生活，而更荒誕不經的是，作為未成家的男主人公也需要打電話去考勤。當有無性描寫、寫不寫、寫多少都是一種規定（頁四六），當原本的閨闈祕事成為公式化的規定，而意識形態的無孔不入也就將政治任務觸角無限伸展。顯然，王小波藉此強烈地批判意識形態對日常人生的異化性。

2. 經濟政治綁架性愛

王小波在《未來世界》自序中指出：「至於說到知識份子，我以為它們應該有些智慧，所以，在某些方面見解與常人是不同的。」（《白銀時代》，頁六四）而在小說《下篇‧我自己》中，由於「我」犯了「直露」和「影射」錯誤而被吊銷所有執照，而且被逼為單位隨意安置，隨意搭配。而小說還指出，女人被安置的原因在於性「自由」的錯誤，不難看出，公司對性嚴格監控。

同樣被監控的還有男人的性愛，比如，公司派女人F來陪伴其實是檢查男主人公。耐人尋味的是男主人公在性愛方面的變遷：被安置初期，因為想不開而沒有性欲，漸漸地和F瘋狂做愛；尤其知道她不是雞後，對她尤其「性欲勃發」。中間他在出版署工作的師妹因為遭他牽連也被安置，臨走前，他和她做了愛，因為她要去的地方連男人都沒有（頁一五二）。

而漸漸地，他已經逐步改邪歸正了，能夠適應公司的安置和提升，最後得回了自己失去的東西——優越的物質生活，甚至有了一個非常漂亮的太太，但「她對我毫無用處。我很可能已經『比』掉了」（頁一七五）

（「比」是指性欲減退，或從異性戀變成同性戀傾向）。從這個可以預見的結局中，王小波批評了政治對性愛等精神自由的控制與捆綁。

當然，其中的公司也可隱喻為政府，而合同、規定等都是意識形態的具化控制工具，而王小波恰恰藉此打入規訓內部及其外在表現與悖論，同時加以稀釋並藉此反襯其偏執。

當然，政治的強勢操控未必全部奏效，《黃金時代》中，陳清揚卻又將政治意識形態轉化成興奮劑。比如，每次出鬥爭差回來，作為「破鞋」的她都性欲高漲（頁四四）。這當然是對政治的調侃和反諷。

結語

王小波以性愛來揮灑人性，批判道德以及意識形態規訓的邏輯謬誤和強勢異化，的確有其獨特之處。尤其是，他對性話語形塑的方式進行考古，披露其中的人為性和權力因素，政治、經濟、道德、意識形態等等，發人深省。

有論者看到王小波小說中性的功用：（1）性話語解釋了「文革」期間的社會權力關係；（2）性是弱勢群體抗爭霸權的有力武器[31]。當然，我們同時也要注意王小波性話語被強調過程中的暴力傾向，也即，在批判和揭露其他規訓對性的暴力時，王小波也順帶強化了這種暴力；同時，性也可能因此被過分強調，而有些時候，單純藉性並不足以實現解構規訓的合法建構，這種傾向在《青銅時代》中體現更明顯：無論是《萬壽寺》，還是《紅

31 陳緒石，《知青小說、王小波與福柯——評〈黃金時代〉的新視角》，《江西社會科學》二〇〇三年第一期，頁八六至八八。

拂夜奔》，雖然王小波的重寫方式令人覺得有趣、新穎，但結構和意義的重設上似乎因此而顯得單薄，有些時候也顯得牽強。

而通讀王小波的小說，其敘事套路，甚至某些情節的設置也有漸漸進入俗套之嫌，在短篇小說集和後來的長篇書寫中，有些情節在細節上都不乏重複之處。我們可以說，成熟期的王小波在想像力上並沒有真正突破自我。

但不管怎樣，王小波畢竟是九〇年代文壇上的異數，哪怕縮小範圍，將其置於知青文學的潮流中，他仍是獨特的，因為他呈現了「真正的穿越歷史的具有生存本體論意義的反思」[32]。他的性話語尤其可以顯現出其長篇獨特的敘事野心、機心、童心和智慧。

[32] 葛紅兵語；見葛紅兵、鄧一光、劉川鄂，《誰是我們這個世紀的大師》，頁三九。

第三章　身體漂移中的權力撒播及其後果

——論阿來《塵埃落定》中的性話語

提　要：從性話語視角重新解讀《塵埃落定》，我們不難發現在飄浮的身體上面／裡面撒播的複雜權力及結構，這既有性的過剩對身體的壓制，又有個體／性無法擺脫社會世俗的享用；而在性愛等身份政治中，權力的控制和傾瀉雖然是上下、男女之間的主流，但消極性的權力抵制卻也零星存在。當然，這一切若從性商指數綜觀，都無法避免集體潰敗的命運，真愛、權力、欲望等都會隨著塵埃落定而煙消雲散。

關鍵詞：權力撒播；身體飄移；《塵埃落定》；性話語。

第五屆茅盾文學獎作品，藏族作家阿來的力作《塵埃落定》（北京：人民文學出版社，二〇〇〇年，下引只注頁碼）無疑是二十世紀九〇年代以來的優秀長篇，無論是因其獲獎效應，還是其傻子書寫的獨到性，皆令人刮目。作為一部雖不完美卻功力深厚的長篇，《塵埃落定》無疑給論者提供了豐富的可能性，比如探討其歷史虛構、史實再現、神祕文化與奇特想像力雜糅的詩性敘事[1]；承接二十世紀中國文學中的「傻子」書寫傳統，和魯

1 具體可參孟湘，《〈塵埃落定〉：中國式的詩性敘事》，《河北師範大學學報》二〇〇六年第五期；周政保，《「落不定的塵埃」暫且落定——〈塵埃落定〉的意象化敘述方式》，《當代作家評論》一九九八年第四期；徐新建，《權力、族別、時間：小說虛構中的歷史文化——阿來和他

迅《長明燈》、韓少功《爸爸爸》等名作相得益彰的文學譜系續接，甚至在本土民間資源[2]以外，不容忽略的還有西方文學影響[3]；或者一如阿來所言的「權力」[4]勾勒和欲望糾結；或從諸多視角質疑其經典性[5]，或者是漢、藏族別關係問題[6]等等，不一而足。

研究成果的豐贍並不意味著新的問題意識的枯竭，相關豐富研究的確在增益我們的認知，同時，卻也激起了重讀的興趣，反而可能開拓了創造的視野。通讀《塵埃落定》，我們不難發現，其中身體正在不斷游移，而在身體之上卻又積累了不同的權力撒播、欲望變異等等。如果我們從性話語角度進行考察的話，則可以呈現出另一個多姿多彩的新奇世界。較早研究過《塵埃落定》的周政保曾指出，除了桑吉卓瑪的形象刻畫算得上「生動」以外，「其他女性人物，在很大程度上僅僅停留在『道具』的地位上，或只能起到『穿針引線』的作用，而且過於偏重肉體天性的傳達。也許，這種傳達是真實的。但鑑於作者是男性、感受者也是男性的緣故，也就使判斷呈現出一種尷尬，一種非常值得自我懷疑的危機」[7]。若從性話語視角思考其中的權力運作與後果，上述論斷中的罅隙則豁然開朗，被壓抑的女性形象無疑又可成為鮮活而又可資依賴的角色。

的〈塵埃落定〉》，《西南民族學院學報（哲社版）》一九九九年第四期；黃書泉，《論〈塵埃落定〉的詩性氣質》，《文學評論》二〇〇二年第二期；孔占芳，《神話和傳說：小說虛構中族群文化的隱顯——讀阿來的〈塵埃落定〉》，《民族文學研究》二〇〇四年第四期；趙樹勤、龍其林，《民族寓言　雪域精魂——論〈塵埃落定〉的神秘敘事》，《民族文學研究》二〇〇六年第一期等。

2 楊玉梅，《論傻子形象的審美價值——論阿來的〈塵埃落定〉》，《民族文學研究》一九九九年第一期，頁七三至七七。

3 徐其超，《〈塵埃落定〉「圓形研究」》，《民族文學研究》二〇〇四年第二期。

4 一九九九年四月二十九日，阿來為四川大學「五四文學講座」做報告時坦承，《塵埃落定》的寫作動機指向了「權力」。具體可參徐新建，《權力、族別、時間：小說虛構中的歷史文化——阿來和他的〈塵埃落定〉》，頁一八。

5 如李建軍，《像蝴蝶一樣飛舞的繡花碎片——讀《塵埃落定》》，《南方文壇》二〇〇三年第二期。

6 袁丁，《跨越還是對立——〈塵埃落定〉族別問題淺析》，《文藝評論》二〇〇三年第四期，頁六二至六五。

7 周政保，《「落不定的塵埃」暫且落定——〈塵埃落定〉的意象化敘述方式》，頁三四。

基於此，我們可以窺得其中可能更複雜的權力撒播：在普泛、傳統的政治主綱下，雙重壓制（壓制和反壓制的壓制）往往得以彰顯、相生相剋。比如，傻子既是世俗社會的受害者，又是反擊世俗打壓的清醒者，同時又是世俗影響下的施暴者；而美女塔娜既是政治交易的犧牲品，但她同時又藉此壓抑了傻子的真愛，成為世俗美貌追尋潮流的獵物和主動誘餌。

本章的結構因此如下：（1）論述欲望變異插入後的焦慮身體，考察身體焦慮與本能欲望變異之間的關係；（2）探研性交身份政治中的權力瀰漫、撒播和流向；（3）以傻子為中心，考察性商指數與集體潰敗的惡果。

一、欲望變異插入後的焦慮身體

如前所述，某種意義上說，《塵埃落定》也恰恰是一個跟身體密切相關的文本，而且，這個身體也是不斷游移的身體，欲望在其中穿梭，仇恨也可成為點燃同歸於盡的火種，同樣，人的理智、非理性、瘋狂往往也為本能所俘擄，甚至在小說結尾中，被刺客殺害的傻子有一部分身體，「是乾燥的，正在升高」（頁四〇七）。

一方面，是身體的不斷飄移，無論是身份認同，還是身體的本能指向與精神向度的終極關懷都難以真正滿足；另一方面，卻是變異欲望對身體的不斷蠶食與插入，這往往導致了身體的焦慮。我們可從兩個層面進行思考。

（一）性的過剩壓制

小說中，傻子曾被力圖「借糧」的茸貢女土司劫持，當他清醒後，「我一眼就看到自己了，一個渾身赤條條的傢伙，胯間那個東西，以驕傲的姿式挺立著」（頁二〇六）。這段對欲望堅挺的生動描述一旦和傻子常問的「我在哪裡」、「我是誰」等既是現實的迷惘又是深邃的「終極關懷」進行聯想／對照，就會產生相當深刻又豐富的蘊涵——精神拷問的匱乏／失敗和本能的自然堅挺發人深思。而性的過剩／氾濫在小說中其實已經構成對身體的另類壓制。

1. 熊熊燃燒的性欲：老土司個案

無庸諱言，和革命與戀愛之間的幽微神通類似[8]，在權力欲和性欲之間可能存在著一種相當複雜的對應關係：一方面，權力可以成為性欲的催化劑和發洩幫兇，另一面，性欲的被阻隔反過來可能又刺激了權力擁有者的殘暴與變態欲望。《塵埃落定》中老土司的表現相當典型地詮釋了權力與性之間的複雜糾纏，甚至更進一步，同時也呈現出性欲對身體的異化。

曾經擁有年輕貌美女人的老土司，其漢族太太已經不年輕，也缺乏吸引力了。在巡行農事時，他看上了查查寨頭人的太太央宗。為此，他讓頭人的管家多吉次仁殺死了頭人，於是老土司可以和央宗自由地在罌粟地裡幽會、野合。而且，剛剛埋葬了丈夫的央宗卻也相當瘋狂，在他身下的大聲叫喊，甚至傳進官寨，激起了迴響（頁

---

8 有關一九二〇至三〇年代的「革命+戀愛」小說模式的精彩論述，可參王德威，《歷史與怪獸：歷史・暴力・敘事・第一章》（臺北：麥田出版社，二〇〇四年）；徐仲佳，《性愛問題：一九二〇年代中國小說的現代性闡釋》（北京：社會科學文獻出版社，二〇〇五年）相關論述。

四七至四八）。終於，老土司將央宗帶進了官寨，而且藉機除掉了管家多吉次仁。圍繞一個女人的欲火，居然讓兩家家破人亡。

耐人尋味的是，肇事者對此也有所反思：「父親禁不住為人性中難得滿足的貪欲歎了口氣。」（頁五八）但他的欲望卻是貨真價實地被點燃了，他瘋狂地從央宗身上發洩、攫取。當然，種植罌粟也來帶種種異象，為此也讓他們的瘋狂性愛產生焦慮：命運徵兆的陰影、諸多小動物不合時宜地驚醒在田野裡爬行，這都讓他們的野合偶爾難以進行。老土司為此將欲火變成了怒氣，他讓行刑人鞭打下人，央宗卻為此開心大笑，她也被視為一種不知道自己會害人的「妖精」。

央宗懷上了老土司的孩子，人們傳言，因為此段感情瘋狂，小孩子生下來大概是瘋子（頁九五）。最終結果證明，央宗出了事，麥其家在罌粟花戰爭中所向披靡，而央宗卻生下了一個死孩子，而且「孩子一身烏黑，像中了烏頭鹼毒。」（頁一四〇）然而，出人意表的是，排出了類似業障的死孩子後，央宗卻因此更漂亮而懂事，也成為土司的真正女人——三太太。然而，當二太太讓老土司和三太太睡覺時，土司卻說：「沒有什麼意思了，一場大火已經燒過了。」二太太對三太太總結道：「再燃火就不是為我，也不是為你了。」（頁一四一）

一場孽緣恰恰是因為央宗的回歸正常而結束，土司對她已經興趣不大了。但土司的欲望並沒因此結束，權力往往成為劇烈的催化劑。在當茸貢女土司為她女兒和老土司的傻子兒子舉辦訂婚儀式後，老土司和有求於他的女土司開始性交，發出「牲口一樣的喘息」（頁二二二），這個性愛場景不僅僅喻示了男對女的性愛征服，而且也顯示出權力的流向。同樣，當老土司宣佈遜位後，傻子因為好友書記官的舌頭被割而選擇沉默，所以，這也給他妻子塔娜和少土司哥哥偷情的機會，而一直思考權力交接的老土司因為戀棧痛苦不堪，引起勃興性欲，當他找二太太發洩遭拒後，便撲向了三太太央宗，而此時老、少土司白天幹女人的瘋狂和地震居然不謀而合（頁二九九至三〇〇）。

2.妓女：性欲開拓者與身體掘墓人

傻子舉辦了「土司們最後的節日」聚會，眾土司應邀紛紛而來，而且，「天天坐在一起閒談」，但日子一久，他們就百無聊賴，埋怨無事可做。在這個節骨眼上，「一個古怪的戲班」出現了，在小說中，妓女終於作為一個別有意味的實體／隱喻出現了。

一方面，她們是男性身體性欲的開拓者和充分挖掘者。作為古老身體職業的繼承者，她們對男性性欲的開發、喚醒自然是別有一套。哪怕是大權在握、閱人無數的土司們也顯然無法媲美她們的職業技巧。甚至是傻子，他一動不動躺在那裡，妓女就可以讓他「周身舒服」。而其他老土司們在享受完服務後，「人人都顯得比往常容光煥發」（頁三六六）。從此意義上說，妓女們其實是土司們性欲的開拓者，但同時卻又是壓抑者，這種享受不過是付錢買到的性愛技巧傳遞和對自我身體的榨取。

另一方面，妓女們又是他們身體的掘墓人。王書奴在提及娼妓的危害時指出兩點：（1）危險及於社會之健康；（2）妓女生活黑暗，人格墮落[9]。小說中，妓女的出現，首先導致了土司們身體的潰爛與腐化，性病，尤其是梅毒，讓他們的性放縱感受到嚴重惡果。當然，這個身體的潰爛隱喻也寄託了土司制度的沒落不堪，所以，更進一步，妓女們更是變相的性的過剩對人體，甚至是陳舊社會制度的腐蝕。

（二）世俗共用的附著：以塔娜的性欲為中心

毫無疑問，《塵埃落定》中的女主人公塔娜可謂是人間尤物。她的出現宛如一道閃電，照亮了傻子，不僅讓他明白了什麼是漂亮，又讓他因此一時間變得更傻（頁一九七）。當他可以靠近她時，不僅感覺到自己是「這個

[9] 王書奴，《中國娼妓史》（北京：團結出版社，二〇〇四年），頁三三六至三四〇。

世界上最幸福的人」，而且喪失了理智，居然開倉借糧給茸貢女土司。但正如傻子和塔娜的見面源於交易，美麗不羈的塔娜對傻子宣稱：「你配不上我」，「你不是使我傾心的人，你抓不住我的心，你不能使我成為忠貞的女人」（頁二一三）。塔娜此言不虛，她在和傻子的結合中也並不出人意料地屢屢出軌，然而又回歸，而在這逸出與回歸之間震盪著真愛，同時更顯示了世俗共用的強大，塔娜更是這種共用的祭品。

1. 逸出：世俗的獵物

塔娜在小說中的大出軌一共有三次。第一次是和少土司苟合。因為傻子身穿死刑犯的紫色衣服且保持沉默，塔娜勸告未果，驚慌之中扎進了少土司的懷裡，而且不小心以肘擊破了少土司的鼻子。而後他們性交，互相撕扯著對方。事後，哥哥還羞辱了打他一個耳光的傻子，說很高興幹了他的女人。值得注意的是，此中塔娜也是一個被人享用的犧牲品，但她的主動選擇其實也是世俗的：一方面因為可能客觀的恐懼，另一方面是因為少土司是土司的事實合法繼承人。如果說她在和傻子見面伊始被母親物化成交換的砝碼，到了婚後，她漸漸感知到自己的價值（包括蠢蠢欲動的美麗身體），正如她所言：「男人們總是要打我的主意。總會有個男人，在什麼時候打動我的。」（頁三一〇）這種表白似乎為她的二次出軌埋下伏筆。

在傻子為土司們舉辦的最後的節日聚會上，茸貢女土司又開始向客人們兜售自己的漂亮而寂寞的女兒。年輕的汪波土司開始心動，而貌美的塔娜又開始在雕花欄杆後唱歌勾引，於是眉來眼去，二者私奔了。但不久，塔娜又面無色彩地回來了，她被拋棄了。考察個中原因，情欲的大火燃燒了她的身體，但她卻並未得到真愛，也未得到可觀的交換價值，為此，勢利的茸貢女土司立馬宣佈和她斷絕母女關係。

塔娜的第三次出軌是和白色漢人軍官私通，一如阿來小說中所採用的字眼「勾搭」，這次出軌乏善可陳，更多呈現出情欲的膨脹，儘管那軍官第二天被自己人臨開拔前殺死，但她還是跟著這支軍隊私奔了，帶著滿腔乏愛的仇恨。不難看出，塔娜身體內湧動著某些氾濫的欲望，尤其是當她的愛意和世俗判斷難以得到滿足時，這種本能放縱便顯得順理成章了。

2. 回歸：真愛一閃與尷尬主流

飄浮的塔娜也屢屢回歸。從一開始作為交換物，她並不愛傻子，但傻子的某些表現卻時不時勾起其愛意。如和拉雪巴土司談判成功後，傻子衝上山頂的瀟灑身影，讓塔娜一下子愛上了他（頁二五三）；同樣，面對仇人的冷靜應對以及對塔娜視之為傻子的打耳光反駁，都讓塔娜熱烈異常，因此性愛和諧（頁二六五）。

而在塔娜首次出軌後，塔娜認為傻子犯傻的程度增強是因為他穿了那件死刑犯衣服，她扔掉了它並宣佈了自己的論斷（頁三〇九），這個知己般的舉動使得傻子又一次湧起他的愛，為此愛恨交加地瘋狂佔有了她。在邊界上的塔娜和傻子性生活愉悅，而塔娜的身體甚至代替了傻子之前有關終極關懷的疑問，成為傻子安身立命的地方。為此，傻子呈現出睿智和獨特的一面。塔娜想給他生孩子，但卻為懷不上孩子擔驚受怕，為此為了生育不斷逼迫傻子性交，讓傻子覺得索然無味，而塔娜的陰部卻又「粗糙而乾澀」（頁三一二）。

真正回歸的塔娜想做賢妻良母卻發現自己的私處乾燥／乾灼不已。這種生理的焦灼其實更是一種心理的焦慮，她將自己當成可以保留並不太傻的傻子的骨肉的機器，背後仍然是一種世俗觀，而非源於真愛，這種回歸自然也是向傳統和世俗的回歸。塔娜最後的回歸是從紅色漢人的戰俘隊伍裡回歸為傻子的妻子，因為她得知他沒有主動投降而愛上了他，然後二人又瘋狂做愛（頁四〇五），但這次回歸好景不長，她甚至沒有見到他被刺客殺死的過程。

《塵埃落定》中的身體其共同特徵之一就是焦慮，原因可能多樣，但如果回歸到性的層面，性的剩餘以及世俗共見等都成為壓制和享用身體的要素。

二、性交身份政治中的權力撒播

在福柯那裡，現代社會中的權力可謂無處不在，「雖然權力在人們身上的作用並不平等（即一些群體被權力的作用支配、剝削和虐待），然而權力作用於每一個人，不管他們是支配者還是被支配者」[10]。無庸諱言，在《塵埃落定》中，也存有一種相當複雜的權力撒播，它並非單純的上對下、男對女、主子對奴才等的簡單暴力操控，而是反操控、抵制點閃爍，也可能在重新整編後產生新的組合結構。為方便論述，本節主要從上下之間與性別政治角度分述之。

（一）上下之間：權力的傾瀉

如果上下的涵義是包含了等級、階層等政治身份的話，那麼，上下之間的權力傾瀉則更呈現出上對下的強勢操控。土司太太出身極其卑微，曾經是人盡可夫的妓女（頁三九八），但一旦貴為土司太太，則擁有生殺大權，不僅可以決定奴婢們的婚嫁／命運，而且她還教化傻子注意牢記和奴才之間的階級／等級深淵。

而同樣在傻子身上也呈現出權力的傾斜。哪怕是當他和侍女卓瑪在罌粟地快樂敦倫後，他覺得卓瑪更是其老師，而非情人，而當他叫她姐姐後，「她就捧著我的面頰哭了。她說：『好兄弟，兄弟啊。』」（頁四五）一次

10 [澳]J・丹納赫、T・斯奇拉托、J・韋伯著，劉瑾譯，《理解福柯》（Understanding Foucault）（天津：百花文藝出版社，二〇〇二年），頁八五。

稱謂的靠近足以讓卓瑪痛哭流涕，則證明哪怕是男女性愛的歡樂平等中也滲透了等級差別。甚至，出於對卓瑪身體的迷戀，傻子反對銀匠對她的愛慕：「我要把他做銀子的手在油鍋裡燙爛。」（頁六七）

在卓瑪嫁給銀匠後，傻子又擁有了一個新侍女塔娜，而他對她處女之身的佔有也是一場權力的爭鬥，也是阿來男性霸權意識的表露。小小的女人身體成為催化男人成熟、展現雄風的過渡和驛站（頁一〇九至一一〇）。而他當然也有命名塔娜的權力，如說她像老鼠（頁一一三），甚至藉此治好了自己以前怕老鼠的毛病。而在巡視時，他甚至將頭人獻祭的少女賞給手下小廝享用，因為她說他是傻子，不會愛。

同樣，他也可以點評侍女塔娜身體太瘦，屁股、乳房太小等，塔娜的哭泣（未必是反抗）卻招來懲罰——跪在床前反思（頁一四八至一四九）。後來到邊界巡行的傻子，看到獻上來陪侍的牧場少女，同樣命名為卓瑪，而後大叫著卓瑪和她做愛。其實他是和兩個卓瑪做愛，一個是現實的牧場少女肉體，另一個是記憶中的青春廚娘（頁二〇二），一石雙鳥，權力意味一目了然。

但其中也有反撥。已經變老的廚娘卓瑪看到了這個場景，喚醒了年輕時候的美好回憶，但因為觀看主子隱私，以為會被照規矩賜死，於是帶著赴死的心情開心洗澡，將自己想像成年輕時候的那個浪漫女子。但他並未殺她，她數次求死未遂，但這說明了她的部分反抗——在美的感知與想像前，她也有她有限的尊嚴。

值得一提的是，還有茸貢女土司，正是她一次次將女兒美麗的身體視為攫取更大利益的砝碼，無論是對傻子，還是年輕的汪波土司，她都在兜售女兒的美色，而一旦她不能攫取必要的價值，塔娜就會被無情地拋棄。當然，反過來，作為一種抵制和反抗，塔娜選擇讓她的身體逸出，讓更多男人共用，也去享受男人。

（二）男女之間：撒播權力

無庸諱言，《塵埃落定》中的男女之間也更多呈現出一種相對傳統的性別政治，即男性對女性的權力播種。比如在十三歲的傻子和十八歲的侍女卓瑪之間，在性方面，後者可謂前者老師，而當後者對銀匠曲札有好感時，年輕的傻子也會有受傷害感和嫉妒感，儘管他可以藉等級特權恢復尊嚴（頁二三）。

但正如福柯所言的抵制權力概念所指：「權力所至必有抵抗存在，因此無所不在、無孔不入而無以解脫的權力，是壓抑的，也是生產性的。」[11]小說中曾經這樣評價老土司們和女人的關係：「女人有了，但到後來，好的女人要支配你，不好的女人又喚不起睡在肥胖身體深處的情欲。」（頁三五五）不難看出，表面上受壓抑的女人也有其抵制性。

比如，就在老土司宣佈遜位給少土司後，他內心深處的權力欲望並未因此順利心甘情願傳遞，而是有戀棧的殘留，在去留的焦灼中引發了性欲。於是他走向二太太的房間，嘴裡發出野獸一樣的聲音。太太卻被酒氣和此聲音喚醒了痛苦的回憶／精神創傷，她拒絕了老土司的要求：「老畜牲，你就是這樣叫我生下了兒子的！你滾開！」（頁三〇〇）這種拒絕雖然疲弱，但也有其相對堅定的理由／立場。

如果單純從生理性別思考，茸貢女土司可算是最典型的權力抵制者形象，她美貌好色，玩弄男人於股掌之中，同時，也會充分利用女兒的美色來換取大利，藉此在種種爭鬥中占得先機。然而，更悖論的是，若從性別政治視角看，她的反抗毋寧更是對男權暴力的機械複製。換言之，她以女性之軀行使了土司制度中男土司的權勢、

11 陸揚，《後現代性的文本闡釋：福柯與德里達》（上海：上海三聯書店，二〇〇〇年），頁四三。

體制和思想，歸根結底，她更是一個表面風光、成功，內在失敗的抵制者，也更多是權本位扭曲和異化下的一個「單向度的人」[12]。

由上可見，無論是等級的上下之間，還是男女性別之間往往更存在著一種權力的壓制。換言之，性交的身份政治本身也是社會體制、結構政治的一種表現，但同時，不容忽視的是，在這個無所不在的權力網絡中，也有一種抵制權力存在，雖然並未真正達至生產性效果，但也部分打散了一些既定的權力組合。

三、性商指數與集體潰敗：以傻子為中心

《塵埃落定》中的傻子形象無疑為阿來的脫穎而出立下了汗馬功勞，傻子的塑造與該形象的大智若「傻」也是令人印象深刻，傻子甚至成為小說中少土司哥哥最怕的人（頁三一六）。但需要提醒的是，傻子並非完美形象，其身上也殘留了舊有體制的弊病，儘管同時，他更是一個先知或至少有先見之明的人。結合本章所言的性話語，我們也可從其性商指數進行分析，主要可從兩個層面：一傻子與塔娜；二傻子的性愛及其波及。

（一）愛的曖昧與壓抑：傻子與塔娜

傻子與塔娜之間的性愛糾纏無疑相當複雜，而正是在這種繁複性中，我們也可以窺出某種潰敗的跡象／要因。應該說，一開始傻子被塔娜的美貌擊中了，不僅僅降低了其智商，而且也開啟了其審美感知。傻子對塔娜的

[12] 王永茂，《單向度的人的寓言——阿來〈塵埃落定〉的寓意》，《社會科學論壇》二〇〇三年第四期，頁四八至五二。

愛是真誠的，但開始時的塔娜卻是作為誘餌和交換物出現的，她衡量的準則也在以後慢慢地呈現出其世俗價值取向。所以，傻子的愛因為頂著傻子的名號而易受忽視。

作為人間尤物，塔娜的思想中也存有世俗共用的「毒氣」，或是對自己命運的難以把握；或是對美貌的過度自信，她認定了傻子無法專美。所以，傻子偶爾的靈光一閃也會吸引她的眼球，但更多時候，她選擇了一次次出軌。

第一位的理由／原因則是旺盛的情欲和內心的不安定因素，男人的過度關注／覬覦也讓她異化，從而有了一顆等待和其他男人私奔的心。當然，和傻子的結合開始，她的不滿／出軌也有部分反抗權力婚姻的意味。

第二，則是權力欲望和世俗價值。表面上看，她似乎也很關注真愛，而實際上，她也是土司制度內化（internalize）的犧牲品，傻子成為土司的可能性起伏消長，往往成為她性欲的晴雨表。

第三，渴望被很多真愛包圍。作為一個美麗女人，塔娜更擁有比一般女人強烈的安全感需求、虛榮心和真愛滋養，而傻子似乎不能充分提供。

傻子的睿智同樣也有限度，作為土司制度中的清醒者，如阿來所言：「我的傻子少爺大部分時候隨波逐流，生活在習俗與歷史的巨大慣性中間，他只是偶爾靈光閃現，從最簡單的地方提出最本質的最致命的問題。」[13]他的身上也有男權政治的影子，也有其缺陷，比如討厭人家叫他傻子，甚至因此將獻祭的少女賜給下人輪姦蹂躪。他也給塔娜造成壓抑，反過來，塔娜也成為一種世俗壓制的一份子，也包含了權力抵制的可能，她的飄浮的欲望和身體因此不僅僅是襯托傻子英明的一份子，而且又是一種對他的真愛的漠視和壓制的反抗。

塔娜的飄浮其實更是一種隱喻，美的東西無法長久，無法圓滿，也無法在那個制度中被捕獲，而真愛也無法拯救這種不可知的命運，所以，美麗的身體一直在飄移中墮落、找尋，最後香銷玉殞。

13 阿來，《文學表達的民間資源》，《民族文學研究》二〇〇〇年第三期，頁五。

（二）愛的集體潰敗：傻子的性愛及其波及

通讀《塵埃落定》，不難發現，小說中的女性在身體上大都是不潔的。或者是令人憎厭的，大跌眼鏡的，比如，高貴又頤指氣使的二太太曾經是妓女；央宗美麗卻愚蠢、放蕩不堪，和殺夫仇人同床共寢，瘋狂做愛，而且成為人家三太太；侍女卓瑪和殘疾管家私通；塔娜的飄移中也不乏水性楊花的一面；茸貢女土司美麗、淫蕩又欲望無窮，而下女們要麼猥瑣，要麼卑俗，也令人不悅。換言之，在阿來患上「厭女症」（misogyny）的同時，卻又悖論地揭露了一種可能的集體潰敗，無論是愛情、權力體制，還是各種各樣的身體。

傻子在某些見解上高人一籌，但往往難為常人所理解，所以性也就往往成為一種解脫和撫慰。比如，在討論要不要給土司鄰居們罌粟種子時，傻子認為難以避免，但無人聽他的話。後來，他和卓瑪出去了，後來就做愛。「我不知道自己是不是傻瓜，但幹這事能叫我心裡痛快。幹完之後，我的心裡就好多了。」（頁一〇四）不難看出，傻子雖不像哥哥那樣濫性，有節制，但性商方面仍然中規中矩，並無過人之處。

就在傻子在邊界放糧救濟那些背叛拉雪巴土司的饑民後，有姑娘被作為報答送上來獻祭，也恰恰是因為她一句「一個不要姑娘的傻子」（頁二四五）喚醒了傻子的欲望。這句話耐人尋味，傻子對姑娘的享受表面上來自「不要姑娘」，而更多的側重則是「傻子」。正是因為世俗將傻子不像哥哥那樣好色視為傻，他才會以性為自己正名。從這個意義上說，傻子的性交更是對世俗的回饋和迎合，而非真正反抗。當然，另外的涵義也可能是作者為了彰顯其旺盛生命力。

值得一提的是，卓瑪和銀匠之間的愛情／婚姻演變。當年的一見鍾情似乎慢慢淡去，曾經願意為了卓瑪自願降格為奴隸身份的銀匠力圖獲得自由身，來配得上卓瑪，因為卓瑪彼時已經是管家的情人了。在無望後，傻子讓爾依帶他去了妓院。結果銀匠樂不思蜀，留下來為妓院打造銀器。為此，卓瑪很受傷，既不和管家睡覺，又不去妓院看銀匠。這個悲慘的結局其實更是一種集體潰敗的象徵。小說中的男男女女若從性愛角度看，都是失敗的，他們既是犧牲品，又是可能的壓制幫兇，但無一例外地無法避免走向沒落。包括傻子，也是走向了徹底毀滅。

結語

從性話語視角重新解讀《塵埃落定》，我們不難發現在飄浮的身體上面／裡面撒播的複雜權力及結構，這既有性的過剩對身體的壓制，又有個體／性無法擺脫社會世俗的享用；而在性愛等身份政治中，權力的控制和傾瀉雖然是上下、男女之間的主流，但消極性的權力抵制卻也零星存在。當然，這一切若從性商指數綜觀，都無法避免集體潰敗的命運，真愛、權力、欲望、身體等都會隨著塵埃落定而煙消雲散。

第四章　主義、用／被用在身體政治中的辯證

——以《一個人的聖經》[1]為中心

提　要：高行健的小說《一個人的聖經》作為一部清算「文革」的優秀作品，其中密佈的性描寫無疑耐人尋味。本文力圖用一種另類視角觀照：從身體政治中用與被用的關係展開思考。論文從如下幾個層面進行論證：（1）一個人的『性』經：狂歡的力比多；（2）（性）政治：享用（女）身體；（3）被用的身體：敘述壓抑的弔詭。

關鍵詞：《一個人的聖經》；身體政治；用與被用；高行健。

上篇：沒有主義還是主義的狂歡
——以《一個人的聖經》為個案進行分析

當諸多人為的紛紛擾擾的光環與批評的刀光劍影狼煙淡去，當轟轟烈烈的「高行健現象」（論爭抑或炒作）逐步塵埃落定以後，我們今天再審視高行健的理論與創作無疑會多了一分遠離塵囂的淡泊的客觀與冷靜。眾所周

[1] 本章所用版本是高行健，《一個人的聖經》（香港：天地圖書，二〇〇〇年，簡體字版）。如下引用，只注頁碼。

知，「沒有主義」是高行健創作理論中一面異常鮮豔、引人注目的旗幟，儘管高從「現代主義」中「一個規矩的乘客」（王德威語）到目前的決絕姿態的快速轉換不乏弔詭之處[2]。然而，耐人尋味的是：什麼是沒有主義？它體現了怎樣的創作原則？高行健如何履行他的沒有主義？本篇欲以《一個人的聖經》為個案，剖析高行健沒有主義的實質。全篇主要分三個部分：（1）何謂沒有主義？（2）「一個人的性經」：欲望的展覽；（3）眾聲喧嘩：敘事的策略。

一、沒有主義：界定與層次

何謂沒有主義？高行健認為：「我之所謂沒有主義，沒有，可作為動詞，主義，則算為名詞，也即無名。倘將這沒有主義作為動賓結構或一個短語『無主義』，也未嘗不可。但譯作名詞的話，沒有主義有可能理解為也是一種主義，譬如虛無主義，似乎不妥。沒有主義把沒有作為前題，而不是把虛無作為前題，自然也就沒有結論，甚麼主義也沒有。」是與不是、有與沒有互相交錯的界定讀來似乎頗有禪意，但也很弔詭，因為高行健偏要用實實在在的文字來介紹他的沒有主義，所以對此他自己也了然於胸：「沒有主義充其量不過是一番無結果的言說。」[3]

透過高行健翻來覆去的詮釋，我們不難發現沒有主義可以分為如下層次：

---

2 具體可參許維賢，《論高行健的「姿態」——高行健的沒有主義與二十世紀的本體批評》，馬來西亞吉隆玻：《人文雜誌》第十一期（二〇〇一年九月），頁七二至八〇。許認為這種快速轉換更多只是高的「虛招」與「姿態」，其實踐操作離此還很遠。

3 高行健，《沒有主義》（香港：天地圖書，二〇〇〇年），頁一。

（一）「非／不」

沒有主義，「不是虛無主義，也非折衷主義，也非唯我主義，也非專斷主義」，也非個人主義；也非相對主義；不等於無政府主義；不是經驗主義；也不是實用主義；不是絕對懷疑主義；非政治；不信烏托邦；不拉幫結派，不費力惘然構建自圓其說的體系；「不是一種主義」。

（二）「是」

沒有主義是一種選擇，「一個沒有主義的個人倒更像一個人」；沒有主義，「是做人的起碼權利」；「是現今個人自由的最低條件」；「是人自我保護的措施」；「其實是一大解脫」，「不過是活生生的生命對死亡的一種抗爭」。

（三）「未見得」

「沒有主義，未見得就沒有真理，當然也未見得就有，有與沒有，退一步來說，也未必就真退步，還沒准進了一步。」

> 沒有主義，不是沒有敬畏，只不過這敬畏的不是神靈，不是權威，不是死亡，而是這死亡界線後面那不知，無限深邃而渺渺然。沒有主義，看來似乎有點悲觀，但也不是悲觀主義，在絕望前卻步，默默觀望。既已知道沒有主義，又何必恐懼或再尋慰藉，也就坦然，沒有主義就沒有主義。[4]

穿過高行健「看山是山，看水是水」繞口令式的是是非非的種種糾纏的迷霧，我們是否可以得出這樣的界定，所謂沒有主義，其實就是經過不懈奮鬥爭取到的一種自由自在的生存狀態。

回到文學本身上來，也是如此。如高所論：「我把文學創作作為自救的方式，或者說也是我的一種生活方式。我寫作為的是我自己，不企圖愉悅他人，也不企圖改造世界或他人，因為我連我自己都改變不了。要緊的是，對我來說，只是我說了，寫了，僅此而已。」[5]我們不難品出其中強烈的「沒有主義」傾向。

或許單純正面的概念纏繞太過抽象，我們不妨從高行健幾個重要的文學概念來做一種邊緣觀照。

1.「逃亡」之為一種寫作

「寫作就是一種逃亡。有對於政治壓迫的逃亡，也有對他人的逃亡，人常常被他人窒息。只有逃亡時，我才感到我活著，才得到言而無忌的自由。逃亡也就是我們的目的……也許是寫作時只面對自己，這自我便變成一雙中性的眼睛，注視我自己……如今我人在西方，市場的需求同樣窒息人。我寫作時不考慮讀者。」[6]應當指出的

---

4 以上三個層次的引用出處，皆來自高行健，《沒有主義》，頁一至六。
5 高行健，《沒有主義》，頁一七。
6 高行健，《沒有主義》，頁六〇至六一。

是，逃亡其實更是堅守，而非一般意義上所認為的逃避，如人所言：「他的『沒有主義』不是『逃避主義』，而是要超越政治之爭與黨派之別，維持個人獨立思考的珍貴空間。」[7]

2. 冷的文學

高強調說：「我主張的文學是一種有距離的，一種冷眼靜觀的，是普遍關照人生、凌駕於各種政治之上，擺脫各種政治的干擾，這樣一種文學。」[8]同時又認為：「冷的文學是一種逃亡而求其生存的文學，是一種不被社會扼殺而求得精神上自救的文學。」[9]而所謂冷的文學同樣也是高揚「沒有主義」的文學，他同樣抵制壓制與誘惑，給文學以獨立的空間，尋求一種內心的有分寸的大自由。如劉再復所言，冷文學有兩重涵義：「其外在意義是指拒絕時髦、拒絕迎合、拒絕集體意志、拒絕消費社會價值觀而回歸個人冷靜精神創造狀態；其內在意義則是指文本敘述中自我節制與自我觀照的冷靜筆觸。」[10]

3. 語言流

如果說逃亡與冷文學分別指向高「沒有主義」寫作中的書寫姿態與書寫精神風格的話，那對「語言流」的重視則體現了高現代主義意義上向書寫自身（語言）的回歸。「作家從民族國家的意識中解脫出來，純然以個人的身份面對世界，只對自己賴以寫作的語言負責，語言的藝術便居為首位，如何說便不知不覺替代了說什麼。」[11]

7 邱立本，《文化的光芒穿透政治》，香港《亞洲週刊》二〇〇〇年十二月十八日至十二月二十四日，頁二七。
8 邱立本，《文化的光芒穿透政治》，頁三三。
9 高行健，《沒有主義》，頁二〇。
10 劉再復，《論高行健狀態》（香港：明報出版社，二〇〇〇年），頁四六。
11 高行健，《沒有主義》，頁一〇至一一。

儘管語言的藝術並未囊括文學的全部的意義與表達，高本人對「語言能力」亦有懷疑，但以語言作為文學現實的本體無疑又驗證了高的「沒有主義」，還文學以文學。

總而言之，「沒有主義」在貫徹到文學創作中時既是一種書寫姿態與原則，又內化為一種書寫精神，它崇尚多元共存、自由、自覺的創作狀態和策略。的確，沒有主義「不是一種主義」，但卻實現了主義的狂歡（carnival）。

二、「一個人的聖（性）經」：欲望的展覽

「如果說高行健的文學技巧不是技壓群雄，那麼他的膽色與真誠，卻是中國名列前茅的作家中最強烈的。」[12]此論可謂一針見血，指出了高的無畏與坦率。尤其是，當我們解讀《一個人的聖經》時，這種感覺更加強烈。應當指出，筆者之所以以《一個人的聖經》為切入口詮釋高的「沒有主義」有兩個緣由：第一，它們二者之間存在著理論對應實踐的可能性（理論於一九九三年提出，小說則於一九九九年出版）；第二，《一個人的聖經》具有相對的代表性，劉再復曾譽之為「里程碑式的巨著」[13]。

這部蘊含了時代的巨大悲劇性詩化小說是以性愛作為底色展開其鋪陳的，無怪乎它被戲謔的視為「一個人的性經」。主人公和七個女人的關係成為這部情節散漫的小說連綴的主線，其關係或刻骨銘心，或淺嘗輒止，或激情四射，或哀怨粘連，或壓抑悲憤，或酣暢淋漓、光怪陸離，不一而足。如趙毅衡所言：「從一部分高行健作品中，我

12 邱立本，《文化的光芒穿透政治》，頁二七。

13 林曼叔編，《解讀高行健》（香港：明報出版社，二〇〇〇年），頁二八。

們或許能夠看到一眼被日常世俗隱藏著的諸色諸相。」[14]無庸諱言，性的切入無疑可以更加真切又深邃地反映出外在客觀世界和內在心靈探尋與人的敏感欲望之間的張力關係。我們不妨來看看文本中五光十色的欲望的姿態。

1. 性放縱

「你」和馬格麗特——「你們都徹夜未眠，這三天三夜，不，四天三夜……整整三個晝夜，反反覆覆顛三倒四，一次又一次做愛，儘量挖掘汲取對方，你也筋疲力竭。」（頁一三五）和林「徹夜盡歡」（頁八九）。性放縱反映了他們對性的過度迷戀和貪婪索取。

2. 虐待

在少年時被強姦的馬格麗特成年後仍存有陰暗的記憶而有受虐傾向：「這最後一夜，她讓你強姦她，不是做性遊戲，她要你把她捆起來，要你捆住她雙手，要你用皮帶抽打她。」（頁一三七）主人公書寫中亦有施虐傾向：「啊，馬格麗特，你又想起她，就是她讓你寫這本破書，弄得你好憋悶，好生壓抑，這婊子折騰得你好苦，真想好好再操操她，照她要的那樣抽打，這受虐狂，再抽打她你可不會再流淚。」（頁三〇二）

3. 性作為逃避的宣洩

和大學女生許倩共宿旅館一房時出於對武鬥（血洗）恐懼中的性的宣洩——「當時，無論誰都無法知道等待他們的是什麼，也無法預計之後的事……她沒有任何遮擋，恐懼之後鬱積的緊張決口橫溢，弄得兩人身上都是血。」（經血，筆者注）（頁二四八）

---

14 潘耀明主編，《高行健》（香港：明報月刊、明報出版社，一九九九年一版，二〇〇〇年二版），頁五。

4.偷情

和林（高幹子女，丈夫是軍人）：「可你說你沒這麼大膽子，這種冒險偷情令你很不自在，可你還是同她做愛了。」（頁八三）為安全起見，要事先約好下一次約會的具體時間、地點，所以「越隱蔽，越是具有偷情通姦的意味」（頁九三）。

5.強姦、誘姦、通姦

前者如馬格麗特十三歲被畫家所姦：「兩年來，他一直強姦了我，也強姦了那個女孩！」（頁一二一）如孫惠蓉與駝子的曖昧關係，可能是「誘姦」（頁三八〇至三八一）；民兵們抓反革命時附帶的戰果，「捉來了一對通姦的」（頁三四六）。

6.性墮落

中學同學「詩人」羅的墮落：一出口就是「小婊子」，又說：「我不知道文學在哪裡？我現在的日子是白天賣菜，晚上等一個個菜攤子收了，再點錢結賬……做學生時的那點狂氣早已煙消雲散，還不如找女孩子玩。」（頁一二八）「羅說橫豎也沒什麼前途，他們落魄的那一夥經常找女孩子們鬼混」（頁一三〇）；「羅說沒法不頹廢，搞女人是打魚的那兩年」（頁一三一）。不同人稱的敘述都指向人生的無奈，性所以成為唯一有意義的沉迷。

7.性幻想

（1）朦朧的性意識：主人公小時看他母親的裸體時的感覺；（2）幻想：性夢中與她嬉戲，做愛未遂（頁二九〇至二九二）；（3）意淫：主人公對毛妹的欲望——「一個水靈靈的妹子，尖挺挺的胸脯，結結實實的，

想必也被漢子們摸過了。」（頁三五三）

8. 口交

馬格麗特「她搖搖頭，伏在你小腹上。你撫弄她蓬鬆的柔髮，讓她囁吸你」（頁一四一）。

9. 亂交

茜爾薇和讓是情人，馬蒂娜和萬桑是一對。一天大雨夜裡，他們四個在車裡休息，結果馬蒂娜先和萬桑做愛，又和讓做；於是茜爾薇也同萬桑做起來（頁三八九）。

10. 蒙太奇剪貼

主人公在作造反派頭目時，他對中學女生蕭蕭的愛撫，「他手掌壓迫的小奶下沿突出一道嫩嫩的傷痕」（頁二六六）。「文革」結束後，他又和蕭蕭偶遇完成性補償後，「他查看這陌生的女人一身的皮肉，肉紅的乳頭和深棕的乳暈中點點乳突，都鼓漲漲的，乳房還白皙柔軟，這才認出下方有那麼一條寸把長淺褐的傷痕」（頁四一三）。也有場面描寫：「你擁抱她，嗅她身體的氣味，上下撫摸，你的精液，她的眼淚，分不清誰的汗水，統統抹在她小腹、乳房和乳頭上。你問她高興不？她說你要做什麼就做什麼，只是別問。」（頁四二一）

欲望姿態的羅列並不意味著高行健在《一個人的聖經》中只堅持「唯一真實的行動：探索欲望」[15]，也並非表明筆者的獵奇心態，五彩繽紛姿態的彰顯更促使我們對性的功用展開探究。

15 石計生，《虛懸於空中的逃難——評高行健的小說文學》，臺北：《當代》第一百七十期（復刊第五十二期，二〇〇一年十一月），頁一三三。

（一）清算「文革」

如瑞典皇家學院頌詞所言：「小說的核心是在為中國文化大革命的喪心病狂算總賬。作者毫無保留，掏心剖腹地敘述自己獻身政治行動、遭受迫害，乃至成為旁觀者的經驗。」[16]從性的角度切入解讀《一個人的聖經》同樣也可以探勘當時紛亂世界中個體人的際遇。

「一個人的性經」中，性至少包含兩重涵義：人之天性（human nature）和性（sex）。作為人性中不可或缺的一部分，極度被壓抑的性欲也就等同於健康人性的被扭曲，而且這種壓抑在糾纏了政治、意識形態與個人的「自奴化」（人在逐步接受種種專制壓抑與鉗制後習慣成自然，以後反倒處處以此自覺要求自己的做法）後會顯得更背負重重，高行健寫性的獨特瞬間「帶有那個時代的全部信息，人性被毀滅的信息，生命被歪曲、被撕裂的信息，非常深刻」[17]。

同時，性本能所受到的壓制越大，其反彈也就越大，壓制「使性本能特有的執拗性和反抗性充分展示出來」[18]。小說中諸多欲望姿態的展示都反映了這一點。主人公與林的偷情與性放縱、與許倩旅館內因恐懼而引發的性逃避式的宣洩、羅的性墮落都反映了個人對當時社會不同程度與層面的反抗，由此也看出了高行健對「文革」深沉又獨特的反思。

16 高行健，《八月雪》（臺北：聯經出版社，二〇〇〇年），封底。
17 劉再復，《論高行健狀態》，頁七六。
18 佛洛德（Sigmund Freud，一八五六—一九三九）著，騰守堯譯，《性愛與文明》（合肥：安徽文藝出版社，一九八七年），頁二七五。

文中主人公和馬格麗特在討論法西斯與「文革」恐怖的區別時，「你」突然發作：「狗屁的理論！你並不瞭解中國，那種紅色恐怖你沒有經歷過，那種傳染病能叫人都瘋了！」她不出聲了，「『對不起，性欲憋的，』你只好解嘲，苦笑道」。（頁六八）這一節描述可謂生動傳神地點出了性顛覆的深刻性。如人所論：「我們從小說的文本中不僅看到對那個時代最有力的質疑，而且聽到作者的最真摯的人性呼喚，一個脆弱的人向歷史所做的最有力的呼喚。」[19]當然，高對「文革」的文字清算高人一籌，他沒有墮入喋喋不休傾訴苦難從而自己置身度外的圈套中，也沒有反其道而行之為「文革」唱讚歌——所謂感謝苦難，他是採用了真實介入的手法，誠摯勾勒那悲劇性的歷史。

（二）性是救贖還是釋放？

性還承擔了怎樣的角色？邱立本認為：「在作者記憶的摺縫中，是性與政治壓迫的交錯。性成為對政治的救贖。這是獨特的儀式，一種在驚嚇中、被權力強姦中的最佳救贖。」[20]

的確，這種認知有相當的合理性，性在某種程度成為政治壓迫的發洩出口，但是性卻不能成為「政治的永恆救贖」。我們不妨先看一下主人公所流露的真誠欲望：「你想有一個女人，一個和你同樣透徹的女人，一個把這世界上的繫絆都解脫的女人，一個不受家庭之累不生孩子的女人，一個不追求虛榮和時髦的女人，一個自然而然充分淫蕩的女人，一個並不想從你身上攫取什麼的女人，只同你此時此刻行魚水之歡的女人。」（頁四三五）應該說，「你」追求的近乎是一位神女：她通透又會享受，但僅此而已又不要索取。說白了，女人在「你」的幻夢

19 劉再復，《論高行健狀態》，頁四四。
20 林曼叔編，《解讀高行健》，頁一六五。

中應該是一個聰慧但又全心全意付出的一廂情願的欲望投射。夢畢竟是夢，「以原始欲望生殖本能之身體語言期待女性，終難觸及女人的靈魂」[21]，也無法實現這種奢望。

退一步講，即使找到這樣的女人，你們又如何克服那種「做愛之後的荒蕪感」？當性承受的功能太過神聖或繁複時，性本身亦會萎縮。性更多的應該是一種解脫，無論是對於政治的壓迫還是婚姻的羈絆。如作者所言：「是女人給你注入了生命，天堂在女人的洞穴裡，不管是母親還是婊子。」（頁一四〇）性是自然，性是釋放，性難以成為政治的永恆救贖。

（三）多元共存中的弔詭

對欲望諸多可能性與表現形態的探究一方面反映了堅持「沒有主義」的高行健對性描寫深刻而又真誠的把握，他既「通過性描寫揭示那個荒唐時代，無所不在的政治恐懼和無處可逃的心理恐懼」[22]，同時又以性描寫揭示現實社會中性對人的纏繞及人對性的享用與尷尬等互動關係。

弔詭的另一面是，高對五花八門的性姿態的大膽描寫在多大程度上虛構了「文革」的真實？性的多姿多彩是否只是他一個人太過獨特與豐富的「性經」？同時，他「接近色情」的性描寫可能沒有為性寫性的企圖，卻在潛意識、無意識的自然流露之下客觀含有媚俗的成分，因為它至少滿足了偷窺、虐待、性強迫性重述（compulsory repetition）、意淫等種種潛意識中的欲望閱讀期待。其中的某些性描寫，如蒙太奇剪貼、場景描寫和心地深處欲望的傾瀉書寫自然也有調劑閱讀增加可讀性的功用。

21 香港：《開放》二〇〇〇年十一月特輯：《高行健與諾貝爾獎》，頁三三。
22 劉再復，《論高行健狀態》，頁二七。

我們不妨讓數字說話。據臺北聯經出版公司的總編輯林載爵說，得獎之前，《靈山》「四千本十年賣不完」，而《一個人的聖經》兩年就「發行高達五萬本」[23]。我們在排除《靈山》主題駁雜晦澀難讀的因素以後，可以推斷後者的發行佳績與五花八門的欲望勾勒不無關係。

三、眾聲喧嘩：敘事的策略

無庸諱言，在《一個人的聖經》中高無疑或多或少的體現了他的「沒有主義」。我們不妨來探尋一下高複雜又陸離的敘事實踐。

（一）敘事人稱

高在《一個人的聖經》中的敘事人稱運用仍是故技重施，但與《靈山》的三重人稱結構不同的是，《一個人的聖經》中只有二重人稱結構「你」，「他」，「我」卻缺席了。主人公的無名無姓凸現了別樣的意義。有人以為：「這人在一個看來是真實，其實只是背景音樂的地理與歷史脈絡中，在一個可以任意移動的時間中，過著蒼白的、情欲的、懷疑的、沒有救贖的、虛懸於空中不能自已的生活。」[24]在小說中，「他」指涉了「文革」前後歷史中的主角，「他」從某種意義上講可理解為被異化的他者（the Other）；而「你」則指涉為現實中的主角。

23　邱立本，《文化的光芒穿透政治》，頁三〇。
24　石計生，《虛懸於空中的逃難——評高行健的小說文學》，頁一三一。

小說中「我」的有意缺席無疑意義重大。高認為：「人稱，同人的潛意識有很多聯繫，這自我的認知離不開人稱。一旦要表述，便得歸於人稱上。話語之所以體現為人稱，即主語是誰？背後隱藏的是認知角度。只有超越自我的時候，才出現無人稱。」[25]如其所言，「我」的缺席無疑就是高力圖超越自我、實現「沒有主義」的有意試驗：避免因自我膨脹而導致敘事中性立場的失衡。

當然，結合小說自身分析，「我」的缺席可能表現為：當時歷史與政治的緊張情境中，並沒有「我」的一席之地，因為更多的只是無獨立意識的集體名詞「我們」。應當指出的是，高認為：「這自我歸根結柢，也大可懷疑。尼采把自我視為真實的存在，可自我不過是一種觀照，一種觀照的意識，向內的審視。」[26]儘管「我」表面上在小說中蹤影全無，其實高不過是完成了人稱的轉移或合併。作為作者的「我」實際上已內化（internalize）在「你」中，這一點下文將做較詳論述。

（二）後設（meta-fiction）的滲入

高後設手法的運用主要表現為以下幾個層次：

1. 小說創作態度

高深知他所描述的是他曾傾注了許多狂熱、青春、羞恥、欲望等整個自我的歷史，所以作者勢必要竭盡全力保持相對客觀超然的立場，而這一切全在小說中被和盤托出。這體現了作者「我」對文中「你」的內化。「你得

25 高行健，《沒有主義》，頁二六二。

26 高行健，《沒有主義》，頁八一。

找尋一種冷靜的語調，濾除鬱積在心底的憤懣，從容道來……你尋求一種單純的敘述，企圖用盡可能樸素的語言把由政治污染得一塌糊塗的生活原本的面貌陳述出來，是如此困難。」（頁一八五）如瑞典皇家學院頌詞所言：「他的敘述或許可能凝聚成異議人士的道德化身，但他不願站在這個位置，也拒絕擔任救贖者。」當然，小說中也有對敘述者辛酸的自嘲：「你說你追求的是文學的真實？別逗了，這人要追求什麼真實？真實是啥子玩意？五毛錢一顆的槍子！」（頁三四〇）

2. 對文學的思索

高還對宏觀的純文學做了一番深入的思索。無論是對純文學創作的姿態、意義還是文學的迷幻作用。「你吐棄政治的把戲，同時又在製造另一種文學的謊言，而文學也確是謊言，掩蓋的是作者隱祕的動機，牟利或是出名。」（頁二〇〇）同時，他也透出了《一個人的聖經》中的本題：「你為你自己寫了這本書，這本逃亡書，你一個人的聖經，你是你自己的上帝和信徒。」（頁二〇二）

3. 對當時世界與人物的現代點評

以當今的主體意識介入三十餘年前的社會歷史，高對當時的世界、人物的酷評清晰凸現了他的主體精神。「一切歸社會公有，也包括每個勞動者，都嚴加管理，弄得天衣無縫，歹徒都無可遁逃，除了槍斃的全都進了監牢，或押到農場勞動改造，紅旗飄飄，人類理想的天國雖然只是初級階段就這樣實現了。」（頁一四四）黑色幽默中我們不難讀出作者對人主體性的喪失和專制統治的深刻又不露聲色地披露。和毛澤東遺體的互動對話同樣也表現了他獨特的視角：將神還原成人，追求自由平等：「一個人的內心是不可以由另一個人征服的，除非這人自己認可。」（頁四〇一）

（三）語言流敘事

這是高屢屢強調的敘事手法，儘管其界定有待深化和缺乏相對的系統性。「一個作家不必限制在一種文體裡，可以有各種各樣的文體，正如在戲劇中，每個人物有不同的語言。《靈山》中就有口語，有文言，有意識流，我稱之為語言流。」又言：「如果有這種認識，藉詞語喚起或追蹤瞬息變化的感受過程的時候，筆下實現的，不如稱之為語言流，而意識流只潛藏在這種語言流中。」[27]

的確，高行健對於語言的苦心孤詣地探求也體現了語言流的妙用。不僅其所用語言駁雜：口語、俗語、成語、文言，一連串氣勢逼人的意識流話語等等；而且其語言風格也是多姿多彩：或義正詞嚴，或嬉皮笑臉，或深刻沉鬱，或浮華不實，或狂熱衝動，或冷酷無情，不一而足，確實給我們營構了色彩斑斕的文字空間。

當然高行健還有一些敘事策略：如淡化情節，著力捕捉人生場景中的瞬間與片斷等，也體現了他的另一種獨特美學追求。

結語

通過對《一個人的聖經》的解讀，我們不難發現，高行健的「沒有主義」從敘事策略看，毋寧是「極端現實主義」[28]、現代主義與後現代主義的雜糅，沒有主義既然「不是一種主義」，它卻實現了主義的狂歡；從小說的

---

[27] 高行健，《沒有主義》，頁四六至四七。

[28] 劉再復，《論高行健狀態》，頁一〇五。

極其重要的主題來看，卻又體現了肉體對精神的嘲弄：高以欲望的狂歡完成了他獨特的解／建構。簡而言之，沒有主義實際上更是主義的狂歡，「異質性風格單元」的有機並置和「各種獨立的聲音」[29]的多元共存無疑也驗證了這一點。

下篇：身體政治：用與被用
——以《一個人的聖經》為中心

劉再復先生在評價《一個人的聖經》時曾指出，它「不僅成為扎扎實實的歷史見證，而且成為展示一個大的歷史時代中的普遍命運的大悲劇，悲愴的詩意就含蓄在對普遍的人性悲劇的叩問與大憐憫之中。高行健不簡單，他走進了骯髒的現實，卻自由地走了出來，並帶出了一股新鮮感受，引發出一番新思想，創造出一種新境界。這才真的是『化腐朽為神奇』」（頁四五三）。上述判斷不僅高屋建瓴，而且一針見血。但同時也並非毫無問題：這樣的判斷卻缺乏翔實的例證與堅實的論證。

如果我們說逃亡和追尋成為《靈山》的一個重要隱喻主題，那麼《一個人的聖經》中性或力比多實踐則同樣是一個難以逾越的密集存在，儘管它更多時候指向了逃亡和自由。在我看來，性、身體、政治、暴力等成為《一個人的聖經》中相互牽連、指涉的關鍵詞。更關鍵的是，如果我們調整一下閱讀的目光或策略，進行內視和外視相結合操作的話，我們不難發現，在其身體政治（body politics）[30]中，恰恰隱藏著一種用與被用的關係。耐人尋

29　劉再復，《論高行健狀態》，頁九八。
30　在本文中，身體政治是指身體所接受的外在的權力、意識形態、體制等事物的控制、操縱、改造等過程，是以身體為中心的譜系學。

味的是，「用」也是高行健小說中女主人公們使用頻率較高且自覺使用的字眼。換言之，在政治、性愛、身體之間存在著一種錯綜複雜的權力糾葛。

基於種種原因（政治的、傳播的、歷史的等等），高行健在中文學界的研究可謂相當薄弱，乃至匱乏[31]，尤其是和他諾貝爾文學獎得主的特殊身份不相對應。而其小說研究則更加貧血，而且現有的研究也並不盡如人意。為此，本篇打算進行一種另類視角觀照：從身體政治中用與被用的關係展開思考。我們可以從如下幾個層面進行論證：（1）一個人的『性』經：狂歡的力比多；（2）（性）政治：享用（女）身體；（3）被用的身體：敘述壓抑的弔詭。

一、一個人的「性」經：狂歡的力比多

高行健《一個人的聖經》中的書寫手法被劉再復總結為一種「極端現實主義」，它拒絕任何編造，「極其真實準確」地展現歷史，同時拒絕停留在表層，而全力挖掘人性的深層，所以，這部小說「不僅把中國當代史上最大的災難寫得極為真實，而且也把人的脆弱寫得極其真切」（頁四五〇至四五一）。

[31] 大陸學界現有的研究，主要是有關高戲劇的居多，小說的極少。專著、論文集方面主要有：劉再復，《論高行健狀態》（香港：明報出版社，二〇〇〇年）、《解讀高行健》（香港：明報出版社，二〇〇〇年）；趙毅衡，《建立一種現代禪劇：高行健與中國實驗戲劇》（臺北：爾雅出版社，一九九九年）、Quah Sy Ren（柯思仁），*Gao Xingjian and Transcultural Chinese Theater* (Honolulu: University of Hawaii Press, 2004)。上述研究仍大都從戲劇角度論述。

坦率而言，高行健能否極其真實、「準確」、「嚴峻」地呈現中國當代史上的最大災難——「文革」值得置疑。畢竟，文學的再現式真實未必等於現實重放，它遵循的美學律令和現實本身終究有所區隔[32]。但高對人性脆弱之處的挖掘的確相當深刻，而性則是其遊刃有餘的載體和倚重。

如果暫時抽離意識形態、性別等等對身體的操控，也暫時剔除身體的隱喻／寓言意義，《一個人的聖經》中的力比多毋寧更是狂歡的，而非內斂的。《一個人的聖經》在欲望的肉體意義上，也就是一個人的「性」經。我們可以從兩個層面進行考察：（1）姿態：狂歡的性實踐；（2）性對象：多元的身份及其認同。

（一）姿態與種類：狂歡的性實踐

《一個人的聖經》中對性愛姿態的描繪可謂是不遺餘力，如果加上種類，可謂是身體狂歡的指示圖。

比如說，簡單而言，相當普通的進入自然是不在話下，還有除了插入以外的無所不做（頁二二），放縱與貪婪（頁二六）、瘋狂與粗獷（頁八四至八六）、強姦（頁一二九）、性虐待（頁一三六至一三八）、口交（頁一四一）、性幻想敘述（頁一八五、二一六）、性愛撫（頁二二六至二二七）、月經期做愛（頁二四七至二四八）。

其他，還有意淫（毛妹，頁三五三）、性自由（頁三七一至三七二）、駝子強姦女學生（頁三七八）、筆錄式的精神再姦（頁三八一）、群交亂交（頁三八八至三八九）、墮落成暗娼（頁三九六至三九七）、破鞋（頁四一一）、性之外的感情交流（頁四二一）等等。

32 文學敘述與歷史再現之間顯然存在著複雜的關係，絕非「真實」二字可以簡單涵蓋的，而且，在文學真實和現實真實之間也並非完全對應的，甚至是落差極大。類似觀點可參王德威，《歷史與怪獸：歷史・暴力・敘事》（臺北：麥田出版社，二〇〇四年），〈序論〉。

這部小說除了普通性交之外，也包括了之前曾提及的性虐待、強姦。當然，也還有在種種禁忌和壓制下的偷情。比如主人公和軍隊背景女情人之間的性交往。不難看出，在書寫「文革」及其後續事物的發展過程中，各色性實踐在高那裡居於相當重要的地位。

需要指出的是，作為一部對「文革」有著深入反思的小說[33]，《一個人的聖經》幾乎將「文革」的經歷、烙印、回憶貫穿了小說始終，他從一個人的角度進行切入，「它既擺脫了傳統的翻身道情敘述，又保留了對中國苦難的逼視」[34]。

（二）性對象：多元的身份及其認同

如果我們以男主人公為中心，來考察其性體驗的對象，不難發現，在形形色色人物背後，也蘊藏了複雜的身份與認同；同時，也更意味著身體在本能層次的狂歡。

1. 外國女人

比如德國猶太妞馬格麗特，這個少女時期就受到性傷害的女人，對性暴力有一種強迫性重複，非常想清洗自我和歷史記憶，卻難以忘卻，只好通過再現暴力來忘記暴力／減少痛苦，所以她在性上是瘋狂的，但更渴望心靈的理解；茜爾微，來自澳洲的性伴侶，觀念自由、動物性兇猛；法妞，在性關係和愛之間卻有著自己的原則，「別讓性欲弄髒了這美好的情感」（頁四二一）。

---

33 許子東的專著《為了忘卻的集體記憶——解讀五十篇文革小說》（北京：三聯書店，二〇〇〇年）就曾經考察和論述了「文革」小說的敘述方式和種類。

34 姚新勇，《藝術的高蹈與政治的滯累——高行健兩部長篇小說評論》，《海南師院學報》二〇〇四年第一期，頁二八。

2.軍隊情人

首先是軍隊醫院女護士，之前限於規定，不能被進入，在陪伴部隊首長視察邊境後，她便自由了，也更瘋狂，兩個人「像兩頭獸，撕咬搏鬥」（頁二二）；高幹子女也是軍人的老婆——林，和主人公的冒險偷情，有時候是想盡辦法，徹夜盡歡，雖然，中間也有一些阻力，但兩人還是改變策略繼續，「越隱祕，越具有偷情通姦的意味」（頁九三）。

3.「文革」中的少女

蕭蕭，「文革」中造反派中的十六、十七歲女學生，寂寞寒夜裡進入主人公的房間，聊天，然後接受他的愛撫，右奶下的傷痕清晰可見（頁二二八），甚至，後來二人再度見面後，「文革」當時沒有做愛的他們則瘋狂延續性實踐（頁四一三）。還有，武鬥中的女大學生許倩，因為躲避敵方追殺而逃進旅店小房中，因為恐懼和軟弱和他甚至在月經期做愛（頁二四八）。當主人公作為鎮上老師進入村中教書時，女學生孫惠蓉求救，「我」未解，後來，孫被人強姦，而漸漸淪為煤礦暗娼。

上述種種，不管是外國女人，還是類似於禁忌話題的軍方女人，還是參加「文革」或「上山下鄉」中的少女，她們自然都有其獨特的身份和認同，但她們和男主人公的性實踐卻在類似性體驗中，反映出不同的語境批判和歷史認知。從此意義上說，性的身體也不是完全自主的。

在《一個人的聖經》中，高行健也曾表達過沒有主義的理念：「如今，你沒有主義。一個沒有主義的人倒更像一個人。」（頁一五四）但沒有主義帶來的似乎並不只是自由，同時也有虛空、孤獨。而性的狂歡可能是一種補償式填充，但反過來也論證了沒有主義的虛幻和精神世界的巨大虛空。力圖通過性的滿足來消除孤獨、逃避恐懼，填充虛空，更多也只是虛妄，這就好比敘述人所追求、渴慕的「同樣透徹的女人」一樣成為烏托邦式的幻夢。

事實上，上述論述只是立足於近似於物理學上的排除摩擦的理想語境，當然，不可能有純粹的性和自由的身體，而身體政治中依然密佈了無所不在的意識形態、權力網絡等等。但反過來，這也是一種敘述的機遇。正如南帆所指出的：「文學早已意識到，愛欲是革命的重大資源；然而，對於二十世紀來說，這也許是知識份子力圖衝出重圍而開發的最後一個資源。」[35]高行健無疑是一個相當成功的實踐者。

二、（性）政治：享用（女）身體

福柯對身體受到的種種規訓（discipline）、限制與懲罰（punish），對於性（包含認知、取向等）的人為操縱有著廣為人知的精深研究，這在他的《規訓與懲罰》、《性史》等宏著中都有所體現。當然，在肉體／身體與權力機制之間也存在著微妙的關係：「一種強制人體的政策，一種對人體的各種因素、姿勢和行為的精心操縱。人體正在進入一種探究它、打碎它和重新編排它的權力機制。一種『政治解剖學』，也是一種『權力力學』正在誕生。」[36]

無庸諱言，《一個人的聖經》中也彰顯了身體、性和權力、意識形態等之間的複雜糾葛。簡言之，它們之間存在著一種享用關係。比如他和德國猶太女人談話時就指出，男女性實踐之中對身體「只用不愛，才令人噁心」（頁九九），但很多時候，個中複雜、無奈等，絕非噁心可以涵蓋的。這其中可分為兩個層面：（1）政治等權力機制對身體和性的享用；（2）男性對女性身體的享用。

35 南帆，《後革命的轉移》（北京：北京大學出版社，二〇〇五年），頁二二四。
36 蜜雪兒・福柯著，劉北成、楊遠嬰譯，《規訓與懲罰》（北京：三聯書店，一九九九年），頁一五六。

（1）享用的歷史：沉默的身體／性

表面上看，小說中的男主人公對性的癡迷和放縱或豔遇不斷似乎是一種身體的狂歡，而實際上，我們毋寧說這更是反證了他身心上措置了相當沉重又嚴密的權力操縱。比如說，他在回憶中回想往事，感覺如同走向地獄，所以，現實中的他情願「不知今宵酒醒何處，總之在床上，身邊還有個洋妞」（頁五五至五六）。

小說中的男主人公對此有深刻認識：「可你說你倒是有過近乎被強姦的感覺，被政治權力強姦，堵在心頭……許久之後，得以自由表述之後，才充分意識到那就是一種強姦，屈服於他人的意志之下，不得不做檢查，不得不說人要你說的話。」（頁一二四至一二五）當然，政治／權力控制的不只是思想，還有身體。比如，他同馬格麗特辯論納粹和紅色恐怖時，竟然失態發作，罵她不瞭解紅色恐怖，後來又自我解嘲說：「對不起，性欲憋的。」（頁六八）一句話，也道出了政治對性的享用／佔有。

實際上，政治／權力對身體的享用、操縱幾乎是不分性別的。比如，軍隊醫院中的女護士，為了長官意志和需要，不得不保持處女身。而一旦被領導享用過，則價值和規範都會打折扣。小說中，他對仰慕他的美麗、有出息的女人更心存疑慮，因為「越是多情的姑娘相反越止不住向黨交心」（頁一八）。由此可見，意識形態對人的控制是多麼嚴密和周全。

性或者是女人的洞穴在他那裡被視為天堂，「是女人給你注入了生命，天堂在女人的洞穴裡，不管是母親還是婊子」（頁一四〇），而性／身體本身就成為逃避清洗和各色恐怖的歸宿。類似的當然還有，由政治運動／鬥爭帶來的恐懼使當事人不自覺地向母性子宮或者性回歸。如中學女生蕭蕭，以及大學女生許倩。當然，她們的變化也令人感慨，蕭蕭後來成為各種運動的犧牲品，小小年紀的身體即被農民們染指；而許倩在政治的浸染下無法忍受他的一點出格，大罵：「你就是敵人！」（頁三三二）而且認為彼此在恐懼中喚起的性欲，之後沒有變成愛情，「只留下肉欲發洩之後生出的厭惡」（頁三三五）。同樣悲劇命運的還有在農村被糟蹋以及蹂躪的女學生孫惠蓉，在她成為煤礦暗娼後，就更為世俗和政治人物所不齒。

或許最能彰顯意識形態傷害與歷史暴力的則是德國猶太女人馬格麗特。表面上看，她只是身體上過早成為女人受到傷害而使她有一種強迫性的重複：不斷要求清洗自己、厭倦身體、性受虐等等；而實際上，她的身體背負太沉重的整個民族的意識形態負擔，既是猶太人，又是女人，來自納粹主義和男人的雙重壓迫自然使她倍覺痛苦、哀怨和壓抑。她在性方面的放縱和自虐，瘋狂與矛盾則反映出她身體和內心背負的民族創傷和精神負擔。

（2）性別視角：他對她的使用

耐人尋味的是，當政治／權力將魔爪和天羅地網撒向男人與女人後，受壓抑的男人有時候卻不知不覺中形成了對女人的另一種壓抑。這有點類似後殖民意味的性政治：弱者「抽刃向更弱者」（魯迅語）。而在身體上，也往往體現為他對她的享用。

在他和馬格麗特之間自然存在著一種複雜的身體糾纏，他們互相汲取，但更多時候，她往往卻更多服務於他，在操與被操的權力關係中，她更多是被動者。就如他自己承認：「你不如她慷慨，總在攫取。」（頁一四一）甚至連她也這麼認為：「她又說她不是一個性工具，希望活在你心裡，希望同你內心真正溝通，而不只是供你使用。」（頁一二五）而實際上，當他書寫小說碰到困難、憋悶時，仍然「真想好好再操操她，照她要的那樣抽打，這受虐狂，再抽她你可不會流淚」（頁三〇二）。這種思考的心態和男女關係顯然是不平等的，而是使用、發洩。

而在他和許倩之間也有享用關係，用她的話說：「你不過是用我，這不是愛。」（頁三三〇）儘管她因為政治的牽涉而有不清醒之處，但這個評價卻真切地勾畫出她和他的身體權力關係。或許更典型的則是他同蕭蕭的關係：在她年少時，由於擔心她是處女、怕承擔責任，他沒有進入她的身體，但到後來再見到歷盡滄桑的她時，他毅然和她發生關係，而且呈現出一種轉移性的暴力發洩，因為自己的脆弱而讓女學生受到侮辱，他「需要報復，報復什麼卻並不清楚，他猛的拉開被子，撲到女人身上……鬱積的暴力全傾瀉在她體內……」（頁四一三）

小結：通過分析我們可以發現，政治／權力機制／意識形態等對人的身心有著強烈的操縱欲望和實踐，而對身體／性也同樣有著類似的控制。但控制的權力關係中也可能有一種弔詭。當以性別視角觀照時，男女之間的身體關係間卻也可發現用與被用的關聯。

三、被用的身體：敘述壓抑的弔詭

如前所述，簡而言之，《一個人的聖經》中，在身體、性、政治、權力之間存在著一種用與被用的關係，但如果仔細推敲起來，這種簡化則需要慎重考慮：顯然，政治對身體和性存有享用／控制關係，但實際上，在性與身體之間也有享用關係。甚至推而廣之，在敘述中，高行健也加重了這種享用關係，而成為一種敘述暴力。

（一）性的身體？

無庸諱言，在小說中，存在著一種性對身體的壓制。而實際上，性本能、性交活動等不過是身體的一類實踐和運作。當然，身體在不同時期也可能充當不同的角色，或者是被革命、勞動、現代性、商品意識等規訓、重塑，或者是追求和實現自我的一種載體，當然也可能變成「主體消潰之後的一抹殘存的生存形式」[37]。

[37] 葛紅兵、宋耕，《身體政治》（上海：上海三聯書店，二〇〇五年），頁九三。

羅素（Bertrand Russell，一八七二－一九七〇）指出：「在某種環境中，人們對性有著一種自發的恐怖感，而且當這種恐怖感產生後，它竟然可以和那種更普遍的對於性的愛好一樣，成為一種自然的衝動。」[38]此處羅素點明了信仰或人為禁忌可以產生一種性恐懼，而這種東西甚至可以和性愛好一樣演化成一種自然衝動。

高行健在《一個人的聖經》中自然有其深刻的地方，比如說恐懼中男主人公和少女蕭蕭、女大學生許倩的性交流則顛覆或反證了這種性恐懼，性恰恰可以成為忘記乃至埋葬恐懼的妙藥。

值得一提的還有，他對孫惠蓉嬗變的書寫：孫最後成為了一個煤礦的暗娼。但如人所論：「娼妓真正的罪過，在於她把道德家職業的虛偽戳穿了。」[39]此中也有可細緻品味處，一方面，通過性和被玷污的身體可以反襯出政治、世俗傳統、權力和規範的荒謬與骯髒，但另一方面，性卻對身體形成了一種享用與佔有地位。因為不潔的性，身體也就成為了可以鄙夷乃至詛咒的對象。

小說中此類表現最為明顯和集中的則是馬格麗特。她在十三歲時被畫家強姦的命運悲劇感和作為猶太女人的壓抑感始終如影相隨，所以，她討厭身體，而實際上，她的身體「年輕」且「迷人」，讓人「充滿欲望」（頁一一八）。當然，需要指出的是，當時跟她一起在畫家那裡的女孩的眼光卻讓馬格麗特清醒地看清了自己，同時「也恨過早成為女人的我這身體」（頁一二二）。

上述種種都表現為對身體的偏見和重視。哪怕是小說結尾，主人公在欣賞一種生命的可愛時，也是以做愛的叫床作為例證的，而其中性遊戲或強姦卻也成為強烈欲望發動的催發劑。如此種種卻也弔詭呈現出性對身體的壓抑、享用。同時，他也未能擺脫某些敘事的局限，如張檸所言：「所謂的『排泄敘事』，實際上就是一種『軀體

38 羅素著，文良文化譯，《性愛與婚姻》（北京：中央編譯出版社，二〇〇五年），頁二七。
39 羅素著，文良文化譯，《性愛與婚姻》，頁一〇六。

敘事』。然而，高行健有的只是一種觀念上的『排泄敘事』，『時代語彙』（觀念、意識形態）的毒素入侵得太深，造成了其肌肉的過分緊張。」[40]

（二）敘述的暴力：性的氾濫

《一個人的聖經》中的內容大致可分為三部分：回憶或歷史事件中的個體經歷，現實社會中的個體，敘述人獨白或評述。考察其中敘述人敘述的段落，我們不難發現其中存有一種敘述的暴力，而性在其中成為一種良好切入的同時卻又成為一種氾濫，而對身體形成了暴力敘述。

如果我們認同小說中的點題語句，「你為你自己寫了這本書，這本逃亡書，你一個人的聖經，你是你自己的上帝和使徒」（頁二〇二）的話，我們卻發現高行健在呈現書寫的銳利的同時，也有其書寫的不節制。

在闡發自己的書寫時，作者似乎是否認自己的性書寫：「你要是編個性虐待的故事，做愛時沒準還得點刺激，享受一回性高潮，你卻無人可以交談，只自言自語，你就同你自己繼續這番觀省、解析、回顧或是對話吧。」（頁一八五）而實際上，逃亡或漂泊的「你」並「不想找個歸宿，飄飄然只咀嚼玩味文字，像射出的精液一樣留下點生命的痕跡」（頁四二三）。高的對性的過於倚重和片面化使得性成為一種氾濫，作為最重要甚至是唯一的支撐，性也成為壓制身體其他可能性的權力。而在小說中，哪怕是回憶歷史抑或放眼現實評論現實中國，性似乎成為敘述人最具代表性的流淌、宣洩，一如可以狎玩，可以不期而遇的溫香軟玉／女體（頁二九〇）。

[40] 張檸，《高行健：一個時代的病案》，《橄欖樹》二〇〇一年三月三十日。具體可參如下網址：http://www.wenxue.com/scene/critic/400.htm。

如果將之和《靈山》[41]比較，我們發現《一個人的聖經》中的暴力傾向其實相當強烈和嚴重。《靈山》中當然也不乏高行健式的性幻想，不期而遇可以聊天可以做愛而又不負責任的豔遇，但作者在書寫性時，整體而言確是匠心獨具：有的比較平實，如她和男友的做愛（頁六五）；有的卻相當寫實又典雅，如「你」和她的性愛（頁七六）；有些文字熱烈又充滿激情（頁一一一至一一二）；或者以神話敘事的方式平淡的一筆帶過，如老頭子玩弄啞巴姑娘，又甩了她（頁一五八）；當然，也有慘烈不堪的，武鬥中對敵方女人的處理，以衝鋒槍一梭子打入陰道（頁一八〇），當然也有血泊中驚豔的做愛（頁二〇七）。但不管怎樣，《靈山》中的性書寫更多只是合適點綴的，可謂畫龍點睛，並沒有喧賓奪主，也沒有成為獨一無二的借重[42]。

在《一個人的聖經》中，一方面，高行健袒露、坦率地訴說方式新人耳目、立意高遠：他用一種貌似「反道德」、非情節、「反故事」等等後現代書寫和可閱讀方式，展示極權下一個人性化的、渺小的人的生存發展狀態，以個人的相對原始、本能的生存欲望和自由意志去抵抗、記憶一個強權、荒誕、殘酷與專制的時代，他用非常規的方式，阻絕了大多數讀者的感性審美期待，而希望反映出對「政治子宮」的報復和憤怒。

但另一方面，比較而言，《一個人的聖經》中的性描寫確實相對缺乏節制和控制，而頗有一絲以性享用身體——享樂主義的傾向，這對政治性的分析、批判和重新建構缺乏一種內在的爆發力和持續性，如詹姆遜（Fredric Jameson）所言：「一個具體的快感，一個肉體潛在的具體的享受——如果要繼續存在，如果要真正具有政治性，如果要避免自鳴得意的享樂主義——它有權必須以這種或那種並且能夠作為整個社會關係轉變的一種形象。」[43]

41 高行健，《靈山》（香港：天地圖書，二〇〇〇年，簡體字版）。如下引用，只注頁碼。

42 趙毅衡認為：《靈山》「整本書沒有衝突，沒有對抗，只有行走和情欲——與許多無名女子的相遇相愛，以及只剩下回憶的告別」。這個論斷雖然有簡單化之嫌，因為找尋和行走是最主要的，但還是可以看出性描寫並非唯一。具體可參趙毅衡，《無根有夢海外華人小說中的漂泊主題》，《社會科學戰線》二〇〇三年第五期，頁一一八。

43 弗・詹姆遜，王逢振等譯，《快感：一個政治問題》，《快感：文化與政治》（北京：中國社會科學出版社，一九九八年），頁一五〇。

結語

如果將《一個人的聖經》置於更大的語境下，也即二十世紀以來的中國文學史上的暴力書寫譜系學中來，它無疑也算得上一部優秀作品。我們從作者比較倚重的性實踐進行切入的話，不難發現政治（含權力、意識形態等）、性、身體之間複雜的用與被用關係，不只是政治對性／身體、男人對女人，而且也包含了性對身體的使用，甚至這種使用也可演化成為一種敘事暴力。但整體而言，學界對高行健小說的研究仍然是相對滯後的，儘管閱讀優秀小說是一件令人愉快的事情。

第五章 「家庭暴力」的隱喻及其後果

——以《私人生活》中的力比多實踐為中心

提　要：本章以「家庭暴力」為切入點重新審視陳染《私人生活》中的力比多實踐書寫，我們因此不難發現一個更廣闊的天地：其中既包含了性別政治常規體現——男權壓制女性，也呈現出在性屬（Sexuality）規範譜系中，陳染「家庭暴力」書寫的深層隱喻以及獨特地位，更可以通過因應「暴力」展現出作者對殘缺的自我的補償和提升以期圓滿。無庸諱言，這種反抗中也仍然不乏幽微的悖謬。

關鍵詞：家庭暴力；《私人生活》；陳染；隱喻；力比多。

在消費社會中，有關性的欲望及消費往往也是相關文化邏輯鋪陳的重點之一，在波德里亞（Jean Baudrillard，一九二九至二〇〇七）那裡，「性欲是消費社會的『**頭等大事**』，它從多個方面不可思議地決定著大眾傳播的整個意義領域。一切給人看和給人聽的東西，都公然地被譜上性的顫音。一切給人消費的東西都染上了性暴露癖。當然同時，性本身也是給人消費的」[1]。當我們以這種整體的消費邏輯去掃描一九九〇年代以來的中國社會時，

[1] 讓•波德里亞著，劉成富、全志鋼譯，《消費社會》（La société de consommation）（南京：南京大學出版社，二〇〇〇年），頁一五九。黑體字原文如此。

這個不無誇張的論斷顯然有其銳利的有效性，但同時，一旦進入到具體個案後，其籠統和浮泛也顯而易見。這裡的個案指的是陳染的《私人生活》（《經濟日報》、陝西旅遊出版社，二〇〇〇年。下引只注頁碼）。

《私人生活》有關性的欲望及實踐書寫，往往被研究者視為二十世紀中國文學史上「私小說」的當代典範[2]，甚至將之當作「軀體寫作」等等。陳染對這部小說的總體定位是：「我寫作這部小說時，始終沉浸在虛構的興奮中，我試圖深入地表現現代人精神和情感的困境，並想尋求一種出路，還有從我一出生就已經伴隨而來的性別意識，這些思想始終纏繞著我。」（頁二九〇）換言之，性別書寫其實毋寧更是精神探尋的載體或對象之一。在另外的場合中，陳染表達了對相關研究偏執的失望：「有的人把《私人生活》當成私人的東西，我覺得不妥。他們沒有看到象徵和社會化的關係，這是很微妙的關係，是通過父女關係涉及社會的父權問題。有的人認為這篇小說是寫小私事兒，我覺得他們根本沒讀懂，沒讀懂抗議的聲音是什麼，小說的外延在哪裡。」[3]

本章此處引入了「家庭暴力」（family violence）概念，國際通用詞為「domestic violence」。作為一個外來詞，它的規定千差萬別，不同國家的學者和官方往往有不同界定，可謂眾說紛紜。即使回到中國語境，也是多姿多彩。依據官方的表述，一九九三年十二月聯合國第八十五次全體會議正式通過的《消除對婦女的暴力行為宣言》，將「對婦女的暴力」表述為：「對婦女造成或可能造成身心方面或性方面的傷害或痛苦的任何基於性別的暴力行為，包括威脅進行這類行為、強迫或任意剝奪自由，而不論其發生在公共生活還是私人生活中。」[4]這些暴力實施到家庭中，就成了家庭暴力，顯然，它最少包含了身體和精神兩個層面。而中國《最高人民法院關於適用《中華人民共和國婚姻法》若干問題的解釋（一）》第一條規定：「家庭暴力，是指行為人以毆打、捆綁、殘

2 比較精彩的論述，可參王宏圖，《私人經驗與公共話語——陳染、林白小說論略》，《上海文學》一九九七年第五期，頁七三至七九。
3 具體可參李小江等，《文學、藝術與性別・陳染VS荒林 文本內外》（南京：江蘇人民出版社，二〇〇二年），頁九三。
4 具體可參聯合國相關網站：http://www.un.org/chinese/esa/women/protocol9.htm。

害、強行限制人身自由或者其他手段，給其家庭成員的身體、精神等方面造成一定傷害後果的行為。持續性、經常性的家庭暴力，構成虐待。」這一解釋清晰地指明了是家庭成員之間的暴力，未必完全是男對女，而應是強對弱。

上述界定往往是從法律層面進行界定，國內研究比較有代表性的界定之一則來自於《中國家庭暴力研究》，它將其中的暴力分為精神暴力、身體暴力和性暴力[5]。本章則採用了此暴力的界說，並將此三者融為一體，而實際上，它們也往往緊密相連。

同時，需要指出的是，本章此處擴大了「家庭」的意涵，而取其寬泛和隱喻的意義，將主人公倪拗拗的成長環境視為大家庭，「家庭」中包含的血緣關係一方面是生理的，而另一方面是文化的（比如學校教育），互相交織。當然，其更深層的隱喻意義也就成為祖國的語境指涉。基於此，我們可以更好的理解《私人生活》中性實踐書寫的豐富又獨特意味。

為此，本章的結構如下：（1）性別政治常規：男權壓制女人；（2）性屬規範譜系：從政治／經濟到欲望／意識；（3）暴力因應後果：回歸、對抗與疏離。

一、性別政治常規：男權壓制女人

戴錦華曾經敏銳指出：「陳染的作品序列從一開始，便呈現了某種直視自我，背對歷史、社會、人群的姿態。或許正是由於這種極度的自我關注與寫作行為的個人化，陳染的寫作在其起始處便具有一種極為明確的性

[5] 具體可參張李璽、劉夢主編，《中國家庭暴力研究》（北京：中國社會科學出版社，二〇〇四年），頁七〇至八四。

別意識。」[6]如果我們從性政治的視角觀察的話，家庭無疑是男權制不容忽略的載體，正如凱特・米利特（Kate Millett）所指出的：「男權制的主要機構是家庭……家庭是男權制社會中的一個單元。」[7]

而在陳染的《私人生活》中，由於我們擴大了家庭的概念，也就因此可從出生的家庭和文化教育的家庭——學校角度展開論述。

（一）戀父與「弒父」的悖論

通讀陳染的小說文本，我們不難發現，其絕大多數小說都呈現出強烈的父親情結，而且這種糾纏往往在不同的小說中姿態各異。如《巫女與她的夢中之門》中，既有對父親的仰視，又有「弒父」願望，並藉此逐步確立自我的描述；而有關黛二的系列小說書寫也呈現出更複雜的面目，如在《嘴唇裡的陽光》[8]中對男人的依賴，《無處告別》（江蘇文藝出版社，二〇〇五年）中的依附。

表面上看來，佛洛德（Sigmund Freud）精神分析的相關理論似乎可以恰如其分地在陳染身上操練，但實際上，陳染更是拓展和豐富了理論的邊界與可能性。如她小說中的女主人公與父親的關係既有佛洛德的色彩（比如「弒父」情結），但同時又是對女性自我的確認，當然，不同的是，陳染還通過母親形象的塑造和介入補充了此理論。我們不妨以《私人生活》進行分析。

6 戴錦華，《陳染：個人和女性的書寫（跋）》，見陳染，《私人生活》，頁三一七。
7 凱特・米利特著，宋文偉譯，《性政治》（Sexual Politics）（南京：江蘇人民出版社，二〇〇〇年），頁四一。
8 和前列《巫女與她的夢中之門》收入陳染著，韋爾喬圖，《離異的人》（北京：三聯書店，二〇〇四年）。

在《私人生活》中，父親是一個色厲內荏的不得志的官員，他自私、懦弱又頤指氣使。而在不到十一歲的倪拗拗那裡，父親更多是一個無用的符號，陳染在小說中甚至將男人工具化來超越現實的父親，比如，她要嫁男人，是選擇能夠管T先生的教育局長呢，「還是選擇會蓋廚房的男人」（頁二一）。

父權的暴力呈現在其專制和粗暴中，首先，將堅持原則的小狗「索非亞羅蘭」驅逐出家門變成流浪狗，這呈現出父親的極度霸道。而更大的欺壓則體現在對單眼奶奶的驅趕，而奶奶的單眼傷害則來自於她丈夫——打瞎的。換言之，奶奶遭受了兩代至親男人的無情連續欺壓。

倪拗拗對父親的反抗首先體現為同性的一種聯合，比如，她們內在交流、互相愛護。媽媽愛護女兒，孫女愛護奶奶。而另一面，她自己也展開反擊：首先是意識上的——要嫁好男人，要讓男人受苦（頁二五）。

其次，對父親專權的消解，倪也有其獨特策略。作為弱者，她用夢幻的方式囚禁父親，比如在夢中讓父親被銬且被警車帶走，「拉到一個永遠也不能回家的地方去了……」（頁四三）。藉此，她將父親放逐，驅逐出現實的潛意識隱隱可見。

更進一步的「弒父」可謂付諸行動，她用剪刀破壞了父親一條乳白色的毛料褲子，「剪刀與毛料褲子咬合發出的咔咔嗤嗤的聲音，如同一道冰涼的閃電，有一種危險的快樂。我的手臂被那白色的閃電擊得冰棍一般，某種高潮般的冰涼的麻。」（頁四七至四八）此處的褲子作為父親權勢／威嚴的象徵，作為母親、奶奶侍奉／服務的載體，就成為幼小的她的復仇對象，至此，「弒父」的象徵意義得以實現。

值得注意的是，小說中另外一位女孩子伊秋的經歷也反映出作者「弒父」情結的濃烈。跟隨叔父長大的伊秋，卻恰恰是「文革」中被逼精神狂暴的父親釀造全家赴死悲劇的僥倖漏網之魚，儘管同時批判了時局的慘烈，但伊秋卻也是犧牲品，父親企圖用剪刀刺死她，丟進河裡，然後自殺（頁八六至八七）。這個敘事也暗含了對父親劊子手的不滿，儘管他也是被迫的。

儘管在《私人生活》中未能呈現出陳染一貫的明顯的戀父情結，但不同的「弒父」姿態、心理卻恰恰可以從另一個極端反襯出女兒們對可能更強大父親的希望、依賴與寄託，同時，陳染也藉對父親形象／命運的延伸與注視，開拓了更廣闊的性別場景。

（二）師道：變態再現與絞殺

不容忽視的是，女主人公成長過程中的文化環境也算是一種「家庭暴力」，而其中的執行者就是男教師T先生。隨著情節的推進，我們驚訝地發現，對一個十多歲小女生進行尊嚴傷害、集體孤立、動輒怒斥的男教師，其背後的動機居然是出於「愛」。正是因為這種「愛」不能通過正常渠道完成，才導致了男權式的變態壓迫。我們也可通過性實踐中的政治進行論證。

1.「私部」的雙重騷擾與反擊

作為特定歷史語境中的犧牲品和受害者，T老師在某種程度上可說是一個精神並不健全／健康的人，而尤其是其「革命」經歷對性欲的壓抑，在他成為老師後就成為男權社會中一種通過自己權力的宣洩理由。比如，「私部」事件。在彼時，哪怕是傳閱人體男女「私部」的圖片也是一種禁忌。

陳染此處的倫理敘事似乎更是「自由倫理」主導、「人民倫理」[9]做底色的結合。一方面，「私部」這個詞語被賦予了文化的禁忌涵義，它是對人體隱私器官的指涉，但在特定社會時期，卻也成為一種強烈壓抑之下的另

---

[9] 具體可參劉小楓，《沉重的肉身》（上海：上海人民出版社，一九九九年），頁七。

類渴望與想像。當T將倪拗拗的臉紅歸結為「私部」想像導致成為那個時期的「帶菌者」後，這首先是一種文化層面的壓制和騷擾，他所愛的女孩是淫蕩的，儘管這出於他的想像；另一方面，則來自於T對倪的身體騷擾。懵懂無知的少女的羞澀反應卻成為春心大發的T性欲的導火索，他藉傳播知識來撫摸倪的「胸前」和「腿間」（頁三九），從而完成了自我性欲的釋放。

無庸諱言，作為被壓抑和侮辱的弱者，倪拗拗在現實中無法完成對強權的直接對抗，她只有逃避，「拔腿就跑」，但在意識層面，她卻擁有一種報復的欲望、衝動與快感。類似於早期女權主義者二元對抗的思維，在想像中，她也想舉手在T身上和私部也摸一次，然後告訴他私部在那兒（頁三九），而在高中畢業後，她又重複了類似的想像性報復，「十分用力地摸了他」（頁一二五），儘管事實上她一動未動。陳染的這段想像報復實在別有深意，一方面，它呈現出弱者的一種反擊，而另一方面，反擊的後果毋寧更諭示了女權主義的困境與悖謬——女人的性反擊更助長和刺激了男人對女人的消費和騷擾。

2. 欲望的控制／佔有身體

在倪拗拗考上大學後，T卻變成手捧鮮花、衣冠楚楚的祝福者，至此，之前的惡魔面貌與如今的英俊和善成為天使與魔鬼的複雜混合體，而身體卻成為性政治的另一種展現方式。

T用了多種「武器」完成了對青春少女倪的身體接觸和逐步操控：（1）示愛；（2）讚美；（3）淚水。他將只穿內衣的她擁在懷中，利用上述策略同時點燃了她的欲望，讓她回想起伊秋和男友西大望的性愛過程想像暗示，從而完成了和她肌膚相親與體外射精（頁一三五至一三八）。更耐人尋味的是，陳染在他們身體接觸後又埋下伏筆，渲染出T的處女情結和澎湃欲望，他更希望真正佔有和享用處女的身體，因為夕陽的紅暈宛如處女的血花投射在床上，「他再也站立不住，喘息著跪到床上」（頁一三九）。

T對倪的初步操控也預示了下一步對處女體的真正享受、佔有。回歸自然、出外散心的倪卻發現開始想念禾寡婦，同時她也寫信控訴T，也藉T對她身體的欲望折磨他。結果T卻循信而來，帶她去「陰陽洞」（曖昧的名稱和暗示）吃飯，飯後，獨處的他們逐步開始愛撫、陰陽交合，他完成了對她的破處夙願。而實際上，她對他卻並無戀情，只是由於心中的欲望被喚起，神祕的可能快感壓倒了心中對性殘存的厭惡，於是身體不受自己控制，而成為他的佔有物（頁一五一至一五二）。他們的性關係中也仍存有一種政治關係，他對她的「旅行」，她不過是他探索過程中的一個驛站，他則是欲望的象徵，點燃了她，也藉機佔有了她。

不難看出，無論是生理家庭中的父親，還是成長文化教育中的先生，都對女孩進行了暴力壓制，或者是精神的打壓，或者是欲望的引誘然後佔有身體，這都呈現出一種性政治視角下男權對女人壓制的暴力。當然，此中也有反撥／反擊，但更多是想像的，或對象徵符號／替代物破壞等等。

二、性屬規範譜系：從政治／經濟到欲望／意識

從實際上說，家庭是個體與社會之間的紐帶，也是再現社會現實的一面鏡子；從隱喻意義上說，「家庭」隱喻往往也指涉了二十世紀以來「新時期」或社會主義時期裡面對民族國家意識的想像與凝聚：比如五六個民族是一個大家庭，或者社會主義祖國的大家庭寓意。

身體似乎歷來就是各種倫理、道德、意識形態、政治體制、經濟等的必爭之地。在法國思想家福柯那裡，身體的規訓、懲戒變遷中更隱喻了權力／話語的瀰漫／無處不在[10]。而波德里亞則精闢地指出了消費社會的規訓

10 具體可參福柯著，劉北成等譯，《規訓與懲罰——監獄的誕生》（北京：三聯書店，二〇〇三年）。

性，「消費社會也是進行消費培訓、進行面向消費的社會馴化的社會——也就是與新型生產力的出現以及一種生產力高度發達的經濟體系的壟斷性調整相適應的一種新的特定社會化模式」[11]。而這其中也必然包含了對欲望、性的身體的消費。上述種種說明，對於身體的自我意識或物質性來講，社會等諸要素對它的操控往往也可能形成一種巨大的「家庭暴力」寓言，而在文學書寫上，也有類似的表徵。

（一）身體操控譜系學：從五四到十七年文學

需要指出的是，本章此處無意也無力全面論述二十世紀中國文學史上性實踐描寫中對身體的壓制，筆者毋寧更提綱挈領、以點帶面力圖再現不同時期身體壓制話語形成的主導範式。

1. 物化想像

在「五四」前後到一九三〇年代的性愛小說中，往往不乏對身體的物化處理，儘管「五四」前後同時更是通過解放身體、確立正確科學的貞操觀念、實現人的主體性追求現代性的時期[12]。但同時，對性的身體的壓制卻也耐人尋味的並存，哪怕是我們縮小範圍，從男性作家的女性想像和女性作家對男性的塑造對照中也可見一斑。

（1）女性被物化。在宣揚性解放的同時，也可能催生出性放縱的惡果。而在小說中，男作家往往也可能將被性啟蒙的女性走向成熟後視為淫蕩和放縱的化身。茅盾小說《詩與散文》（一九二八年）中便呈現出類似的悖論，其中的女主人公桂奶奶便是一個在開放與放縱的性愛中逐步開化並享受青春快樂的女子，她的形塑恰恰反襯

11 讓•波德里亞著，劉成富、全志鋼譯，《消費社會》，頁七三。

12 具體可參李歐梵，《追求現代性（一八九五—一九二七）》，《現代性的追求》（北京：三聯書店，二〇〇〇年）。

了男性性別壓制無意識的局限。而在男性作家的想像中，「厭女症」則成為另外一種歧視和壓制女性的傾向。郁達夫的部分小說往往相當典型的呈現出類似取向。如《迷羊》、《她是一個弱女子》中的謝月英、鄭秀嶽等女性則被視為蕩婦形象，在這裡性與靈往往差距甚遠，肉欲成為一種赤裸的追求。而實際上在肉欲的沉溺中，蕩婦則被塑造為引誘男性的惡魔。所以，整體而言，背後「包含著父權意識形態的性醜、性污穢思想」[13]。

（2）男性的情欲霸權。而在女性作家對男性的想像中也同樣渲染出男性的性霸權。比如，過分強調自我的性欲中心，迷戀強權與暴力，誇大陽具的象徵性，等等。這些在白薇的《悲劇生涯》（上、下）中的男性角色威展身上都有所體現。換言之，男性縱欲、威權意識等同樣也有其弊端，「缺乏自治原則的情欲解放」只能維持生理上的短暫滿足，他們也反倒被自由和性欲所操縱[14]。

2.革命的利用與規訓

從一九二〇年代初期開始，「革命＋戀愛」作為青年的情感教育手段之一開始登臺，當然，實際上，在革命和戀愛之間也的確有共通性，比如激情、巨大的精神誘惑等。而在「五四」運動到五卅時期的文學書寫中，它顯然日漸成為流行的模式之一，而即使單純著眼於性愛側重，也同樣如此。茅盾的小說《虹》中，女主角梅行素毋寧更呈現出性與政治兩方面的覺醒與成長。

當然，由於「感時憂國」（obsession with China）敘事主線的存在，「革命+戀愛」的熱潮在抗戰前夕低落，這「既代表國家及社會風格的改變，也暗示革命話語的正確性受到越來越嚴密的監控」[15]。而在一九二〇至三〇

13 徐仲佳，《性愛問題：一九二〇年代中國小說的現代性闡釋》（北京：社科文獻出版社，二〇〇五年），頁一六七。
14 廖冰凌，《尋覓「新男性」：論五四女性小說中的男性形象書寫》（臺北：文史哲出版社，二〇〇六年），頁一〇三。
15 王德威，《歷史與怪獸：歷史・暴力・敘事》（臺北：麥田出版社，二〇〇四年），頁九三。

年代的小說中，革命對戀愛的規約也日益嚴重，解決性需求恰恰是為了革命的順利展開，所以，「現代性愛作為個人主體性的體現的功能逐漸萎縮，作為革命促進工具的功能逐漸增強，革命的優勢開始確定」[16]。

中華人民共和國成立後，十七年文學中革命的位置日益重要，當然這裡的革命（作為對內外反革命的鎮壓、對抗）已經和經濟生產逐步合二為一，或齊頭並進。正是將性愛納入了增強生產力的範疇，性愛也越來越工具化，節約體力減少消耗「多快好省」的建設社會主義成為主潮[17]。反映到小說中，則呈現出類似的內在邏輯。《青春之歌》中林道靜的性愛發展中，余永澤作為反面形象的塑造，他身上自然也添加了對性的沉溺色彩；更進一步，這毋寧更反襯了林道靜的弱點，成為她變成成熟革命戰士不得不超越的對象。其中，革命對身體的誘導、規訓操作對小說虛構的滲透，意識形態對性愛的操控也同時可見一斑。

（二）批判與回歸：陳染、林白的身體座標

整體上而言，陳染與林白的小說書寫中的性愛實踐處於一種承上啟下的位置：一方面，她們既批判了其中既有「傳統」因素對身體與性愛的佔有／利用；同時，另一方面，她們也更強調和凸現身體自身的自然欲望與主體意識。

16　徐仲佳，《性愛問題：一九二〇年代中國小說的現代性闡釋》，頁二六九。
17　如果單純考慮經濟動機和性消耗之間的關係，這種要求和馬克斯・韋伯（Max Weber）所說的「新教倫理」有一定交叉。具體可參馬克斯・韋伯著，于曉、陳維綱譯，《新教倫理與資本主義精神》（北京：三聯書店，一九八七年）。

1. 批判與削減

相較於十七年文學中的對性愛的處理方式和認知判斷，陳染、林白的操作更多是隱喻或寓言式的，革命或政治更多是回到具體的所指，如男女關係、父女關係等等，並藉此深化、昇華等。

如前所述，《私人生活》中呈現出女主人公對血緣父親和文化父親的憤怒、驚懼與虛弱反擊，當然，這背後恰恰也反襯了父權社會的依然強大，但至少在她的批判和自我反思中，十七年文學中存有的相對整體的、堅固的革命操縱被碎片化。畢竟，此時的「身體提供了一種比現在已經飽受責難的啟蒙主義理性更親切、更內在的認知方式。從這個意義上說，身體理論要冒自我矛盾的風險，它要恢復精神曾經想放瘧的東西。但是，身體不僅在一個愈益抽象的世界裡給我們一些感性的踏實感，它更是一種精心的編碼，投合知識份子追求複雜性的激情。它是文化和自然之間的鉸接點，不偏不倚地提供著確定性和精緻性」[18]。

值得一提的是，小說中對倪拗拗大學男友尹楠的刻畫。某種意義上說，尹楠是小說女主人公倪最平等而又真正意義上的愛戀目標。但他們的戀愛也並沒有擺脫政治的影響。小說中相當曖昧的提及了一九八九年夏天的「六四」動亂場景，尹楠因此被迫離開，而相愛的戀人選擇以身體銘記對方（頁二二七至二三〇），這一段性愛描寫顯得自然、溫暖而富有激情。但正是這種「人類關係中最為動人的結束」（頁二三〇）讓人倍覺淒婉，也讓人感到批判的力量。

同樣，林白的代表作《一個人的戰爭》通過性愛也展現了對父權暴力、男性弱點的批判。比如，小說中，多米多次碰到強姦事件，山上的稚嫩男孩沒有得逞（同時，也是一種模擬去勢），但男性船員卻將之強行破處，這

[18] 特里•伊格爾頓（Terry Eagleton）著，馬海良譯，《歷史中的政治、哲學、愛欲》（北京：中國社會科學出版社，一九九九年），頁二〇〇。

其實更是一種違背女人意願的性暴力——「強姦」[19]。頗富意味的是，林白用了文本互涉（intertextual）的方式穿插描述了蕭軍、蕭紅愛情中的受傷者蕭紅在國難當頭時誕下死嬰的故事並藉此來呼應多米的悲劇。換言之，時間的線性流動並沒有真正改變女子的被強暴命運。而多米和青年導演Z的戀愛又強化了墮胎悲劇中女性的孱弱和男性的自私、虛偽與濫情，對暴力的批判和削減傾向顯而易見。

2. 回歸，而非剩餘

一方面，陳染們對男權的批判姿態是一種突破，但她們不可能消除男權的操控和壓制，為此，另一方面，陳染卻更強調身體意識的回歸，這當然不同於後來的「身體寫作」中性欲／性愛的過度氾濫所導致的剩餘。

簡單而言，一九九〇年代的欲望化敘事和「性愛」敘事更多是直面當下的，強調個體的生存體驗和日常經驗性，當然，也有的強調另類生活（比如永遠的酒吧、夜總會、咖啡廳等），但整體上說，性往往是消費社會中消費／被消費的糾葛：欲望的升起與挑逗、文字書寫的視覺刺激、情節的勾引、身體的放縱與濫交、性愛對婚姻和戀愛的僭越與踐踏等等，可謂令人歎為觀止。

而到了「身體寫作」那裡，更呈現出一種性愛的「普泛化」、「潮流化」特徵[20]。這背後自然也呈現出性愛敘事的危機，形成一種對自我的暴力，從而造成「消費文化中的性愛話語的消費化，表面上是對人性欲望的誇大，但結果卻極有可能使欲望形成奴隸式的依附，在物化的背後是另一種形式的人性奴役」[21]。

19 具體可參[美]蘇珊・布朗米勒（Susan Brownmiller）著，祝吉芳譯，《違背我們的意願》（南京：江蘇人民出版社，二〇〇六年）。
20 張文紅，《倫理敘事與敘事倫理——九〇年代小說的文本實踐》（北京：社會科學文獻出版社，二〇〇六年），頁一二三。
21 鄭崇選，《鏡中之舞：當代消費文化語境中的文學敘事》（上海：華東師範大學出版社，二〇〇六年），頁九三。

而陳染的姿態似乎更是中庸的，她更多是回歸了女性身體意識、自然欲望，當然其書寫也可能開啟了九〇年代中後期至今的女性隱私／隱祕化書寫潮流，但整體而言，陳染的性愛書寫有其承前啟後的獨特座標意義[22]。

三、暴力因應後果：回歸、對抗與疏離

在「家庭暴力」及其隱喻語境中，性愛身體的被壓抑和操控並非只是單向度的，被壓抑者也有自己的因應策略：或者反抗，或者回歸自我，或者呈現出對男權社會的疏離姿態。當然，這幾者之間也是互相關聯的，其中也可能存在著反抗的悖論。

（一）自戀：凝視與自足

暴力受害者會將自己轉向被壓抑的自我——身體作為寄託之一，而如果聯繫到性愛，身體無疑是一個中心。這種回歸表面上看是逃避，其實更是自我保護、開掘以及一種沉默的反抗。但也要適可而止，陳染的執著與堅守甚至被論者視為自戀型人格[23]。

22 也有論者以鐵凝、陳染和衛慧為中心進行比較，也和本文觀點一致；可參于展綏，《從鐵凝、陳染到衛慧：女人在路上——八〇年代後期當代小說女性意識流變》，《小說評論》二〇〇二年第一期，頁二八至三二。

23 具體可參李美皆，《陳染的自戀型人格》，《小說評論》二〇〇六年第五期，頁一七至二一。

1. 凝視

《私人生活》中，倪拗拗那段對人的身體的幻覺相當耐人尋味，她發現街上的人的身體都是標本，一摸就只剩下殘骸，「只剩下我在T先生辦公室見到的圖片上兩個冬瓜那麼大的睾丸或者乳房」，然後，她又定睛一看，「人群其實是一群人形的狼」，她不能成為人，甚至也不能變成母狼（頁五二）。這個幻覺寓意深遠，她既點明了人的獸性／生物性，超出單純男女性別的政治意涵，又批判了性別政治中女性的被異化與排斥——非人非母狼的尷尬隱喻了認同被異化的暴力。

作為一種自我的甦醒，凝視身體本身就是一種釋放壓抑的姿態，耐人尋味的是，陳染在《私人生活》中利用鏡子照出身體，甚至用「對話」（巴赫金意義上）的方式來展現和觀察自我，並甚至因此自摸（頁一八九至一九〇）。需要指出的是，這種對話一方面可以是自我與理想愛人的對話，其實另一面也是自我內心的對話以及自我與社會的對話。

2. 自摸

浴缸作為一種意象，不僅僅是一種清潔／私密的象徵，在小說中也成為展示個性的女主人公的「床」——可以躺臥。而又是通過鏡子，她呈現出對美麗自我身體的迷戀。在此基礎上，她開始通過想像手淫（頁二六八至二七〇）。這裡的手淫也別具意味，一方面它是一種自足，另一方面卻是通過想像「嫵媚而致命的禾」和「靈秀而純潔的尹楠」而完成的，手淫因此也是對暫時不可得或逝去的愛戀的追尋。

當然，需要指出的是，其自戀也有一種悖論存在，它通過凝視展現了自我，又因此成為男權社會中的可能凝視對象（object of gaze）。

（二）同性情愛：「立我」與補充

在小說中，陳染寫道：「性，從來不成為我的問題。我的問題在別處——一個殘缺時代裡的殘缺的人。」（頁一三）無庸諱言，作者力圖通過反抗暴力實現對這種殘缺的補償。同性性戀既成為一種反抗，對自我的確立（「立我」），又是一種補償，而其中倪拗拗的同性性戀對象則是禾寡婦。

1. 榜樣的圓滿

禾寡婦無疑是一個個人魅力十足的單身女人，單純從性徵和愛戀上也可證明。她有一種在陰雨天裡的特別歌聲，「散發出一種性的磁場。一種混合的性，或者是變了性的母性」（頁四五）。同時，她柔和、嫵媚、舉止優雅，甚至她的觸摸是對於飽受男權壓抑的倪的一種保護和愜意溫暖（頁一〇八）。

小說中，作者甚至比較了男女性戀的差異，面對男人，她感覺到自己的被動和價值迷失，但禾寡婦卻是一座「用鏡子做成的房子」，可以照亮自我，禾特別像倪的母親（頁一五九），而哪怕是在睡夢中，倪拗拗感覺自我更需要的是禾，而不是男人（頁一六六）。

2. 作為自慰的互補

當然，倪和禾之間也存在一種同性戀愛的曖昧。在倪小時候，受傷害時，倪親吻了禾的乳房（戀母情結），但同時禾也藉此自慰（頁六三）。甚至是在黑暗的冥想中，倪也「看見」（幻想）了面臨死亡前禾的自慰與呻吟（頁二二五至二二六）。當然，倪在浴缸自慰的時候，也是借助了對「禾」的想像進行刺激（頁二六九）。

不難看出，禾的美麗、優雅、自足（包括性）慢慢內化成倪的自我，她將禾視為學習的榜樣，也借助這種同性愛撫彌補殘缺的自我，填充男／性匱乏時候的焦慮、脆弱與失落。

（三）反抗的悖謬

需要指出的是，陳染的《私人生活》中對「家庭暴力」的反抗也呈現出其悖謬的一面。其頻頻出現的「弒父」傾向（包括反擊T老師）與其說是反抗，背後毋寧更是對真正父親和精神父親的渴求與依戀，比如，她對更全面功能父親的渴望，她對T老師的引誘的順從都體現出這一點。而其回歸自我追求圓滿的自我凝視、自摸以及走向同性性戀的實踐，一方面既是對殘缺自我的完善和補充，而另一面卻又反映出菲勒斯中心主義（phallus centrism）影響下被閹割的焦慮，其中偶然也有對陽具象徵的部分豔羨。

陳染指出：「我還是一直很認可人的生物基礎。」[24]恰恰因此，若更進一步思考，豐富和強化自我可能也必須注意和男性共存的和諧，男女之間的張力關係原本就過於複雜，單純走向單性的自我固然是一種解決方法，但如何開拓男女之間的更多平等的和諧可能性仍然需要繼續思考、構建和實踐。《私人生活》中在廢倉庫和尹楠發生性關係的倪拗拗就變成了主動者和引導者，這種姿態被論者視為「herstory」的象徵[25]。而實際上，尹楠恰恰是倪彼此相愛的可能知己。真心相愛男女的對抗意味無疑過於激烈了。

24 陳染，《不可言說》（北京：作家出版社，二〇〇〇年），頁八六。
25 具體可參邵建，《herstory：陳染的〈私人生活〉》，《作家》一九九七年第二期，頁七五至八〇。

結語

以「家庭暴力」為切入點重審陳染《私人生活》中的力比多實踐書寫，我們不難發現一個廣闊的天地：其中既包含了性別政治常規體現——男權壓制女性，也呈現出在性屬規範譜系中，陳染「家庭暴力」書寫的深層隱喻以及獨特地位，更可以藉因應「暴力」展現出作者對殘缺的自我的補償和提升以期圓滿。當然，如果更高一步要求的話，陳染並沒有真正寫出更多樣以及深層的性別曖昧及拓寬相關的另類文化政治[26]。

無庸諱言，這種反抗中也仍然不乏幽微的悖謬。但無論如何，陳染作為女作家身份的寫作就別具意義，這本身也是反抗「家庭暴力」的一種姿態，因為「婦女必須參加寫作，必須寫自己，必須寫婦女。就如同被驅離她們自己的身體那樣，婦女一直被暴虐地驅逐出寫作領域，這是由於同樣的原因，依據同樣的法律，出於同樣致命的目的。婦女必須把自己寫進文本——就像通過自己的奮鬥嵌入世界和歷史一樣」[27]。

26 Julia Epstein and Kristina Straub (eds.), *The Cultural Politics of Gender Ambiguity* (New York & London: Routledge, 1991) 一書裡面對此有豐富討論。

27 埃萊娜・西蘇，《美杜莎的笑聲》，張京媛主編，《當代女性主義文學批評》（北京：北京大學出版社，一九九二年），頁一八八。

第六章 民族身體的跨國置換及歸屬的曖昧

——論九丹《烏鴉》中的力比多實踐

提 要：《烏鴉》往往被輕易納入「身體寫作」中，加上文學性不高，而往往忽略了其複雜性。通過探研其性描寫，不難發現其中呈現出一種審醜的悖論，它既揭露惡的面具，同時又強化了惡的魔力，和身體寫作／體液寫作殊途同歸。在從身體到身份歸屬的轉換中，小說過分強調政治身份的獲取，這就使得它無法有效反思／批判新加坡，在虛弱的身份偏至曖昧中，恰恰呈現出她對新加坡物質性權力邏輯的機械重複，同時借助部分民族主義情緒和虛擬的自戀來實現一點精神補償。

關鍵詞：民族身體；跨國置換；身份；曖昧；文化研究。

二十和二十一世紀之交，女作家九丹（一九六八—）創作出版了《烏鴉》（武漢：長江文藝出版社，二〇〇一年，如下引用，只注頁碼）。其出現似乎不僅僅重審了新加坡對中國（女）人的話語偏見，比如「小龍女」等，也不只是給中國人開了另外一扇認識立體新加坡的窗戶，而更多是挾裹世紀末思潮產生了引人注目／側目的，反思與炒作並存、現實與虛構交織的沸沸揚揚的「烏鴉」現象[1]。坦率而言，（雖然）作為九丹作品影響最

1 這本小說不僅使得九丹賺得盆滿缽滿，也使其成為中、新兩地的名人，甚至新加坡也有作家模仿她，比如卡夫的《我這濫男人》就是。其間也可

大的一部，如果單純從文學性（literariness）的角度看待，《烏鴉》可謂不足觀，乃至乏善可陳，這也是許多研究者不屑一顧的理由，但若從文化研究角度反思其中的諸多話題，《烏鴉》所提供的複雜意義無疑不容小覷。

無庸諱言，有關《烏鴉》的研究也算得上轟轟烈烈，中、新兩地的報紙、電視等自不必說，單純是學術論文也不少。或將之置於「新移民文學」的框架中，反思中國新加坡之間，男女之間看與被看的權力關係[2]；或探討它在身體寫作潮流中的可能反動與倒退[3]；或者考察其自身論斷與實踐的乖謬[4]以及「新妓女文學」現象[5]等等，不一而足。上述研究，大都開拓了我們對《烏鴉》的認知視野，可謂開卷有益。但整體而言，多數論調並未完全擺脫（唯）道德倫理批評對文學的監控和判斷。值得追問的是，在這種身體倫理敘事和商品交換背後遮蔽了什麼，在艱難掙扎轉向的背後又有怎樣的偏至和曖昧？

本章的問題意識則在於，重新挖掘《烏鴉》中性描寫的繁複意義，藉此探勘民族身體（national body）在跨國語境中的艱難又悖謬的置換，以及更深層次的身份歸屬偏至過程中的曖昧。當然，在我看來，因為種種誤讀，這個問題無論是對於作者、出版商，還是大多數論者都仍然是可資賡續／探研的課題。本章的結構因此如下：（1）梳理《烏鴉》中的力比多實踐，揭示其審醜的功能與悖論；（2）、考察身份歸屬中的交換與偏至：從民

能穿插了本土性和中國性的流動關係。具體可參拙文《當移民性遭遇本土性——以〈烏鴉〉與〈我這濫男人〉為例論本土的流動性》，《海南師範學院學報（社科版）》二〇〇六年第二期，頁五一至五六。

2 具體可參拙文《看與被看：中國女人和新加坡的對視——以〈烏鴉〉和〈玫瑰園〉為例論「新移民文學」中的新加坡鏡像》，新加坡：《新加坡文藝》總第八十三期（二〇〇三年九月），頁七二至八一。英文版可參Chongke ZHU, To See and to Be Seen: Mutual Reflections between Chinese Women and Singapore-Reflections of Singapore in "New Immigrant Literature", The Arts No.13, NUS, Singapore, 2004 Apr-May.

3 榮挺進，《「殺死父親」及其後——〈烏鴉〉「父親」幻影解剖》，《杭州師範學院學報（哲社版）》二〇〇二年第一期。

4 馬明豔，《網路時代的文學及女性話語權力——兼評九丹的〈烏鴉〉》，《內蒙古師範大學學報（哲社版）》二〇〇二年第六期，頁九二至九四。

5 王坤，《論〈烏鴉〉中的新妓女形象》，《新鄉師範高等專科學校學報》二〇〇六年第四期，頁五三至五五。

族身體到身份認同；（3）虛弱的曖昧：物質性的權力邏輯重複，主要是考察《烏鴉》中身份認同轉換和小說書寫的缺陷與誤區。

一、再現力比多實踐：審醜及其悖論

和高舉「身體寫作」大旗的衛慧、棉棉們相比，性描寫在九丹那裡顯然有遮遮掩掩、放不開的意味，她說：「我沒有靠性來取悅讀者。性是現實生活中的一部分，我無法迴避。」（〈代序〉，頁五）而在《烏鴉》封底，也有為性辯護的意圖，性在作者筆下，「是這群女子謀生的一種手段，如同吃飯穿衣，是生活的一部分，無所謂淫穢、罪惡抑或純潔崇高。而在以金錢為上帝的現代男權社會中，性是女人戰勝對手、贏得男人的必要武器」。不必多說，這個判斷和文本的實踐之間形成一種緊張關係。

有論者指出，「通過女性身體書寫，展示女性以身體為資本，進入並打破異國他鄉的固有結構和秩序」，這本身可視為一種解構，但是，「作者的這種解構意識並不是自覺的，她也不是一個女性主義作家，只是作者如同其所描寫的女人一樣，除了身體一無所有，只能以身體為資本」。但《烏鴉》與衛慧的《上海寶貝》等的身體寫作不大一樣，「在其他文本中作為禁忌和敘述瓶頸的身體倫理以及由此引發的道德爭論，到這裡卻被暫時懸置起來：這是一次穿越了身體瓶頸的寫作」[6]。這個獨到的論斷點出了九丹的不同，卻又過分區隔了這一點。

---

6 榮挺進，《「殺死父親」及其後——〈烏鴉〉「父親」幻影解剖》，兩段引文分見頁六四、六六。

在我看來，上述論斷皆呈現出一種悖論，如果我們將九丹在〈代序〉中對「罪惡」的解釋列為重要關鍵詞，我們毋寧說這更是一種審醜的悖論。九丹在回覆友人對「身體寫作」的理解時，她輕易消解了身體寫作／「體液寫作」的形而下意味（當然也包含可能的消解價值），而為之蒙上一層傳統現實主義論述的嚴肅色彩：「如果說用身體寫作是指用自己的身體自己的生命去經歷生活，體驗生活，然後把這種最本質最真實的東西用文學的手段表現出來，那麼我是。」（〈代序〉，頁五）而實際上，在這種義正詞嚴的背後，《烏鴉》中的身體寫作毋寧更是兩種涵義／說法的雜糅。

（一）再現邊緣的醜惡

整體而言，《烏鴉》通過另類留學生的邊緣經歷揭示出新加坡時空中被遮蔽的醜惡，而在中國人的視界裡，新加坡往往是樣板式的城市國家空間，比如乾淨、治安良好等[7]。《烏鴉》恰恰是揭去了外在的光鮮，讓我們看到：女人的無奈生存中的醜陋、另類生存環境的逼仄壓迫、妓女生存狀態的艱難等等。簡單而言，通過沉重的肉身可以反襯出艱辛的新加坡體驗[8]。

巴赫金（M. M. Bakhtin）在論述拉伯雷小說中的肉體——指向下部形象時，曾經以「陰曹地府」為例衍生出一種「身體地形學」[9]，其中自然不乏對身體的狂歡品格及其意識形態文化延伸的思考。《烏鴉》中曾經出現

7 有關對新加坡某些問題的反思，可參筆者散文《新加坡：沒有欲望的都市》，《外灘畫報》二〇〇四年九月十三日。或全文《乾淨的代價——繁複的單調：新加坡乾淨的弔詭「哲學」》，可參http://sysu.schoolblog.cn/zhuchongke/article/632857893813906250/632854558388906250.aspx。

8 拙文《看與被看：中國女人和新加坡的對視——以〈烏鴉〉和〈玫瑰園〉為例論「新移民文學」中的新加坡鏡像》，頁七三至七五。

9 具體可參拙著《張力的狂歡——論魯迅及其來者之故事新編小說中的主體介入》（上海：上海三聯書店，二〇〇六年），頁一二五；巴赫金著，李兆林、夏忠憲等譯，《巴赫金全集》第六卷《拉伯雷研究》（石家莊：河北教育出版社，一九九八年），頁四二七至四八三；王建剛，《狂歡

過這樣一個耐人尋味的隱喻，湖南女孩Taxi（同樣暗含了其可能的妓女身份）在回答王瑤的提問時這樣評價新加坡：「這兒是一個更深更黑的窟窿，掉得進來，爬不出去。」（頁二九）這和巴赫金所言的身體地形學有些距離，但卻體現了身體以及地理時空的關聯：女性生殖器和新加坡陰暗社會互相對應，在「小龍女」那裡，都是罪惡的集中地和載體。

《烏鴉》中呈現出新加坡社會的多種醜惡，回到性（關係）上也是如此。

1. 經濟動物

在追名逐利中，人們忙忙碌碌卻感受不到創造的快樂，而在性方面也是，性的身體被逐步商品化，消費「小龍女」也是一種趨向。

2. 欲望的氾濫

在相對單一和純粹的政治語境中，新加坡卻開設了官方紅燈區，政治上備受操控的男人往往將興趣／性趣投向了物美價廉的「小龍女」，柳道的性無能可能隱喻了政治的嚴苛，但其廣泛的性趣卻又可以合法地擴張及展覽（甚至在見到總統時也帶上「小龍女」女朋友），這種代表性的需求使得眾多女學生因此叉開雙腿。

3. 狹隘與自大

島國心態和經濟的快速騰飛讓一些人具有相當狹隘和自大的心態，甚至逐步變態。芬為了掙錢不得不給姐姐的情夫跳裸體舞，而另一面，這個男人同時要芬的姐姐為他口交，彼此觀賞實現變態發洩。

詩學——巴赫金文學思想研究》（上海：學林出版社，二〇〇一年），頁一五九至一七六。

當然，小說中所呈現的不僅僅是新加坡的陰暗面，同時也折射出在其間的中國人的劣根性，甚至是隱約中呈現出對中國形象以及缺憾的批判。比如群體國民劣根性的張揚：（1）Taxi的粗俗不堪，將胡姬花的「姬」等於雞巴的「雞」或者妓女的「妓」（頁一四二）；（2）女主人公王瑤的欺騙性，如通過身體懷孕的謊言力圖騙新加坡男人李私炎更多錢，在性事方面當然也有善意的欺騙，比如對柳道；（3）中國妓女間的爾虞我詐，不正當競爭：比如小蘭對海倫的陷害。

王瑤、芬、Taxi在新加坡墮入出賣色相傍大款的火坑，一方面緣於新加坡生存環境的壓力，另一面，也因了其意志薄弱、好吃懶做的國民劣根性傾向。某種意義上說，她們一方面被物質化，另一方面是主動擁抱這種被迫。甚至是王瑤國內婚姻的失敗也和性密切相關：因為結婚可以獲得分房，但為了獲得房子而必須通過領導審批，王瑤為了婚姻／房子，和領導上床，但藉此獲得房子的她卻失去了老公李輝的支持，因為房子也不過是結婚的必備工具之一，當她失去貞操後，自然被李輝和婚姻遺棄。性、愛、婚姻在房子事件中呈現出身體的複雜沉重。

（二）紀醜的悖論和逍遙的自我

《烏鴉》審醜的過程中，弔詭意味隱約可循。

1.「身體寫作」呈現

王德威曾經敏銳指出：「作為一種記憶、評價過往事件的敘事行為而言，歷史有其道德訓誡的終極目標。然而就在此終極目標達成以前，記述巨奸大惡、佞臣昏君，還有種種常規以外的事物往往成為常態……歷史的本然存在，甚至弔詭地成為集惡之大成的見證。」[10]

從此意義上說，《烏鴉》審醜的過程卻也弔詭地再現甚至強化了醜的力量。比如小說中寫到王瑤和柳道的性愛，也專門數次提及性無能的柳道所用的「神油」及其使用後的過程描寫。當然，偶爾也會帶出王瑤的物質化病態，在進入柳道的浴室後，將臉貼在一件女性睡衣上就開始逐步意淫，「心裡湧起一股近乎歇斯底里的激情」（頁一二一）。當然，也提到了芬所服務的姐姐的情夫的變態：二龍戲珠——姐妹共同性服務他一人；而且，也提到了在新加坡的日本人嫖娼的變態與兇殘。

更值得警惕的是，這背後呈現出另一種弔詭，通過這樣的方式——王瑤們對物質的嚮往，表面批判卻又內在強化了新加坡神話。比如柳道和王瑤的性關係就耐人尋味。柳道佔有王瑤的方式很特別，當她主動投懷送抱的時候，瘋狂地打，打完再和傷痕累累的她做愛（頁一八一）；而後，王瑤對提供幫助的柳道表示感激，她的邏輯是委身=表白（頁二〇四）；而當柳道滿足了王瑤的巨大虛榮心後，王瑤的感激、逢迎仍然是性報答（頁二八六）。

有論者指出：「九丹的性描寫是放逐欲望的書寫，實際上是將女性的隱私、身體、欲望展示於低俗的男性閱讀市場，是一種精神賣淫，人文關懷的意味蕩然無存、消失殆盡，女性小說意義的召喚將無從說起。」[11]這個評價固然略顯苛刻，但對九丹性描寫中的權力逢迎弔詭揭露卻是一針見血。

---

10 王德威，《歷史與怪獸：歷史・暴力・敘事》（臺北：麥田出版社，二〇〇四年），〈序論〉，頁一〇至一一。

11 劉小妮，《從《烏鴉》到《鳳凰》：女性的沉淪》，《華南理工大學學報（社科版）》第五卷第四期（二〇〇三年十二月），頁二一至二四。引文見頁二三。

2.自我懺悔的缺席

九丹認為《烏鴉》「是一本關於罪惡的書」，同時批評女性作家們往往缺乏懺悔意識，因為「有罪惡，就需要懺悔」（〈代序〉，頁二）。實際上，在小說中，自我懺悔確實弔詭的缺席。相反，九丹為這種罪惡的墮落進行了可能無意識的辯護。在實踐操作中她自覺不自覺地提升了小說中女主人公，尤其是王瑤的德性高度，而缺乏審己意識。

（1）她的第一個手法是自甘為妓女，而背後的話語企圖卻是，置之於死地而後生。無庸諱言，當我們將妓女擴大為一種精神意蘊的話，所有的為收穫而進行出賣、屈辱交換等等操作、思想和舉措都可視為「妓女」行徑／想法。

恰恰在此基礎上，王瑤（有時是九丹）混淆了他人意識、行動中的某些「妓女」陰暗面與自身操作／身份的差異，無論是對私炎太太——彈鋼琴的女人的依賴性大力指責，還是柳道女兒在新加坡語境中的逐步世俗化（罵人）批判都體現出這一點。這實際上混淆了罪惡大小的不同、比重、層次的差異，但卻藉此間接提升了自我的位次，妓女和你們所謂普通人有一致的地方。

（2）他人口中的讚譽。小說中，無論是老花花公子柳道，還是中國來的青春詩人安小琪對變身妓女的王瑤都令人驚訝地青睞有加。前者甚至不惜花三萬人民幣請她吃有情調的晚餐；後者不惜將手頭上僅有的二百美金奉上，並讓她記住自己的「高雅」，不要像以前那樣自甘墮落。

表面上看，這種設置難以理解，而實際上，在一方面破罐子破摔的潑辣之下，在另一方面有意設置的自我吹捧中，小說在精神上提升了「小龍女」的身份，但對自我惡的反省卻最終付諸闕如。

二、交換與偏至：從民族身體到身份認同

無庸諱言，身體、政治身份（公民權等）、身份認同之間存在著相當複雜的糾葛。身體擁有者若想獲得某種主權，它就必須和政治身份結合，而身份認同作為更加複雜和相對形而上的流動概念（fluid identities），包含政治認同、文化認同等等，更是民族國家成立後所必須解決的深層議題。

（一）被窄縮的身份歸屬

身份自然是一個歧義叢生的概念，在本文中，它毋寧更是一種凝結權利、義務、原則等的集合體。按照張靜的解釋：「身份是社會成員在社會中的位置，其核心內容包括特定的權利、義務、責任、忠誠對象、認同和行事規則，還包括該權利、責任和忠誠存在的合法化理由。如果這些理由發生了變化，社會成員的忠誠和歸屬就會發生變化，一些權利、責任就會被排除在行為效法之外，人們就開始嘗試新的行動規則。」[12]

在《烏鴉》中，這個概念顯然被窄化了，它毋寧更指向個體身體對權利的追求和渴望，而更屬於和權利、經濟利益等掛鉤的政治身份（公民權、居住資格等）。而我們知道，身體只有在獲得公民資格後，才能享受主權所賦予的權利：「公民身份不僅僅是平等原則的體現，還是對主權國家成員的確認。而只有獲得公民身份，你才能

12 張靜，《身份：公民權利的社會配置與認同》，見張靜主編《身份認同研究》（上海：上海人民出版社，二〇〇六年），頁四。

獲得權利。因此，身體和權利的聯繫通途必須有一個公民身份作為仲介。」[13]在小說中，這個身份就被擴大為合法化的工作、居留簽證或和新加坡人的結婚證（間接指向居住證）。

民族國家的興起自然更強調國民對國家集體的效忠，反過來，為了提升國民的效忠度，國家甚至因此設置了不同的利益層次（國民、永久居民、外國人等）作為獎勵。作為一個外來人／陌生人，要獲得一個所在地國家的認可，則必須有可以承認的資本或網絡關係等等。作為另類留學生（打著留學旗號實則淘金的一群女人），對物質發達國家充滿著美好嚮往的小龍女們，往往是物質相對匱乏、文化資格淺薄的一群，在此條件下，可資依賴的本錢——身體就不得不成為商品，被逐步物化、交換。而在小說中，小龍女們則往往被簽證異化，比如，芬對王瑤說道：「簽證是我們身體之外的一種生物，我們看不見它，它也看不見我們，但是一旦爬進我們的身體，它就能改變我們的膚色，我們的性格，它還能改變一個人的靈魂。」（頁八三）

不難看出，小龍女們所追求的不過是身份歸屬的物質層面，更多的是經濟繁榮和受惠，這就可以理解為什麼海倫為了存留而答應為此付出二萬新幣的私炎強力提出的謀害柳道的要求。也可以想像，即使這幫人得以留下來，也仍然會面對綿延不絕的精神焦慮和身份尷尬。可惜小說中很少涉及。

（二）民族的身體

從某種意義上說，中國女人和新加坡華人在族性（ethnicity）上是有很多交集的，但差異同樣不容忽視。小蘭在解釋已經獲得長期居留證的小瑩何以繼續賣淫時說道：「有居住證，或者是這兒的國籍那就是新加坡人了

13 汪民安，《身體、空間與後現代性》（南京：江蘇人民出版社，二〇〇五年），頁二六。

嗎？我們從上面的小鼻鼻到下面的小××都和她們長得不一樣，但只有錢是一樣的。」（頁二五六）不難看出，物化／商品化已經成為一種主動被動兼而有之的跨國置換或延續。

但如果回到民族身體，我們可能忽略了到了新加坡之後的小龍女們的民族情結與意識支撐，這其中反倒可能折射出某些虛弱的文化認同。換言之，九丹在小說中還是讓王瑤們高擎民族主義大旗的。我們可以從三個關係層面解釋：

1. 對新加坡男人

不管是對於大權在握、黑白通殺的柳道，還是對於李私炎等普通新加坡男人，王瑤還是葆有民族主義情結。另外一個例子是，當電視臺一個男記者採訪剛來新不久的王瑤時，她對他的嘲弄呈現出一種民族主義的本能抵抗，儘管這抵抗比較虛弱，比如，學成後回國服務，靠記者積蓄可以在此地讀書以及笑對將來人生等（頁一二四至一二五）。而當她做妓女後，又不幸重逢這個男記者。面對奚落時卻仍然堅持自己的身價值五百元新幣，又對他的「蒙娜麗莎的微笑」的要求「面無表情」，最後當然受到「合法」的性侮辱（頁二四一至二四二）。

同樣，當柳道滿足她巨大的虛榮心付出三萬元人民幣請她吃了一頓別致的晚飯後，這種巨大的滿足感原本可以使得那晚成為一個可能最美好的夜晚。她要求他一起步行時，他的一句「這是新加坡，又不是你們北京」（頁二八七），她似乎感覺到什麼東西「深深地扎進」了她的身體，毫無疑問，她的「受傷」說明了她的民族情緒及敏感起了作用。

2. 對新加坡女人

作為和新加坡女人有競爭關係的「小龍女」，王瑤們往往也有一種民族情緒。在她和私炎彈鋼琴的太太的幾次較量中，一開始，她是居下風的：只是人家老公的情人，靠人補貼，所以，私炎太太對她（們）不屑一顧，認為老公和她們交往不必害怕，離開時「那扭動的臀部是那麼有力和自信」（頁一五二）。然而，當王瑤在酒店裡領受安小琪的美譽——「氣質高雅」之後，她在大堂裡碰到彈鋼琴的私炎女人，她將二百美金甩過去，讓私炎女人彈奏一首中國民謠。結果，她說不會，並拒絕了她，王瑤罵道：「你既然連一首中國民歌都不會彈，你為什麼還要無恥地說中國話，還無恥地長著一副中國臉呢？」（頁三四八至三四九）

這句話非常典型地呈現出王瑤的中國民族中心主義心態，而實際上，對華人（中國人，Chinese）的認定是一個特別複雜的過程，有其眾說紛紜的標準，單純通過膚色（包括混血兒等）、語言、認同等難以判定，而他自我的認定也很重要[14]。這當然不是外來人王瑤（和九丹）所能理解並接受的。

3. 對日本嫖客

在對日本男人的刻畫中，九丹仍然顯示出在正義之外的隱藏民族主義，這當然也是在中日敏感議題環境中一種安全和討好的表現，比如，鎖定他們的嫖客身份。小說中，山本、野村在接受了王瑤、小蘭的性服務（如口交等）後，還要求她們互相手淫，小蘭拒絕了，說這超出其職業範疇，然後山本就用燃燒的煙頭去燙她們的身體，還要聽聽中國妓女的叫聲和日本妓女有何不同。她們為此奪命狂奔，自然也沒得到酬金。

---

14 在這方面，王賡武教授的研究最具代表性，如他的《中國與海外華人》（臺北：臺灣商務印書館，一九九四年）；《王賡武訪談與言論集》（新加坡：八方文化企業，二〇〇〇年）；王賡武著，劉宏、黃堅立主編，《海外華人研究的大視野與新方向——王賡武教授論文集》（新加坡：八方文化企業，二〇〇二年）等都可參考。

這個場景的民族主義蘊含可謂意味深長：在新加坡，當代日本男人繼續嫖宿中國女人，卻不給她們嫖資，這可能隱喻了中日之戰的民族傷痕及其後續索賠問題，也可能隱喻了新加坡政府對日本的曖昧態度——淡化歷史，發展經濟。

聯繫起來思考，王瑤在國內的性愛導致婚姻失敗，和國內的特殊政治語境密切相關，這也說明，權力藉機消費身體；當她們到了新加坡後力圖更換身份，然而身體的民族性並沒有消失，反過來卻實現了跨國置換，哪怕是在性活動／關係中也如此。

三、虛弱的曖昧：物質性的權力邏輯重複

如人所論：「身體並不是中性的，它是一種危險、曖昧的存在，其蘊含的幽祕狂暴的衝動對於社會秩序構成了一種挑戰，時刻有可能將理性與紀律構築的森嚴的堤壩衝垮。」[15] 而在《烏鴉》中，小說並未呈現出身體的巨大衝擊力和挑戰性，它根本無法藉此解構男權社會的秩序，小說封底的以性作為戰勝男人的武器一說，猶如唐•吉坷德（Don Quixote）的生銹長矛，留下更多是令人倍覺荒謬的尷尬——它根本就沒走出父權社會的邏輯結構。

更進一步，《烏鴉》的更大缺陷，在我看來，是它缺乏對身份歸屬中文化認同的思考與倚重，而實際上，我們知道，個體生命的真正愉悅至少來自於身體和精神的雙重愉悅：「個體生命的自由並不僅僅在於它的肉體性或物質性的滿足，而在於它是一種以肉體（欲望世界）為基礎以心靈（精神世界）為歸宿的複合化的快感享受。」[16]

15　王宏圖，《都市敘事與欲望書寫》（桂林：廣西師範大學出版社，二〇〇五年），頁一六五。
16　趙小琪，《金錢與性影響下的文化景觀——對九丹〈烏鴉〉的文化學闡釋》，《文藝評論》二〇〇三年第六期，頁五八至六四。引文見頁六四。

我們大致可從兩個層面展開論述：

（一）文化支撐：認同的調試基礎

《烏鴉》中更多呈現出身份歸屬的偏至或擱置，而實際上，只有相當豐厚或成熟的心理優勢才可能逐步化解新移民的身份焦慮，在此基礎上，逐步將自我本土化，才可能獲得成功轉型。

而弔詭的是，王瑤們所犯的錯誤或許不是偶然的、個體的問題，而毋寧更折射出一代中國人盲目樂觀的認知模式，尤其是一九八〇年代改革開放後生發的思想錯覺和烏托邦傾向，以為如果中國模仿發達國家實現了經濟的現代化，那麼中國的所有問題因此可迎刃而解[17]。對經濟的過度膜拜和依賴使得王瑤們喪失了母國文化精髓的支撐和自豪感。當經濟上處於劣勢，以淘金者的卑微姿態進入異國之後，王瑤們缺乏必要的自信，她們只好通過相當原始的方式——賣淫謀生，而在思想上只好通過兩種方式自慰：如前所述的（1）民族主義情結；（2）自我提升德性高度。

反過來思考，作為文化大國的子民，在佔有豐富文化優勢的背景下，應當可以藉此思考、挖掘、批判經濟發達小國——新加坡現代化過程中及以後的問題。比如，缺乏創造力的死板、島國心態（狹隘自足）、自負的精英文化體制和歷史積澱淡薄等等，而在它現代化的過程中，同樣充斥了現代性的種種弊端——急功近利等等。哪怕是在性愛上，也有類似弊端。回到小說中，物美價廉的小龍女之所以成為新加坡男人的喜愛，原因自然很複雜，

[17] 其中的問題遠比我的描述複雜，而以後的社會發展表明，經濟初步發達後，中國人身份認同問題的崛起卻不容忽視／迴避。對一九八〇年代的回味和反思熱潮似乎也在興起，代表性的可參查建英主編，《八十年代訪談錄》（北京：三聯書店，二〇〇六年）。

但其中有一條就是，新加坡女人在現實生活中的強悍和地位高昂，男人們很難找到傳統風格的欲望和精神的逢迎滿足感。地位相對卑微、溫柔體貼的「小龍女」因此更有市場。

遺憾的是，九丹恰恰忽略了這種身份認同轉換中的來自中國的文化優勢層面，也沒有深挖混雜認同的深層文化凝聚和可能危機。因此，《烏鴉》中其實存在著一種認同的缺憾，也即，它認同於相對簡單的生活方式，而非文化[18]。

（二）物質性的權力邏輯重複

南帆指出：「的確，身體隱含了革命的能量，但是，欲望以及快感仍然可能被插入消費主義的槽模。」[19]可以理解，九丹無力／無意借用文化的優勢資源批判新加坡社會中的文化偏至，自然，小說中的落腳點也就不得不重複新加坡既有的物質性權力邏輯。

其中的最大一點就是，身體被異化／商品化，成為追逐利益和居留權的犧牲品，這其中自然有被逼無奈的成分，這本身反映出新加坡社會文化生態的嚴峻和不寬容，但更耐人尋味的是，女主人公們對這種物質性權力邏輯的欣然接受與主動執行。

1 物質迷戀

這其中不乏王瑤對衣服的迷戀（頁三三），乃至因此讓王瑤偷了麥太太的連衣裙。小說中，明白真相的王瑤不斷搜刮新加坡已婚男人私炎的口袋，僅得三百新幣，但轉眼之間就變成了「一管口紅，一個put up胸罩，還有

18 丁增武，《一個故事 兩種講法——關於〈扶桑〉和〈烏鴉〉的比較閱讀》，《華文文學》二〇〇四年第四期，頁六一至六六。

19 南帆，《身體的敘事》，見汪民安主編，《身體的文化政治學》（開封：河南大學出版社，二〇〇四年），頁二二九。

兩件義大利短裙」（頁一六三）。換言之，她賣身的錢又被物質欲望引誘輕易重新消費，這顯然墮入了一種物質性的權力邏輯。

如波德里亞（Jean Baudrillard，一九二九－二〇〇七）所言：「身體和性感區的投資轉變為身體和性感的表演……這種新自戀依附於身體作為價值而受到的操縱。這是一種受到誘惑的身體經濟學，它的基礎是里比多的象徵解構，是功能的摧毀和導向性重構，是按照定向模式，即在意義的支配下對身體的『**重新佔有**』，是欲望的滿足向代碼的轉移。」（黑體字標識原文如此）[20]或許王瑤的購買動機沒有如此複雜，或是由物質欲望轉向代碼，但毫無疑問，這的確是身體經濟學再度消費並物化個體的表現。

2. 身體砝碼

《烏鴉》中，不乏身體／性成為砝碼的個案：王瑤為了向私炎要更多錢，謊稱自己懷孕要做手術（頁一五〇），身體因此成為可以消費和討價還價的砝碼；而王瑤和柳道之間的感動往往也是建立在身體的交流上，前者希望後者請她吃三萬人民幣的飯，這算是玩她這樣一個「妓女的代價」；而她的體貼也在於，她發現他性無能的真相後沒有嫌棄他，當然也不敢嫌棄，因為他的身體附加價值很高，權勢和金錢可是硬通貨。

所以，不難看出，王瑤雙腿叉開的起點越來越低，最後，也真正淪為人盡可夫的妓女。或許小說中私炎和她的合作關係更耐人尋味，也更具說服力：私炎的弟弟為一「小龍女」所害，柳道卻幫忙「小龍女」不讓判大刑，為此，私炎藉幫助王瑤辦簽證而和她簽合同，要求她謀殺柳道。耐人尋味的是，在小說開初，私炎和王瑤也有些

[20] 讓・鮑德里亞著，車槿山譯，《象徵交換與死亡》（L'échange symbolique et la mort）（南京：譯林出版社，二〇〇六年），頁一六九至一七〇。

感情和身體交流，也不乏情分，最後卻借助冰冷的合同保證成為合作夥伴，而私炎在狂怒之餘，仍稱呼她為「婊子」。這無疑折射出一個重複新加坡物質性權力邏輯的「小龍女」的真正地位和身份。

結語

通過探研《烏鴉》中的性描寫，我們不難發現，在這種力比多實踐中往往呈現出一種審醜的悖論，它既揭露惡的面具，同時又強化了惡的魔力，而和身體寫作／體液寫作殊途同歸。在從身體到身份歸屬的轉換中，小說過分強調政治身份的獲取，這就使得它反思批判新加坡的可能性力量變弱，在虛弱的曖昧中，恰恰呈現出她對新加坡物質性權力邏輯的機械重複，同時又借助部分民族主義情緒和虛擬的自戀來實現一點精神補償。

作為另類「新移民文學」書寫，《烏鴉》在文學成就上可謂乏善可陳，但卻可能是文化研究面向觀照中的「經典」文本。聯繫到此前的「留學生文學」，如曹桂林《北京人在紐約》，以及更寬泛意義上的異域書寫——周勵《曼哈頓的中國女人》等等文本，此類書寫無疑涉獵和引發了中國對世界（尤其是美國等發達國家）的更多想像與自我身份的反省。值得關注的是，這些小說的背後牽涉了更複雜的文化內蘊：「面對全球化的迷人風景線，面對大眾文化表述的鏡像迴廊，本土化、文化反抗與臣服、意識形態的終結與強化、民族身份的危機與確認都在多個層面與向度上發生。」[21] 真心期待，在超越粗暴簡單的道德評判之餘，對此類文學的更有活力的研究也因此被引發和掘挖。

[21] 戴錦華，《隱形書寫——九〇年代中國文化研究》，頁一八五。

第七章　新東方主義：力比多實踐中的認同政治

——從《上海寶貝》到《我的禪》[1]

提　要：通讀衛慧的小說，其中所展現出的認同政治無疑耐人尋味：它到底是一種游移的身份更新（乃至脫胎換骨），還是新瓶裝舊酒？是國際化語境中遊刃有餘的本土展現、對抗，還是一種精明的利用？如果將衛慧置於全球化與跨國主義的語境中，考察其認同的變遷，我們不難發現她自我凝視（self-gaze）的執著。不管是成名作《上海寶貝》，還是後起的《我的禪》都不能免俗。問題的更深一層在於，她在這種自我凝視中反映出認同的權力關係，或者認同媚俗。不管是價值取向，還是物質成本考量。

關鍵詞：新東方主義；認同政治；力比多實踐；自我凝視。

在《上海寶貝》中的〈三　我有一個夢〉小節中，衛慧藉著女主人公的口寫道：「我要成為作家，雖然這個職業現在挺過時的，但我會讓寫作變得很酷很時髦。」（頁六九〇）這自然道出了其理想，而另外一句：「我開始寫作，通向夢境和愛欲之旅的盡頭。」（頁六九三）則點明了一種書寫姿態／對象。

1　本章所用的衛慧的小說文本版本是《衛慧作品全編》（桂林：灕江出版社，二〇〇〇年）和《我的禪》（上海：上海文藝出版社，二〇〇四年）。《上海寶貝》載入《衛慧作品全編》中，見頁六七七至八八九。文中引用並不特別注明，只注頁碼。

如果從更寬泛的意義上講，衛慧的宣告／姿態也是對一類文學書寫模式的形象概括。這類文學書寫關注女性的身體、隱私和男女欲望，承接卻也突破了一九八〇年代以來林白、陳染在性別意識覺醒後個人化寫作的細膩與羞澀，到了九〇年代尤其是二十世紀末以來則呈現出一種令人目瞪口呆的「叛逆」和「前衛」姿態，甚至於「整個身體成了力比多關注的對象，成了可以享受的東西，成了快樂的工具」[2]。而衛慧則是罌粟花園中翠豔狂瀉的一朵。在欲望的鋪陳中，其坦率開放、無恥放縱、精明趨利與虛榮浮淺等特徵在在令人側目，卻又奇怪而和諧地集於一身。

簡單而言，衛慧小說書寫對象的核心是欲望及其身體實踐，就如她自己所欣賞的書寫態度：「不需要過多的勇氣，只需要順從那股暗中潛行的力量，只要有快感可言就行了。」（頁八〇八）在本章中，筆者將之歸納為力比多實踐，而代替了現行研究中常用的「身體寫作」。在筆者看來，後者概念的逐步窄化[3]往往可能遮蔽了原本「身體」中所包含的豐富多彩的其他可能性。而所謂認同政治則指向的是文本中主體認同變遷中的權力關係。

無庸諱言，在今天各種後學理論（post-isms）甚囂塵上時，在國際化的擴張鋪天蓋地時，衛慧們的書寫其實也巧合／迎合了各種新式理論，如文化研究（cultural studies）、性別研究、後殖民主義等等，因此此類的研究論文也是層出不窮。

本章的問題意識是，通讀衛慧的小說，其中所展現出的認同政治無疑耐人尋味：它到底是一種游移的身份更新（乃至脫胎換骨），還是新瓶裝舊酒？是國際化語境中遊刃有餘的本土展現、對抗，還是一種精明的利用？尤其是在《我的禪》問世後，論者／讀者往往也不失適宜的跟風，認為橫跨紐約、上海各地的衛慧似乎更展現出一種本土身份[4]。

2 馬爾庫塞著，黃勇、薛民譯，《愛欲與文明》（上海：上海譯文出版社，一九八七年），頁一四七。

3 具體可參何字溫，《近年文壇「身體寫作」研究概觀》，見《海南師範學院學報》二〇〇五年第三期，二〇〇五年八月，頁八九至九二。

4 如《聯合早報》採訪參加「新加坡作家節二〇〇五」的衛慧後就指出：「新書不僅是作者從肉體快感回歸到精神喜悅的嘗試，也是作家在經歷了筆者以為，如果將衛慧置於全球化與跨國主義（transnationalism）的語境中，考察其認同的變遷，我們不難發現她自我凝視（self-gaze）[5]的執著。不管是成名作《上海寶貝》，還是後起的《我的禪》都不能免俗。問題的更深一層在於，她在這種自我凝視中反映出認同的權力關係，或者認同媚俗。不管是價值取向，還是物質成本考量。本文將此稱為新東方主義（英譯為neo-orientalism）。為論述的集中和出於文本自身的代表性考慮，本章以《上海寶貝》和《我的禪》為中心兼及其他展開論述，本章主體可分為如下幾個部分：（1）兜售上海：邊緣／另類的過度釋放；（2）兜售自我：身體享用中的認同媚俗；（3）精神調試：點綴與悖論。

一、兜售上海：邊緣／另類的過度釋放

（一）新東方主義

稱衛慧小說中的認同政治實踐為新東方主義，自然，相對而言的則是東方主義（或曰東方學，orientalism）。在對東方學素有洞見且影響深遠的薩義德（Edward W. Said）那裡，東方並非是一種自然的存在，歐洲和西方列

西方文化生活之後回歸自身文化的重要歷程。」趙琬儀，《上海寶貝衛慧　告別叛逆　找到內心的寧靜》，《聯合早報》二〇〇五年八月三十日。或者參網路版http://woman.zaobao.com/pages5/living050830.html。

[5] 這裡的自我凝視和福柯所言的全景式監控（panoptic gaze）使得我們慢慢將別人的凝視和監測內化成一種自我凝視有所不同〔具體可參Michel Foucault, *Discipline and Punish: The Birth of the Prison* (Trans.) Alan Sheridan (New York: Vintage, 1977)〕，在本文中，這種自我凝視更多包含了自我的炫耀和迷戀。

強等對東方往往有「東方化東方」（orientalizing the orient）的實踐操作，哪怕有些時候只是展示出具有優越感的西方視角和文化霸權意識。

簡單而言，東方學至少可以包含了三個層面的涵義：（1）作為一種學術研究學科，儘管其名稱顯得專斷，並未如往昔那麼流行；（2）作為一種思維方式，在東／西方本體論和認識論基礎上建構類似的理論、詩歌、小說、社會分析和政治論說等；（3）西方用以控制、重建和君臨東方的一種方式，一種話語權力的體現。[6]

不難看出，如果從權力話語角度進行思考的話，所謂東方主義更多呈現了歷史和物質角度下西方對東方的霸權式想像。當然，東方主義同樣也是複雜多變的，此處的總結也更多出於思維方式層面的考量。[7]

新東方主義和東方主義的不同之處則在於這種想像的施動者變成了東方內部的一份子，由東方來凝視和想像東方，也就是我所言的自我凝視。當然，這裡的自我既包含了主體個人，也包含了其生存環境。具體而言，就是生活在上海的「作者」類群體。同時，又由於在這種想像所呈現出的權力關係、逢迎姿態以及文學書寫與經濟資本（economic capitalism）的糾纏關係（前者對後者的臣服和利用），所以這種凝視往往變成了兜售。如人所論，衛慧是作家，卻更像是商人（推銷商）；衛慧兩個字是身體寫作的「象徵資本」，文化市場的內在邏輯卻逼使她不斷以性愛和財富累積類似資本藉以延續自己的藝術生命。《我的禪》知道如何喚起東西方讀者的窺視、搜奇獵異和自我確認的欲望。[8]

6 主要可參Edward W. Said (1935-2003), *Orientalism* (New York: Pantheon Books, 1978) 緒論。中文版本可參薩義德著，王宇根譯，《東方學》（北京：三聯書店，一九九九年）。需要指出的是，在中文版本裡面，其所言東方主義主要指的是東方學的第三個層面（頁三）。為保持論述的清晰和準確，本文的東方主義也做如此使用。

7 周寧就指出，至少有兩種東方主義：一種是否定的、意識形態性的東方主義；而另一種則是肯定的、烏托邦式的東方主義，可參周寧《另一種東方主義：超越後殖民主義文化批判》，見《廈門大學學報》二〇〇四年第六期（二〇〇四年十一月），頁五至一二轉九一。

8 昌切，《誰是知識份子？——對作家身份及其功能變化的初步考察》，《文藝研究》二〇〇五年第二期（二〇〇五年三月），頁一三至二〇。尤

（二）上海兜售

新東方主義中的上海兜售主要弔詭地指向兩個層面：（1）向東方，尤其是上海以外的國人，賣弄上海以及上海化了的自我；（2）向西方兜售上海的有選擇的全球化（alternative globalization）[9]。其前倨後恭的嘴臉令人慨歎。

1. 異域和前衛：睥睨國內

兜售上海在面向國內讀者的時候，衛慧顯然呈現出一種居高臨下的姿態：在以上海作為依傍的前提下，她在很多層面將上海的某些特徵得以「發揚光大」。同時，她也要迎合大眾，尤其是力圖瞭解或者追求白領、小資生活的大眾的趣味。從此意義上講，《上海寶貝》是「欲望生產」的代表性經典文本：「衛慧的身體敘述多少有做秀的傾向，《上海寶貝》則把這種做秀的傾向推到極致，做成了女人身體欲望的表演秀，演變成一種大眾化的時尚讀物。」[10]

如果從比比皆是的上海書寫炫耀和定位中擇其一二論述的話，我們可以看到：

其是頁一六至一七。

9 這裡有選擇的全球化主要指的是衛慧有意篩選並不特別典型的國際化案例和所謂的前衛思潮作為全球化了的上海的象徵，藉以迎合外國人的熟悉／陌生感。

10 可參向榮，《戳破鏡像：女性文學的身體寫作及文化想像》，《西南民族學院學報》二十四卷第三期（二〇〇三年三月），頁一八八至一九九。引文見頁一九一。

（1）國際潮流、品牌效應以及外語（英語為主）鑲嵌。通讀衛慧小說中的上海書寫，不難發現對上海的國際化有一種「病態的幻想與誇耀」，這種邏輯似乎頗像奴隸和奴隸主身份換位的深刻與弔詭，一個由奴隸變成奴隸主的人可能遠比以前的奴隸主更加恪守類似的規範。生於浙江餘姚而後對上海頗有認同感的衛慧似乎比上海人更加崇拜上海的國際化／西化。「作者對西方的文化和生活方式的渴望、羨慕、崇拜達到了病態的地步。小說結構的安排、小說中人物的言談舉止極盡模仿、粉飾、渲染之能事。」[11]

我們不妨隨便舉《上海寶貝》中的一段作為例證。作為上海都市環境中都市精神畸形兒——天天，也是倪可（CoCo，英文名稱往往是西方文化符號和強勢話語潮流的象徵）的小情人，他出門旅行的行李箱如下：「一條TedLapidus牌香煙（似乎只有上海某些專櫃才能買到），吉列剃鬚刀、漱口水，七條白色內褲、七雙黑色襪子，一個Discoman，狄蘭・湯瑪斯詩選，達利日記，《希區柯克故事集》，夾著我們一張合影的相框」（頁七四六）等。在這段不算太長的引用中，衛慧非常聰明地拼湊了國際化的上海形象：跨國企業的品牌產品（或獵奇性的原文，如TedLapidus；或譯文，如吉列）、潮流用品（Discoman，即CD機）、西方文學品位等等，而這段文字中括弧裡面的「上海」二字則更加凸顯出作者發自內心的對上海的認同和極度炫耀。

小說中，至於說不清的國際品牌、英語夾雜（語言混雜或者洋涇濱），無論是女人用品，還是日常生活用品；無論是西方文化某些層面的潮流，還是話語表達方式（如嬰兒不叫嬰兒，叫B.B.），可謂琳琅滿目、令人目不暇給。面對小說中處處國際化的商品以及其他名稱，你實在懷疑自己所處的地方不是中國，而只能是物質上全盤西化的國中異域——上海，當然，這也是衛慧刻意強化的上海，以此來增強它對其他地方國人異域情調的兜售價值。

11 李星良，《城市新貴族與奴性崇拜——以〈上海寶貝〉為例》，《文藝理論與批評》二〇〇一年第五期（二〇〇一年九月），頁一一六至一二〇。引文見頁一一七。

而在《我的禪》中也有類似的書寫，作者在寫到自己會見紐約一個本土華人的時候，他的符號就成了Jimmy Wong，而實際上北美華人往往還是記得自己的中文名字或者至少是姓的，這裡的Wong應該是王／黃的方言拼法。而最令人啼笑皆非的是，衛慧在抒寫自己的表情時不得不借助英文進行表達：「我笑（giggle）。」（頁三五）令人不解的是，一個中文作家居然找不到自己母語的合適表達（咯咯傻笑）。如果換一個角度看的話，這個英文單詞，更像是暴發戶口中鑲嵌的時不時露出的金牙，頗有一種賣弄的惡俗和崇洋媚外的拱手相讓。

（2）上海化的自我虛榮。如人所論：「在某種意義上，『上海寶貝』的欲望是西方文化的衍生物，是西方文化符碼化的結果。」[12]同時，在衛慧的小說中，我們卻也可以看到上海化的傾向，而生活在其中的個體也有被同化的痕跡。這裡自然有國際化背景下的懷舊情結（nostalgia），所以也有著林林總總的世俗生活「哲學」，虛榮只是其中比較典型的一種。

這其中即包含了對自我立足國際化潮流中的虛榮賣弄，如在《我的禪》中，上海的電話也可是個晴雨計：「正在新加坡講學的父親與隨行的母親打來過電話，朋友喜餌、表姐朱砂、我的經紀人，還有其他一些我認識或不認識的人也都打來過電話。」（頁二至三）哪怕到了國外，虛榮的發作也是不可阻擋，比如作為作家的作者往往炫耀自己住在西班牙馬德里「最好的酒店」。

另外一個典型表現就是，我們也可對比兩部小說地域國際化的程度來看出這種異域賣弄的變本加厲。比如，在《上海寶貝》中，主要發生和提及的城市／國家有：上海、西班牙、杭州、新加坡、香港、德國等；而到了《我的禪》中，這個數字就成倍增長：如新加坡、多明尼克、上海、紐約、瑞典、義大利、馬來西亞、古巴、波

12 曠新年，《後殖民時代的欲望書寫》，《天涯》二〇〇四年第四期（二〇〇四年八月），頁一六四至一六九。引文見頁一六六。

多黎各、印尼巴厘島、阿根廷、西班牙、日本、英國等等。當然更不必說，到了某地以後要及時描述一下當地的特色，比如在紐約吃速食看棒球賽。

需要指出的是，上述地理名稱的遞增並不只是名稱的累加，更是作者欲望主體的區域投射，每一個異域名稱背後往往可能隱含著作者虛榮心得以拓展和賣弄的心理空間。也即，她在消費異域的同時，也提供給讀者可以消費的異域資本，同時也顯露出上海化了的虛榮。

2. 邊緣／另類：迎合國際

儘管賣弄都市中產階級以上的物質消費品牌難免虛榮之虞，但跨國產品的背後流動的仍然是全球化的典型特徵。但遺憾的是，這些描寫到了衛慧的小說中，更多只是點綴的背景，而沒有成為核心特徵。如前所言，衛慧的小說中更多是問題重重的可選擇的國際化。

（1）離奇情節與背景。《上海寶貝》中，書寫一個介乎酒吧女招待和作家之間的女子和不同男人的感情經歷。而這些不同男人中的一個主角——天天就是類似於「二世祖」的寄生蟲，得了做了錯事力求彌補的母親的大把財產，所以有足夠的時間和金錢花天酒地，在城市裡無所事事到處遊蕩，甚至吸毒等等。而其中的次要女主人公之一馬當娜卻是一個曾經做過妓女的女人，搖身一變成了叱吒風雲的服務界精英，性格坦率、喜歡做愛，不管是同制服警察做愛，還是小男生都來者不拒。

哪怕是到了《我的禪》中，甚至連「作者」的經歷都離奇得可疑／刻意。從問題少女逐步墮落，所以「十九歲有了十分糟糕竟把避孕套遺忘在陰道裡面的第一次性經驗，二十二歲以對一個教授的痛苦暗戀為題材發表了第一篇小說，二十四歲因為寫作的困苦和偶然發現未婚夫與黑社會有糾葛，試過割腕自殺」（頁一六）。除此以外，更不要說雙性人的喜餌、同性戀等等。

（2）另類生活方式。衛慧小說中的多數人物似乎不需要經歷普通人辛苦的打拚，為了虛榮和離奇情節需要，她甚至有意淡化了現實的艱辛以及世俗的一面。小說裡面更多的是各種各樣的行業精英、頹廢而有才氣／趣味的派對動物、夜貓子或生活作息顛倒錯亂的人等等。所以，他們可以到不同地方散心（機場和豪華轎車可以見證），譁眾取寵的驚喜禮物，高尚劇院裡面的高雅體驗，也可以舉行各式各樣的聚會，當然，在欲望上也可以嘗試不同的性生活方式，實踐「飽暖思淫欲」。

但不管怎樣，這樣的生活方式往往是相對邊緣的、另類的，絕對不是朝九晚五辛苦打拚的芸芸眾生日常生活的主旋律和代表。如果說它反映了某種現實的話，那更應該是各色上層人無聊又豐富的遊戲調節以及下層、頹廢的準藝術家另類的行為藝術。

（3）身體放縱。當然，最令人觸目驚心的或許還不是上述邊緣和另類的生活方式以及離奇情節和背景，最吸引人眼球和撩撥讀者心思的還是衛慧小說中欲罷不能的各式身體放縱。簡單從篇幅上看，力比多實踐已經成為小說的基本色調；但如果從其內部進行梳理的話，各種欲望交織混雜，甚至可謂蔚為大觀。

葛紅兵曾經指出：「身體為了實現自己作為被消費物的角色，它自己首先必須是一個消費者。通過這種消費，身體才能克服垃圾化，克服被遺棄的命運，重新回到可被消費狀態。」[13]衛慧的身體放縱當然更多也是為了大眾消費的必要，她始終沒有忘記如何消費自己，藉此她既滿足了自己的凝視欲望，也讓大眾消費得以順利進行。

這裡不妨以體液寫作為例加以說明。《上海寶貝》中看見情人馬克在球場上奔跑，馬克的太太伊娃和朱砂在聊天，「而我的內褲已經濕了」（頁七八三）。而到了《我的禪》中，她聽到旗袍絲綢被Muju撕裂的聲音就「你的下體重又變得濕潤」（頁一一一）；或者老花花公子尼克吻了「我」的雙唇，其呼吸的氣味「也十分好聞，是

[13] 葛紅兵，《身體寫作——啟蒙敘事、革命敘事之後：「身體」的當下處境》，《當代文壇》二〇〇五年第三期（二〇〇五年五月），頁三至九。引文見頁四。

那種能讓你雙腿間一下子濕潤的氣味」（頁一八三）。作者有意引導的意味呼之欲出，但讓人疑惑的是，是什麼讓「我」濕得如此容易？體液寫作和身體放縱作為消費者和被消費者的雙重角色無疑耐人尋味。

二、兜售自我：身體享用中的認同媚俗

衛慧在〈像衛慧那樣瘋狂〉第二十五小節中曾寫道：「第二部小說必將橫空出世，帶著脫衣舞娘的夢魘。不停地脫。引起騷動。」（頁三〇二）而在《我的禪》中又寫道：「我把愛情含在嘴裡，藏在枕頭下，放進子宮裡，寫到稿紙上。」（頁九六）從某種意義上說，這都是夫子自道[14]，儘管她寫的東西可能和愛情差別很遠。

欲望敘事或者說身體書寫在其小說中可謂層出不窮，甚至化為一種越發清晰的主旋律，因此探究其身體享用中所體現的認同政治無疑至關重要。從《上海寶貝》到《我的禪》所呈現的新東方主義傾向，表面上是中國式的，或者說東方式的，實際上骨子裡卻更多認同西方，而更多時候，東方書寫在篇幅上的增加並不意味著東方主體性的增強，而更是對西方窺視欲望和既定想像的迎合，所以，在筆者看來，這是一種認同媚俗。當然，作為商業賣點的力比多實踐之性誇張也是俗世潮流。

（一）誰的性？

有論者指出，身體往往是被壓抑和扭曲的對象，既可能進行蔑視，也可能利用性和欲望簡化／扭曲身體：

14 而實際上，衛慧在《上海寶貝・後記》裡面，也公開承認這是一本「半自傳體的書」（頁八八八）。

「蔑視身體固然是對身體的遺忘，但把身體簡化成肉體，同樣是對身體的踐踏。當性和欲望在身體的名義下氾濫，一種我稱之為身體暴力的寫作美學悄悄地在新一代筆下建立了起來，它說出的其實是寫作者在想像力上的貧乏——他牢牢地被身體中的欲望細節所控制，最終把廣闊的文學身體學縮減成了文學欲望學和肉體烏托邦。」[15]而衛慧小說中則更多是後者。

需要指出的是，在力比多實踐發生的人物、性別之間也存在著可能的權力關係；更大的可能是，在小說自身的發展過程中卻也可以看出這種權力關係的表面流變和內在本質的人為固化或者相反。

1. 主要性交對象轉換中的認同媚俗

在下面的表格中，我們可以看到，在兩部小說中，和女主人公發生性關係的情人特徵及其國籍的變遷。

作品名	主要性交對象及其（性）特徵描述	
《上海寶貝》	天天（中國小男生） 手頭寬鬆，卻因家庭事故等精神打擊而變成有些頹廢，但實際純粹的城市遊蕩者，不能正常性交	德國人馬克 跨國企業在中國的高官，具有巨大的性器官和類似性能力，身體健康
《我的禪》	混血日本男人Muju 懂些東方哲學，性交高手	英國紳士尼克 商業大亨，老花花公子，具有超強的耐心、調情技巧和浪漫想法

解讀衛慧這兩部小說中情人身份的轉換，有兩個特點值得關注：（1）中國情人被逐步去勢；（2）異國情人滿足的自我想像增強。而有心的讀者不難看出，這兩個特點恰恰都說明了衛慧身體書寫中認同的媚俗和西化。

15 謝有順，《話語的德性》（海口：海南出版社，二〇〇二年），頁一八六。更詳細的論述可參書中《文學身體學》，頁一六五至一九一。

在《上海寶貝》中，天天由於家庭變故等精神打擊而喪失了正常性能力而變得陽痿，反過來那玩意兒「大得嚇人」的德國人馬克卻從身體上不斷滿足著她氾濫和放縱的情欲。天天是純粹的，精神上更像是一個需要母愛關懷的透明嬰兒，儘管他知道倪可在身體上已經紅杏出牆，卻在精神上固執地建構理想的烏托邦愛情世界。在身體禁忌上，他往往採用手指和嘴唇作為替代，來滿足性欲旺盛的倪可。然而遺憾的是，缺乏真正的身體進入，他純粹卻脆弱的精神無法留住倪可，最後只好重新吸毒致死。

德國人馬克滿足倪可的不僅僅是肉體的不知疲倦的狂歡，廁所性愛、車內性愛、衝擊力極強近乎強暴式不眠不休的肉體虐待等等。馬克滿足倪可的另外一層深層原因來自於倪可內心深處的受虐狂意願——「女人喜歡戀上掛長統靴的法西斯份子」（頁八七八）。而尤為可笑／可悲的是，她選擇的卻是曾經給歐洲大陸帶來慘痛記憶的德國法西斯感覺，而且將這種變態心思推而廣之。當然，她也為此享受不已：「他可以一直幹下去，然後一陣被佔領、被虐待的高潮伴隨著我的尖叫到來了。」（頁七二六）令人擔心的是，作者對身體享用的宣揚卻選擇了曾經給數百萬人造成嚴重傷害的納粹身體作為情欲對象，其對歷史的有意消解和動物性的無恥程度（「每次見到他，我就想我願意為他而死，死在他身下」，頁八四二）由此可見一斑。

然而，相對中國讀者來講，《我的禪》中類似的無恥卻被刻意得到了加強，如果不是為了招致辱罵獲得更多眼球關注（不管是青睞還是白眼）的有意操作，實在讓人懷疑作者書寫中的動物性優先／主流思維模式。《我的禪》中的情人更是變本加厲，他是一個具有義大利混血的日本男人Muju，不僅具有德國同盟法西斯的成分，而且更是隱喻了對無數中國男女進行燒殺搶掠的仇人情結／身份。但這一切統統都讓位於放縱的身體和淫蕩的情欲，甚至Muju的禪術也可以讓性交變得更加令人欲仙欲死。

在徹底拋棄／去勢了中國男人後，衛慧在《我的禪》中選擇了英國老花花公子、紳士型調情高手作為彌補和品位提升的憑藉，從而藉此提高了自己的身體出賣價值——他似乎永遠有足夠的耐心、體貼、浪漫，連上床都可以拖延到世界幾個地方不斷轉換／累積男女巧遇後再水到渠成，他不同於Muju的隱忍和堅韌，他給予女人最大的尊重和空間。

從上述主要性交對象的轉換中，我們不難發現，衛慧小說的書寫存在嚴重的媚俗和西化傾向，在性交這種事情上，哪怕是世界人民所唾棄的納粹法西斯精神到了女主人公那裡卻成為達至高潮的變態借鑑／啟發，更不必說英國紳士的體貼入微，浪漫含蓄，儘管這一切往往建立在窮奢極欲所能需求的巨大財富之上；中國男人在此方面要不則是性無能，要不則是變態的。殊不知，小說中女主人公的價值取向和判斷卻首先是變態的——當她臣服於西方（哪怕是法西斯）以後，而其認同媚俗似乎成了一種自然而然的現象和姿態。如朱大可具有暴力傾向的文化批評中所指出的衛慧小說中的摩登化情欲書寫，它很像是中國情欲走向全球化的一場紙上預演。為了自我推銷，最原始的情欲渴望獲得一個時尚的前衛包裝[16]。

2. 輔助性對象中的邊緣化中國

《上海寶貝》中，倪可的前中國男友被描述為不僅是個「宗教狂人，還是性欲超人，喜歡在我身上驗證黃色錄影所提供的種種成人表演姿勢，幻想坐在幽暗一角的沙發裡偷窺我被一個沒文化的木匠或管道工強姦」（頁七〇二）。顯然，這個中國男人是變態的，甚至在身體上，她也有意矮化他的五短身材。和另一個男友葉千的愛似乎過於平靜，在經歷了還算不錯的性生活以後，他們「非常科學、非常無害地分手」（頁七三二），但言詞中總是透出一副不能驚世駭俗的不甘。

16 具體可參朱大可，《上海：情欲在尖叫》，香港中文大學：《二十一世紀》第六十一期（二〇〇〇年十月號），頁一七一至一七四。

到了《我的禪》中，除了外國（日本混血）男人令她日思夜想以外，她居然也將觸角伸向了中國未成年男人。邊喝紅酒，邊享受十五歲按摩師的熟練腳底按摩本來這已是喜餌推薦的超過性高潮十倍的身體享受祕訣，但她還是將按摩師從按摩床弄到了自己睡床上，但在這背後，卻仍然懷念／固執相信自己愛著已經分手的日本混血情人Muju。

不難看出，在輔助性對象的書寫中，衛慧仍然無法擺脫認同媚俗；從某種意義上說，她還推波助瀾，強化了這一趨勢，當然，從她對中國男人的評價上，卻也反映出類似的邊緣化中國操作。

（二）如何性？

有論者指出：「《上海寶貝》展示了一群被異化的都市女性的生存狀態，但作品未能塑造出真正堅硬、可靠的人物和性格，人物性格多是病態的、非常態的。」[17]說到被異化，論者似乎可能低估了衛慧作品中女主人公將非常態化為常態標準的能力。同樣，在如何性方面，她們甚至往往更多是很會享受的潮流引領者。問題的關鍵不在於此，同樣，在性的諸種花樣中可能也隱含著複雜的權力關係和認同謬誤。而從《上海寶貝》到《我的禪》中，類似的表面花樣翻新和內在本質雷同卻是必須仔細參詳的。

1. 性的花樣

如果通讀衛慧的上述兩本小說，不難發現，很大程度上，我們也可以說，每本書都是性的花樣和種類展覽。很多時候，似乎連身體寫作這麼直接的字眼也難以統括。畢竟，小說中同樣也包含了精神層面的意淫。

17 李廣瓊，《異化的都市夏娃——〈上海寶貝〉人物分析》，《懷化師專學報》二〇〇一年第六期（二〇〇一年十二月），頁五一至五二。

需要指出的是，提倡性別研究的讀者同樣可以發現作者對女性身體／現象的特殊關注，比如例假（頁七九七至七九八）、痛經（頁七一）等。頗反諷的是，這些正常現象書寫反倒在其另類小說中顯得比較突兀，甚至多餘，尤其是《上海寶貝》中的例假書寫。

當然，最令人觸目驚心的還是她五花八門的身體享受。《上海寶貝》中可謂已經令人印象深刻：從初級的身體裸露，到欲望瀰漫的意淫，從接二連三的自瀆，到手指和嘴唇帶來的性；從同性戀傾向到群交可能，再從廁所、車內性交，到具有變態意味的黃色和法西斯式性愛等等不一而足。到了所謂修身養性的《我的禪》中，表面上看，性的花樣似乎減少了，但骨子裡的淫蕩卻內在地加強了。比如，和青少年男生的一夜風流、利用禪中的打坐更好地做愛、劇院意淫、廚房性愛等等。

但單純是手指性愛，似乎也越發爐火純青，呈現出一種悶騷狀態。尤其是，其中的變態意味逐步增強。比如當Muju的斷指塞進去的時候，「快感在身體、在腦中堆積，像粉末一樣堆積得越來越多，最終，經由大腦爆發的性高潮足以掀翻一個太平洋」（頁六五）。而日本人對性的獨特愛好和變態習慣也被巧妙加以利用，比如試用「勉子鈴」（在下體內吸水後會慢慢膨脹提高刺激感），最後結果居然是：「在像爆竹一樣的不停爆發的高潮中，我有些瘋了。」（頁一二三）

當然，如果我們結合這些性的花樣的男性施動者進行觀照，我們不難發現，對中國男人的去勢和對西方男人的崇拜有機並存。似乎在《上海寶貝》中的自瀆更多是控訴和嘲笑了中國男友的性無能，而當她與異國男人雲雨時，不同高潮莫名其妙如雲湧集。在性花樣的背後，我們仍然可以讀出作者對西方，哪怕是陰莖、物質及其象徵的無原則深情崇拜，這種做法更多是強化了西方有關於東方的固定想像：愚昧的、色情的，等等。

2. 性交場合和祕密

同樣引人注目的還有小說中對性交場合的描寫。從普通意義上的床笫之歡到場合的逐步豐富和擴大，我們在看到衛慧性描寫的變本加厲的同時，更應該看到其中所隱含的權力政治。《上海寶貝》中和德國人馬克的廁所性愛（頁七三五）恰恰同時也迎合了倪可對法西斯變態的強烈性愛的滿足[18]，儘管她一開始滿口粗話地拒絕；車內性愛（頁八六五）更多是對上層生活和西方生活方式的一種紙上嘗試。對西方的表面拒斥和內在迎合弔詭地糅合在一起。

《我的禪》中則增加了廚房性愛，在超級大的廚房裡，她的確是個供日本混血享用的「超級大水果」，不過，她卻比水果更無恥地迎合。同樣，在劇院聽人演奏巴赫的她卻滿腦子意淫——如何幫助衣冠楚楚一本正經的男人手淫。換句話說，當衛慧在小說中揭露男人的虛偽時，「在腦子裡他們大約已不止一次想像過剝光我的衣服」（頁一〇〇），通過性交場所轉換來看，她其實和他們同屬一丘之貉。

至於性交祕密似乎更是《我的禪》中的噱頭，比如紅酒+腳底按摩=十倍性高潮，然而最後的結果居然是她將十五歲的小按摩師弄上了床。甚至男人的射精都可以成為一種祕密，具有半聖人意味的日本混血男人Muju同她在紐約做愛的時候，往往有高潮而不射精，饒有意味的是，當她和他在中國上海發生關係後，他居然射精了，「意識到這一點後，我激動得幾乎昏厥了過去」（頁二六〇）。這個作為祕密的場景可謂非常形象地說明了衛慧性書寫窮形盡相之中的後殖民主義傾向和新東方主義色彩。無論如何，她始終注意如何在不同的場景迎合讀者尤其是西方讀者的刻板想像。

18 倪偉指出：「在這種符號指意性的受虐快感的背後，隱藏的其實是對權力的崇拜。」可見《論「七十年代後」的城市「另類」寫作》，《文學評論》二〇〇三年第二期，頁五二至六一。引文見頁五六。

或許最有代表性的莫過於《我的禪》中的旗袍性愛。如女主人公所言：「絲綢撕裂的聲音，是世間最好的春藥……」（頁二四五）她和日本男人由此達到高潮；最後，一向溫文爾雅的英國男人尼克終於殘忍地撕裂了她身上緊裹的綢衣，同樣高潮迭起。在我看來，性事中撕旗袍這個意象非常經典，它一方面反映出女人心中激起的強烈的變態受虐願望，另一方面卻相當深沉地反映／隱喻出西方對東方的粗暴佔有，而這個權力關係在貌似東方化的《我的禪》中反倒被因此弔詭地加強了。

不難看出，在哪怕貌似很物質化的力比多實踐中，也同樣包含了個體意識形態的豐富與駁雜。衛慧的書寫更多實現了她對自我的賣力兜售，在性描寫中，其所彰顯的全球化語境中的認同更多是膚淺的、媚俗的，既指向了商業化向標[19]，又滿足了目標讀者（target readers）的閱讀期待。衛慧在《上海寶貝》裡面曾經描寫到陰陽吧（一間酒吧）裡面的人物時曾經寫道：「周圍有不少金髮洋人，也有不少露著小蠻腰以一頭東方瑰寶似的黑髮作為招攬賣點的中國女人，她們臉上都有種婊子似自我推銷的表情。」（頁七三三至七三四）很不幸地，面對異國男人，她同樣也具有類似的表情，儘管她的賣點只是在紙上營造，以性、旗袍、禪作為噱頭。

三、精神調試：點綴與悖論

有論者指出，《我的禪》「雖然仍然有關於性愛的津津樂道，但與《上海寶貝》相比，畢竟因為多了一些主人公對傳統文化的瞭解，並因此多了豁達、淡定、從容的篇章，而使狂歡的色彩也沖淡了一些。《我的禪》因此

[19] 鮑德里亞指出：「性是消費社會中的『最活躍的中心』，它以一種奇觀的方式從多方面規定了大眾傳播的整個意指領域。」具體可參Jean Baudrillard, *The Consumer Society: Myths and Structure* (London: Sage Publication, 1998), p. 143.

成為『一九七〇年代出生的作家』寫出的具有傳統文化底蘊的作品之一」[20]。從某種意義上說，這種論點是四平八穩的，但如果深入到作品內部，我們不難發現，論者對作品的解讀仍然是比較膚淺的，它未能看到《我的禪》中作為精神調試的載體被表面借重的尷尬。

在某種意義上說，《我的禪》所謂的傳統文化底蘊其實遠遠不能糾偏小說中五花八門的性氾濫和欲望洪災；更加值得探究的是，這種禪在多大意義上屬於傳統文化底蘊？作為蓬蓬勃勃、浩浩蕩蕩的力比多實踐書寫中相當微弱的精神救贖，它更多變成了一種可有可無的點綴；甚至令人難以預料的是，有關禪的一些東西卻也反過來成為促進性花樣和激情的催化劑。而這種張力關係恰恰成為《我的禪》中的精神和肉體的尷尬悖論。

我們或許可以善良地認為，康得（Immanuel Kant）所言的「人的理性和自省精神」是對當下的身體寫作的可能的「深刻的糾正」[21]；但實際上，在筆者看來，《我的禪》頗有些重複了《肉蒲團》套路的意味，在亢奮的肉欲和力比多實踐傾瀉而出後，在疲憊的疲軟中，幻想立地成佛。糾偏在此小說中更多是一種紙上談兵和虛與委蛇。

（一）濫俗的「禪理」

我們不妨考察一下《我的禪》中有關佛理出現的層次和哲理。小說中第一次和佛有關的關於她的出生（頁一五至一六），在浙江法雨寺出生，被取名「智慧」，卻叛逆不堪。第二次出現在〈廚房裡的性與禪〉小節裡，這時候的東方意味更多一種牽強的比附，比如說日本男人的獨特：「性在他身上還原成一種宗教式的東西，一種

20 樊星，《論新生代作家的狂放心態》，《文學評論》二〇〇五年第三期（二〇〇五年五月），頁七九至八五。引文見頁八四。
21 張志忠，《身體寫作：漂浮的能指》，《當代文壇》二〇〇五年第一期（二〇〇五年一月），頁二四至二六。

東方宗教中特有的信念，純潔而迷人，帶著神祕主義的美學特徵。」（頁四七）弔詭的是，這一點點強加的東方意味卻成為性的催化劑，以至於她寫道：「我要與這個男人夜夜做愛，不得不如此。」（頁四八）

第三次出現在〈斷指〉一節中，這個可以給予她變態高潮的日本男人的斷指原來背後有一段故事，日本混血曾經在年輕時犯過錯誤而自暴自棄，後來跟一個老人在靜坐與虛無中感受到生命與情感。這是一個很感人的故事，但其中的禪意似乎仍然很簡單。

第四次在〈法雨寺〉一節中，則講得更多是在寺廟的旅行體驗，藉以尋找身世。第五次在〈悟空法師與慧光〉一節中，則講述她拜會法師以及聊天的感受，認為慈悲和愛是正確的見、定、行的基礎。第六次出現在〈太陽下的香氣〉中，講述悟性和修行者身上的香氣。第七次出現在〈法師說：微笑！微笑！〉則告訴人笑對人生的道理。

不難看出，上述幾次與東方思想的關係相對比較單純的則是後面四次，前面第二、三次仍然弔詭地和性糾纏在一起。但是，哪怕我們聚焦於這幾次所謂的與東方智慧相遇，我們很難感覺這就是所謂的東方文化傳統底蘊。更大意義上，它們不過是一些善良、間或深刻卻濫俗的人生哲理，似乎不一定和禪發生關係也可得出。換言之，禪在小說中更多是一種點綴，而不是真正的精神救贖。

（二）拯救的荒謬

我們應該說，《我的禪》中的點睛之筆是，當她先後和尼克以及Muju發生關係有了孩子以後，她也不知道孩子的父親是誰，但她卻愛著兩個男人。最後，在夢中，她聽到了來自天堂的聲音：「嫁給佛……」（頁二七一）嚴格意義上說來，這個點睛只是保留了與佛真正結緣的可能。如果說談及精神救贖，似乎還差得很遠。所以，在筆者看來，這種精神拯救只能被稱做調試。

但是，如果我們放眼整個篇章，以及其有關性、欲望描寫的落力演出和不遺餘力，我們就不難發現其中的弔詭：一方面部分強調禪，另一方面卻五花八門和異國情人有意放縱自己的身體。所以，《我的禪》中的禪不過是濫性後的一種一廂情願的心理安慰，一面縱情聲色，一面找點寄託。好比身在廣東喜歡吃辣卻又擔心有些水土不服的人，一面狂吃湘、川菜，另一面卻又狂補王老吉、夏桑菊等涼茶。

所以，有論者指出：「身體寫作者因此遵循著這樣奇怪的悖論：她們儘管訴諸於性感化的身體，但是卻以美學的名義拒絕承認自己是色情的，它自相矛盾地要求我們用文學來漂白她們的色情幻象。」[22]衛慧《我的禪》其實也遵從了類似弔詭的邏輯。

如果往更深處探尋的話，作者明顯缺乏一種深層懺悔意識：性、欲望等等賣點才是主流，她更在乎的是如何享用身體；同時，為了給這種享用添加文化和品位的合法性，禪則是她可以找尋的一種掩人耳目的點綴工具。如果說她已經從壞女孩搖身一變成為法師或是佛門弟子，那簡直是對佛的侮辱。因為從深層的認同來看，她仍然是極度媚俗的，由於缺乏「精神敘事」[23]的強有力支援，肉身敘事往往蛻化成色語，然後和貨幣所代表的基礎價值沆瀣一氣，更加俗不可耐，甚至不可救藥。

22 朱國華，《關於身體寫作的詰問》，見《文藝爭鳴》二〇〇四年第五期，頁七七至七九。引文見頁七七。

23 語出朱大可，可參氏著《守望者的文化月曆：一九九九至二〇〇四》（廣州：花城出版社，二〇〇五年），頁一六六至一七三有關肉身敘事的論述。

結語

本章通過考察衛慧《上海寶貝》、《我的禪》中的力比多實踐裡面的認同政治來藉以說明，衛慧的類似書寫絕非一般讀者所認為的本土認同的凸現。相反，它更是一種認同媚俗，骨子裡面迎合西方的意識始終存在，無論是兜售上海、上海化了的自我，還是性狂歡中的自我認同，所以筆者稱之為「新東方主義」。從某種意義上說，儘管衛慧在書寫中企圖超越自我，但遺憾的是，它更是重複自我。儘管她企圖找尋一種更深層的心靈安慰和精神關懷，但更多時候，這些往往成為性描寫的新佐料和賣點。這是必須加以警惕的。

尤其是，當全球化對文化的地域性和民族性精神進行蠶食的過程中，如何利用傳統，必須成為某些作家的主體選擇與文化認同。從此意義上說，只有衛慧或衛慧成為主流是相當危險的。但是，從更寬泛和平和的意義上講，衛慧的小說還是滿足了相當一部分人的世俗的偷窺欲望和閱讀期待，給更多人以感官的快樂。這或許本身也是小說眾聲喧嘩中的一種功能，除了可以「感時憂國」、記錄世相、虛構／大話之外。

第八章　插入的退讓：從情／遺書到遺性／書

——論木子美《遺情書》[1]中的性愛關切

提　要：如果將木子美放到力比多實踐的譜系學上來，她上承衛慧，下啟竹影青瞳等現象，是不容忽視的一環。若以插入關鍵詞為核心，我們其實仍可讀出木子美叛逆背後的內在虛弱和弔詭，她其實不是鬥士，不是女性主義者，而更多是踐行男權主義的「性女」。更進一步說，其插入姿態更反襯出一種內在的避讓／退縮。為此，本章將分三個層面進行論述：（1）插入的姿態：形而下的愉悅；（2）插入的論述：淡化式煽情；（3）插入的意義：自我日常、另類與大眾的邊界。

關鍵詞：插入；退讓；淡化式煽情；木子美；《遺情書》。

如果說性書寫在賈平凹那裡仍然被賦予了拯救的希望而在姿態上門扉半開，在衛慧那裡有新東方主義的「凝視」下的主動賣弄，而到了木子美這裡，性愛關切其實已經化歸平淡，成為生活日常。通讀木子美的《遺情書》，性描寫頻頻出現，甚至可謂無性不歡。這種驟變就彷彿木子美自身的轉變：「站在藥店櫃檯前說『我要一盒持久型傑士邦』時，絲毫想不起第一次買避孕藥的尷尬。」（頁四二）

1 木子美，《遺情書》（南昌：二十一世紀出版社，二〇〇三年）。如下引用，只注頁碼。

無庸諱言，如果要解讀二十一世紀身體書寫系列中特立獨行的木子美，我們仍然也需要一個「祛魅化」（demystification）過程。固然我們可以從諸多角度分析木子美現象，但我們卻首先要跳脫相當流行的狹隘的唯道德論意識和獵奇心理。哪怕是採用文化研究（cultural studies）的策略，我們仍然也要分清文學的再現功能與現實語境的微妙差異與複雜關聯。

借助於「博客」（Blog）這種網路資源／途徑的推廣，木子美風風火火的勢頭不僅僅對身體寫作、下半身寫作推波助瀾，而且其凌厲攻勢也讓類似書寫套路的前人讓位，如衛慧、棉棉等。坦率而言，木子美的文學創作手法相對簡單，在敘事創新上並無過人之處，而且書寫主題相對狹窄，缺乏可以「反彈琵琶出新意」的深度，總體看來，本無足觀。但如果將之放到力比多實踐的譜系學上來，她卻是不容忽視的一環。她上承衛慧，下啟竹影青瞳[2]等現象。作為不可或缺的中間物，無論是書寫方式，還是觀念變遷，都有值得深入探究之處。

通讀《遺情書》，我們不難發現，其沸沸揚揚、千夫所指的性愛關切其實更多是一種個性生活方式的擴大化。當其豐富的性體驗（書寫）被聚焦、放大後，自然就會產生轟轟烈烈的效果，無論是對於窺淫癖，還是茶餘飯後的侃客；無論是「淫者見淫」方式的思考者，還是藉此宣洩或更開放的擁護者。而本章的解讀則採取另一種方式——關鍵詞手法。

在我看來，《遺情書》的性愛關切可以用「插入」二字進行提挈，儘管作者說：「我不是大型購物中心；也不喜歡插別人。」（頁五）而《遺情書》更多呈現出一種插入的退讓。如人所論，木子美「不過是女性身體的男

[2] 竹影青瞳，一個博客，文學碩士，曾任廣州某大學教師。二〇〇四年一月五日起，她陸續把自己在天涯社區發表的文字轉到社區的個人博客中，並在每篇文字後貼上自拍裸照。一個月後，這些圖片增加到三四十張，竹影青瞳的博客點擊率也飆升到十三萬多。有網友把竹影青瞳稱為網路上的「竹子美」，並稱竹影青瞳的裸照現象為「後木子氏時代」。二月二十二日，竹影青瞳被開除教職；二十三日，竹影青瞳在網路日誌中表示，將不會再在網路上公開自己的照片而以文字與大家交流。相關介紹可參http://women.sohu.com/2004/05/19/43/article220184339.shtml或http://www.taboke.com/index.html。

權主義者」[3]。此論可謂一針見血，道出了木子美性關切意義的悖論指向。

有論者在批評身體寫作時指出：「人如果僅僅遵照本能欲望釋放弘揚的向度來思想和行動非但不能達成真正意義上的自由，反而意味著人在實質上完全陷入了本能原欲的控制，為其物質性力量所驅使，必定對人性的本質力量構成消解」[4]，所以要消解這種「欲望辯證法」。所論貌似深刻，其實其中也包含了一種宏大的二元對立思維：本能與人性的本質力量的對立。這樣的論述方式，其實是對身體寫作（尤其是）木子美的誤讀和強加，因為，身體本能也可能構成人性的本質（如果有的話），而成為另一種辯證法或者神聖。

若以插入關鍵詞為核心，我們其實仍可讀出木子美叛逆背後的內在虛弱和弔詭，她其實不是鬥士，不是女性主義者，而更多是踐行男權主義的「性女」。更進一步說，其插入姿態其實更反襯出一種內在的避讓／退縮。為此，本章將分三個層面進行論述：（1）插入的姿態：形而下的愉悅；（2）插入的論述：淡化式煽情；（3）插入的意義：自我日常、另類與大眾的邊界。

一、插入的姿態：形而下的愉悅

有論者指出：「身體寫作往往是通過摒棄男性經驗、男性視點與男性表達，體現出女性建構自身話語乃至權威的努力，往往專注地描寫自身，採取個人化的敘述立場與邊緣化的寫作策略，逃避男性寫作的線性邏輯秩序，

3 胡曉梅，《性・謊言・木子美》，《天涯》二〇〇五年第三期，頁三〇。

4 張光芒，《從「啟蒙辯證法」到「欲望辯證法」——二十世紀九〇年代以來中國文學與文化轉型的哲學脈絡》，《江海學刊》二〇〇五年第二期，頁一二。

尊重女性身體的循環週期與生命韻律，努力建構女性獨特的文體、風格、情感、形象、主題等各種因素的女性話語。在這樣的情況下，她們往往採取先鋒姿態或反傳統的文學技巧。」[5]身體寫作自然是對一類人書寫的概括性稱呼，一旦回到具體的個案則未必準確。比如，木子美並不認同此命名：「當我寫性專欄時，自認為『人性解放』的寫作意義大於『身體寫作』。」（頁七六）

從某種意義上說，木子美的判斷有一定道理。畢竟，在全世界大多數地區（包括中國），只要涉及婦女的肉體、服務、權利，往往「在意識形態上、法律上和經濟上仍然固守著傳統的觀念：權力應該由男人來掌握；選擇應該由男人來做；女子的肉體應該由男人來控制」[6]。木子美的出現，無疑是個例外，她以驚世駭俗的性姿態以及異常平靜的口吻談性，讓那些聞之色變的人們與傳統習慣目瞪口呆。

（一）插入的姿態

木子美將做愛視為「工作之餘又有非常人性化的愛好」，且「旱澇保收」（頁二七）。的確是對插入有了獨特的判斷與心得。無庸諱言，在插入與被插之間存在著一種權力關係（fuckers VS fuckees），直接一點，就是主／從、操控和被操控的關係。而在木子美那裡，性愛卻被視為一種相當豐富的實踐和內涵。

5 趙勤玉，《情感與感官的對話 清醒與迷惘的寫作——林白、木子美敘事策略比較》，《常州師範專科學校學報》二〇〇四年第三期，頁八。

6 理安・艾斯勒（Riane Eisler）著，黃覺、黃棣光譯，閔家胤校，《神聖的歡愛：性、神話與女性肉體的政治學》（Sacred Pleasure: Sex, Myth and the Politics of the Body）（北京：社會科學文獻出版社，二〇〇四），頁三九一。

1.主題學思考

在《遺情書》中，如果從主題學角度思考，不難發現，做愛其實也有其不同的功用。

（1）做愛往往是一種相對單純和集中的愛好。自然有直奔主題的，比如等人做愛，或者寂寞了就找人做愛（頁三三至三四），忙裡偷閒（頁五一）；跟人上過床（頁六八）等等；很多時候，上床、做愛其實就是日常，很簡單。比如，順便把人勾引了（頁五五）；從酒吧到酒店，目的明確或曖昧，等等。當然，她還對做愛有豐富的想像力與講究，如對做愛音樂的選擇和情調相關（頁六）；海水中的做愛設計以及實行（頁九）。上述諸多目標還是九九歸一，強化了做愛主題。

（2）作為交換。木子美惹人爭議的其實還有對做愛的另類處理，那就是交換。從此意義上說，這類性交雖不是嚴格意義上的商品交易或者說賣淫，卻也包含了類似的墮落以及貶低特徵。比如，她讀大學時為了洗熱水澡去和人做愛（頁二八）；當然，反過來，作者偶爾也會以她的幽默以性交為藉口，要求採訪者和她上床，上床時間=採訪時間（頁六三）。當然，有些時候，也可以性遊戲作為交換主題。比如，聊天時，她也會對別人說，不想做愛就別聊天（頁三二）；或者在香港時，由黑人愛撫她，她也幫黑人手淫（頁五九）。

同樣，在性愛書寫專題以外，《遺情書》也有有關性附屬特徵的描寫。比如懷孕、流產、月經等等。這些敘述同樣也躋身於身體寫作包含中，成為必不可少的描述對象。而實際上，這些女性性徵和性愛同樣密切相關，是性交的附屬和可能後果，甚至也是女主人公悲劇的起源。

2.插入的姿態

如果考察性愛的品種，《遺情書》同時也是一個有關性愛姿態的記事本，儘管詳略不同。大致說來，有情調的（做愛聽何種音樂）、有想像力的（海水中做愛）、寂寞速食式的（頁三四）、一夜情（頁二六）、車上做愛、意淫（頁四九）、幫黑人手淫、為人口交（頁六九）、電話做愛（頁六六）等等。

當然，種種嘗試以外，木子美也沒忘記寫失敗的性交。比如，在她最需要的時候，「我只想要一種真實，真實的器官，真實的脹痛，真實的喘息，真實的乏力」，可對手卻陽痿了，「無法相信，他激動、他迫切、他劇烈、他喘息，最後卻是柔軟的」（頁一二二）。類似的還有，如無法進入等（頁一七二）。

或許比較引人注目的還有一些關於女主人公私人性愛的數據與故事。比如，跟她上床男人的數目，儘管是性冷淡，卻可以沒完沒了地做下去，甚至在男方家做完了，再去女方家繼續（頁一四三）。甚至在同一個居家，和一個男人做了，卻又和這個男人的朋友做。而在酒吧裡也可以參與一種遊戲：幾個男人輪流去請一個女生，成功者則和她上床（頁二一三）；或者，假做愛，真報警，一場虛驚後卻真被半推半就地強姦（頁一五五至一五九）。

（二）神聖的歡愉與自由

有論者指出：「由於在木子美這裡，身體已經完全沒有歷史、道德、理性、靈魂等的責任與牽連，也沒有情感的羈絆與『文化革命』的使命，所以它是空前自由的身體。」[7]的確，很大程度上說，木子美筆下的身體是相對自由的身體。

儘管《遺情書》中自由的身體並非是純粹的，也並非已經超脫了權力／話語制衡，但大體而言，它是自由的。甚至李師江在記者手記裡面指出：「發現是個非常有自省意識的真賤人：把身體放在最低處，向世界攤開，不是姿態，是自由和享受。」[8]身體已經漸漸回復到本來面目，它需要撫慰以及性滿足。哪怕是在書寫性愛作為

[7] 陶東風，《新時期文學身體敘事的變遷及其文化意味》，《求是學刊》二〇〇四年第六期，頁一二一。

[8] 李師江，《木子美：一意孤行的賤人——李師江採訪木子美的原稿》，具體可參如下網址資料：http://muzimei.51da.com/52.html。

交換時，交換的對象——洗熱水澡卻也是為了滿足身體的基本需要，俗話所說的「飽暖思淫欲」在這裡的確體現了應有的秩序。

尤其是，當感情被拒絕，被化成遊戲規則的最大錯誤後，剔除了感情羈絆的木子美的身體或性毋寧是更自由了，在這個後現代社會中，為性而性，絕不牽連、拉扯。這或許是速食社會習慣的一種體現。比如和陌生人玩一夜情。福柯曾盛讚過「同一個陌生人性交」的極限體驗，他說：「你在那裡與人會面時，彼此都只是一具肉體，一具供相互結合、產生快感的肉體。你不再被囚禁在你自己的面目、自己的過去、自己的身份裡了。」[9]

儘管小說中，女主人公是性冷淡，但是需要指出的是，從性愛中，她仍然獲得一種獨特的愉悅體驗；而更加需要注意的是，身體和歡愛同樣都可能是神聖的。「這種神聖是此生的，它不屬於虛幻的、彼世的王國……更重要的是，這種神聖不會鄙視肉體，因此它並不輕視肉體，而是視之為最基本或最完整意義上的聖潔所不可缺少的組成部分。」[10]從此意義上說，這種表面形而下的愉悅，其實和人性、精神也是密切相關的。

二、插入的敘述：淡化式煽情

有論者指出，女性作家在身體書寫之外，也要有更遠大的目標／追求：「女性作家不僅僅要堅持獨有的性別自主意識，以及不妥協的文化批判立場，同時也應放眼世界，努力建構充分體現女性深切的文化關懷意識的文

9 轉引自李銀河，《李銀河說性》（哈爾濱：北方文藝出版社，二〇〇六年），頁二三八。
10 理安・艾斯勒（Riane Eisler），《神聖的歡愛：性、神話與女性肉體的政治學》，頁一九五。

本，為人類的文學寶庫提供可能傳之久遠的作品。」[11]但實際上，這些定位對實踐身體寫作的木子美們並不恰當，甚至，頗有些對牛彈琴的味道。因為《遺情書》與其說是作者有意經典化（canonization）的操作，倒不如說更多是「很用心」的一種心緒的流淌與宣洩。

《遺情書》編者則別出心裁地說出了該書中書寫的真切感覺：「木子美蒸蒸日上的人氣很大程度上來自於她敘述的真切，而她的真切不僅僅在於人物、事件、時間、地點、細節，還有心靈——我願意相信有一些敘述是來自心靈的獨白。」（頁二二六）這在某種意義上指出了木子美打動人心的地方，但並不完全準確。

在我看來，木子美吸引人眼球的本領恰恰更多在於她有關插入的獨特的敘述方式——淡化式煽情，其真切、另類和處理方式恰恰成為不經意中的賣點。

（一）悶騷式煽情

說《遺情書》中的敘述有煽情特點並不是說木子美在性描寫上不吝筆墨，鋪張渲染無所不用其極，而是說，她在性愛書寫上確有一種悶騷式的煽情。也即，相關刻畫並非赤裸裸且氾濫，而是更多採用偶爾略顯矜持的畫龍點睛式的精煉手法予以呈現。

有論者指出：「她的性迷戀或性饑渴是對關愛的過度需求的表現形式，是為了平復內心的焦慮，而不是為了追求性滿足。簡單說來，她的『性癮』是心理問題，不是生理問題。」[12]其實，在我看來，她的「性癮」似乎不只是心理問題，在文字宣洩中同樣也形成了一種類似瀰散或撒播的敘事風格。

---

11 吳子林，《女性主義視野中的身體寫作》，《西南師範大學學報》二〇〇四年第五期，頁一四三。

12 胡曉梅，《性・謊言・木子美》，頁三一。

之前曾論述過木子美筆下插入姿態的形形色色、五花八門，而實際上，在整本書的篇幅中分量並不大，但相當分散，這就明顯讓人覺得作者有一種廣撒網大捕魚的精明。

比如在《倫理片》小說中，和她一夜情的男人也明顯有著七〇年代後生人的某些群體特徵——實用主義。在他們做愛前聽到隔壁一女尖叫，一男和另一女說話，他們便偷聽人家是否三P或SM。而在描寫他們的做愛時，木子美居然用了文本互涉（intertextual）的方式進行處理。現實中，起床鬧鐘響時，「他正插入我的身體」（頁三七），而對應的互涉文本則是韓國電影《漂流欲室》，講述其中男人做愛到一半時，聽到魚上鉤，釣完魚繼續做愛。一方面，木子美對性事相當坦率，另一方面卻又藉異域或他者的樣本來強化這種坦率，同時這樣也可減輕實際操作中的淫蕩性，讓其顯得更合理、自然或世俗。但悖論的是，對於讀者的閱讀期待來說，卻又是有意被強化了。

（二）淡化處理

耐人尋味的是，性愛書寫在木子那裡卻往往是被冷化處理的，在將性事公諸於眾前，她似乎有意進行淡化。在她的《旱澇保收》中，由於涉及性伴侶數目眾多，必定有更多精彩故事，然而或許由於性冷淡或習以為常的緣故，相關書寫除了在某些細節或點評上激動人心以外，性愛實踐在木子美的小說中卻顯得稀鬆平常。

當然，其觀點也引人注意。關於做愛，她說：「我不要對他們負任何責任，也不需要付出感情，更不會對我造成干擾，像張CD，想聽就聽，不想聽就一聲不出。」（頁二七）對在道德視野內相當忌諱的話題到了她那裡不過是形同CD。在《去一個城市失戀》中，她平淡寫道：「〇三：〇〇也許是這個時分，我們做了愛。」（頁一九）有些時候，在她那裡，做不做愛居然也不重要。而《車兜裡的貓和掃帚上的貓》，單看題目令人雲裡霧裡，而在這篇小說中，作者卻寫在酒店和人做愛的故事。但手法卻相當含蓄、矜持，她藉看碟《魔女宅急便》的過程，同時引出了「我和他已經亂成了一團」（頁一〇六）。而有些時候，對性愛也只是回憶式的淡淡的回望：「中產人士，那次吃完生蠔還差點兒在他車上亂搞。」（頁四七）

需要指出的是，這種淡化處理手法往往帶有一種豐富的張力。比如含蓄和矜持卻可以讓讀者浮想聯翩；回憶式縷述方法卻又可以勾起多數人的同情；對性愛的表面冷漠卻又往往令人好奇。但總而言之，淡化處理卻是和煽情指向了同一效果——引人注目，乃至心動。

當然，《遺情書》中，悶騷式煽情和淡化處理也可以是同時操作的敘述策略，而且二者之間的對立又統一的密切關係也讓作者在營造張力的過程中得心應手。比如《香港淪陷》中，講自己在蘭桂坊的豔遇：黑人在愛撫她的時候，可謂相當簡單、省略：「他又大又黑的手，從我的腳摸到我的雙腿之間，揉捏，非常不成比例的兩個人種的軟色情表演果然讓人很High。」但是，她在表述自己服務黑人的時候，其點評方式就是悶騷式煽情：「我沒有脫衣服，一件也沒脫，只用一瓶潤膚露和良好的手勢，讓他的黑槍噴出了白色的煙花。這過程，親睹了黑人前俯後仰、左扭右曲、呼哧呼哧的快感，我就像成功地擀了一根巨大巨黑的麵條。」（頁五九）在一種淡淡的自得和炫耀中，其實更難掩骨子裡的淫蕩。

三、插入的意義：自我日常、另類與大眾的邊界

艾斯勒指出：「性是人的一種最基本的欲望，而且，性關係比其他人際關係更為『切身』，使人的感受更深刻。因此，性關係的構成影響著社會的其他所有關係。」[13]準此，我們實在有必要探研一下《遺情書》中「插

[13] 理安・艾斯勒（Riane Eisler），《神聖的歡愛：性、神話與女性肉體的政治學》，頁四。

入」的意義。

（一）自我日常

李銀河在評價木子美現象時指出：「她證明：第一，中國社會的性行為規範已經發生了很大的變化，過去為人不齒甚至可能觸犯刑律的行為已經可以登堂入室了。第二，人們的性行為模式已經發生了很大的變化：婚前性行為大量發生，其中甚至有所謂『一夜情』。第三，人們的性觀念已經發生了很大的變化：對於從傳統立場上看完全不能容忍的現象，人們也開始接受和容納了。」[14]當然，李主要是從社會學或者法律角度相對樂觀的看待木子美現象。

如果我們從小說內部探究其情、性的嬗變，如本章標題所言「從情／遺書到遺性／書」，也是一個漸變過程。《遺情書》中女主人公的性迷戀或性饑渴其實並非生來如此，而《遺情書》在我看來同時也是有一個由情遺書到遺性書的演變過程。它毋寧更是一個對愛抱有幻想，對性亦有好感的女子在悲慘受挫後的強力反彈。比如，她之前和十七個男人周旋，玩盡了各種性嬉戲卻未破處，碰上第十八個男人，初夜就懷孕，初夜男人卻也人間蒸發了，然後流產，這是女主人公「人生中最戲劇也最悲劇的一個事件」（頁四二）。而此後，她對性的看法就走向了平淡和實際。

而且從字裡行間，我們甚至依然可以讀出木子美的羞澀、敏感、矜持；或許可以說，在骨子裡，她仍然是內向主導型的。戀愛和性失敗的陰影給了她巨大傷害和挫敗感，而性愛迷戀不過是一種通過極端方式過分證明自己的途徑與掩飾方式——骨子裡她仍然是自卑的。比如《我與陳侗二三事》中，看到文化人及其銳利、正直的目

14 李銀河，《李銀河說性》，頁四三。

光，她一貫的冷漠、自信卻變得拘謹、羞澀，在文化面前，在道德律令正規的堅守者面前，她的性策略不能奏效，相形之下，更顯出她的渺小（自我感覺）和挫敗（頁五三至五五）。

當然，如果從敘事轉型意義角度看，如人所論，木子美「在一定程度上，體現出消費社會有關符號消費的特徵，同時表徵著文化的轉型，即文化從現代型的元敘事向後現代的私人敘事發展」[15]。從此意義上說，木子美似乎無意建構經典，她的作品文學成就的確寥寥，詩的過於乾澀，小說的隨意和有時拖遝等等，誇張一點，竟至於令人難以卒讀。但正如後現代社會中，文本（text）的開放性一樣，個人書寫也是眾聲喧嘩中的一種構成，不管稚嫩、酸澀，還是世故、成熟。

（二）邊緣試探

無庸諱言，如果和大眾普遍生活的標準相比，木子美無疑又是另類的，她甚至和法律方面的「一夫一妻」的精神背道而馳。所以，《遺情書》的出版社也用心良苦地加上附頁說明：「本社出版此書，並不意味著讚賞或倡導作者在本書以外的生活方式及其他。」這本身也從側面說明了木子美依然是另類的、邊緣的。

個中原因或許比較複雜，但大致說來，也可從兩方面考量：

一方面，性愛或親密關係的被壓抑乃至妖魔化導致了社會大眾道德認識層面的相對保守。或者準確一點說是，認知層面的表面保守（實際情況和實踐並非完全如此）。在社會主義中國建立以來，由於中國共產黨自身建黨規範對性道德的嚴格強調，這種理念後來也慢慢滲入了日後的治國方略中，所以，建國後這幾十年來，尤其是

15 許玲，《解讀「木子美」》，《南京工業職業技術學院學報》二〇〇四年第四期（二〇〇四年十二月），頁四八。

到「文革」結束前的三十年左右，圍繞性相關的「冤假錯案」（以今天的道德標準來看）同樣令人訝異。而這樣相對保守的方針以及對性的防範慢慢導致了一種相對壓抑的道德語境。當然，對性的整體不寬容，可能也和中國人所謂的「大概率價值觀」有關[16]。

另一方面，如羅素（Bertrand Russell，一八七二—一九七〇）所言：「即使是最高尚的性道德，也會因為物質條件或時間、地點的不同而產生許多差異。」[17]木子美們對人性解放以及新方式嘗試的實踐在種種誘惑下，步伐的確是比較大。在相對缺乏歷史包袱的情況下，性觀念在短時間內竄升到世界水平，而這樣的飛速發展自然也超過了多數人的接受心理期待，而成為另類。

需要指出的是，木子美的《遺情書》自然是有其獨到價值的。福柯曾經強調一種「外邊思維」：「也許可以借助一種思維形式，這種思維形式仍未確定的可能性曾在西方文化的周邊被勾畫出來。它立於所有的主體性之外，彷彿從外面令它的極限湧現，宣告它的終結，令它的消散閃爍，只收留它不可克服的不在……這種相對於我們哲學反思的內在性和我們知識的實證性的思維，我們可以將它稱為『外邊思維』。」[18]木子美的書寫價值雖然未必等同於福柯所言的那種哲學思維，但她以邊緣的姿態和另類的方式試探並檢驗人性的限度、弱點、底線，儘管這種方式在常人那裡看來相當極端。

她的行徑頗有一部分支持者，也恰恰可以反證一方面壓抑一方面放縱的某些國人的分裂特徵，甚至木子美自己也意識到這一點：「人在性交中所流露的真實是日常交往中難以流露的。或者說，裸體、性交，是暴露人性的最有效方式。」甚至她也舉例某男跟她幹完提上褲子就跟他老婆撒謊來彙報工作，這「已不是什麼性層面的事，

16 具體可參李銀河，《性・婚姻——東方與西方》（西安：陝西師範大學出版社，一九九九年），頁四二二至四二九。
17 羅素著，文良文化譯，《性愛與婚姻》（北京：中央編譯出版社，二〇〇五年），頁三。
18 蜜雪兒・傅柯（Michel Foucault）著，洪維信譯，《外邊思維》（La pensée du dehors）（臺北：行人出版社，二〇〇三年），頁九一至九二。

而是人性，或者說中國男人的道德悖論的事」（頁七六）。從此意義上說，木子美並非另類的，她不過是以直接的方式檢驗了某類男性卑微和猥瑣的靈魂。

當然，她的這種方式也並非可以倡導的典範，在我看來，〈跟老媽叨電話〉中，母親對她的所作所為的無條件支持不是理解，而是對猥瑣的教唆。木子美的生活方式，更應該是個體的、潛沉的。其實，對她而言，她的被聚焦、放大毋寧也打破了她原本沉靜的生活方式，她「被干擾了」（頁一）。而實際上，「總是被展示的性意味著其實並沒有性」[19]。

如果回到性愛書寫的可能的深層意義上來，木子美的書寫其實也仍然有問題，意義的平面化、書寫的病態化（自身層面）都是值得關注並修正的：「她對自己、他人以及生活都缺乏洞察能力，這種精神殘廢狀態使得她的性描寫虛華不實、單調無趣，同時也閹割了『性』在人類生活中的多重涵義……病態是有書寫意義的，但得自知，得誠實，才會有力量。」而寫作，「更需要『智力』而不僅僅是『身體』的工作」[20]。

而且，更進一步說，我們也不能過分拔高木子美身體寫作及其實踐的意義。整體而言，她並未摒棄男性的體驗、視點和表述方式，也沒有擺脫自己在男性社會中雖然另類實則可消費的命運，無論其書寫，還是其身體。比如，她對性愛的不需要負責任的看法表面看起來相當獨立，其實恰恰迎合了不負責任又想尋求刺激的男人的胃口。其小說中也缺乏一種獨特性別的自主意識，曾經數次她也有傍大款或合適男人的念頭。換言之，其身體書寫不過是女性身體的男性主義觀念，缺乏真正有創意和建設性的理念與操作。

19　[法]托尼・阿納特勒拉（Tony Anatrella）著，劉偉、許鈞譯，《被遺忘的性》（桂林：廣西師範大學出版社，二〇〇三年），頁五。
20　胡曉梅，《性・謊言・木子美》，頁四三。

結語

無論如何，《遺情書》的出現對二十世紀九〇年代以來的力比多實踐有其不可忽略的意義，作為以文字宣洩抒發性愛與觀點的文本，其插入式的退讓悖論引人思考。其流行也和其獨到的淡化式煽情敘事手法息息相關，而插入背後的意義同樣耐人尋味，對人性以及道德底線的試探，後現代私人敘事的弘揚以及未能掙脫男性主義話語的另類掙扎都在在發人省思。表面上看，木子美的追求似乎和政治監控與商品經濟的滲透缺乏必然的關係，但在骨子裡，其利比多實踐再現卻更呈現出被掏空的身體的放縱性，並沒有真正昇華為可能神聖的歡愉、自由與充實。而且，明眼人更可看出：「今天的歷史，是身體處於消費主義中的歷史，是身體被納入到消費計畫和消費目的中的歷史，是權力讓身體成為消費對象的歷史。」[21]《遺情書》其實仍然有可以論述的話語空間。

21 汪民安、陳永國，《編者前言——身體轉向》，見汪民安、陳永國編，《後身體：文化、權力和生命政治學》（長春：吉林人民出版社，二〇〇三年），頁二〇至二一。

第九章　身體意識形態：疊合的悖論

——論《沙床》中的力比多實踐

提　要：知識和身體的融匯可能會造成相當繁複的身體姿態，一方面，知識既可能開掘身體內部的潛能與其他可能性，使其更自主、自我或自在，但另一方面，知識作為一種文化權力，也可能因此壓制乃至遮蔽了身體的自主性，或者，至少為身體添加了些許深奧的文化政治學。《沙床》中的力比多實踐再現自然有其相當豐富的意義，無論是揭露象牙塔知識身體的複雜與墮落，還是呈現身體的多姿多彩與功用都發人省思。但同時也須指出，小說中的身體意識形態毋寧更折射出身體肉身的沉重，而在身體的功用上更是悖論重重，釋放和放縱、壓制與對抗、超越及損傷等等都是其中的表徵。

關鍵詞：身體意識形態；疊合；《沙床》；力比多實踐。

無庸諱言，當身體遭遇知識以後，二者的融合與衝突可能為身體的姿態與蘊涵平添了更意味深長或別致的政治意味，而身體又因了知識的啟動或更深層次的遮蔽、壓迫而呈現出更複雜和斑斕的姿彩。我們或許可以把這種政治稱做「身體意識形態」。

一、知識身體的操守譜系

知識和身體的融匯可能會造成相當繁複的身體姿態，簡而言之，一方面，知識既可能開掘身體內部的潛能與其他可能性，使其更自主、自我或自在，但另一方面，知識作為一種潛在的文化權力／資本，也可能因此壓制乃至遮蔽了身體的自主性，或者，至少為身體添加了些許深奧的文化政治學。本章此處的知識身體毋寧更是指小說家筆下所涉及的知識份子的某些身體倫理及操守實踐。

（一）知識身體的譜系點水：以魯迅、錢鍾書和楊沫為中心

單單是檢索二十世紀以來的文學史，有關知識份子的身體書寫可謂是琳琅滿目，多姿多彩。即使將之規縮在有關力比多實踐的範圍內，也仍然是色彩斑斕。本章無力也無意在有限篇幅內解決如此大的問題，而更傾向於蜻蜓點水般對不同時代的相關書寫進行跳躍式檢視，藉此來凸現差異，並彰顯知識身體不同時代的粗線條的複雜演進。

1.「五四」及後五四：解放及其限制

如果將「五四」運動及以後的核心任務之一定為啟蒙，那麼對身體的啟蒙、解放從而實現對人性的解放自然也是必經手段[1]。而事實上，很多文學作品，尤其是小說書寫也曾經集中關注過這一點。甚至是，如果我們考察

[1] 論者論述已多，比如張光芒著述的《中國近現代啟蒙文學思潮論》（濟南：山東文藝出版社，二〇〇二年）可作為代表。

當時女作家筆下的男性情欲自覺、實踐，雖然男性人物情欲的自制性特徵（self-government）只能算初步啟蒙，但對情欲身體的反思無疑值得深入思考[2]。

魯迅的反思無疑在切入點上可謂蹊徑獨闢，他所關注的不只是表面身體的解放，而難能可貴地開掘更深，探究操控身體的深層心理及欲望。《高老夫子》中呈現的不只是高爾礎的整體不學無術面貌，而其中他從教前後對女學生的欲望投射心理自然也是魯迅揭批的對象，並藉此更反襯出這個偽知識份子醜陋又尷尬的嘴臉。《肥皂》則更幽微地呈現出衛道者內心深處力比多／欲望的流竄與凝結，小小的肥皂內涵深遠，也可能隱喻了中西文化交流的權力關係流變[3]。當然，由上可見，魯迅更注意從國民劣根性的深層結構——心理、本能等進行處理，身體的開放性與傳統文化及其造就物間的張力就意味深長。

2.《圍城》：精煉的醜陋

一九三〇年代開始到四〇年代中期，由於日本侵華的猙獰面目日益清晰，救亡理所當然也成為國民關注以及文字書寫的最重要的理由／對象，當然我們也不能因此簡單化了文學版圖的豐富姿態[4]。而錢鍾書《圍城》作為新文學時期又一本「儒林外史」經典，其對知識身體的書寫無疑耐人尋味。

或許是由於錢本人洞悉世事之後的含蓄，或者是由於戰事的吃緊／影響，《圍城》這部對愛情、婚姻、人生等頗具總結和昇華意義的知識份子小說，對知識身體的刻畫其實更是理性的、謹慎的。比如，鮑小姐的風情裸露

2 具體可參廖冰凌，《尋覓「新男性」：論五四女性小說中的男性形象書寫》（臺北：文史哲出版社，二〇〇六年），頁八七至一〇三。

3 具體可參拙文《「肥皂」隱喻的潛行與破解——魯迅〈肥皂〉精讀》，《名作欣賞》二〇〇八年第十一期，頁六一至六五。

4 淪陷區文學的情況，可參[美]耿德華（Edward M. Gunn）著，張泉譯，《被冷落的繆斯——中國淪陷區文學史（一九三七年—一九四五年）》（北京：新星出版社，二〇〇六年）。

既可被比喻為通俗的「熟食鋪子」，但錢隨即又用「真理」（往往是赤裸裸的）這樣陽春白雪的幽默加以沖淡。「哲學家」褚慎明的色迷迷描寫（眼鏡跌落在湯裡）可謂傳神，可以折射出其內心濃郁的欲望；而趙辛楣的浪漫／風流其實更引來不少「報應」——不得不離開學界的「象牙塔」。而小說中的男女主人公如方鴻漸、孫柔嘉等往往缺乏身體接觸。

總而言之，錢對身體的力比多實踐更多是隱晦的，甚至是缺席的，在彰顯其一貫的形而上、學養深厚、視野開闊的大師風範以外，其實，他對身體更多是採取了不經意的操控或有意限制。

3.《青春之歌》：革命的、激情的身體

一九四九年紅色中國的建立以及繼之而來的十七年「紅色經典」文學的盛行對知識身體的處理又是另一番模樣，或者說，一九三〇年代以來「革命+戀愛」的身體敘事——身體革命敘事的潮流得以賡續並開拓。身體在五四時期是一個被解放和啟蒙的對象，而到了此時期，建國以及抵禦各種勢力侵擾的宏大使命對身體體力的節約、有意非消耗要求甚高，性更多是用來製造生產力中的人力資源，而非用來解放身體，達至愉悅。所以，整體看來，知識身體也是被引導和節制的對象。而回到文學書寫中來，可以發現情愛敘事是被壓抑的：比如沒有被充分展開，人物的政治標籤化以及提純化[5]。

《青春之歌》從某種意義上說，可以被視為一部成長小說，主人公林道靜，作為一個思想開放、青春萌動的年青女子，其身體的活力、欲望、對新生活日常的渴求和革命的激情等等逐步形成了另一種別致的張力關係。考慮到那個時間段小說的書寫模式，如，自我或錯誤追求——失敗——接受黨的領導革命——成功，結果是不言而

---

5 類似觀點可參周志雄，《中國當代小說情愛敘事研究》（濟南：齊魯書社，二〇〇六年），頁二一六。

喻的，革命逐漸佔據了更重要的位置。身體的激情必須和革命結合，所以如孟悅所言：「林道靜的游動從性別和個人的邊緣出發，最終卻完全背離了其邊緣立場，走向了『革命者』標準化的、國有的『大我』」[6]。

（二）《沙床》中的「身體活」[7]

在一九八〇年代初期，知識份子對身體以及欲望可謂欲說還羞，一九九〇年代賈平凹的《廢都》現象使得「狼來了」的欲望在炒作中甚囂塵上，甚至七〇後美女作家以「身體寫作」為名兜售身體以及體液製成的文字，有論者指出，這種轉變可說是「從啟蒙主義到存在主義」[8]。葛紅兵的《沙床》（長江文藝出版社，二〇〇三年，下引只注頁碼）在這樣的背景下對知識身體的再現無疑值得仔細觀照。

無庸諱言，二十世紀九〇年代以來商品經濟的逐步鋪展乃至慢慢成為主流，也使得身體的欲望層面被有效啟動，而廣告、金錢欲、出名欲等等使得力比多轉向突破在貌似多元的語境中走向了令人驚訝的相對簡單化，在政治默許和引導轉向的背景中，身體日益被經濟化，如人所論：「商品經濟，物化的環境，導向力比多發洩渠道的單一和狹隘。因此，對性欲的迷戀，事實上是交換經濟、交換關係的副產品。抽象的交換關係將力比多潛力，也就是感情和心理欲求，與社會、社群的裙帶關係和生產實踐分離開來。」[9]

6 孟悅，《人•歷史•家園：文化批評三調》（北京：人民文學出版社，二〇〇六年），頁二四三。

7 Body Work，來自於布魯克斯（Peter Brooks）的言論，主要是指身體的複雜和混雜性。他認為：「性並不簡單屬於肉體性的身體，而是屬於在很大程度上決定身份的各種想像和象徵的複合體……身體（別人的或自己的）執掌著不僅通往快樂，而且通往知識和力量的鑰匙。」具體可參布魯克斯著，朱生堅譯，《身體活：現代敘述中的欲望對象》（北京：新星出版社，二〇〇五年）。引文見〈序言〉，頁三。

8 張清華，《中國當代先鋒文學思潮論》（南京：江蘇文藝出版社，一九九七年），頁一。

9 王斑，《全球化陰影下的歷史與記憶》（南京：南京大學出版社，二〇〇六年），頁一四六。

而《沙床》的橫空出世（出版社的廣告詞在封底上注明——「二〇〇四年讀葛紅兵《沙床》」），哪怕只是回到知識身體的層面也別具意義。葛紅兵自己認為：「二十世紀九〇年代出場的新生代作家面對欲望是放鬆的，他們相信個體欲望比階級仇恨好，感性開放比理性壓抑好，他們甚至渴望以身體的欲望性來對壘意識形態的覆蓋張力。」[10]

這種類似夫子自道的東西無疑呈現出《沙床》書寫和他人，尤其是前面一代人的書寫差異，但或許事件的發生可能遠比如此類比複雜，儘管書寫者自身或文本未能達至應有的深度。在我看來，《沙床》中的「身體活」最少可分為三個層面：（1）性（肉欲）的身體；（2）情感（如憂傷、愛等）的身體；（3）形而上的身體。這幾個層面互相纏繞，組成了相當複雜的身體意識形態。

于奇智在考察福柯一生的思想探索時，曾用三個褶子來概括：（1）主體－真理結合體；（2）知識－權力結合體；（3）主體－客體結合體，並指出：「第三個褶子貫串並超出第一個褶子和第二個褶子。有了這第三個褶子，福柯就不會被圍困在主體與真理、知識與權力編織的密網中，可以超過這個網隨時回看他所做過的工作，以展開未來的思路。」[11]

而我們知道，身體本身也包含了第三個褶子類似的意蘊，它既是事物的經受者（subject），又存有主體性（subjectivity），如何處理這二者明顯悖論重重。而《沙床》中也的確存在類似的悖論。本章的問題意識則在於考察《沙床》中身體意識形態的伸展、壓縮以及疊合的悖論，同時也藉此考察其敘事策略的可能限制。

---

10 葛紅兵、宋耕，《身體政治》（上海：上海三聯書店，二〇〇五年），頁九八。

11 于奇智，《凝視之愛：福柯醫學歷史哲學論稿》（北京：中央編譯出版社，二〇〇二年），頁六六。

二、沉重的肉身：身體意識形態

《沙床》中呈現出一種相當複雜的身體意識形態。在家族身體缺陷所導致的悲慘事件基礎上引發了男主人公──諸葛的悲觀宿命基調，更進而反映出一種身體意志再現的悖論，比如放縱和無欲、原罪和新罪、身體的主體性敞開及關閉等等，都在在耐人尋味。

（一）原罪／責任：壓抑的一種源泉

在《沙床》裡面，隱隱約約透出一種基督教主義上的原罪概念，作者認為人是非正義的：「譬如我主，遠在此生之前，他給了我們公義的生命，但是我們把它花光了，我們所秉持的不過是那公義性遭到背叛之後的餘生。」（頁一九四至一九五）

從某種角度上說，《沙床》也可視為一個男人和不同女人的身體及意識形態交流描述。在裴紫那裡，原罪的概念如影相隨。從見面伊始，剛剛車禍喪夫的她因為痛苦和網友諸葛做愛，但痛苦並不因此減少，而原罪意識喚醒也平復了身體以及內心的傷痛，所以他們認為主也希望他們解脫，就像主對門徒們說：「你們哀哭的人有福了，因為你們必得憐憫。」（頁二七）裴紫和諸葛的愛以及婚姻其實更具悲喜劇的曲折，但曲折中卻充斥了不時正果小成的甜蜜，但在此背後，原罪意識卻始終不離不棄他們的身體。比如，他們在確立關係後，哪怕是發生轟轟烈烈的做愛，達至巔峰時，困擾裴紫的仍然是命定：「我是掃帚星，我是彗星」，「我是寡婦命」（頁二二六至二二七）。可見，哪怕是享受的身體也無法擺脫意識的牽絆。

當然，責任感也可能化為另一種意識形態。清純少女張曉閩和諸葛的愛情糾葛確實有些離奇，一個數次面對少女曼妙裸體主動誘惑的男人卻坐懷不亂，在小說書寫的過於離奇之外，原因也比較複雜，但其中的重要一條卻是責任感。第一次張的裸體橫陳的時候，因為她的蜷縮和封閉構成了「少女的睡姿」（頁五）使得她可全身而退；當她想和他做愛時，他卻認為：「她們總是把性看得太美好，本能地誇大性的意義。」（頁三五）但在他那裡，他並不以為性能真正解決問題，如減少孤獨和傷感，而在這背後是若隱若現的責任感；當他偶遇馬當娜時，才亮出廬山真面目，因為「中國人大都把性當作愛來處理……中國人認為性代表責任和義務，比愛重」（頁七一）。正是因為這種責任困擾使得他遠離張。而裴紫的感受也可成為佐證：「女人總歸是女人，總會有錯覺，會把做愛和愛混淆在一起。」（頁一一九）

悖論的是，他和張終於發生了性關係，而背後的推手也是來自於一場對話，他們都是「短暫者」，也是「自由的掙扎者」（頁二一七），因此而釋放身體，同時也勾連情緒和哲思。

（二）仰慕與時尚：啟動與鎮壓

小說中的男主人公聽從裴紫的勸告，決定去威爾士健身吧做器械運動。某種意義上說，健身也是對身體的開發、啟動和強化。而實際上，小說中身體欲望的真正得以釋放似乎不是來自鍛鍊，而是女健身教練羅筱的仰慕。她的健美和性感引起了他的注意。

而後續的晚餐才是仰慕的表白過程，從智力測試，到讀書，到音樂，然後到了她的家中，邊喝紅酒邊聽高雅音樂，浪漫情調中調情，然後身體開始交流，最後，「暈眩就這樣突然來臨了，在你毫無防範的時候，在你飛到半空中的時候，在你回望來路，試圖棲居於某個不可得、不可見的枝頭的時候」。同時，小說不無意味地寫道：「這時你發現你的升騰其實只是將你帶進了巨大的虛無，帶進了無限的無所依靠中。」（頁一六二）由仰慕、音樂、美酒所調試的做愛在身體進入高潮時也墮入到對身體的一種鎮壓中，虛無思想鎮壓了激情的身體。

或許鎮壓身體的不只是虛無，同時也有時尚。身體在被商品化的過程中，甚至被人為美化的過程中得到了包裝和壓制。這或許也可稱為葛紅兵所言的一種「消費政治」，身體既是相關載體，也進行反作用和重塑[12]。比如作者在諸葛首次見裴紫時描述道：「裴紫的年齡比我想像的要大，大概三十出頭，頭髮盤在頭頂上，連衣裙開胸很低，露出頸脖和鎖骨，脖子上戴著項鏈，看得出來，那件項鏈出身名貴，款式和做工都非常精緻。她的肩膀和胸非常奪目，純淨的雪白，精緻高貴，有大理石般的質感，那溫潤的線條美，讓人產生撫摸的衝動。」（頁二二）需要指出的是，恰恰是因為裝扮和身體的般配才讓男主人公產生衝動，而這些卻也是對裴紫身體的某種壓制／裝飾，成為男性欲望凝視／消費的客體。

更具代表性的是來自於教授們和三陪女們調情以及性愛的場景中，妓女的打扮令人觸目驚心。名為貓貓的女人，「長著一雙真正的貓眼，腰非常細，穿著一件拼接花紋的牛仔褲，那花紋非常有意思，襠部一塊星月形白色，髖部兩塊紅色，看起來像是有一朵花從她下體長出來，又像是她穿的不是長褲而是一件內褲。」（頁一七一）這種服飾無疑反映出商品化的職業實踐，恰恰是如此可以勾引起男人對女體的窺探式消費欲望。如人所論：「對於身體而言，服裝便是這樣的一種土壤，它一方面掩蓋著肉體這顆欲望的種子，一方面又以浮華、虛榮、自戀等大量的養分，滋養著更加紛繁的欲望之花。」[13]

12 葛紅兵，《身體寫作——啟蒙敘事、革命敘事之後：「身體」的當下處境》，《當代文壇》二〇〇五年第三期，頁三至九。

13 羅瑪，《開花的身體：一部服裝的羅曼史》（上海：上海社會科學院，二〇〇五年）之〈前言：虐戀之花在束縛中盛開〉，頁二。

（三）肉欲：噴發與墮落

小說中諸葛和羅筱的對話中，反映出身體欲望對做愛的相對輕視，因為在他看來，「比起做愛來，溫暖的感覺更好，有的時候，做愛反而破壞了那種溫暖的感覺」（頁一九二）。某種程度上說，肉欲的勃發也呈現出身體的某種主體性，但對肉欲的過度開發卻又可以呈現出身體的墮落與自我傷害。小說中，作者描述諸葛和日本女生Onitsuka的性愛不僅僅是肉欲的噴發，也呈現出一種超越工具性思考的和諧美，身體「它本己地生活在自己之中，有自己的隱祕和隱祕的樂趣，有自己飛揚的力量和這力量中散發著的令人愉悅的美……它不僅是我們的工具，還是我們的目的」（頁五一）。

悖論的是，身體也是淫亂的工具。日本女人Onitsuka不僅和諸葛發生關係，也和另一名教授董從文纏綿（頁五一），顯然，Onitsuka對性的熱衷也包含了作者對日本女人的豐富想像和欲望投射，甚至可能是潛意識裡面的民族情結（比如「南京大屠殺」的影響）。

除此以外，則更可彰顯出身體的墮落，董從文教授和妻子婚姻失敗，不僅藉此進行婚外戀，嫖宿三陪女、日本女生，而且將魔爪伸向了自己的女學生章靜宜。這無疑是中國大陸象牙塔內某種醜陋和敗德的縮影，對學術尊嚴的褻瀆、相關學術規範的缺席以及為人師表人格的出賣。

當然，更進一步的則是教授和友人們找三陪女花天酒地，他們不僅變著戲法揩小姐們身體之油（如藉檢查身體猥褻，用她們的身體敏感部位演奏等），同時，更富諷刺意味的是，將《詩經》中表示失戀男子悲哀的詩改編成為淫蕩場合助興的黃色小曲兒（頁一七二至一七四）。

肉欲的勃發其實更反襯了精神的空虛和無聊，而這反過來又成為身體運行的負擔，如人所論：「身心的確是在認知，因為它創造意義。它對於自己內部和周圍大範圍的微妙力量十分敏感，從中自行理解、選擇和組織信息。它賦予這信息以意義——它自己的意義。它從器官過去的關係和相互作用中來創造信息的歷史。它會關心自己，也能修復自己。它會興奮起來，積極地為生存而鬥爭。」[14]這當然是強調了身體自身的調試功能，但在這種鬥爭過程中同樣也會失敗。

三、功用的悖論：釋放、對抗抑或超越及其損傷

如人所論：「身體既是他者的客體，又是本人的主體，這是一個被『體驗的身體』，身體與思想的或身體與精神之間的對立，應該被看成是一個社會權力的一個方面，社會權力專制控制的目的，就是使欲望屈從於理性。因而，社會解放的前提就是身體及其激情脫離心理和社會的控制而解放。」[15]當然，更進一步，身體甚至也可成為本人的主體與客體。而耐人尋味的是，作為「身體寫作」中的身體在其功用上其實也存在種種悖論。

（一）心理疾病的身體隱喻

身體很多時候也是精神狀態的晴雨表，而心理疾病的出現，不但可能是隱性的，同時，也可能化為某種身體

14 斯普瑞特奈克（Charlene Spretnak）著，張妮妮譯，《真實之復興：極度現代的世界中的身體、自然和地方》（北京：中央編譯出版社，二〇〇一年），頁二三。

15 田泥，《走出塔的女人：二十世紀晚期中國女性文學的分裂意識》（北京：中國社會科學出版社，二〇〇五年），頁一四九。

隱喻[16]。

1. 絕望的感傷

小說中諸葛對這個世界及人性充滿了悲觀和絕望感，認為其毫無希望，這樣也會導致自我的墮落和無盡的傷感，尤其是當這種傷感和其家族的遺傳病密切結合時，更導致了虛無感、宿命論，而在身體方面的表現則是一種欲望（哪怕是正常生理欲望）的低落乃至萎縮，如希望美少女張曉闓不要胡來（頁三六）。當然，絕望情緒的渲染甚至讓人無法平息，當它來自內部的時候，身體卻成為只有等待的命運中相當被動的載體。同時，為了實現自己生命的自我完成和主宰，卻又不得不借重遺棄和袪除身體。

2. 世俗的誘惑

身體原本可能是敏感的，美好的，但世俗的欲望卻又可能玷污或扭曲了這種美好。當金錢和地位的世俗社會欲望逐步升騰以後，小說中，諸葛所失去的就不只是對美好事物，如女性等的敏感欲望，而且同時槍斃了身體的主體性和感受，結果，「我比他們更痛恨我的身體，我再也看不到我身體深處湧動著的激情的美了，我比他們還短視，我無恥（比他們更甚）地背叛、拋棄了我的身體，以及它內裡偉大的欲望和激情——那是造物主賜給我的禮物」（頁一二一）。

16 桑塔格恰恰是藉癌症、愛滋病等揭示了疾病背後的隱喻並藉此想擺脫這些隱喻，但這些隱喻卻同樣反作用於身體機能的恢復。具體可參蘇珊•桑塔格（Susan Sontag，一九三三—二〇〇三）著，程巍譯，《疾病的隱喻》（Illness as Metaphor and AIDS and Its Metaphors）（上海：上海譯文出版社，二〇〇三年）。

（二）超越的弔詭：釋放、破壞與毀滅

作為一個主客體結合體，對身體的超越無疑弔詭重重，我們不僅要超越身體過度本能化導致的自身的迷失，也要警醒各種意識形態的壓制，在解放和壓制之間有一種不易調和的張力：身體可以存在於某些模式中，也可以替代這些模式，並「否定這些模式的不可簡約的差異。人們仍然可以把這種相反的潛在性稱為身體」[17]。

我們不妨理性化地將身體分開處理，雖然實際並不可能。當我們將主體性聚焦於單純的身體時，似乎身體的欲望、本能、活力等等都應當被合理釋放，此時的身體應該是輕盈的，但實際上，哪怕是本能的身體也應該有其必要調試，否則，過度放縱也成為對身體的傷害，而無法實現超越。當然，疾病也是一種壓制。

當然，單純聚焦於身體上面的意識形態時，也無法實現真正超脫，更多時候，道德、倫理、責任、原罪感、虛無意識、懺悔意識、末世論等思想卻又造成了身體的萎靡不振、欲望逃遁等等。換言之，這些意識形態本身和身體就是不可切割的，生理和心理往往如影相隨，而知識身體尤其如此。

其中特別典型的弔詭無疑集中在諸葛和裴紫的身體關係中。當裴紫陷入喪夫的巨大痛苦中時，前去安慰的諸葛和她恰恰是通過身體交流——做愛來減輕她的悲痛和沮喪，此後，漸漸由性愛化成了相對無性的愛情，慢慢發展成真愛。當他們最後決定以世俗婚姻的方式結合並維持真愛時，諸葛的身體卻因為疾病而無法自控；為了維護自我的尊嚴，為了超越身體的羈絆，他們最後以選擇自殺的方式捍衛並實現理想。

17　讓・鮑德里亞（Jean Baudrillard）著，車槿山譯，《象徵交換與死亡》（L' échange symbolique et la mort）（南京：譯林出版社，二〇〇六年），頁一七六。

弔詭的是，超越身體的代價卻是主動了結和摧毀身體。如人所論：「的確，身體的神化走向了虛無，而要超越虛無，則必須超越身體：這是《沙床》文本所蘊含的啟示。」[18]

（三）膚淺的「沙床」

小說中提及，「沙床」來自梭羅的《瓦爾登湖》的字句：「時間只是供我垂釣的溪流，我飲著溪水，望見了它的沙床，竟覺得它是多麼淺啊。淺淺的一層溪水流逝了，但永恆留在了原處。」掩卷沉思，覺得葛紅兵的《沙床》中的意蘊沙床既「淺」，又膚淺。

首先，需要肯定的是，《沙床》探究了身體的物質性，以及精神知識灌注之後的複雜性：比如對世界的絕望反思、世紀末情結、宏闊的悲憫和憂傷情懷，但同時其中也充斥了虛無主義、荒淫放縱、墮落商品化的傾向。在呈現這種複雜的過程中，作者流露出一種獨特的自省精神和道德勇氣[19]。從這個層面上說，我們看到了「淺」的沙床。

其次，同時從另外一個角度思考，這個「沙床」卻又是膚淺的。本章無意在此處批評小說「製造」的痕跡以及市場化過程中的諸多噱頭操作，而毋寧更針對小說身體寫作的某些關鍵問題。

1. 作者缺乏對不同層次的身體意識形態整合的能力，在貌似主題清晰深刻的背後其實更多是學理性／哲理性主題的相對機械的拼湊，而實際上，有關身體的諸多層面粘合當可以更圓潤和成熟，雖然其中對人物裴紫處理相對成熟些。

18 王宏圖，《都市日常生活、身體神話中的欲望書寫》，《當代作家評論》二〇〇五年第五期，頁八五。

19 具體可參孔煥周，《存在與超越：〈沙床〉思想意蘊解讀》，《小說評論》二〇〇五年第一期，頁八七至九〇。當然不是單純的道德倫理規範問題，比如袁良駿在他的《簡評葛紅兵〈沙床〉》，《黃河科技大學學報》二〇〇四年第二期，頁七一至七三的批評多數可算以道德批評文學。

2.自戀傾向與道德拔高。如果將文中的諸葛視為作者的某種自傳性書寫的話，我們不難發現小說中的某種自戀傾向。比如對教授群體的反省，其實是刨除了對自我的更深層的審視的，諸葛更是一個介入的旁觀者，他太潔身自好，為此小說的結尾更顯突兀，為達至一種道德的高度和自我生命的圓滿，採取了自殺方式，還選擇讓裴紫殉葬。而在書寫身體層面，有些書寫也有些做作。比如，面對張曉閩青春而性感的裸體而缺乏應有的反應，小說中給予的理由解釋毋寧更是蒼白和矯情的。

結語

《沙床》中的力比多實踐再現自然有其相當豐富的意義，無論是揭露象牙塔知識身體的複雜與墮落，還是呈現身體的多姿多彩與功用都發人省思。但同時也須指出，小說中的身體意識形態毋寧更折射出身體肉身的沉重，而在身體的功用上更是悖論重重，釋放和放縱、壓制與對抗、超越及損傷等等都是其中的表徵。

我們可以將知識身體視為主客體結合體，但就在這種疊合過程中卻又呈現出人生的諸多悖論，它彷彿既來自身體，又超越了肉身，無論如何，仍然值得更深地探勘。同樣，如果我們聯繫前面的書寫，如果說賈平凹的《廢都》更多是敘寫了文人面對社會轉型時的不適、頹廢，轉而求諸身體，展現出力比多實踐再現的弔詭，那麼，葛紅兵則是將筆觸伸入了和「士」最為接近的知識份子階層，然而象牙塔內的力比多衝動卻同樣反襯出肉身的沉重和超越的悖謬；同樣，如果說賈平凹表達的是世紀末的頹廢與哀傷，那麼葛紅兵則描摹出新世紀知識身體的類似文化潰爛與創傷，個中滋味或許只有來者體會更深。

第十章　性・人性・兄弟性
——論《兄弟》中的性話語

提　要：性話語儘管在余華的長篇《兄弟》中並非主流話語，卻有其不可替代的重要性，而性（或本能）其實也是關鍵詞之一。而從性話語的譜系學的梳理和變遷上，我們卻可以探究出《兄弟》中主流話語的指向。本章主要從三個層面進行闡述：（1）敘事的悖論：暴力的溫情與溫情的暴力；（2）性話語譜系：成長、成熟抑或腐化；（3）性話語指向：人性（兄弟性）及其他。

關鍵詞：《兄弟》；性話語；暴力；人性；意識形態。

一個嚴肅[1]作家的一部長篇小說的上、下部首印數竟達三四十萬冊，這無論如何，都得說是二〇〇五至〇六年度中國文壇上的一大熱點。不必說，本章所指的是余華的《兄弟》（上、下）（上海文藝出版社，二〇〇五年，二〇〇六年。下引只注卷名、頁碼）。

1 這裡的嚴肅概念並無二元對立的高下區別，而只是一種區隔。它包含了兩重涵義：一、作家的書寫態度本身是嚴肅的；二、書寫題材和意義指向了人類、人性或者終極關懷等的嚴肅思考。

我們自然不能將印數或者文本的流行程度等同於小說自身的藝術價值肯定，但其中卻必然反映出讀者對余華高昂的閱讀期待。然而值得反思的是，這一邊是作者本人的頻頻亮相、銷量大捷、讀者盛讚；而那一廂，批評家們卻往往不可思議地相對滯後乃至缺席。而某些做出定位的批評者，也是酷評居多。如張頤武在接受採訪時認為，它是「無意義的重複」[2]；而謝有順，則認為《兄弟（上）》「根本不值一提」[3]。

坦率而言，依據我們閱讀余華的心理慣性，余華的新作可能會出現種種問題，比如超越自我轉型的稚嫩、開闢書寫新天地的倉促、結構長篇敘事的粗糙等等，但尚不至於「不值一提」。畢竟，作為華文文學圈內一流，乃至頂尖的小說家，其基本素質還是可以保證的。為此，我們必須排除譁眾取寵、不負責任的酷評，而應該回到文本自身中來。

整體上看來，《兄弟》仍然算得上一部優秀的長篇。但在這部小說中，我們印象中一貫的余華有所改觀，作為評論者，不應對這種改變過早做出是非判斷，甚至斷言不看《兄弟》下部。相反，我們應該給余華更大的發揮和實驗空間。《兄弟》上部中的暴力書寫仍然凸現著余華式的冷靜、犀利，當然，也含有更多脈脈的溫情[4]和理想色彩；下部的出現，不僅僅是余華本人所言的兩個時代的相遇，其實也是兩種敘事風格的遭遇。余華大膽地將筆觸伸向了喧囂浮躁、眾生萬象、獸性兇猛的當代社會，而手法上也帶來一絲狂歡、魔幻和熱烈的意味，但同時也暴露了其虛浮不實的特徵。

---

2 記者陳佳《余華〈兄弟〉遭評論界強攻》，見《東方早報》二〇〇六年四月六日。也可參網路版：http://www.dfdaily.com/ReadNews.asp?NewsID=94916。

3 記者蒲荔子、實習生李培，《〈兄弟〉根本不值一提？》，見《南方日報・文化週刊》二〇〇六年三月二十九日。或參http://www.nanfangdaily.com.cn/southnews/tszk/nfrb/whzk/200603290669.asp。

4 苦難、暴力與溫情似乎一直是余華的拿手好戲，夏中義、富華，《苦難中的溫情與溫情地受難——論余華小說的母題演化》，《南方文壇》二〇〇一年第四期，頁二八至三九就有精闢論述。但《兄弟》中，這種讓人戰慄中感覺到溫暖，甚至是賺人眼淚的傾向有所強化。

本章顯然不想出力不討好地對《兄弟》進行面面俱到的剖析，相反，相關問題意識卻集中在其中的性話語上。余華在《兄弟》後記中說：「我想無論是寫作還是人生，正確地出發都是走進窄門，不要被寬闊的大門所迷惑，那裡面的路沒有多長。」其實，這句有些偏頗（不應該是唯一正確）的話卻很適合學術研究，尤其是為切入點——性話語提供了豐富的合法性判斷。

性話語儘管在《兄弟》中並非主流話語，卻有其不可替代的重要性，而性（或本能）其實也是關鍵詞之一。而從性話語的譜系學的梳理和變遷上，我們卻可以探究出《兄弟》中主流話語的指向。由此可見，性話語既是「窄門」，又是通往大道的捷徑。為避免單純聚焦性話語的可能偏差，本章則首先論述對《兄弟》整體敘事的評價，而後才真正進入論述的核心。

一、敘事的悖論：暴力的溫情與溫情的暴力

和典型的，或者說人們心目中的小說家——余華一貫的風格相比，《兄弟》所呈現的余華似乎昭示著一種轉型和新的嘗試。無庸諱言，在二十世紀以來的中國文學的暴力書寫譜系上，余華無疑是濃墨厚彩的一筆[5]。他和魯迅的陰暗面[6]、暴力書寫之間有著一種幽微的內在關聯，比如他們對人性惡的挖掘、復仇意識等的探究都不遺

5 王德威，《傷痕即景 暴力奇觀》，《讀書》一九九八年第五期，頁一一三至一二一；和倪偉，《鮮血梅花：余華小說中的暴力敘述》，《當代作家評論》二〇〇〇年第四期，頁五六至六三對此有精闢的論述。

6 精彩論述可參夏濟安T. A. Hsia, *The Gate of Darkness: Studies on the Leftist Literary Movement in China* (Seattle: University of Washington Press, 1968)。

餘力，儘管二者也有種種不同。比如魯迅更多側重指向一類的群體性，有名的如國民劣根性，其背後有著「立人」的深遠訴求，而余華則更強調命運的偶然性和個體性格的悲劇。而即使和同時代的作家，如同樣是暴力書寫的集大成者——莫言相比，余華也仍然彰顯出獨到的深刻性和近乎病態的冷靜，後者或許和他做過五年的醫生經歷不無關係。

整體看來，《兄弟》則和余華的招牌式冷峻有所不同，整部小說洋洋灑灑五十三萬餘字，但讀起來卻相當輕鬆、順暢，透露出一種相對強烈的敘事性和感染力。而在小說的上下部之間也存在著一種對話關係，比較而言，上部保留了大家相對比較熟悉的余華的套路、風格，但溫情的添加、豐富也是一種變化；下部的書寫略顯狂歡，在各種人物的輪番登場、故事情節的離奇誇張方面都表現出似乎是另一個余華的小說美學追求。因此，單純以現實主義的標籤已難以涵蓋，或者，超現實主義、魔幻現實主義（非怪誕現實主義）、無邊的現實主義等等可以作為一種替換。

需要指出的是，余華在書寫當代社會的喧囂、魚龍混雜方面操作起來並沒有像書寫暴力那樣得心應手。或許是當代社會的轉型過於劇烈、複雜，或許是余華力圖通過幾個人物的變遷來呈現人性的嬗變野心太大，又或許是余華的敘事手法相對樸素，但令人關注的結果是：《兄弟》下部中的許多書寫卻也呈現出一種虛浮不實的浮躁感，而在文氣上也挾裹了一種敘事的焦慮與暴力，這恰恰和上部的相對從容、冷靜形成一種對照，也因此構成一種溫情與暴力的悖論。

李敬澤對《兄弟》的批判無疑略顯尖刻和誇張了些：「余華終究還是暴露了他作為一個小說家的軟肋，他從來不是一個善於處理複雜的人類經驗的作家，他的力量在於純粹，當他在《活著》中讓人物隨波逐流時，他成功了，但當他在《兄弟》中讓人物行動起來、東奔西跑，做出一個又一個選擇時，他表明，他對人在複雜境遇下的複雜動機並不敏感，他無法細緻有力地論證人物為何這樣而不是那樣，他只好像一個通俗影視編劇那樣粗暴地驅使人物。」[7]但同時，我們也可看到余華在篇幅和重量厚重的下部卻表現出力不從心之後的粗暴。

（一）暴力的溫情

如果我們將《兄弟》上部的主題歸結為余華所言的「文革中的故事，那是一個精神狂熱、本能壓抑和命運慘烈的時代」，那麼其中的暴力書寫則和「命運慘烈」可謂是形影相隨。

在《兄弟（上）》中，余華仍然對人性和環境的惡的抒發和嘲諷不留情面。比如說，在一個本能備受壓抑的時代，人們或許可以嘲笑偷窺女人屁股的李光頭父子，但卻缺乏必要的同情心，甚至具有連坐的思維邏輯：「這父子兩個人的倒楣最後全堆到了她身上，清白無辜的李蘭就成了世界上最倒楣的女人。」（上，頁二七）當然，在最需要幫助的時候，宋凡平的出現無異於一道溫暖的陽光驅散了罩在李蘭頭上的陰霾。

小說中的溫情設計具有獨特的結構，它往往是溫情受到破壞，而破壞中卻又見溫情。我們不妨以宋凡平、李蘭一家為例進行說明。宋、李的結合的確是一件樂事，可惜他們結合在一個慘烈的時代：在日常生活中他們無法擺脫受不良傳統異化的人們的偏見和歧視；具有正義感、幽默博愛的宋凡平一開始也是焦點人物，風度翩翩，在籃球場上或者是運動初期都曾大領風騷，然而到了「文革」的進一步深入後，其地主身份讓他吃盡苦頭。儘管如此，在自己肉身受到規訓、懲罰和欺凌時，他卻仍然願意以童話或善意的欺騙為孩子們營造一個溫暖、有趣的世界和圖景。

7 李敬澤，《《兄弟》：警惕被寬闊的大門所迷惑》，見《新京報・書評》二〇〇五年八月十九日。網路版可參：http://news.thebeijingnews.com/0284/2005/0819/011@121617.htm。

他同樣也想給太太以溫暖的港灣和有力的臂膀，然而，他的這一享受天倫的權利卻因為血統而被無情剝奪了，不僅如此，他還被棍棒亂打，喋血／慘死街頭。這在某種邏輯上，狀寫也控訴了「文革」的暴力。這自然是慘烈的，然而溫情之處在於，原本弱小的李蘭卻勇敢繼承了丈夫的「不良」身份，將恐懼與恥辱昇華[8]，堂堂正正、艱苦異常地做一個賤民。當然，最後，身體在艱難困苦中幾近崩潰，然而年少的李光頭卻又稀釋了慘烈，他以林紅屁股的「祕密」來完成了她的「遺願」。上述情節環環相扣，在接二連三的不幸與暴力中，在黑暗和非人性的時刻卻連續地灌注了溫情，使人性之美得以閃爍。

同樣，如果我們聚焦於曾經欺負過李光頭兄弟的孫偉，則可看到另一種令人髮指的慘烈。孫偉為了保護他美麗的長髮而慘遭紅袖章們用髮錐子扎進頸部，鮮血狂噴而死，其母發瘋走失，女體也慘遭言語褻瀆，這是怎樣的一個悲劇啊！而孫偉的父親卻以不可能的方式——用磚頭將鐵釘砸進了自己的頭顱——悲壯地了結了自己。他的棄世方式當然呈現了余華的慣用策略——將虛構的力量伸向日常中被遮蔽的角落，從而使常態人性中種種變態的可能集結、放大，在書寫個體浮沉中批判時代的病症與揭露人性的困窘，但另一面，我們也可看到慘烈悲劇中的溫情——父親對家庭結構、親情、尊嚴等的誓死捍衛。如人所論：「這些在殘酷環境中自發產生的美麗，並非局限於『文革』的特殊歷史時期，它所昭示的是人類意義的溫情與價值。」[9]

（二）溫情的暴力

有論者指出：「這應當就是《兄弟》敘事中的難度：在冷酷中含有溫情，在溫情中又有冷酷，悲喜交

8　田遙，《恐懼與恥辱人性力量的寓言——余華長篇小說〈兄弟〉（上部）解讀》，《小說評論》二〇〇五年第六期，頁六二。

9　龍其林，《苦難夢魘中的人性光澤——余華長篇小說〈兄弟〉解讀》，《理論與創作》二〇〇六年第一期，頁八八。

加。」[10]儘管余華使小說下部的「現在的故事」發生在「倫理顛覆、浮躁縱欲和眾生萬象的時代」，也即，在小說中眾多主人公經歷十年浩劫，本應苦盡甘來的時代，然而，如前所論，在書寫現在時，原本可能的溫情中卻凸現出一種暴力色彩。

其中最為典型的則是余華對宋鋼和林紅婚姻的處理。林、宋的結合原本是天造地設的一對，兩人可謂郎才女貌，而且彼此恩愛異常。但余華對他們的處理卻顯出了一種暴力感：他先是以日常生活的世俗化以及李光頭的介入為二人世界製造芥蒂，而後更是對二人的發展路線進行了過於主觀的設計。

宋鋼被形塑為一個窩囊，甚至是有些萎縮的男人，儘管他的身上同時閃爍出完美的理想之光。但他的高大威猛在余華筆下卻更顯得性無能——銀樣鑞槍頭，宋和林的床事健康時候不過兩分鐘；漸漸地，宋的正直等優點在日益劇烈的社會轉型過程中似乎一無是處，在對宋的性能力去勢以後，余華還別出心裁地為宋安上一對豐滿的假乳，這種書寫顯然有種惡作劇似的過於誇張；而林紅的轉變則似乎更莫名其妙，尤其是她從一個賢淑美麗的女人變成李光頭超強性功能身體下面一個性饑渴式的蕩婦，接到宋鋼遺書後，性情大變，似乎有些良心發現，最後卻墮落成劉鎮紅燈區的一個「能幹」媽咪。林紅的大起大落並非不可以，而余華在處理手法上卻是脆弱的、粗糙的，他只呈現了敘事的效果，卻缺乏強有力敘事邏輯過程的推設和實踐。

而在李光頭的發家史書寫上，余華仍然過分倚重了偶然性這個道具，編造出翻天覆地的後果，卻同樣沒有找到在這種大裂變、大爆發中的內在敘述可能。某種意義上說，他過分強調了虛構，而將文學的真實，更確切地說，小說發展的內在邏輯、理路簡化乃至省略了，為此小說也缺乏一種深層的震撼力和說服力。恰恰在此意義上，余華的《兄弟（下）》體現出溫情書寫中的暴力與虛弱。

10 李相銀、陳樹萍，《變調：敘事的強度與難度——評余華的新作〈兄弟〉》，《文藝理論與批評》二〇〇五年第五期，頁五七。

郜元寶指出：「《兄弟》以其奇觀性和鬧劇化寫作，毋寧給試圖把握近五十年歷史的中國文學再次設立了一個必須征服的噩夢一樣的難關。這個難關被征服之前，任何假裝的深刻、硬添上去的複雜，都會一捅就破，一觸即潰。」[11]他批評的當然是對《兄弟》過於簡單化的指責，問題在於，余華的《兄弟》本身還是相對簡單，它並未很好的跨越這個難關。

二、性話語譜系：成長、成熟抑或腐化

本章的重點在於考察《兄弟》中的性話語，自然我們有必要對性話語在其中的運作軌跡進行梳理和考古，為論述清晰起見，本章主要遵循敘事編年體觀照下的關鍵詞方式。

（一）（前）青春期話語

1.發育

這裡的發育並非指涉事物的成長過程，而是專指李光頭在性啟蒙視野下由於看到父母的房事而萌生／轉發的一種摩擦小屌的欲望與實踐（上，頁六九）。

11 郜元寶，《為〈兄弟〉辯護到底》，見《新京報》二〇〇六年四月六日。

2. 性欲（上來）

這裡的性欲並非一般意義上的性的欲求，而是指李光頭和電線杆等物的摩擦欲望，它的表現是臉紅脖子粗（上，頁七一、七二、七九、八二）。

3. 陽萎

與前述名詞相似，陽萎也並非指男人陽具發生的一種病態，如不舉、萎縮等。在小說中，陽萎在懵懂的李光頭那裡其實是指陽具不勃起的常態反應（上，頁一一五、一二四）。

4. 偷窺

這可算是《兄弟》上部性話語中的核心關鍵詞。這不僅僅是李光頭父子在女廁所的共同舉措（結局不同，不過都很倒楣：父親墜入糞池死掉，兒子則被捉住遊街），同時也可發展成為種種形態：如屁股的祕密可以成為生意、標價、交換等等（上，頁二、一三、一九、二三三等）。而且饒有意味的是，在下部中，李光頭的這段不光彩的屁股事件因為其後來的地位上升而得到改寫，偷窺變成了尋找失落的鑰匙的類似舉動（下，頁二八〇）。

（二）成人期話語

1. 從求愛到性交

在李光頭向林紅千方百計示愛、死纏爛打的過程中，在其粗俗的背後其實同樣也包含了正常的人性訴求。但是，示愛的正當性在操作過程中卻遭到置換和質疑。首先是趙詩人別有用心地將求愛話語置換為赤裸裸的性交，這就將李光頭的粗俗印象進一步強化，在偷窺事件後再次坐實了惡名；其次，當李光頭發動福利廠的工人們進行示愛活動後，傻子的「妹妹，抱抱」話語則又葬送了新一次嘗試（下，頁三七、四八）。

2. 結婚VS結紮

林紅後來嫁給了宋鋼，聽到此消息後，年紀輕輕的李光頭以主動結紮的方式表達了自己的絕望心情（下，頁一一八至一一九）。當然，後來，在暴富的李光頭緋聞不斷以後，好事的人們也為李光頭杜撰了結紮前傳，從某些層面相當傳奇地重塑了歷史（下，頁二七七）。

3. 性無能VS性騷擾

高大威猛的宋鋼卻是性無能，他和林紅睡在床上像是「兩把無聲手槍」（頁二五三），而林紅的頂頭上司針織廠劉廠長卻藉裁員屢屢企圖騷擾林紅（頁二五九）。

4.「搾女人」

隨著李光頭經濟實力的不斷膨脹和崛起，他身邊的女人數目和種類似乎也不斷攀升，「搾女人」（頁二七一）作為一個中性詞則很準確和冷靜地概括了這種過程。需要指出的是，這個過程也恰恰是成人期和腐化墮落期的一條臨界線。

（三）病態與腐化墮落期話語

1. 處女情結

處女情結可以說是《兄弟》下部性話語中的核心詞。睡了不計其數各色女人的李光頭其實心中一直保有一種處女情結。比如處女膜情結，敘述自己「沒見過處女膜」（頁二七五），眾多處女寫來處女信（頁二九五至二九六），這甚至成為李光頭解乏的依賴／方式。甚至，這件事情發展到高潮處，就成為所謂的處女膜奧林匹克大賽（頁二九八），為此劉鎮成了處美人鎮，而江湖騙子周遊卻可以憑藉處女膜修補倒賣而大撈一筆（頁三〇二，三二〇至三二二），甚至通過花言巧語睡了劉鎮上唯一的處女——蘇妹。

而在群魔亂舞的處美女大賽中，腐化墮落此起彼伏。一個兩歲孩子的母親也扭捏冒充處女，其實她不過是組裝貨——處女膜修補後的產品（頁三三九、三四七）；然而，更卑劣的還有散裝貨，最淫蕩的蕩婦——八六四號美女通過「處女」身份和評審們一個個上床而得到靠前名次（頁三四八至三四九）。而且，在這次比賽中，組裝貨還將自己視為精神處女（頁三五三），這無疑是對處女從身體到概念的再次強姦。這幅群醜圖無疑將李光頭的喜新厭舊所產生的處女膜情結醜陋、腐化的病態特徵一網打盡。

2. 偷情

在宋鋼為家庭不辭辛苦流浪漂泊時，寂寞的林紅卻被李光頭無限風光地請去揭幕李的肖像。當然，這其實只是一個口實，所以，也就有了李、林的轟轟烈烈的偷情，李三番五次地大幹林紅（頁三九七至四〇一），甚至李出錢讓林去上海做處女膜修補手術，然後仔細查看處女膜（頁四三四至四三六），並藉此獲得更瘋狂的做愛激情，生猛淋漓（頁四三八至四四〇）。這其實也標誌著李、林道德的墮落、淪喪。

3. 小姐、媽咪

林紅最後居然成了劉鎮紅燈區的媽咪（頁四五五），也成了小姐的老闆以及男男女女叫床百科全書的發生地。而且，最耐人尋味的是，鎮上的許多老友也就成了VIP。比如，小姐也可成為醫治童鐵匠壞脾氣和強烈性欲的靈藥，儘管小姐們認為很多時候是「學雷鋒」了，而且，令人反思的是，童鐵匠得寸進尺，央求太太節假日也可以讓他找小姐過節，而他太太也因此找到了「自我價值」。

不難看出，性話語的譜系在《兄弟》中其實有著比較清晰的主線，從性啟蒙時期的名詞扭曲、錯亂，到成人期的樸素，再到腐化期的病態與狂歡，的確彰顯出一種複雜的變遷，儘管敘事過程中，有些話語被提前，有些話語有重複現象。余華指出：「從我完成的下部來看，下部比上部還要豐富，我可以說，我可以準確地反映時代的面貌和變化了，一點問題都沒有了，而且讓我寫作的能力有了一個質的飛躍。」[12]這句話如果從再現社會角度看，說得頗有些過於自信了，余華把握現在的能力並沒有想像的好，但是，如果從性話語的角度來看，這卻是個事實。

[12] 余華、張英，《余華：《兄弟》這十年》，《作家》二〇〇五年第十一期，頁一一。

三、性話語指向：人性（兄弟性）及其他

對《兄弟》中的性話語進行考古，不難看出，其背後實際隱藏了對權力關係、意義指向等等的探求意願。《兄弟》中的性話語書寫顯然不只是為了勾勒性的演變、發育以及再現相對單純的性活動。更進一步說，性話語其實往往和人的社會性、意識形態、倫理道德觀念以及身體等等有形無形的要素息息相關。甚至我們也可以說，透過《兄弟》中的性話語，我們幾乎可以看穿余華文本中的所有主要意義指向。簡而言之，我們可用人性（兄弟性）及其他概括之。

（一）人性（兄弟性）

無庸諱言，性話語成為鑑照兄弟性（兄弟感情）的一面明鏡。余華自己說：「如果說『文革』是反人性的時代，現在就是一個人性氾濫的時代。」[13]其實，去掉「人」字當然也大致不差。而反過來，性話語卻可以折射出人性的發展與問題。

兒時的李光頭、宋鋼對身體發育的認知過程和交流中其實也培養了很好的兄弟感情。比如摩擦小雞雞可以獲得快感，甚至在「文革」運動中，李光頭因為「性欲上來」而臉紅脖子粗，他以為有著類似表徵（其實是精神亢

13 余華、張英，《余華：〈兄弟〉這十年》，頁六。

奮）的宋鋼性欲也上來了（頁八二），這個描寫無疑帶出了兒童的頑皮、有趣和隱私共同分享的喜悅。

長大後，李光頭所喜歡的林紅和宋鋼結婚，李光頭因此結紮，從而造成兄弟關係緊張。後來婚後的宋鋼為生計四處奔波，發了大財的李光頭趁機邀請林紅為其肖像揭幕，二人乾柴烈火、做愛生猛。最後，返回故鄉的宋鋼聞知此事後留下遺書臥軌自殺，魚水之歡中的李光頭、林紅聞訊並閱讀遺書後，幡然生悔。

某種意義上說，宋鋼對林紅及其身體的放棄，卻又成全與昇華了二人的兄弟感情，哪怕陰陽相隔。而與林紅的關係離間也更聯結了二人。是性話語的張揚（由求愛被偷換成性交）讓林紅拒絕了李光頭，也是性又聯結了李、林的數月狂歡與偷情，當然，也是不倫的性讓人知恥，反過來映襯和強化了粘連不斷的兄弟情。

關於偷窺事件，李光頭偷看女人的屁股自然是侵犯個人隱私、有傷風化，但也變相證明了其正常人性在非常時期的強烈壓抑與曲折釋放，林紅屁股的祕密當然也調動了其思考的積極性，他不僅藉此做了一筆筆生意，吃了六十多碗三鮮麵，也藉此幫助母親李蘭拖著病體清明回家掃墓，其中的溫情無疑也閃耀著人性的光輝，儘管背後是利用了不光彩的手段。

（二）意識形態的變遷

性話語的演進其實也隱喻了意識形態的變遷。

少年李光頭在「文革」中身體發育，開始有「性欲」，這原本屬於自然現象，但是，三個年級稍長的中學生卻讓他和電線杆製造出一點性欲出來，這種強迫可能隱喻了「文革」意識形態對人身體的佔有和控制。而且，甚至，連李光頭摩擦小雞雞的電線杆也被稱做階級電線杆，類似的寓意溢於言表。或許更耐人尋味的是，「文革」中遊行的老關剪刀以剪刀剪著「階級敵人虛幻的屌」（上，頁八四），這句神來之筆無疑點出了性話語背後意識形態的強有力滲透以及神韻（aura）。

很多時候，商品意識也可成為新型意識形態。剛剛工作的宋鋼、李光頭兄弟二人發了工資吃飯付賬時，宋鋼是從內褲裡摸出了錢，而當李光頭搖身一變成了巨富後，經濟的崛起卻也標誌著李的「雄起」：結紮非但沒有阻擋他睡各種各樣的女人，而反過來卻又使他更具補償心理和可資想像的魅力——人們為他編造英雄歷史——結紮前傳。而且，身體的力量和經濟合而為一：床上功夫了得、財大氣粗。

其處女膜情結無疑又加強了意識形態的彰顯，這證明在身體控制上，意識形態開始逐步放開了，甚至日益讓位於氣勢洶洶的商品思維，所以厭倦了普通女人的李光頭更喜歡處女：他不僅以處女信解乏，而且覺得不過癮，為此主辦處美女奧林匹克大賽。他很想藉此機會多玩幾個處女，結果，高大豐滿的一三五八號是個兩歲孩子的母親，八六四號美女是個舉世無雙的床上蕩婦。這種書寫已經隱喻的不只是意識形態對身體控制的放鬆問題，而是身體與性已經成為另類商品，身體被放縱的意識形態重新控制了。

（三）個體倫理的壓抑與放縱

性話語的變化其實也映襯著倫理道德規範的嬗變。首先是早期的性壓抑，如林紅的屁股祕密就可成為李光頭謀取種種利益的尖端武器；而李光頭借用孩子和福利廠的員工向林紅的示愛也被視為流氓行為，這自然也可從側面反映出特定時期道德規範的緊縮與限制。

但隨著時代的發展，性／身體似乎也可成為交換工具或商品，如劉廠長就可以騷擾林紅，以其工作崗位作為交換；李光頭就可以大睡特睡各種女人；騙子周遊居然藉倒賣處女膜而大撈一筆；而和許多人發生性關係的女人也可宣稱自己是「精神處女」。由此可見，個體倫理的失範已經到了清醒的無恥的地步。這和性壓抑似乎是兩個同樣令人變色的極端。

或者林紅的變化更凸顯出人性和道德倫理的迷失：林紅不僅背叛了宋鋼，和李光頭不分晝夜顛鸞倒鳳，甚至最後乾脆成了紅燈區非常勢利、八面玲瓏的大老闆。而更令人慨歎的則是劉鎮上民風的頹敗：如童鐵匠成了林姐的ＶＩＰ。恰恰是只有小姐才能治療其高亢的性欲並使之從暴烈變得溫順，最後他也樂此不疲且得寸進尺。背後所呈現出的欲望的過度放縱與迷失則從性話語中都得到彰顯。

當然，表面上看，這似乎只是個體倫理的變遷，實際上，從集體的壓抑與偷窺，到個體的放縱與迷失，背後都指向了集體的、社會的道德失範。

結語

從性話語來考察余華的《兄弟》當然可以看出余華在小說中的大多數野心和獨特追求，比如在性、人性、兄弟性之間其實存在著一種內在關聯／隱喻，而性話語的變遷卻也隱喻了意識形態的更新和重新控制，甚至也是道德倫理從壓抑到開放到放縱的狂歡式過程。

同樣，我們從性話語書寫上，也可看出作者的某些敘事暴力傾向，如李光頭對林紅身體的瘋狂佔有，這不僅僅是性亢奮和饑渴問題，也包含了作者對背叛的一種暴力式懲罰隱欲，甚至最後林紅居然成了紅燈區媽咪。這表明了余華在抒寫繁華都市和繁複時代的變遷方面仍然有努力的空間。當然，性話語只是閱讀《兄弟》的一個視角，我們仍然需要更多「外位」的眼光來評判余華以及我們自己。

當然，如果擴展開來，余華的《兄弟》則更是一種欲望的狂歡，在類似於主人公、作者、敘述人所構成的敘事與結構性「大型的對話」中，欲望世界的輪廓變得清晰，同時敘述在多聲、雜語、複調的交匯下，使文本進入了新一輪的狂歡[14]。而且，這種變化，同樣可能體現了余華小說創作風格和複雜的權力場域之間的張力，而《兄弟》似乎更是時代「象徵資本」的標誌之一[15]。整體而言，這部小說仍然是優秀作品，我們應該繼續期待余華下一次可能更精彩的轉身。

14 我指導的陳若蕾的碩士論文《把玩狂歡：論余華小說再現現實的一種策略》（中山大學，二〇〇七年十二月）對此有詳細論述。

15 我指導的勞少麗的碩士論文，《場域權力的較量與主體風格的流轉——以余華的小說創作為例》（中山大學，二〇〇八年六月）對此有詳細論述。

結論及餘論

如前所述，在福柯所倡導的譜系學那裡，它要分解歷史的同一性：「這種脆弱的，我們竭力在面具下確保和聚合的同一性，本身不過是個可笑的模仿，它本身是複數的，內部有無數的靈魂爭吵不休；各種體系雜陳交錯，相互傾軋。」[1]本書所論述的身體意識形態，其實更想在整體性的碎片中，揭示個體的獨特，以及不同層次／身份的身體所凝聚的複雜意識形態。

一、敘述發散與曖昧

本書的撰寫目的不是為了翻案，為「身體寫作」或者力比多實踐可能的過度宣洩提供保護和支援，而是要找尋道德大棒、強勢誤讀，以及刻意褊狹下被壓抑的其他可能。而一九九〇年代以來漢語長篇中的力比多實踐及再現毋寧更好地提供了論述的複雜個案，背後卻彰顯出筆者力圖對身體意識形態的發散性和曖昧性進行深度挖掘的思考。

1 杜小真編，《福柯集》（上海：上海遠東出版公司，一九九八年），頁一六三。

恰恰是從兩種近乎極端的道德對立評價中，筆者在閱讀賈平凹《廢都》過程中感受到其情色書寫實踐的悖論，而表現出一種欲望的弔詭。賈平凹書寫《廢都》顯然不僅僅是糾纏於性愛的豐富實踐和想像，更重要的是，我們要看到在此背後深切的社會關懷和精神表徵。毋寧說，性也是這種表徵的載體和內容之一。耐人尋味的是，在以性為表徵的操作中，原本可能的衝擊變成了一種無奈強化，並在某種意義上延續和發展了這種失範和虛泛。易言之，身體意識形態在《廢都》這裡更是一種社會、歷史、文化場域轉型期遽變後的不適及其調節形塑。

毫無疑問，王小波的力比多實踐再現有其獨特性和深刻性：通過性話語來探尋規訓與激情的張力關係。更具體一點，他巧妙利用性話語來幽默地探勘規訓中的悖謬：道德邏輯的謬誤，以及意識形態的問題，不僅如此，他同時也探討了性作為成長過程中的「自然」生態意義及其可能弊端——性話語又可能成為一種去蔽過程中的新型權力話語。換言之，性的規訓從來就和權力息息相關。

以一個亡靈的視角來觀照一種制度的毀滅，《塵埃落定》中，在飄浮的身體上面／裡面撒播著複雜的權力及結構，這既有性的過剩對身體的壓制，又有個體／性無法擺脫社會世俗的享用；而在性愛等身份政治中，權力的控制和傾瀉雖然是上下、男女之間的主流，但消極性的權力抵制卻也零星存在。身體，無論是生理、身份，還是政治、精神層面，都是一種複雜的混合，這一切都在傻子不得不藉毀壞肉身獲得清晰身份認同的成功找尋中灰飛煙滅。

高行健的《一個人的聖經》更是通過個體的身體再現了巨大民族創傷的塗抹與鐫刻，其中，不難發現政治（含權力、意識形態等）、性、身體之間複雜的用與被用關係，不只是政治對性／身體，男人對女人，而且也包含了性對身體的使用，甚至這種使用也可演化成為一種敘事暴力。

如果借助「家庭暴力」的視角重讀陳染，其中既包含了性別政治的常規體現——男權壓制女性，也呈現出在性屬規範譜系中，陳染「家庭暴力」書寫的深層隱喻以及獨特地位，更可以藉因應「暴力」展現出作者對殘缺的自我的補償和提升以期圓滿。這裡，身體既是反抗，又是一種自我的確立。藉此也可發現陳染對性別使用的辯證法：立足性別、超越性別[2]。

《烏鴉》有著被一般人所忽視的獨特價值，其中呈現出一種審醜的悖論，它既揭露惡的面具，同時又強化了惡的魔力，和身體寫作／體液寫作殊途同歸。在從身體到身份歸屬的轉換中，小說過分強調政治身份的獲取，這就使得它無法有效反思／批判新加坡，在虛弱的身份偏至曖昧中，恰恰呈現出九丹對新加坡物質性權力邏輯的機械重複，同時借助部分民族主義情緒和虛擬的自戀來實現一點精神補償。流離的表面上是身體，而實際上身體政治資料的置換，在舉步維艱時，借調的仍然是民族主義身體。類似地，更加自戀的衛慧卻在她的長篇中，在強烈的自我凝視中反映出認同的權力關係，可謂認同媚俗。不管是價值取向，還是物質成本考量。

若從插入／被插的權力關係上思考木子美，她的開放其實更顯示出她叛逆背後的內在虛弱和弔詭，她其實不是鬥士，不是女性主義者，而更多是踐行男權主義的「性女」。《沙床》中的力比多實踐再現意義豐富，無論是揭露象牙塔知識身體的複雜與墮落，還是呈現身體的多姿多彩與功用都發人省思。但同時，小說中的身體意識形態毋寧更折射出肉身的沉重，而在身體的功用上更是悖論重重，釋放和放縱、壓制與對抗、超越及損傷等等都是其中的表徵。

從性話語來考察余華的《兄弟》當然可以看出余華在小說中的大多數野心和獨特追求，比如在性、人性、兄弟性之間其實存在著一種內在關聯／隱喻，而性話語的變遷卻也隱喻了意識形態的更新和重新控制，甚至也是道德倫理從壓抑到開放到放縱的狂歡式過程。同樣，我們從性話語書寫上，也可看出作者的某些敘事暴力傾向。

[2] 王喜絨等，《二十世紀中國女性文學批評》（北京：中國社會科學出版社，二〇〇六年），頁四二七。

不難看出，變換視角和對敘述的認知，我們可以獲得具有創造性的發現，本書強調身體意識形態，並藉此重讀這麼多知名文本，其用意也在於此。挖掘性話語（福柯意義上）[3]形成以及變遷中的權力關係、身體疊加、主體的突破與超越、身份的確認與強化等等，都成為頗有意味的話題。

當然，如果我們從更大的層面進行整體的切分和總結的話，則通過對力比多實踐的書寫／再現，我們不難發現身體其間和之外所糾纏的複雜意識形態：比如，身體和生理、倫理的關係；性別視野下的身體政治；政治體制鉗制下的身體及其身份認同；身體、暴力、創傷與集體記憶等等，它其實揭示了生理、倫理、政治、文化、暴力／監控、性別、文化／知識、道德等等層面對身體的複雜侵佔和填充，從而形成了既個性獨具，又互相勾連的身體意識形態。

二、整體性批判

陳思和曾經指出：「九〇年代文學擔當不起超越二十世紀文學傳統的重大意義，它只是二十世紀文學史發展過程中無名與共名狀態的多次循環的又一次再現。」[4]雖然他主要從共名／無名的視角來觀照九〇年代文學，但挪用到小說中來，其判斷也相當精準。但同時，我們仍然要具體問題具體分析，不要忽略了具體細緻的複雜性。

3 有關福柯話語的總結分析性論述，可參黃華，《權力，身體與自我——福柯與女性主義文學批評》（北京：北京大學出版社，二〇〇五年），頁一八至四八。

4 具體可參陳思和，《中國當代文學關鍵字十講》（上海：復旦大學出版社，二〇〇二年），頁二〇一。更為具體的論述還可參陳思和主編，《中國當代文學史教程》（上海：復旦大學出版社，一九九九年）。

坦白說，本書所關注和評價的有關力比多實踐的長篇文本，整體看來，也有其自身的問題。之前所批判的道德評價和所謂的對「身體寫作」缺乏精神哲學追求的批評，在我看來，大都是缺乏瞭解之同情的俯視姿態，在以自己的高高在上的道德價值和終極關懷作為基礎的前提下毫不容情地批判身體寫作的墮落其實更是常識，也更能迎合一般大眾的道德理解與趣味。筆者以為，我們必須真正進入這些文本的內核以及產生的文化、政治、經濟等場域，考察其中的複雜權力糾葛，同時以其文學性（literariness）為重要評判尺度，才有可能做出合情合理的評價。

（一）標本而非範本

首先需要肯定的是，儘管本書所選文本文字水平和功力參差不齊，但毫無疑問，它們都是解讀一個複雜轉型時代的好標本，這裡的好不是一種道德判斷，而是基於它們的真實的刻畫與形象再現。以前的論者大都忽略了這一點，所以不能夠以「文化研究」的開放心態來探勘其背後的獨到再現價值。

當然，同時需要繼續批判的是，這些文本多數缺乏一種類似於巴赫金所言的「長遠時間」的追求。這個涵義也可分為幾個層面，從批評的視角看，巴赫金強調的是縱向的、歷史向度裡的作品的共存與對話：「在長遠時間裡，平等地存在著荷馬與埃斯庫羅斯、索福克勒斯和蘇格拉底。其中也生活著陀思妥耶夫斯基。因為在長遠時間裡，任何東西都不會失去其蹤跡，一切面向新生活而復甦。在新時代來臨的時候，過去所發生過的一切，人類所感受過的一切，會進行總結，並以新的涵義進行充實……」[5]

[5] 巴赫金著，白春仁、曉河等譯，《巴赫金全集》第四卷（石家莊：河北教育出版社，一九九八年），頁三七二。

同時，巴赫金也強調，批評也要採用長遠的眼光，偉大的作品往往經歷了若干世紀的醞釀：「文學作品要打破自己時代的界線而生活在世世代代之中，即生活在**長遠時間**裡（大時代裡），而且往往是（偉大的作品則永遠是）比在自己當代更活躍更充實……如果作品**完全是在今天**誕生的（即在它那一時代），沒有繼承過去也與過去沒有重要的聯繫，那麼它也就不能在未來中生活。」[6]無庸諱言，只有關注體裁的演變史，只有採取長線的發展的眼光看待偉大作品的產生過程，我們才有可能洞察作品的深刻涵義。

巴赫金這段話同樣也適合於我們對這批作品的批判，本書所關涉的長篇文本絕大多數都是時代再現的很好標本，但多數卻稱不上範本和文學經典。它們在很大程度上都是寫給當下的人看的，往往受制於或者更多順從，乃至利用時代為其服務，尤其是名利心服務，這反倒更加反襯出這個時代的喧囂、浮泛。比如，《廢都》的部分策略、《烏鴉》、《上海寶貝》、《我的禪》、《沙床》等等。某種意義上說，余華的《兄弟》也有類似的無意識炒作目的，同時也夾雜了時代的喧囂弊病[7]。

（二）遊蕩與迷失

我們也可以進行稍微詳細的分析。身體其實是在諸多意識形態層次、包含中間遊蕩，當然，更多的是，我們看到了諸多的迷失。

6 巴赫金著，白春仁 曉河等譯，《巴赫金全集》第四卷，頁三六六至三六七。

7 杜士瑋、許明芳、何愛英主編，《給余華拔牙：盤點余華的「兄弟」店》（北京：同心出版社，二〇〇六年）一書以同樣浮躁的方式批判了余華的浮躁，雖然不無可取之處，但它們都可反襯出時代的病態。

1. 現代化VS商品化

考察力比多釋放和壓抑的過程，我們不難發現，歷史的進展往往是繁複的。在晚清到民國期間，為了儘快現代化，也出現了對女性身體從傳統道德和貞操觀中進行解放的舉措，解足、興教育、留學等等[8]。當然，一九三〇年代的都市化、大眾美女的塑造也使得女性的身體得到解放。

中華人民共和國的建國初期，身體也曾出於「又紅又專」的需要得到一定程度的規訓，「文革」則是一個控制的巔峰。然而，在實事求是、解放思想的口號下，身體同樣獲得了解放，到了一九九〇年代，甚至因為和商品化的緊密結合而呈現出放縱的跡象，實際上，身體滑入了過度使用和消費的陷阱，甚至現代社會的拜物傾向（fetishism）明目張膽地大行其道，似乎頗有點吻合了學者所論述的「Ideology」as「Idolatry」（從意識形態到偶像化玩物）的變遷[9]。身體寫作中的所謂美女作家大都屬於此列。

2. 政治VS性

長期的男權社會中，存在著性政治，其中男權對女性的壓迫、男權對自我的壓迫和異化引人注目。同樣，政治對性也存有相當的監控作用。有些時候，只有特權階層才可以充分和自由地享受性。

文學作為再現現實和生活的書寫，它完全可以藉性來反襯、批判政治的巨大操控功能，對個體的傷害、異化，更進一步，或者可以藉性來弘揚自由的人性。然而，其中的尷尬或弔詭是，原本很具衝擊力和顛覆能力的性

8 具體可參圖文並茂的論述劉慧英編著，《遭遇解放：一八九〇——一九三〇年代的中國女性》（北京：中央編譯出版社，二〇〇五年）。

9 W. J. T. Mitchell, *Iconology: Image, Text, Ideology* (Chicago and London: The University of Chicago Press, 1986), pp164-168.

書寫，同樣也可能強化了政治的規訓功能。比如，高行健的《一個人的聖經》原本力圖以性來消解大屠殺或者巨大政治事件的傷害，然而反過來，其無可釋懷恰恰可以反襯出政治的無所不在，連性也成為犧牲品。

特別需要指出的是，表面上看，一九九〇年代相關書寫的背景貌似和傳統意義或狹義上的政治無關，其實背後更多是「去政治化的政治」[10]，稍微推而廣之，華語文學語境內，政治對文學的操控何曾停歇？

3. 偽善VS泛性化

還需要指出的是，身體同樣也可能成為偽善的工具，假道學的象徵。當然，這樣的角色是很多人有意賦予給身體的。魯迅先生的《肥皂》雖然書寫的是民國時期的事件，但挪移到今天來，似乎仍然可以適用。

在一個缺乏必要判斷標準的轉型期，諸多事件似乎無法可依。為此，很多人情願堅持左傾，以便安全地渡過可能的困難。所以，有些文學書寫也有意呈現出過濾過的痕跡，而對哪怕是必要的性描寫也諱莫如深。

在一九七〇年代，姚貝蒂（Betty Yorburg）不無過分樂觀地指出，隨著現代社會中個性主義、人文主義以及平等主義（equalitarianism）的持續傳播，有關人類的商品化觀點開始消失，最終男女們不會被視為性商品[11]。然而，二十年後的中國現實給了她沉重一擊。而一九九〇年代以來的很多漢語長篇反過來卻有一些泛性化的傾向，大多數小說似乎無性不歡，否則便缺乏賣點。身體寫作的代表作品自是不必說，從《廢都》到《沙床》，到高行健的《一個人的聖經》，甚至到余華的《兄弟》，也難逃此窠臼。

雖然本書反對道德大棒的機械評判，但這種科學的批判是絕對必要的，同時，某些意識形態形成過程中的弊端必須清理。正如伊格爾頓（Terry Eagleton）在論述意識形態與文學形式（ideology and literary form）的論文中

---

10 相關精彩論述可參汪暉，《去政治化的政治：短二十世紀的終結與九〇年代》（北京：三聯書店，二〇〇八年）。

11 Betty Yorburg, *Sexual Identity: Sex Roles and Social Changes*, pp195-196.

所言，對美學領域中某些舊有的意識形態的解構對於獲得過去文學的科學知識，以及唯物主義美學和藝術實踐在將來的建立都是至關重要的（essential）[12]。

三、餘論

從某種意義上說，身體其實是流動的，變化的，也是漂泊的。所以，在福柯那裡，身體相關的「權力技術學」和「政治經濟學」都說明了身體的可變性以及可利用、懲罰、處置等特徵。福柯甚至反問道：「我們能以身體史為背景來撰寫這種懲罰史嗎？」[13]而這一切也更說明了身體意識形態的複雜性，它本身也是不斷形塑和累加的，而且和歷史的流動性、可變性息息相關。

本書所關注的身體意識形態已經關涉了身體和諸多層次的糾纏，在我看來，我們仍然有許多層次值得仔細探究：

（一）身體／身份

從身體到身份，一字之差，卻令人浮想聯翩。表面上看，身體更多是物理的、生物的，身份更多是文化的。而實際上，一旦回到現代社會的具體操作中，可能遠非涇渭那麼分明。

12 Terry Eagleton, *Criticism & Ideology: A Study in Marxist Literary Theory* (London: Verso, 1978), p.161.

13 福柯著，劉北成、楊遠嬰譯，《規訓與懲罰》（北京：三聯書店，一九九九年），頁二七。

回到華文文學的更大語境中，黃皮膚、黑眼睛的中國人／華人往往是被定格為可以操流利中文、熟識中華文化的人，但ABC（American-born Chinese，美國出生的華人）和接受西方教育的華人卻未必如此，在這個意義上，物理的身體在表面上決定了你的文化身份。同樣，現代科技和制度往往使得體制更傾向於按死板規定處理問題，即使你一個活人在它面前，如果缺乏必要的身份證明，你仍然無法證明你自己，這樣的悖論恰恰又說明身份也可能為一些物質性的東西所決定。

更深層的意義在於，我們的身體如何決定或促進了我們的文化認同以及身份認同？舉例而言，《一個人的聖經》中，小說男主人公他和德國女人馬格麗特的身體交流，如何既互相精神取暖，但同時更區隔了對方，使彼此確認了自己的文化身份？

如果將此命題擴大開來，本土和外來、中國和西方、你和我等等之間的身體變遷、交叉、時尚影響，等等都可以成為身份認同的標誌，而它們之間的內在轉換無疑值得有心人進一步探索。

（二）身體／主體

身體當然不是單純的肉體或屍體，因為是人的身體，所以才區分出動物——行屍走肉跟人的部分差異。如前所述，所有的判斷、思考、行動都必須回歸到自我的身體才會繼續產生效力。所以，很多時候，身體和自我以及主體往往密不可分。「我是我自己的！」作為「五四」時期相當響亮的一句口號，其實也可分解為兩重意思：（1）我有決定我身體的權力；（2）我的事情我做主。正因為如此，《傷逝》中的子君才會義無反顧和涓生私奔並同居。

需要指出的是，對身體的過度採掘和濫用並非是合理的主體性表現，比如，在性方面的放縱（木子美），拍賣和利用自己的身體隱私賺錢（衛慧、九丹等），為達至「純潔」過度壓抑等等都不是主體性的體現。而更多是一種自我的失去，如人所論：「禁欲的根源是對自我迷失的恐懼，而渴望不停地換性夥伴是想證實自己的能力，讓自己放心」[14]，本質上都是自我迷失的表現。對於身體，自由、理性（及其責任）、激情等等和諧共存才可能是主體的更好抉擇。

（三）身體／身體

儘管身體的內涵和概念都是流動的、變化的，但其實本書最想說明的是，讓身體回歸身體。它應該激情四射，自由不羈，理性幹練，健康活躍。它既是生理的、物質的，就應該可以充分享受身體的愉悅，它又是文化的、精神的、社會的，就應該不斷嘗試更多的美好可能性，既遵守必要的限制，又不斷豐富和完善。

從此意義上說，如果能夠比較一九三〇至四〇年代的身體勾畫與一九九〇年代文學中的力比多實踐再現，或許我們可以更好的回答上述問題。

當然，本書關注的只是長篇小說，其他小說，甚至是其他文體（比如詩歌等）也存在著更多的可能，值得我們繼續探研。

同樣需要指出的是，我們根據前人們的精闢理論關注身體意識形態，考察其背後的話語權力機制的生成和限制，這些都是必要的，但未必就是全部。個體性關係的獨特性以及他／她對群體性的叛逆和拓寬卻值得我們進一

14 [法]托尼・阿納特勒拉（Tony Anatrella）著，劉偉 許鈞譯，《被遺忘的性》（桂林：廣西師範大學出版社，二〇〇三年），頁三三。

步瞭解，同時，也要注意辯證對待這種可能的流動性和互相滲透。有論者批評福柯在《性經驗史》（一般譯作《性史》）裡的做法有偏頗：「他在性經驗史裡看到的只是社會控制的陰謀，卻閉口不談包括『幻覺』和『想像』的個體性關係的特徵。」[15]雖然這種指責有其誇張的一面，但對個體的關注必要性的提醒卻是及時的。

梅洛•龐蒂（Maurice Merleau Ponty，一九〇八－一九六一）曾經很精闢地論述身體、主體和世界的千絲萬縷的複雜關係：「由於客觀身體的起源只不過是物體的構成中的一個因素，所以身體在退出客觀世界時，拉動了把身體和它周圍環境聯繫在一起的意向之線，並最終將向我們揭示有感覺能力的主體和被感知的世界。」[16]同樣，無論如何，身體意識形態，永遠是開放的、發展的，不管是文學文本，還是論述文本，它期待著我們的發掘、分析以及補充……

15 [法]托尼•阿納特勒拉（Tony Anatrella）著，劉偉許鈞譯，《被遺忘的性•前言》，頁二。

16 莫里斯•梅洛－龐蒂著，姜志輝譯，《知覺現象學》（北京：商務印書館，二〇〇一年），頁一〇五。

附錄一：想像中國的弔詭：暴力再現與身份認同*

——以高行健、李碧華、張貴興的小說書寫為中心

朱崇科

提　要：在二十世紀以來的華文文學史上，離散（diaspora）書寫無疑是相當耐人尋味：一方面，在離散者那裡，可能存在著自我放逐與被迫邊緣化的優勢抑或尷尬；而另一方面，考察離散者和文化／地緣母體的關係時，其中也是弔詭重重——愛恨交加、傷害與拯救、疏離與回歸等等都是令人覺得妙趣橫生、張力十足的千絲萬縷的掛牽。本文則擇取現代文學史上三個獨特的個案——高行健（法籍華人）、李碧華（香港人）和張貴興（入籍臺灣的馬華人）——進行分析，力圖通過不同種類的離散者個案，細讀其小說虛構，考察他們想像中國的弔詭。切入點是有關中國和自我的暴力（傷痕）、性、記憶等等，通過暴力再現，我們不難發現其背後複雜的身份認同。

關鍵詞：暴力再現；身份認同；高行健；李碧華；張貴興。

無庸諱言，在歷史、文學與暴力之間存在著一種複雜的互動聯結，甚至在這個三角支點之間的聯綴中，更是迷魅重重，如歷史暴力與文學的複雜糾葛。在王德威看來：「為何以及如何述說暴力與創傷，因此是一則有

關敘述形式本身的倫理學問題。相對於歷史敘事，我以為文學虛構反而更能點出二十世紀中國所經歷的晦暗不明。」[1]

而在二十世紀以來的中國文學史上，歷史暴力的確得以一再呈現：現代小說之父——魯迅就開啟了敘述暴力的先河。《阿Q正傳》中的砍頭、搶劫、剪辮等，在迷離中訴說暴力的姿態與影響；《藥》中所批判的不只是捕殺革命的兇手，同時也有愚昧的幫兇，他們是一種軟暴力；《祝福》中似乎持續深化了這一點，它揭露的不只是制度殺人，而同情與錯誤常識（commonsense）也可化為日常的殘暴——殺人於無形。

魯迅以降，沈從文的砍頭書寫和革命實踐再現、張愛玲的心理扭曲及其反彈細描、十七年文學（一九四九－一九六六）中的革命與反革命暴力、「文革」中相關話語的粗鄙與粗暴、莫言的狂放式宣洩、余華的陰冷式活剝、馬來西亞華人女作家黎紫書擅長的幽暗變態迷戀等等，都成為華語文學中蔚為大觀的經典遞增。

需要指出的是，在文學文本和作者之間也存在著一種複雜關聯。伊瑟爾（Wolfgang Iser，一九二六－）指出：「文學文本作為作者生產的產品，它包含著作者對世界的態度，這種態度並非存在於他或她所描述的對象之中，它可能只是作者以文學形式介入現實世界所採用的一種姿態。這種介入不是通過對現實世界存在結構的平庸模仿（minesis）來實現的，而是通過對現實世界進行改造來實現的。」[2]為此，本文標題所言的暴力呈現與身份認同關係的探尋並非一一對應關係，而毋寧更是一種複雜對話：對暴力的書寫以及改造態度恰恰可以反襯出作者世界觀的某一層面，甚至可以凸現其獨特認同。

---

* 本文原提交二〇〇七年一月四至六日香港中文大學舉辦的「歷史與記憶：中國現代文學國際學術研討會」，會上及會後得到諸多同道的指教，特別感謝香港浸會大學黃子平教授的精彩點評和指正。

1 王德威，《歷史與怪獸——歷史・暴力・敘事》（臺北：麥田出版社，二〇〇四年），〈序論〉，頁六。

2 沃爾夫岡・伊瑟爾著，陳定家、汪正龍等譯，《虛構與想像——文學人類學疆界》（長春：吉林人民出版社，二〇〇三年），頁一七至一八。

如前所述，有關歷史暴力的文學書寫可謂蔚為大觀，為此，筆者並非想再現暴力發展的歷史，而聚焦於有關中國暴力書寫的層面。這裡的暴力並不打算進行具體區分，而更著眼於有關中國的歷史文化暴力。同時，鑑於作家眾多，群星璀璨，本文則縮小範圍，以高行健、李碧華和張貴興為中心集中論述。對於這三個個案的選擇當然是有一定標準的，相較於中國大陸主流或當紅作家來講，他們更多是邊緣的，儘管高曾經獲得過諾貝爾文學獎（二〇〇〇），李碧華是暢銷女作家。

耐人尋味的是，他們都和離散（diaspora）有一定關係：高出生、成長於大陸，後因政治原因逃離並入籍法國；李碧華，作為出生於香港的作家，在「一國兩制」的構想和實踐關聯中對中國大陸有特殊的觀察和理解角度（離散意識？），對香港的命運也是密切關注；張貴興，入籍臺灣的馬華作家，英校生（接受以英文為媒介語教育的人）出身，卻可以用華文進行激情四射的狂歡式虛構，讓馬來西亞的熱帶雨林深入人心，同時，他對中國以及文化中國和與此相關的砂撈越共產黨（Sarawak Communist Organization，或簡稱砂共）事件等有著與眾不同的認知與再現。本文則是通過考察上述三位作家對中國暴力的書寫來彰顯其背後複雜的身份認同和可能弔詭。

一、高行健：故國離散與糾結

作為背井離鄉入籍法國的先鋒作家，高行健對故國——中國的感情和姿態無疑耐人尋味，甚至他獲得諾貝爾獎時的致詞也因為個性濃烈而引起爭議性解讀，其作品也被大陸封殺。當然，對於學者來講，最關鍵的還是要回到小說文本[3]。

---

[3] 本文所採用的高行健小說文本《靈山》、《一個人的聖經》皆是由香港天地圖書二〇〇〇年出版的簡體字版。以下引用，只注頁碼。

無庸諱言，高行健作為華文離散作家的代表者和集大成者，他對故國的想像以及情結是相當複雜的，某種意義上說，它也是離散的，像他著名的「沒有主義」[4]一樣，故國更像是破碎的鏡子，折射出零散的星星點點的情感凝聚和文化參照，但另一方面，中國經驗、苦難等印跡卻又是不容忘卻或抹煞的，因為有些時候（個性被抹煞，人人千篇一律的時候），個人經驗就等於集體經驗。

（一）暴力鐫刻及塗抹：以《一個人的聖經》為中心

諾埃爾・杜特萊在解讀該小說時曾經視之為一部對中國極權制度進行揭露的小說，並指出：「兒時的溫馨，對人事的覺醒，然後接觸到殘暴，痛苦與創傷都一無掩飾，有些段落十分嚴酷，引導出既是對人自身也對這半個世紀來中國經歷過的悲劇的深刻思考。」[5]這段話可能簡單化了小說的主題，因為，它本身也包含去暴力化等主題，但整體看來，論者確指出了一點，暴力對人的鐫刻。

1. 暴力鐫刻

《一個人的聖經》主要是個人的經歷隱喻暴力對個體以至群體的粗暴控制以及侵犯。當然我們也可粗略劃分為兩個層面：（1）身體／性；（2）思想／精神。當然，實際上，這兩個層面往往粘連／交叉在一起，密不可分。

一方面，是暴力對身體／性的粗暴。小說中，他是一個作家，卻缺乏一個起碼的個人生存空間，釋放欲望、感受生活。條件相當艱苦，而且監控始終存在，包括對自己個人隱私的監控（頁一七）。同時，一個人的性權利

4 具體可參高行健，《沒有主義》（香港：天地圖書，二〇〇〇年）。
5 參見《一個人的聖經・序言》，頁iv。

卻也是被控制的，比如，身為軍隊護士的她必須保持處女之身，除非她已經被上級合法使用過（頁二二）。當然，細節方面，革命對穿著潮流的有意引導和操控更是不在話下，身為高官女兒的林能夠稍微變通一下服裝，都可算潮流，當然，這已是一種特權（頁七五）。

另一方面，更加嚴重的是暴力對個體精神的檢查。小說也比較式地呈現了納粹以及畫家對德國猶太女人馬格麗特的雙重摧殘：身體上很小就被強姦，精神上備受壓抑。回到中國語境，小說中曾經提及並概括「文革」中接二連三的運動對人思想的清理，也包括對人和家族既往的歷史、行為的深度追究，而且，使大家彼此之間互相檢查，由此，「這是一個沒有戰場卻處處是敵人，處處設防卻無法防衛的時代」（頁一一五）。

而其中最典型的莫過於串聯少女許倩和他的離合經歷。他們因為對「文革」中運動的恐懼而在小旅店中結合身體，在她的月經期瘋狂做愛；後來，他們原本可以通過結婚在被下放的農村相依為命，然而，他在思想方面的活躍或反抗或不滿，卻讓她認定他是敵人：不僅僅利用了她的脆弱時候的身體，而且要害她，最後他們不得不分開。從許倩的過度反應以及淒慘經歷可以看出其心理的暴力中毒已深（頁三三〇至三三六）。當然，中毒不淺的也包括男主人公，哪怕是多年後，在香港和馬格麗特做愛，他也擔心被機器錄影，「因為你說這酒店已經由大陸官方買下」（頁九）。

2. 暴力抵抗以及塗抹

暴力鐫刻的對立面就是對暴力的抵抗以及塗抹。其中，性卻反過來成為一種工具和先鋒。小說中的男主人公曾經和軍婚的林、軍隊護士、北京小妞、許倩、鄉村女人和德國猶太妞等女人發生關係[6]。但弔詭的是，他和她

6 具體可參拙文《身體政治：用與被用——以〈一個人的聖經〉為中心》，美國《中外論壇》二〇〇六年第五期（二〇〇六年九月），頁五三至五八。

們在不同語境裡面不同姿態的性愛與其說是對暴力的抵抗，倒不如說是對暴力的一種強化和印證，因為連最本能的性都充斥了對暴力的恐懼感，或者是做愛也是通過對彼此施加暴力來釋放自己的暴力，或者是男對女的暴力強加。比如，他和蕭蕭再次見面後的做愛就體現了類似的暴力：「他猛地拉開被子，撲到女人身上，想到的是在那個路邊生產隊的倉庫裡另一個女孩的身體，鬱積的暴力全傾瀉在她體內……」（頁四一三）

但無論如何，作者在揭露的同時更希望《一個人的聖經》也是對暴力的塗抹，他主張更自然地做愛，不要太功利，可以享受性愛，不為任何東西所牽絆（頁四三五），儘管同時，歷史的傷痕和悲劇記憶無法真正磨滅。

（二）找尋他者與故國離散

某種意義上說，高行健才是「文革」結束後「傷痕文學」之後或與之犬牙交錯的「尋根文學」中的經典書寫者，他的《靈山》可謂是別致代表；但同時，高又是一般意義上的尋根文學的超越者，他其實更強調一種尋找和體驗的過程，是對中華文化過度糾纏或濃烈情結的一種禪性解脫。

1. 尋找他者

《靈山》講述一個患了癌症的作家找尋靈山的故事，更嚴格意義上說，這不是故事，因為情節散亂不堪。耐人尋味的是，作者以非常繁複的手段，如「你」、「我」、「她」的三重性結構[7]上升到文學本體的三重性去刻畫不同層面的人物或心理結構。

---

7 趙毅衡，《是我，是你，是她；非我，非你，非她》，香港：《純文學》二〇〇〇年十一月號（總第三十一期），頁九至一五。

在這樣的架構中，作者呈現了與北方／中原文化相當不同的多元共存、混雜獨特的他者——邊陲文化，在其中，神話傳說、現實體驗、歷史重寫、自然生態等等，點綴貫串，既星羅棋佈又互相勾連，展現出獨特的人文風景，給人以心曠神怡之感。需要指出的是，對尋根中偶遇又伴行的「她」的書寫也是別具一格：「她」既是尋根旅程中的同伴，同時又是被他探尋的對象：她恰恰也是現實中、回憶中、想像中的不同或若干人物的交疊和集中。作者以身遊和神遊的方式揭示了人類生存的狀態、困境、探索與掙扎等等，令人深思。

劉再復指出：「除了結構的心理複雜之外，文化內涵也相當複雜，它揭示了中國文化鮮為人知的一面，即他所定義的中國長江文化或南方文化」，它考察文化的起源，詮釋遠古神話，察看少數民族的文化遺存，以至中國的現實生活，「通過一個在困境中的作家沿長江流域進行奧德賽式的流浪和神遊，把現時代的處境同人類普遍的生存狀態聯繫在一起，加以觀察」[8]。這恰恰指出了《靈山》描寫的反撥性和對他者的復甦。和一般尋根作家不同，他更強調一種多元的、混雜的文化母體。他書寫的也不是單純的他者，而是同樣包含了文化複雜性和豐富性的「中原」的複合體。

不難看出，高行健《靈山》中尋求的過程，恰恰是對被壓抑、邊緣化的根的召喚與再現，是讓被歧視的他者回復本原的操作。

2. 離散故國

需要指出的是，《靈山》中同樣不乏對暴力的書寫，如土匪、「文革」等等，這也從某種程度上體現了高對「所謂的『祖國』概念的某種清算，因為極權主義已經使其成了順從和奴化的代用詞」[9]。但整體而言，這些暴

8 劉再復，《附錄：高行健和他的〈靈山〉》，《靈山》，頁五。

9 何與懷，《個人生存的一種挑戰——談高行健榮獲諾貝爾文學獎》，《精神難民的掙扎與進取》（香港：香港當代作家出版社，二〇〇四年），

力書寫往往都化為一種傳奇式的背景與傳說故事，將之置於驚奇不斷的他者描述中並不顯得突兀和突出。為此，我們不難發現，《靈山》中不僅僅對暴力採取了淡化的姿態，就是對文化的探尋，和功利性結果的追求都是相對散漫的，我們毋寧說，這是高行健對現代文學中「感時憂國」[10]書寫傳統的部分消解。

而為此，哪怕是故國的文化，在他的小說中，更多也是離散的，似乎他更強調的是一種探索過程，而他者並不因為你的漠視而不存在：「還哪裡去找尋那座靈山？有的只是山裡女人求子的一塊頑石……而記憶與妄想的界限究竟在哪裡？怎麼才能加以判斷？何者更為真切，又如何能夠判定？」（頁二九二）如小說中，靈山主題就是一個游移的過程，一如小說中「她」的形象。

小結：整體而言，高行健對暴力的呈現自有其特點，或是個人體驗，或是以整體連綴，其目的顯然是為了批判和塗抹暴力，但在此過程中，他也還是印證和強化了暴力的效果。而對故國，流離的高也超越了一般作家感時憂國的焦慮乃至涕泗滂沱，他更多的是自如地生活在一個有個人特色的全球化語境中的文化中國中，更強調過程的尋找和享受，而非目的或結果，顯然，這和他的身份認同也是一致的。

二、李碧華：祖國的批判與親近

作為一個暢銷作家，一個香港文壇上的才女多面手，李碧華對中國的關切和其香港情結都引人注目。對歷史暴力的始終關注也是李碧華敘事的焦點之一。而實際上，這和李碧華對民生、國計（尤其是前者）的執著是一致

頁一〇三至一一四。引文見頁一一一。

10 英文叫 Obsession with China，語出 C.T. Hsia, *A History of Modern Chinese Fiction*, New Haven and London: Yale University Press, 1974 (second printing), p.533.

的，而其《煙花三月》[11]則可呈現其平素尖刻文字掩飾背後的熱切之心。

李碧華對歷史暴力的關注，可謂是廣泛的，在其多數小說中，都或多或少有所涉及。但相對集中的代表作，則有《青蛇》、《潘金蓮之前世今生》、《滿洲國妖豔——川島芳子》、《胭脂扣》等等[12]，本文論述時會以上述為中心，兼及其他。

（一）國事關切

作為一個浸濡於嶺南文化中的香港人，李碧華對中國顯然有一種複雜的情感糾結，可謂是「北進想像」：因為香港和大陸的文化、政治等差異，使得她對既遠又近的中國充滿興趣，看事相當冷靜，但有時也難免隔閡；另一面，當她在指向中國以外地區時，中國無疑又成為其文化關切乃至認同的符號。

1. 北進想像：以「文革」為中心

無庸諱言，作為二十世紀中國文化史上最大的暴力浩劫，「文革」無疑讓當事人和旁觀者都會觸目驚心和難以遺懷，尤其是「文革」的部分矛頭又是指向了海外華人（關係）。

李碧華在多部小說中都涉及了「文革」，儘管批判的基調已經確立，但往往也有細微差別。《青蛇》中，「文革」成為蛇妖白素貞得以從雷峰塔下解放的良機。「文革」中要破除文物，對舊東西、舊傳統等一概打爛。弔詭的是，這種不分青紅皂白的打爛舊世界的做法，卻也將一切格局和必要秩序打破，所以「十億人民，淪為舉

11 具體可參李碧華，《煙花三月》（廣州：花城出版社，二〇〇五年五月初版）。
12 本文所用文本《青蛇》（香港：天地圖書，一九九八年第十六版），其他小說則全部出自人民文學出版社，二〇〇〇年八月二刷。

止猥瑣、行藏鬼祟的驚弓之鳥」（頁二四六），不僅如此，還將各種各樣的妖怪釋放出來，宛如打開了「潘朵拉」的盒子。

而另一層面，作為特權份子的「紅衛兵」卻打著革命的旗號，行使暴力，如「隨便把人毒打、定罪、侮辱」，甚至連被解放的蛇妖白素貞也不得不跑到西湖底下避難，結果更恐怖，「誰知天天都有人投湖自盡，要不便血染碧波，有時忽地拋擲下三數隻被生生挖出來的人的眼睛」（頁二四六）。場面相當血腥殘暴。《潘金蓮之前世今生》中，「文革」則成了轉世的潘金蓮——單玉蓮的夢魘時空：扮演《白毛女》主跳的單仍然沒有跳脫前世潘金蓮被大戶地主強暴的雷同命定。而更加弔詭的是，舞蹈學院的章院長恰恰是打著革命的旗號對單實施強姦，而這原本是《白毛女》中通過革命必須嚴辨的不端乃至罪惡行為。戲內戲外，前世與今生，李碧華通過這樣的方式完成了對「文革」暴力的批判。

當然，依據伊瑟爾的研究，和虛構不同，「想像則更多表現為一種認知話語能力，它似乎是在詢問事物應該是什麼」[13]。整體而言，李碧華的「文革」書寫雖然是對某種「文革」的再現，但仍然算是類型化的。畢竟，「文革」的複雜程度難以完全涵蓋，李碧華也只是呈現了其殘暴的一面，但「文革」同時也可能成為某些人的變形的狂歡節。

2.日本批判

以「文革」為中心批判大陸某些浩劫、腐敗與混亂的時候，我們也可發現李碧華對和中國關係複雜多變的日本也持批判態度。

13 沃爾夫岡·伊瑟爾著，陳定家、汪正龍等譯，《虛構與想像——文學人類學疆界·引言》，頁七。

《滿洲國妖豔——川島芳子》既可視為李碧華對人性和命定的關懷，又可表明李碧華通過個體日本人的經歷對日本國民性的某種批判。比如，川島芳子不僅僅是日本國民性積極層面的象徵，而其最後的失敗卻也反映出其他的國民劣根性（尤其是本國人的窩裡鬥）對她的糾纏與迫害[14]。

除此以外，李碧華也同樣表達出對日本二戰時期侵略中國的非正義性的不滿。如在《秦俑》中，她偶爾也批判日本軍國主義在東北設置細菌部隊的喪心病狂，揭露零星的暴力歷史真相，而小說中的田中三人只是試驗場的一個代表[15]。在《生死橋》中，通過電影審查政策的荒謬，她一方面批判日本對東北的侵略，另一方面卻也暴露國民政府不抵抗政策的消極[16]。當然，更值得細究的是李碧華在《煙花三月》對日本侵略時期倖存的慰安婦的幫助與伸張正義，儘管這是一部紀實性報告文學，不是虛構的小說，但我們卻可讀出李碧華對日本暴力及其延續（不道歉，不單獨賠償）的控訴以及李碧華細膩的人性體貼與觀照。

需要指出的是，同樣是批判，李碧華文字背後的感情卻是不同的：對中國的熱切批判中飽含了一種關切、焦慮，希望悲劇不再重演，有一種恨鐵不成鋼的親近；而對日本，李卻是相當理性的，她更多是要日本人尊重事實、歷史，深刻批判其犯下的罪行。

（二）本土情懷

需要指出的是，在書寫歷史暴力的時候，作為香港人的李碧華往往在文字底下潛伏了對香港的深切認同和愛戴。

14 具體可參拙著《張力的狂歡——論魯迅及其來者之故事新編小說中的主體介入》（上海：上海三聯書店，二〇〇六年），頁三二九至三三〇。

15 具體可參李碧華，《秦俑》（北京：人民文學出版社，一九九九年初版，二〇〇〇年八月第二刷），頁一〇〇至一〇一。

16 具體可參李碧華，《生死橋》（北京：人民文學出版社，一九九三年初版，二〇〇〇年八月第二刷），頁三一八至三一九。

如果檢視李碧華有關香港視野和胸懷的小說，我們不難發現，其本土情結和文化認同往往成為一個不容撼動的焦點，甚至在無意間也可披露出李碧華對自我、香港身份認同的探尋、認可或憑弔。《青蛇》中人／妖地位之辨和香港的邊緣性似乎有某種關聯；《誘僧》中石彥生的被利用和拋棄的身世流離之感；《滿洲國妖豔——川島芳子》中，芳子幾乎同樣的身世飄零等等，都可視為李碧華對香港命運的憑弔和認同的再現[17]。

《潘金蓮之前世今生》中，香港不僅成了時空轉換的情境，甚至也成為主人公們命運變遷的場域，其中的變數更是反襯了李碧華對香港的迷戀，甚至從某種程度上說，其過分寄託（比如單玉蓮到了香港以後居然可以實現原本無法實現的夢想）可能扭曲和沖淡了敘事的原本節奏和悲劇性感染力。

但實際上，更值得關切的還是《胭脂扣》。藤井省三從中敏銳讀出了李碧華對香港意識的深刻挖掘。在他看來，這部小說並非重演傳統的愛情故事，香港意識的創造才是主題。五十年前的愛情悲劇作為香港意識的延長被重新記憶，可與八十年代聯繫起來。小說《胭脂扣》「讓八十年代的讀者記憶三十年代的香港，藉此創造出香港意識的五十年歷史」[18]。當然，我們也可以對其解讀得更多元化些，比如，通過今非昔比反映當代人的對感情認知以及操守的自私傾向乃至墮落；或者昇華一點，從李碧華個性強烈的性別視角來批判男人的自私與懦弱；或者是通過香港版的《人鬼情未了》探勘情欲與歷史的輪迴。

如果以其中的暴力書寫為個案，我們仍然可解讀出不同的取向。如花和十二少吞鴉片殉情赴死可以視為一個略有暴力傾向的極端行為。然而，作為妓女的如花做到了，十二少卻退縮了；另外一層的深刻涵義是，作「雞」

17 詳細論述可參拙著《張力的狂歡》，頁三三三。

18 藤井省三，《小說為何與如何讓人「記憶」香港——李碧華〈胭脂扣〉與香港意識》，見陳國球主編，《文學香港與李碧華》（臺北：麥田出版社，二〇〇〇年），頁九三。

的如花確有自己的原則、尊嚴，對職業規範的恪守，而當代人卻更呈現出難以比擬的脆弱、自私等等，這其中也可視為是對香港身份的堅守，也是一種擔心與焦慮。「她完全不屬於今日的香港。我甚至敢打賭她不知道何謂一九九七。」（頁一三）甚至我們從小說人物的命名上也可一窺個中弔詭：如花，原本是曇花一現的隱喻，卻異常執著、堅定；當代人袁永定的名字則更多是一種期待或者奢望。

小結：李碧華對歷史暴力的書寫和批判是發人深省的，一方面是她對歷史教訓的直視使得她有勇氣面對自我、香港以及大陸，所以可以展開犀利批判，而另一面，她卻又是溫情脈脈的，這批判毋寧說更是一種複雜的企盼和期待。恰恰是在這種理性批判、感情親近中，李碧華呈現了她身份認同的複雜性：既是混雜的，又是邊緣的。

三、張貴興：原鄉疏離與遊蕩

對中國的想像到了張貴興[19]這裡則有明顯的差異。作為馬來西亞東部砂撈越出生並長大，到臺灣讀大學的作家，其身份轉換和文學書寫都有特異之處。作為一個英校生，大學主修英文，從業又是中學英語教師，張貴興和華文的關係無疑耐人尋味：從一開始的倍覺壓抑或者歧視，到後來的滔滔不絕、一發不可收[20]，張貴興和中國以

[19] 我曾經從本土話語角度考察了張貴興的熱帶雨林書寫，具體可參拙文《雨林美學與南洋虛構：從本土話語看張貴興的雨林書寫》，刊於新加坡：《亞洲文化》二〇〇六年六月（總第三十期），頁一三四至一五二。或者可參拙著《考古文學「南洋」——新馬華文文學與本土性》（上海：上海三聯書店，二〇〇八年）相關論述。

[20] 有關張的一些經歷可參陳雅玲《文學奇兵逐鹿「新中原」》，見臺北：《光華》雜誌一九九八年八月號，頁一〇〇至一〇六。

及相關文化的關係明顯和高行健以及李碧華迥異：張貴興更多是本土的，這個本土往往更多是馬來西亞本土，雖然他迄今主要坐鎮臺灣。

張貴興類似主題書寫的小說主要有：《頑皮家族》（臺北：聯合文學，一九九六年）、《群象》（臺北：時報，一九九八年）、《猴杯》（聯合文學，二〇〇〇年）、《我所思念的長眠中的南國公主》（臺北：麥田出版社，二〇〇一年，以下簡稱《南國公主》，所有引用，只注頁碼）等。

（一）文化招魂：撰寫華人移民史

某種意義上說，張貴興是以文學的形式再現了海外華人移居、奮鬥、直面天災人禍等的歷史，其書寫形式雖不免誇張，卻是實現了對本土華人的文化招魂和歷史填充。由於本文更關注其中有關中國的歷史暴力書寫，自然側重點也有所差異。

1. 華人奮鬥史：從落地到生根

在這一過程中，《頑皮家族》無疑是最好的代表。它是以戲謔的方式重寫了南洋華人移民史，它同時也表達了華人移民的樂觀主義和滾滾活力，其觀點當然顯得比較另類，但因為過於標新立異，追求輕快和另類也讓這部小說的意義呈現顯得浮淺和輕佻。需要指明的是，這部小說仍然是聚焦於家族的個案的歷史，以小見大，其身份追求意義不言而喻，當然其中也可能凸現了頑龍認同的困境。

這部小說相當豐富的呈現了一個華人家庭本土化的過程，小說自然少不了對他們頑強生命力的刻畫，不管是後來面對種種挫折的百折不撓，還是一開始面對海盜打劫和龍捲風時，皆如此。當然，小說並沒有乾巴巴的表達觀念，而是寫的真實感人。比如父母在面對種種浩劫後瘋狂做愛，藉此不僅釋放壓力，也顯示了頑強的生命力。當然，其他小說也可以不同的方式展示生命力，比如《猴杯》中人和蜥蜴大戰場面的精彩刻畫（頁二六〇至二七八）。其次，小說也彰顯了他們本土化過程中的複雜性，如與他人競爭，乃至鬥爭等等。

同樣，在歷史重構和再現的意味上，他們也和當地人一起，抵抗日本人的侵略，並把雨林變成侵略者的葬身之地，「他（指日本侵略軍首領竹場，朱按）把雨林裡的許多真象當成幻象，卻又把許多幻象當成真象，於是他越深入雨林越對雨林感到迷惑和恐懼」（頁一五七）。但另一面，雨林卻成為本土人的屏障、生存的溫床、避難所和再生地。日本人投降後，「他們真正捨不得的不是這個部落，而是這片曾經保護他們和給他們帶來新生命的雨林……他們總共花了八天八夜才走出雨林，行列中多了家畜、糧食、小孩和懷孕的女人，比當初匆忙逃入雨林時多了更多家累，這都是雨林賜給他們的禮物」（頁一六五）。顯而易見，頑龍一家已經融入了本土。

2. 後殖民批判：華人劣根性

在抒寫華人艱難創業、立足本土的優良品質同時，張貴興並沒有忘記批判相關的劣根性。而如果從後殖民的視角來觀照這一點，類似的劣根性無疑更加耐人尋味。

一方面，華人呈現出遠比土著更加強烈的功利性，這或許和華人漂洋過海的經濟首要追求密切相關。為此，華人往往利用土著的樸實、簡單來謀取經濟利益或其他好處。《猴杯》中則呈現出一種複雜的生態，一開始，華人是被人淒慘地賣豬仔的，慢慢地，有些華人也就開始欺詐本土人。如張所言，《猴杯》「寫的是在那邊的海外華人移民到現在的一種生活形態，一般人可能並不是那麼瞭解在馬來西亞的華人奮鬥或生長的過程，有很多人去那邊是被像賣豬仔一般地賣過去的！當然他們是被利用的，但是當他們取得權力之後，也採用相同的模式，運用狡猾的智慧剝削當地的土人，佔領他們的土地」[21]。

另一方面，回到華人內部的壓制層面上來，在《猴杯》中，我們可以發現華人整體族群的劣根性：統治者的奸詐多端，以妓女（性）、賭博（可能希望的陷阱）和鴉片（上癮）等不良娛樂牢牢拴住苦力，讓他們成為可以終身榨取的長工；而作為被統治者，卻也懦弱、萎縮、缺乏自制力。

甚至在《群象》中，通過余家同對幾個揚子江女隊員的泛愛論和實踐刻畫，可以發現，即使在共產主義神話內部也有男女性別權力的操控與被操控關係，對於砂共的描述，而暴力意味也是令人驚歎，比如余家同和宜莉躲避追殺時候的革命式性愛：「二人在穴內汗流成河，如泡在爛泥地。家同在宜莉身邊細聲說不要動、不要叫，否則我們一起坐牢。說完撫她身體，吻她嘴唇。政府軍向空中開槍示警，用擴音器籲他們儘早投誠。不遠處傳來格鬥聲，揚子江隊員開始還擊。家同撕開宜莉的黑衣衫，褪下她的黑長褲。當家同射出精液時，兩位揚子江隊員正鼠竄向絲棉樹，在絲棉樹下被機關槍和手榴彈轟得不成人形，血液像雨降旱地漫入泥土，染紅樹根和家同、宜莉繾綣的整個穴，滲著宜莉的處女血」（頁一七〇至一七一）。

（二）遭遇本土：中華批判

在我看來，《群象》可說是目前張貴興最優秀的長篇小說。它不僅想像力豐富，情節結構繁複不堪，意象飛舞，言語張力十足，即使是在書寫砂撈越共產黨的有關事蹟時，在戲謔的誇張再現中，也呈現出批判的激情。同樣，從本土視角看，《猴杯》也是一部相當優秀的小說。

21 潘弘輝採訪，《雨林之歌——專訪張貴興》，見《自由時報・自由副刊》二〇〇二年二月二十四日。

1.文化導師：移植的危機

無庸諱言，馬來西亞的共產黨和中國共產黨是有著密切關係的。但令人遺憾的是，這些被借用的文化符號卻往往因為過度中國化而危機重重。同時，因為距離的阻隔，上級對下級的忠心安慰不足，也因此導致了認同的疏離感。《群象》中砂共隊長余家同遙指現實中國的忠心躍然紙上：他們的兩面旗幟中其中就有五星紅旗，掛的領袖像中「玉面戰神」毛澤東主席也赫然在列，而且他還經常吟誦領袖的詩詞。

但余家同死後，似乎連主席賦詩悼念「番邦」——印尼共產黨領導人艾地的待遇也沒有。因此張貴興不無反諷地寫道：「舅舅已身亡五個月。南中國海彼岸的祖國領導人至今連一則簡單的悼訊也無，更別說艾地同志那種賦詩。須等主席有感而發吧。舅舅之死在東南亞諸國泛起一陣小漣漪，但泛到遙遠中國早已風平浪靜。祖國像深殖內陸一座古井，被千山萬水阻隔，再大風浪也休想使它起一絲波浪。」（頁二一四）不難讀出言詞中頗有一種不值的意味，而祖國對海外華人的漠視與後者對前者的拳拳對比起來的確令人心寒：「在文學的想像裡，馬華追求與中國認同的道路，竟佈滿了各種屍骸；故國的召喚，原來竟是詛咒。」[22]藉此，張貴興對現實／理想中的中國等的認知態度可見一斑。

而《猴杯》中的羅老師其實很大程度上隱喻和象徵了中華文化／中國符號，但是他表面的博學和儒雅，遮蔽不了實質的蠢蠢欲動的淫邪——他利用小恩小惠和甜言蜜語勾引並嫖宿達雅克女子，夜夜笙歌，而且還建議自己的學生雉最好每晚的交歡者都不同。或許如下的場景可以反襯出其道貌岸然：「羅老師的國樂有時激昂壯觀，有時平靜妖妄，亂彈神經，麻痺五官，佛禪起舞，一派正經，讓人難以察覺寄生逍遙其中的靡靡淫蕩。長夜漫漫弦

22 危令敦，《百年夜雨神傷處——從三篇小說看馬華與中國文學之想像》，香港：《現代中文文學學報》第六卷第二期與第七卷第一期合刊（二〇〇五年六月），頁二九二。

絲迢迢，羅老師掩人耳目不是屏聲息氣而是大張旗鼓，一個咳嗽、一個翻身即可貫穿數間臥房的動靜觀瞻在羅老師卻轉化成仙女散花如魚得水。」（頁二四三）

某種意義上說，羅老師對達雅克女子的誘姦在張貴興那裡，其實也隱喻了中華文化之於本土的類似姿態，這也反證了純粹移植的危機，而羅老師之後被暴扁的遭遇其實也灌注了張本人對「中國」的態度以及想像／期待中的處理結果。

2.本土的凸現與升騰

考察小說中砂共失敗的原因，顯然，其中特別重要的一條，就是未能真正入鄉隨俗，密切聯繫本土。表面上，《群象》中也夾雜了一些本土化的描寫，比如余家同屋中的《風雨山水》畫從濃稠的中國性漸漸為幻想的南洋所替換：「《風雨山水》在煤氣燈照耀下顯出另一份嬌媚，擬態成酷熱潮濕的熱帶山水，如男孩在拉讓江兩岸看到的風景，長臂猿和大蜥蜴攀爬山壁上，榴槤和紅毛丹點綴汀渚河岸上，長屋和高腳屋取代了瓊宇繡閣，遊山玩水的文人書僮換成了戲水的伊班半裸少女，整幅南宋山水畫變成了以渲染南洋風情為主的蠟染畫。」（頁一四九至一五〇）甚至，《群象》中隊長余家同也曾主張華土通婚，但那不過是想讓共產思想滲透全民的權宜，而余保留純粹黃種的思想卻深植心中——他對和土著女孩關係不錯的外甥施仕才告白道：「你是施家唯一的傳人了，別讓番人骯髒的膚色滲入你純種的黃色皮膚……」（頁一七三）

另外一個重要的原因，就是其暴力傾向。中共對地主惡霸的暴力處置在很大程度上是得到大多數備受欺凌的下層老百姓支持的。而到了砂共語境中，事情有了很大的不同，大多數老百姓雖然並不支持英國殖民者和當地政府的一些舉措，但也不主張採用過激的手法進行起義和反抗。而在小說中，砂共處置敵人的手法過於暴力和極端化，這讓大多數熱愛和平的平民感到驚懼，很多時候，知難而退，也就無法真正有效地支持他們。而失去了本土的有力支撐，孤軍奮戰的砂共只有解體和悲壯又孤單地戰鬥至死。

但反過來，這又恰恰反映了本土的凸現與升騰：在不能有效入鄉隨俗，為本土帶來好處和利益的情況下，作為外來者，不管是人力，還是文化等等都很難發揮實際和理想的作用。當然，如果從本土華人（比如殺舅的施仕才）的視角看，則可能也有一種把異鄉認同為故鄉的態度[23]。

除此以外，張貴興也通過其他方式展現了本土的力量。比如，《南國公主》中情場聖手林元和父親其實恰恰是藉人造雨林等掩護對土著少女（甚至是未成年的）進行荒淫無恥的勾當，但最後都結局淒慘；而《猴杯》中祖父對有土著血統的麗妹的性霸佔本身也體現了某種身體上的權力機制，但也死於本土的復仇。

小結：作為海外華裔作家，張貴興對原鄉顯然有其獨特的認知，在有限度擁抱中華文化母體的同時，他的態度似乎更是若即若離的，或者是有意疏離的，所以，站在本土的立場上，張的雨林書寫仍然表現出對「中國」的冷靜思考和態度，甚至是強烈距離感；但同時，張貴興又為本土華人的發展寫史，所以又相當自得地遊蕩在這種「本土中國性」（native Chineseness）中，其遊刃有餘發人深省。

結語

本文以高行健、李碧華、張貴興的有關中國歷史、暴力的小說書寫為中心，探討了他們想像中國的弔詭，在暴力再現的虛構中往往凝結了其身份認同，而他們對暴力往往又是批判的，這就呈現出一種類似的「紀惡」的悖

[23] 危令敦，《百年夜雨神傷處——從三篇小說看馬華與中國文學之想像》，頁二八八。

論。需要進一步指出的是，離散所帶給他們的不同經驗與認知也導致想像中國的差異，其中也是極富張力的。在文化關聯、現實批判與重思歷史之間也存在著獨特意味，對文化中國，他們是大都認同的，當然，其中也不乏抵抗；但對現實或歷史事件，他們往往呈現出一種批判意識或疏離姿態。無庸諱言，其中還有更多想像、虛構與現實的糾纏值得仔細品味。

附錄二：魯迅小說中的身體話語

朱崇科

提　要：魯迅小說中的身體話語書寫耐人尋味，無論是立足身體局部（頭髮、眼睛等），考察其政治、文化傳統的譜系、和奴隸性的生成，還是考察身體整體上與精神的複雜糾葛，抑或是身體的狂歡，魯迅在小說中的確表現出對身體相當深邃又獨特的觀照，而此中身體話語的形成更不是一句精神壓倒肉體所能解決和概括的。恰恰是在其複雜張力中，身體的話語運作得以順利展開。

關鍵詞：身體話語；魯迅小說；話語轉換；頭髮；狂歡。

根據魯迅非常經典的《吶喊・自序》，幻燈片事件改變了魯迅學醫救國的初衷，他說：「我便覺得醫學並非一件緊要事，凡是愚弱的國民，即使體格如何健全，如何茁壯，也只能做毫無意義的示眾的材料和看客，病死多少是不必以為不幸的。所以我們的第一要著，是在改變他們的精神。」[1]一般意義上，這種說法往往成為大家所認可的魯迅的推廣文藝的動因——重視精神，貶斥身體。

[1] 本文所用魯迅小說版本是出自金隱銘校勘《魯迅小說全編》插圖本（桂林：灕江出版社，一九九六年六月一版，一九九八年四月四刷）。上述引

我所關注的點在另外一面，不管魯迅如何理解身體與精神的關係，不容置疑的是，魯迅對身體的關注卻始終很強烈，尤其是考慮到魯迅的多愁多病的現實的話。比如，一部《魯迅日記》，也包含了一部魯迅的病史，以及魯迅和疾病拚搶時間不懈創作的歷史[2]。值得發問的是，魯迅在小說中如何展現身體話語？而通過這種話語，魯迅又如何呈現或再現怎樣的「政治化過程與結果」[3]？

對魯迅作品中的身體語言，郜元寶在《從捨身到身受——略談魯迅著作中的身體語言》一文中已經有相當精彩的論述，但讚賞之餘，也有不滿足感：第一，魯迅小說中的身體話語呈現出來的圖像似乎過於簡略而顯得不清晰，蘊含也不夠深刻；第二，在他的論斷之外，是否可能隱藏了另外的可能性？他指出：「身體既然是被改造了的精神訴說的替代性語言，我們就不難理解，魯迅著作所描寫的何以基本上是一個精神化和隱喻化的身體，是『靈明』、『靈覺』的載體，和欲望化身體或欲望目標沒有什麼直接聯繫。」[4]

在法國思想大師福柯（或傅柯、福科等）那裡，「肉體」／身體（body）和「靈魂」並非對立關係，「靈魂」也不是一種幻覺或意識形態效應，「它確實存在著，它有某種現實性，由於一種權力的運作，它不斷地在肉體的周圍和內部產生出來」[5]。換言之，本文的研究也立足於這種身體的活動與心靈意志的開掘並舉的策略。為此，身體話語更多考察權力、文化體制等等如何運作，使得身體逐步衍生出更複雜的政治意蘊，甚至也藉此考察書寫中的狂歡特質思考，並探研國民性在身體改造中的再現。

文見頁三。如下引用，只標頁碼。

2 具體可參吳俊，《暗夜裡的過客——一個你所不知道的魯迅》（上海：東方出版中心，二〇〇六年），頁一五七至二二四。

3 黃金麟，《歷史、身體、國家：近代中國的身體形成（一八九五—一九三七）》（北京：新星出版社，二〇〇六年），頁五。

4 郜元寶，《從捨身到身受——略談魯迅著作中的身體語言》，《魯迅研究月刊》二〇〇四年第四期，頁一一至二三轉五四。引文見頁二二。

5 蜜雪兒・福柯著，劉北成、楊遠嬰譯，《規訓與懲罰》（北京：三聯書店，一九九九年五月第一版，二〇〇四年二月四刷），頁三一，同時，結合魯迅小說自身的虛構特徵和對身體的處理各有側重事實，本文的主體結構可分為三部分：（1）身體的局部哲學：以頭髮為中心；（2）身體的話語轉換，生理與精神的回環；（3）身體的狂歡：超越的毀滅或尷尬。

一、身體的局部哲學：以頭髮為中心

擅長「白描」的魯迅先生在書寫身體局部時的確也印證和呈現出其巨匠本色。除了比較著名的「頭髮」刻畫（以下述及）以外，他比較拿手的還有眼睛等等。最令人印象深刻的或許是《祝福》中對垂死的祥林嫂的刻畫：「只有那眼珠間或一輪，還可以表示她是一個活物。」（頁一三四）無獨有偶，《狂人日記》中對「眼」亦有相當傳神的描摹。可參如下表格：

眼的主體	文字描述
狗	「那趙家的狗，何以看我兩眼呢？」頁一
趙貴翁	「眼色便怪」頁二
大街上口稱要咬你才出氣的女人	「眼睛卻看著我」頁三
吃飯時，魚的眼睛	「白而且硬，張著嘴」（似吃人的人）頁四
何醫生	「滿眼兇光」頁四
想吃人卻怕被吃的人	「疑心極深的眼光」頁七
狂人指出歷史和現實吃人後，大哥	「眼光便兇狠起來」頁八

不難看出，通過上述眼光描寫的連綴和羅列，我們恰恰可察覺正是這眼光組成了一張嚴絲合縫的吃人之網，高度敏感的「狂人」恰恰從他人／動物的「心靈的窗戶」中窺見現實的罪惡和心靈的兇險。而《長明燈》中，對「他」眼睛的描摹同樣令人難忘：「在濃眉底下的大而且長的眼睛中，略帶些異樣的光閃，看人就許多工夫不眨眼，並且總含著悲憤疑懼的神情。」（頁一八〇）這是怎樣一種對充滿革命激情而又曾經受過挫折的精准性格細描啊。

回到頭髮書寫上來，結合中國歷史來看，頭髮無疑是相當政治化的身體符號，《孝經》中就莊重地強調：「身體髮膚，受之父母，不敢毀傷，孝之始也。」到明清之際朝代的更替中，滿人推行頭髮政治的粗暴與血腥，而後的太平天國起義中成為反抗的標誌，直到民國時期削髮、剪髮的革新／革命潮流，頭髮的命運往往引人注目。

（一）政治的譜系學：《頭髮的故事》

《頭髮的故事》若從小說的傳統定義看，似乎並不典型，情節性較差。它主要通過兩個人的對話講述頭髮的演變史：在留和剪的反反覆覆中隱喻了豐富的意識形態。

1. 辮子的政治

從遠古，到清朝，到「長毛」時代，中國人在頭髮的形態變遷中苦苦折騰，乃至屢屢受難。小說中同樣寫到N的個人經歷：留學時剪辮而受迫害，回到上海工作為謀生買了假辮子安上，居然被親戚告官險遭殺頭；而後乾脆廢掉辮子，卻被人稱假洋鬼子，不穿洋服，改穿大衫，卻罵得更厲害，後來，手杖在手，被打過的人自然閉嘴不言。

同時，小說中還穿插了學堂剪辮的故事，男學生因此被開除。而對於女子則更淒慘，剪掉頭髮，考不進學校去，不得不留起，然後嫁人。這自然影射了革命的艱難和阻力的巨大。無獨有偶，《肥皂》中，也有辮子的故事。衛道士四銘對剪辮的女學生惡毒攻擊：「我最恨的就是那些剪了頭髮的女學生，我簡直說，軍人、土匪倒還情有可原，攪亂天下的就是她們。」（頁一六九）剪辮居然成了危害遠遠勝過土匪的紅顏禍水，這不難看出四銘的極度反動保守以及頭髮的被極端政治化思維。魯迅利用文本互涉（intertextuality）對此進行連續批判。

2. 奴隸性的生成

在辮子的政治背後，其實也隱喻了一次次運動、革命、叛亂荼毒過後中國民眾奴隸性的生成：曾經為了不拖辮而遭受大屠殺，但一旦形成了拖辮習慣，卻又看不慣新的革命，哪怕是革命後想重新回歸的人也遭到歧視。但當革命者又採用暴力手段進行說服時，比如小說中的「手杖」，既可視為被剪掉的辮子的替補，又可視為新的權力形式。在這種強權下，他們彷彿又深明大義了，辮子的強行被剪去又成為新的習慣。從反抗到被奴役，到「自奴化」，再到被強行解放，可以看出辮子故事背後中國國民性奴隸性的五彩繽紛又殊途同歸。這無疑體現出魯迅先生的敏銳觀察及精深總結，如人所論：「以『辮子』意象寄予對國民奴隸意識和奴性心態的否定和批判之意，是魯迅對中國歷史文化與民族性格的迥異於常人的深刻認知。」[6]

（二）虛偽的革命

如果說《頭髮的故事》述及了革命的艱難與變遷的副作用，而在其他頭髮的敘事中，魯迅先生更深入地反思革命自身的問題。

---

[6] 隋清娥，《魯迅小說的「辮子」意象與奴性批判主題論析》，《聊城大學學報》二〇〇六年第四期，頁一〇七。

《阿Q正傳》中，〈革命〉與〈不准革命〉兩章都與頭髮密切相關。洋洋得意喊了幾嗓子「造反」的阿Q居然就成了革命黨，在眾人的驚恐、羨慕與敬畏中自我意淫了一把：怎樣報私仇、斂財享受，以及怎樣「選妃」等。等到他到了靜修庵真正從事「革命」的時候，才受挫。消息靈通的趙秀才知道革命黨夜間進城後，「便將辮子盤在頂上」，去找假洋鬼子，守舊和假新勢力迅速沆瀣一氣，搶佔了革命的先機和霸權。

等到阿Q革命的時候，他已經落在人後，首先是趙秀才一家，才到他，而且是很遲疑地，後來發現了進自由黨的重要性。值得一提的是，阿Q對如何革命還是有所思考的：「要革命，單說投降，是不行的；盤上辮子，也不行的；第一著仍然要和革命黨去結識。」（頁八六）儘管這思考令人啼笑皆非，結果到了所謂可以一起革命的錢府——假洋鬼子那裡，卻又不准他革命。

不難看出，這裡的革命已被鬧劇化、虛幻化、口號化，革命淪為謀取利益、權勢的新工具，新舊貴族的同流合污竊取了革命的成果，也敗壞了革命的效果。作為本應是革命主力又有革命企圖的阿Q卻被邊緣化，成為可笑的符號：既被剝奪權利，又可反襯出革命的偽善。

而《風波》中也同樣講述了頭髮的故事。不同的是，魯迅將政治的反響投擲在中國傳統的深層結構載體——清末民初的農村中，所謂七斤的辮子風波也更多是一場虛驚、家庭鬧劇和村民談資。這固然折射出國民的麻木不仁，但同時也反映了舊有勢力的強大：雖然六斤的「雙丫角」變成了「大辮子」（頁四七），但卻還得繼續裹腳，「一瘸一拐的」。皇帝不坐龍廷了，辮子不再盤或留了，但辮子的陳舊思想影響卻根深柢固。

整體而言，通過對身體局部的聚焦，魯迅力圖折射出身體被政治化／奴役化的複雜過程，在此過程中，卻又映襯出國民劣根性存在的被形塑和強化，也在此過程中，魯迅開發出一種別致的身體局部哲學思考。

二、身體的話語轉換：生理與精神的回環

一般認為，身體和靈魂／精神之間總有著形而上、下的區隔，甚至是等級差別。「幻燈片」事件與其說是讓魯迅更重視精神的拯救、更新，而到了小說虛構中，倒不如說更是呈現身體與靈魂、生理與精神的糾葛，恰恰是在這種糾葛中，身體呈現了政治、文化權力等的滲入與匯合過程、軌跡，也造就了魯迅特色的身體話語。而這種糾葛在其小說中更多呈現為一種回環狀態，而非簡單的壓倒態勢。

（一）彼此成就與爭奪：重讀《祝福》

在《祝福》中，祥林嫂的死固然可稱為是死於「集體謀殺」[7]，但若從身體與精神的角度思考，恰恰是呈現出另外的複雜關係：身體與精神互相成就，又彼此爭奪。

單純將祥林嫂的死評判為「哀其不幸，怒其不爭」在我看來實在是過於簡單了，有一定的情緒化傾向。若從個體生存的角度思考，祥林嫂不過是想過一個普通農村婦女的生活。但身為寡婦，她的身體卻成為父權執行者──婆婆買賣的商品。祥林嫂在二嫁的過程中不是沒有反抗，她以嚴重損害自己的身體（頭上撞了個大窟窿鮮血直流）效忠其精神倫理的約定。等到她漸漸歸順，身體和精神合一，準備安心相夫教子後，又遭到重創：丈夫因

---

7 具體可參朱崇科，《魯迅小說中「吃」的話語形構》，《魯迅研究月刊》二〇〇七年第七期。

病去世，兒子阿毛被狼吃掉。不難看出，祥林嫂恰恰是想通過努力實現生理的身體和精神的規範的統一，從而滿足各方的要求。

重操舊業——做女工的祥林嫂並沒有獲得認可，其職業素質因其精神創傷影響逐步下滑固然是一方面，被剝奪了參與祭祀的權利是另一面，但更嚴重的打擊則來自於精神對身體的爭奪。柳媽，這位八卦又陰毒的農村女人，以流言與愚昧的思想迷惑祥林嫂，並加速了其精神危機的出現乃至走向崩潰的步伐。比如，到了陰間，兩個死鬼男人對身體的爭奪（頁一四六）。哪怕是她聽從勸告，用了將近一年的工錢捐款找了替身也沒有得到他人的認同，在神權被剝奪後，祥林嫂最後的精神支柱就只好寄望能否和死去的親人見面。所以，死亡對於祥林嫂至少有兩種可能的衝突：（1）對死的團聚的嚮往；（2）死後受懲罰。前一種和祖先崇拜相關，後一種受儒、釋、道倫理思想影響[8]。當然，在她那裡，前者壓倒了後者。

表面上看，最底層（可能的童養媳、寡婦身份）的祥林嫂最後問出了終極關懷的嚴肅問題有些荒誕，而實際上，正是因為身體無法承受精神之重，而做出了瀕死中最後一根救命稻草的嘗試和打撈，結果，「我」用「說不清」打發了她，也為她的不得不死畫上宿命的句號。

恰恰是身體與精神之間的這種複雜關係，無論是互相成就，還是彼此爭奪，回環往復，造成了魯迅特色的身體話語的形塑：祥林嫂的卑賤身體承載了各種權力因素、文化傳統、精神寄託，這也恰恰說明了福柯意義上的權力（power）的無處不在。

[8] 陳愛強，《國民痼疾與祖先崇拜——魯迅小說一個文化學的闡釋》，《魯迅研究月刊》一九九七年第十一期，頁五三。

（二）身體對精神的獻祭及後果：《藥》的複讀

若從身體與精神的關聯角度重讀魯迅的經典名篇——《藥》，則可以發現其煥發的複雜又深刻的獨特魅力。

若從夏瑜的角度立論，則可理解為是一種身體對精神的獻祭。作為思想啟蒙者／革命者，他力圖讓下層民眾擁有新的精神狀態，比如「天下為公」等，從而實現靈魂的改造、革新的目的。但作為承載其思想的他自己的身體卻因此受到羞辱、折磨乃至毀滅。統治階層的反動讓他們無法容忍、消化或消解這種「異端」思想，於是身體就成為消除的替代品。而對於夏瑜本人來說，精神的解放或許更重要，為此，其軀體的犧牲更多是理念的身體力行，是為傳播新思想而付出的某種代價或必經途徑。

但若從統治者及其意識形態控制的民眾角度思考，這種獻祭卻更多是一種莫名其妙。小說中，華小栓顫顫巍巍的身體其實也隱喻了其和國人們精神的病入膏肓。人血饅頭，作為日漸凋敝的傳統祕方，自然也無法拯救華小栓們。從此意義上講，這裡的「藥」——無藥可救，至少隱喻了雙重涵義：（1）「藥」無法拯救和改良卑劣的國民性，甚至今天連魯迅的作用都是如此，仍然不容樂觀，如人所論：「魯迅改革國民性的失敗還不只在於國民性進步的緩慢，而且在他的思想並未被接受。精神上的諱疾忌醫本是中國人的通病。」[9]（2）「藥」——身體的獻祭無法真正實現精神的啟蒙，從而進一步實現（思想）革命的成功。

或許更耐人尋味的是身體（被）毀滅之後的餘緒。按常理，人死無非一抔黃土相伴，不分高低貴賤。但小說中，華小栓、夏瑜因為身體的死亡方法不同，其埋葬也被傳統／習慣所區隔：作為窮人，華小栓葬在右邊；作為

9 王福湘，《魯迅改革國民性的思想及其失敗》，《學術研究》二〇〇一年第十二期，頁一五四。

死刑犯，夏瑜埋在左邊。

《藥》的結尾往往也為人難以理解。烏鴉並沒有遂了夏大媽的要求，飛上夏瑜的墳頂，而是「張開兩翅，一挫身，直向著遠處的天空，箭也似的飛去了」（頁二四）。在我看來，飛去的烏鴉或可視為夏瑜的理想象徵，它無法為下層民眾，哪怕是自己的父母理解，這當然也反襯了啟蒙者失敗的必然性。夏瑜墳頂上的紅白的花環固然給感覺「躊躇」、「羞愧」的夏大媽一絲安慰，而飛身遠去的烏鴉卻又證明了啟蒙的遙遠、清高、不合常規。

由上可見，身體與精神是互相纏繞的主客體，而非簡單的主從關係。也恰恰是這種關係的流動，向我們展示出身體話語的形構。

三、身體的狂歡：超越的毀滅或尷尬

某種意義上說，被規訓的身體往往存有一種可能狂歡的品格，尤其是當我們認同巴赫金所言的，在一定前提下，狂歡本來也是一種生存方式，「充滿了兩重性的笑」[10]。魯迅的身體書寫在小說中也呈現出類似的可能性，儘管其書寫有對西方語境狂歡的修正，但仍然葆有另類的狂歡特質，這主要體現在《故事新編》的某些小說中。

10 具體可參巴赫金著，白春仁、顧亞鈴譯，《陀思妥耶夫斯基詩學問題》（北京：三聯書店，一九八八年），引文見頁一八四。

（一）《補天》的身體性：被壓抑的狂歡

《補天》如果將之視為中國版「創世紀」神話的話，其中的身體性可謂不言而喻，魯迅也在《故事新編・序言》中指出：「取了弗羅特說，來解釋創造。」儘管性的發動並未轟轟烈烈，達至狂歡的效果，但《補天》有關身體的書寫的確令人驚歎。

> 伊想著，猛然間站立起來了，擎上那非常圓滿而精力洋溢的臂膊，向天打了一個欠伸，天空便突然失了色，化為神異的肉紅，暫時再也辨不出伊所在的處所。
>
> 伊在這肉紅色的天地間走到海邊，全身的曲線都消融在淡玫瑰似的光海裡，直到身中央才濃成一段純白。（頁二七〇）

這一段描寫少見地呈現出健康的肉欲／肉色，女媧的精力過剩、碩大無朋凸顯出創造者軀體的巨大的開放性。如巴赫金所言：「建立在多產的深層和生殖性突凸部位上的人體，是從不對世界劃清界限的：它進入世界，並與世界交混和融合在一起；甚至在它自己身上……也隱藏著新的未知的世界。人體採取了宇宙性規模，而宇宙則肉體化了。**宇宙元素轉變成為成長中的、生產中的和勝利中的人體的、愉悅的肉體元素**。」儘管《補天》中的女媧是人化的神體，但卻具有巴赫金所言的「**肉體的公開性**」[11]和肉體可能的狂歡性。可惜，這只是一個開端，

[11] 巴赫金著，李兆林、夏忠憲等譯，《巴赫金全集・第六卷・拉伯雷研究》（石家莊：河北教育出版社，一九九八年），頁三九三。

這種可能恰恰斷送在女媧所造的小東西們的破壞中，他們不斷消耗、阻礙、破壞，女媧的神體在內外夾攻中最終精疲力竭，走向滅亡，而不可思議的是，死去的身體卻又成為破壞者爭奪的對象，成為可資利用的資源和文化、政治合法性的旗幟。

（二）狂歡式復仇：《鑄劍》

簡單而言，《鑄劍》更是以頭還頭的復仇故事。王在得到王妃生下來的「純青透明的鐵」後，卻想用它報國、殺敵、「防身」（頁三二四）。悖論的是，眉間尺的父親卻因為鑄造出舉世無雙的劍而落得身首異處的下場；而後眉間尺仗劍替父報仇。「復仇之神」黑衣人願意挺身相助幫他復仇，但需要兩件東西，劍和他的頭。而眉間尺最後聽信了黑衣人的話，自剄獻頭。小說中還穿插了惡狼吃掉眉間尺的身體的細節，其中也隱喻了「置之於死地而後生」的敘事內蘊。

真正的復仇高潮其實就是一種頭顱鏖戰的狂歡。黑衣人以變戲法的方式獲得了王的信任，而戲法的合謀者就是金鼎水中隨歌而舞，邊舞邊歌的眉間尺的頭顱。等到王臨近金鼎細看時，黑衣人斬下他的頭，水中的眉間尺之頭立刻撲向王復仇，但由於他年輕，在攻擊王頭時卻受傷更多，黑衣人於是自刎，其頭入鼎中與眉間尺並肩共戰王頭，直至王頭斷氣，另二頭對視一笑沉到水底。然而三個頭顱卻由於同鼎共煮，最後只好三個頭、一個身體並葬。這樣的結果無疑呈現出一種復仇的狂歡，身體／頭顱成為奇異的復仇手段。當然，在狂歡之餘，亦有悲涼，那就是所有的事物同歸於盡[12]，儘管黑衣人原本「我已經憎惡了我自己」（頁三三〇）！

12 具體可參朱崇科，《張力的狂歡——論魯迅及其來者之故事新編小說中的主體介入》（上海：上海三聯書店，二〇〇六年），頁二二六。

（三）身體的鬧劇：《起死》

《起死》中自以為看透生死哲理的莊子實則為好管閒事，他要求司命大神將一個空骷髏「復他的形，還他的肉」。在莊子那裡，身體似乎成為一種形而上的辯證，莊周化蝶的邏輯讓他認為：「又安知道這骷髏不是現在正活著，所謂活了轉來之後，倒是死掉了呢？」（頁三六三）司命聽從了其勸告，令骷髏復活，結果醒活後的漢子卻拂逆了莊子的哲學，最後讓他不得不通過叫巡士利用人情關係才能擺脫，造成了一齣身體的鬧劇。

探研這場鬧劇的原因，不難發現身體在此處扮演了異於常識的角色：（1）它有其具體歷史文化記憶，無法徹底超越時空；（2）它有其物質性，需要衣服來保暖和遮醜。漢子的身體本身也是物質和文化的糅合，但無論如何，卻有其歷史語境的限定性。如果說《補天》、《鑄劍》從身體毀滅角度說明了超越身體的艱難，那麼《起死》則從身體復生角度論證了身體超越的尷尬和不可能。而值得注意的是，莊子最後不得不藉現實的身體規訓機器——巡士來幫忙，在他離開後，巡士和漢子又因為職業和歷史語境的差異而無法交流，搞得巡士不得不繼續報警求助，這個結尾無疑更是為這場鬧劇增添了狂歡色彩，同時也證明了當時以傳統文化拯救現實中國的不可能，這人概也是魯迅重審傳統元典文化的重要目的[13]。

需要指出的是，在上述論述以外，魯迅小說中的身體話語有時也呈現出樸實卻相當重要的追求／側重，《一件小事》作為一篇文體交叉的小說（也可視為敘事散文）恰恰更強調「身體力行」實踐意義上的身體，那個扶著老女人遠去的背影之所以變得高大，是因為他是真正的勇於承擔責任的實幹者，在「勞工神聖」的光環映照下，

---

13 具體可參朱崇科，《張力的狂歡》，頁二二四至二二六。

甚至可以劃入「民族的脊樑」中去。同樣，《故鄉》中月光下少年閏土的矯健身影與老年閏土枯乾如老樹皮的鮮明對比，不僅反映出人精神狀態歷練的滄桑，而且更反襯出生活的磨難對身體的壓制和腐蝕，這更增添了啟蒙者的疑惑，包括自我質疑。

結語

無論是立足身體局部（頭髮、眼睛等），考察其政治的譜系、奴隸性的生成，還是考察身體整體上與精神的複雜糾葛，抑或是身體的狂歡，魯迅在小說中的確表現出對身體相當深邃又獨特的觀照，而此中身體話語的形成更不是一句精神壓倒肉體所能解決和概括的。恰恰是在其複雜張力中，身體的話語運作得以順利展開。

當然，其他文類中也可能蘊含了更豐富的身體話語，值得有心人士繼續挖掘。在二十一世紀所謂肉體和下半身狂歡的年代，單純以身體寫作的邏輯來批判魯迅的啟蒙思想以及革命敘事，或者說以靈魂的衣角來鄙夷身體[14]，其實都可能是對魯迅的誤讀，儘管表面上看，前者激情四溢，後者嚴肅堂皇。

14 具體可參莫運平，《身體敘事中的「魯迅」生產》，《中國文學研究》二〇〇六年第三期，頁一五至一八。

附錄三：書評一　力比多實踐中的文化政治

——《身體意識形態》評介

范穎*

對於二十世紀九〇年代以來的長篇小說文本，常規的解讀已然不少。這些小說敘述與現實、烏托邦、社會思潮之間的種種關聯以及所揭示的人性真實，已經有人從不同的思路予以揭示（這點哪怕只是從朱崇科《身體意識形態》的文獻綜述也可窺豹一斑）。然而，把這些文本作為文化事件放在一九九〇年代的文化場域中予以考察，相關的批評似乎或者是老生常談，新意匱乏；或者是刻意誤讀，以他人的文本「澆胸中塊壘」；或者回歸道德批判，簡單地以某種是非對錯標準評判小說中的人物以及遐想小說作者；還有批判的狹隘化，往往無視文本所處的互文網絡，不能得到綜觀全局的結論。種種不足，均反襯出新的解讀的必要。

朱崇科的《身體意識形態》（中山大學出版社，二〇〇九年。如下引用，只注頁碼）恰恰是蹊徑獨闢，從這些小說的「力比多實踐」入手，通過對十位小說家的代表性長篇文本中有關性指向話語的分析，把這些小說放在時代背景以及文學發展流變的歷程中來考察，借助文學考古和相關譜系學知識，勾畫出文學再現中所呈現出來的獨特文化政治，此種操作就顯得頗具新意、別具一格。

本文以下面兩個問題為中心：一方面，《身體意識形態》是如何從長篇小說中的性話語出發探討有關的意識形態問題的？換言之，在內容上，該書有怎樣的問題意識？另一方面，該書對此如何進行表述？換言之，再現和剖析的技藝如何展覽？

一、長篇小說中的力比多實踐及其話語分析

二十世紀九〇年代以來長篇小說中的「力比多實踐」切合了人欲橫流的時代背景。這些性描寫，從統計學上來說，可謂花樣繁多。在《身體意識形態》中，朱崇科用「力比多實踐」來指稱／替代這些小說文本中的性描寫，當然有著特殊的考量：首先，「性描寫往往更著眼於外在的表現，尤其是性關係的現場描述……而實際上，身體本身作為複雜的形體，具有相當繁複的表現形態」，用「性描寫」不足以概說小說文本中繁複的身體意象；其次，「力比多實踐」概念固然有和「性描寫」重合的部分涵義，但更重要的是，該概念要處理身體內部的思考邏輯、激情與政治、身體與快感、革命與身體，等等，身體在此時已經成為一個文本，它可能是政治的、文化的，又是欲望的、生理的（頁一八至一九）。

《身體意識形態》用「文化研究」理論，兼用福柯意義上的考古學和譜系學方法分析一九九〇年代以來的十位作家長篇小說中的力比多實踐，分別構成該書的十個章節。這十位作家是賈平凹、王小波、阿來、高行健、陳染、九丹、衛慧、木子美、葛紅兵、余華。從這個名單上可以看出，作者的視野不僅僅局限於中國大陸的文學文本，而是有意識地把海內外華人文學作為整體進行研究，因此該研究的視域是廣闊的；又因為作者用知識考古的方法研究各個文本，絕不忽略它們的社會、文學背景，因此，該研究具有歷史的縱深。下面簡要介紹該書是如何

分析這些作家在其作品中的力比多實踐的。

賈平凹：《廢都》的「弔詭」。《廢都》中的種種矛盾，可以歸結為以下幾個方面：首先，《廢都》的出現既是社會文化發展的結果，也是作者主體自擇的結果，但作者從擅長的鄉村書寫轉型到城市描繪，未免存在許多不協調的地方。就書中的情色書寫而言，也存在用農民式的立場（土氣）書寫城市性愛所帶來的缺憾，有淺白化、庸俗化的弊端。這是作家書寫轉型所致的內在矛盾。其次，就小說內在邏輯而言，儘管小說中存在形形色色的性事，但這些性實踐大都以悲劇收場，並未發揮其應有的補償功能。作家對莊之蝶性事的渲染，對諸女前赴後繼糾纏於莊之性事的描寫，無非是作者俯視女性、一廂情願的男性視角的結果。再次，從小說所表徵的社會生態而言，其力比多實踐固然反映了社會道德失範的現實，但因為作者對寫作尺度的把握有所欠缺，五花八門的性愛描寫無疑延續並發展了社會道德的失範和虛泛。

王小波：規訓的悖謬。在《革命時期的愛情》以及「時代三部曲」中，種種性話語主要用於揭穿倫理道德的荒謬性。王小波用黑色幽默呈現人性的原生態，用性話語抵抗偏執的規訓（包括政治、經濟、道德、意識形態、權力、暴力等），並樹立、詮釋愛與性在人性中的地位。

阿來：《塵埃落定》中的性話語彰顯出權力的播撒過程。作為主人公的「我」是二十世紀中國文學「傻子」系列的新成員，其自我身份的確認與本能的欲望、性交織在一起；同樣，小說中其他的形形色色的男女，包括土司、塔娜等，都存在身體、身份游移而不能確定的問題，也都在用性來確認自我。與此同時，小說中的性事卻是權力關係的集中體現，不僅存在上下等級關係，而且還有著男女性別間權力的對抗。過剩的性最終壓制了身體，導致了集體潰敗的命運。

高行健：首先，《一個人的聖經》中的性描寫為作家主張的「沒有主義」提供了範本。小說中欲望的展覽有著清算「文革」、希冀從政治中得到解脫的作者意圖；而小說敘事、語言以及所展示的性話語本身，卻呈現出眾聲喧嘩的風貌。因此，由小說觀之，所謂「沒有主義」其實是「主義的狂歡」，雜糅著極端的現實主義、現代主義和後現代主義。其次，《一個人的聖經》展示了一種身體政治：種種性愛姿勢突出狂歡化色彩，不同身份的性愛對象有助於主人公確認自我。這種身體政治可歸結為政治或權力對身體的享用，而在性別角色中，則是男性對女性的享用。身體、性、政治、權力等因素之間的用與被用的關係在小說的性話語中得到表達，與此同時，作家也用性的氾濫展示出敘述的暴力來。

陳染：通過分析「五四」以來有關「身體操控」的文學譜系，朱崇科確定了陳染小說中的性愛書寫在該譜系中的獨特座標，認為這既是對男權中心的批判，同時也是女性身體意識的回歸。《私人生活》中的性話語既是家庭中戀父與弒父情感的糾結，也是女主人公倪拗拗對老師T先生的性要求的反擊與被迫接納過程的糾結；如果把家庭的涵義擴大到主人公成長的社會環境，則該小說是對家庭暴力（精神、身體和性暴力）的深層隱喻。小說中，家庭暴力的受害者所採取的種種應對暴力的策略可歸結為回歸自我、同性情愛、反抗與回歸。

九丹：《烏鴉》中的性描寫是「一種審醜的悖論」。小說中來自中國的另類留學生在新加坡被迫——且主動被迫出賣色相，儘管她們或許本能地堅守了自己的民族身份作為精神補償，但當她們放棄自己的母國文化的支撐時，唯有強化對新移民身份的物質性認同，重複當地既有的物質權利邏輯。其必然結果是，九丹的小說「揭露惡的面具，同時又強化了惡的魔力，而和身體寫作／體液寫作殊途同歸」。

衛慧：通過分析《上海寶貝》、《我的禪》等小說文本，朱崇科從「認同政治」入手，揭示出一種他命名為「新東方主義」的畸形、變態的美學觀念。衛慧們炫耀上海的國際潮流，一面向國人賣弄某種優越感，一面則討好、迎合國際欲望。五花八門的性事帶來對自身身體的享用，性描寫觸目驚心，極盡媚俗；她們不僅刻意貶低中國男人的性能力，還特別誇大外國男人在性上給她們帶來的滿足感。儘管小說中可能也點綴一些東方哲學（比如禪），但文本中的東方哲學不過是「一廂情願的心理安慰」，絲毫無助於深陷欲望中的寶貝們的自我救贖。

木子美：《遺情書》中「驚世駭俗的性姿態」不過是一種表面的叛逆，實質上是「性女」在踐行男權主義。「性女」們從享樂主義者的角度嘗試性的各種功能和姿態，享受絕對自由的、由身體引導的性體驗，從而獲得形而下的愉悅。而在性描寫的操作手法上，木子美採用了「悶騷式煽情和淡化處理」，不經意中強化了讀者的閱讀期待。

葛紅兵：《沙床》沿襲著《高老夫子》、《圍城》、《青春之歌》關於知識份子身體倫理書寫的傳統，呈現出複雜的身體意識形態。教授們身體的墮落、精神上的空虛，與主人公諸葛的反省構成對照；而諸葛經歷的諸多性體驗，總夾雜著原罪感、責任感、欲望的釋放與壓制等等。此外，《沙床》中身體的功用存在悖論：世俗欲望的升騰會導致性的退縮；為實現生命的自我主宰往往需要祛除身體；超越身體則要付出摧毀身體的代價。身體的物質性隨精神的灌注而變得複雜，但《沙床》的書寫依然有膚淺的一面。

余華：《兄弟》的敘事話語存在暴力與溫情的雜糅，與其以前的作品冷峻的風格大異其趣。《兄弟》中的性話語譜系表明，余華在書寫小說人物李光頭不同時期（青春期、成人期以及此後的病態與腐化墮落期）的性話語時，指向了人性、意識形態的變遷以及個體倫理；換言之，性、人性、兄弟性之間存在內在的隱喻與關聯，性話語的變遷成為道德倫理從壓抑到狂歡的過程。

由上面的簡要介紹可以看出，長篇小說中的力比多實踐牽涉到身體之外複雜的意識形態，涉及身體與生理、倫理、道德、政治、文化、知識、暴力、監控、性別等等之間的種種相互糾葛。朱崇科從身體意象／性話語的視角審讀一九九〇年代以來的長篇小說，並從中讀出了作家、小說文本以及文本所在的特定歷史背景這三者之間隱祕而複雜的關係。這一視角不僅讓他認識到作家寫作風格、手法上的轉型與得失，探察到作家與時代潮流的互動，還讓他窺見到意識形態對作家寫作話語的操控以及作家對這些操控的抵抗。當然，恰恰是通過對這些各具風格的知名文本的分析，朱崇科也揭示了一九九〇年代以來諸種意識形態對身體的鐫刻與疊加，從而構成了網狀的文化政治覆蓋。凡此種種，都體現出本書的獨到與新意。

二、表述的技藝：理論與智性的威力

正如陳思和在該書的序中所說，《身體意識形態》一書從性的理論和視角出發，「討論了性別、政治、消費、都市、欲望、後現代、後殖民等問題」。作者熟稔西方流行的文學理論，在用以分析中文小說文本時，往往觀點獨到，語言犀利，在揮灑自如的行文中，彰顯智性的光彩，體現出活用理論的威力。

首先，作者熟悉有關文化理論，對分析對象的相關歷史背景具有完整的瞭解，因而在剖析文本、駕馭話題、給出結論時充滿自信，在文本的譜系界定以及評判上能夠得心應手，進退自如。可以說，這一特點在整部論著中都是極其鮮明的。以《廢都》為例，朱崇科從社會文化以及作家個體的發展歷程出發，認為它的出現是一種「必然」；然後從多個角度指出該小說本身充滿「弔詭」之處。作者分析文化潮流（與其他同一譜系的作品進行比較），探討作家主體的選擇（揭開作家的心路歷程），比較性話語的功用與文本中的實際效用，等等，都展現出對理論、資料的充分把握和對結論的自信，因而極具說服力。

同樣，在分析代表性文本時，朱崇科也會有意進行「文本互涉」操作：既將歷時性的類似書寫加以勾連，如葛紅兵《沙床》對前輩們相關小說話語建構的賡續；同時也對同類文本進行並置，比如在處理陳染《私人生活》時，和林白的比較式點評，這樣的操作因此呈現出點狀與網狀融匯的複合結構：既能夠解決論述時的深度和火力問題，又能夠部分顧及了論述的廣度，讓讀者開拓視野，舉一反三。

我們不妨再以作者對衛慧的批判為例，看看作者的理論素養以及文本分析中的智性。

在分析衛慧的小說之前，朱崇科先介紹了東方學和東方主義，指出，從權力話語的角度來看，東方主義「呈現了歷史和物質角度下西方對東方的霸權式想像」。以此為基礎，作者提出了「新東方主義」的概念，用以指衛慧之類「東方」作家、個人、主體用「西方」的心態、視角等來想像東方。隨後，作者從衛慧小說中「兜售上海」與「兜售自我」兩個主題出發揭示出衛慧們的新東方主義實質。即，在兜售上海與自我時，她們極盡向東方讀者賣弄之能事，通過對上海以及對作者自我的種種「前衛」的物質（國際品牌）、文化（夾雜洋文的書寫）、生活（離奇的經歷與放縱的生活方式）的描寫，處處顯示出高人一等的姿態。其潛臺詞彷彿是對著所有上海以外的東方讀者說：你們這些鄉巴佬！沒有見過我們上海吧！然而，在同一部作品中，衛慧們向西方讀者展示上海的時候，卻在兜售「有選擇的全球化」；她不是介紹、描寫作為東方大都市的上海以開放的姿態平等迎接世界各地（包括西方）的雍容氣度，而是竭力向種種西方物質、文化、生活方式獻媚。作為身體寫作、下半身寫作以及液體寫作的代表，衛慧在其小說中再現的種種力比多實踐充分展示出這種「新東方主義」：上海寶貝所接觸到的中國男性是性無能的，而其西方情人（德國人馬克）則具有能充分滿足其情欲的巨大性器官和高超性能力。下面一段話引自《身體意識形態》對衛慧的體液寫作的批評：

> 《上海寶貝》中看見情人馬克在球場上奔跑，馬克的太太伊娃和朱砂在聊天，「而我的內褲已經濕了」。而到了《我的禪》中，她聽到旗袍絲綢被Muju撕裂的聲音就「你的下體重又變得濕潤」；或者老花花公子尼克吻了「我」的雙唇，其呼吸的氣味「也十分好聞，是那種能讓你雙腿間一下子濕潤的氣味」。作者有意引導的意味呼之欲出，但讓人疑惑的是，是什麼讓「我」濕得如此容易？體液寫作和身體放縱作為消費者和被消費者的雙重角色無疑耐人尋味。（第一四六頁）

這裡作者對關鍵詞「濕（潤）」所做的統計是具有說服力的，由此我們不難窺見作者在掌握材料上所下的功夫。實際上，《身體意識形態》中充滿了這種對文本關鍵詞的統計資料，因而作者的評述具有翔實的文本資料的支撐。當然，如果本書僅是一些統計資料的羅列，或者亦無足觀，但該引文可以使我們更清晰地看到作者在理論的指引下對文本現象予以深度剖析的功夫。本段引文中的反問發人深省，而從「消費者與被消費者的雙重角色」指出其跨國文學實踐中「體液寫作」的本質，其中的結論當然與新東方主義的論斷相符。

簡而言之，《身體意識形態》充分展示了作者在博涉現代文學、文化理論，掌握批評對象、文本材料的基礎上恣意汪洋的書寫風格。書中的批評既彰顯出理論的威力，也凸現出作者把握批評話語、展開文化批評的銳利與智性。

三、結論

如前所述，《身體意識形態》以一九九〇年代以來的長篇小說中的性話語為出發點，廣泛地討論了這些力比多實踐的文化意義。該書既討論著名和嚴肅作家，也分析網路以及真正的「體液寫作」作家。它不僅橫跨了時間的流變，考察身體書寫的不同階段和風格，同時也跨越了國界，關注作家的流動性。它對分析對象呈現出瞭解之同情，從具體的社會、時代語境考察長篇小說中力比多實踐的權力話語關係，超越了單純或者粗暴的道德評判和倫理糾葛，從而給作品更加合適的定位。與此同時，該書也注重挖掘和分析作品中的諸多問題，分析、批判消費社會中對身體的過度消費、耗損和膚淺化傾向，深入剖析和批判小說中的壓制、自我殖民等因素，並關注對壓抑進行反抗、消解的過程中呈現出的悖論。這些論述，新意迭出，頗多意趣。

在文本書寫上，該書集中體現出作者在諳熟現代／後現代文化理論、掌握批評對象前提下遊刃有餘地展示文本、開展批評的技巧。雖然對於不熟悉相關理論和批評文本的普通讀者而言，該書中有些地方似乎稍顯急促，表面上看，彷彿作者有意要把各種理論和文本信息呼啦啦一下子全都端上桌子來讓讀者領略享受一番，相應地，作者在行文風格與語義邏輯上，呈現出跳躍式、多重思路齊頭並進的特點；這對於不熟悉該寫作風格的讀者來說，可能構成閱讀的障礙。但只要認真研讀，作者慣常嚴謹的學術寫作中不時會給讀者帶來智性的機趣。因此，閱讀本書應該是讓人饒有興趣的文化大餐享受過程。

（原刊《海南師範大學學報》二〇〇九年第五期）

*范穎，女，廣東輕工業職業技術學院教授。

附錄四：書評二　身體書寫的範式及其意義

——評朱崇科《身體意識形態》

嵇春霞*

長篇小說總是承載著一個時代文學的夢想，或者說衡量著一個時代文學創作水平的高低，因而總是一個重要的關注領域。二十世紀九〇年代以來，漢語長篇小說的創作實績得到了文學史家和文學批評家不同程度的關注，但在對其中性描寫的專題研究上，還是頗為薄弱的，在這樣的學術背景中來勘察新加坡國立大學哲學博士、中山大學中文系朱崇科《身體意識形態》一書（中山大學出版社，二〇〇九年，共二九四頁），其價值和意義就不言而喻了。

《身體意識形態》（以下簡稱《形態》）一書有一個比較長的副題：漢語長篇（一九九〇— ）中的力比多實踐及再現。這個副題才是這部著作的主要話題和論證中心。所以《形態》不是一般意義的文本閱讀，她超越了泛讀模式，立足小說文本個案，既藉以考察中國語境身體意識形態的流變範式，又藉此挖掘相關理論的其他可能。這使得《形態》一書具備了深廣的理論空間，而性話題的中心地位、身體物質性與精神意義的兼融考量，都使得這種文本考察和理論範式呈現出更為銳利的話語權力。概括而言，此書的特點約有四個方面。

一、網羅知名作家知名文本

朱崇科重讀了一九九〇年代以來漢語長篇敘事中有關力比多實踐的知名文本：賈平凹的《廢都》、王小波的「性話語」、阿來的《塵埃落定》、高行健的《一個人的聖經》、陳染的《私人生活》、九丹的《烏鴉》、衛慧的《上海寶貝》及《我的禪》、木子美的《遺情書》、葛紅兵的《沙床》、余華的《兄弟》。這一串文本以及文本背後的作家的名字，幾乎在近二十年來，都曾是聞名遐邇。雖然就小說作者身份而言，其中既有著名和嚴肅的作家，也有馳譽網路以及真正的「體液寫作」作家；就文本的文體特徵而言，既有標準的長篇巨製，也有以短篇連綴而具有長篇意義的作品。

朱崇科就以這一串作家和文本銜接起這一時段的創作流變，深入探討了身體意象所含有的各種時代信息，也由此考察身體書寫的階段特色。值得注意的是，朱崇科以「漢語長篇」為勘察範圍，所以在關注國內作家作品的同時，也將視界引向海外漢語文學圈，關注作家的流動性，比如高行健、九丹等。《形態》一書的含括力由此可見一斑。

二、文化學角度與譜系學方法

儘管前人對這些文本不乏真知灼見，但是，從文化學角度（cultural studies）考察身體政治中深藏的性別之間、國別之間、認同變遷中的權力／話語關係則是前輩研究者忽略或者不夠注意的值得繼續深化的實踐操作。換言之，在一九九〇年代以來社會劇變時期，長篇中的身體到底演繹了怎樣的意識形態（無論是來自身體內部的變遷，還是外部的添加與操控）則相當耐人尋味。而考察這麼繁複的問題，簡單的文學的、審美的視角顯然會顯得捉襟見肘，作者的筆觸往往伸展到文化學視野，如分析阿來《塵埃落定》中身體漂移的權力撒播，便結合了民族關係來立論，而論高行健《一個人的聖經》則涉及到中西文化的差異性對比。

該書採用福柯譜系學（Genealogy）的方法進行梳理，同時又以個案為中心，這自然可以避免國內學界相關論述的過於宏大、粗疏和許多單純從倫理道德角度規劃文學的偏見，而從更加複雜的文學場（Literary Field）、經濟資本、消費潮流等社會語境對作品進行更為深度的開掘和梳理，同時展現出身體在二十世紀末的解放和頹廢中所發揮的複雜功用。如作者分析王小波《黃金時代》等「時代三部曲」，即將王小波的性話語譜系與指向貫穿作為立論之基礎，分析陳染的《私人話語》專列「性屬規範譜系：從政治／經濟到欲望／意識」，分析余華的《兄弟》則將成長、成熟抑或腐化作為其性話語譜系的關鍵詞。這些性話語譜系的梳理，為個性化地抽繹出小說中的身體意識形態奠定了基本的格調。

三、時代語境與自我意識

時代語境是解讀長篇小說不可忽略的一環，只有注重語境因素，才有可能超越單純或者粗暴的道德評判和倫理糾葛，從而給予作品更加合適的定位。《形態》一書結合時代語境深入挖掘作品中的諸多問題，分析、批判消費社會中對身體的過度消費、損耗和膚淺化傾向；關注對壓抑進行反抗或消解過程中呈現出的悖論，藉此種種強調身體政治中的身體自我意識以及形而上精神的反撥與可能深化。

既往的二十年，就時間上來說並不長，但這二十年所經歷的思想意識形態的變化卻不可謂不大，因此衡鑑其創作得失，就必須結合時代語境來分析，特別是性實踐及再現的中心話題，更是疊有變化。強調這一特點，才可能清晰描述出身體自我意識。作者論衛慧的《上海寶貝》、《我的禪》等作品，對當時寓居上海的青年一族的力比多實踐予以生動再現，將其帶有明顯的地域情調及觀念色彩展露無遺；而論木子美的《遺情書》則將性遊戲與人生態度作為自我意識的顯例來強調。

四、跨學科視野與跨國界文論

本書涉及學科領域廣泛，屬於跨學科的實踐操作，包括二十世紀中國文學、性別研究、社會學（性理論）、文化研究、後殖民理論等等。著名現代文學研究者復旦大學教授、教育部長江學者特聘教授陳思和在此書序言中說：「朱崇科在文本解讀中用了不少西方流行的理論，顯示了他在當代西方文論領域的廣博涉獵，本書稿分析每一部作品都涉及一個領域，從性（力比多）理論和視角為出發點，分別討論了性別、政治、消費、都市、欲望、後現代、後殖民等問題。」

《形態》一書力圖找尋一個契合點，連接西方文論有關身體力比多的論述和二十世紀九〇年代漢語長篇小說的關係。本書的主攻關鍵在於中西方性理論、性文化和九〇年代以來漢語語境長篇敘事的可能契合；更進一步，從理論上說，藉漢語語境拓展西方有關身體政治理論的範圍、限度，反過來，藉西方理論轉換視角，從而發現當代文學中身體書寫所呈現出的可能是中國特色的身體變遷軌跡。其論九丹的《烏鴉》、余華的《兄弟》、葛紅兵的《沙床》等，都是在多種理論的觀照之下來解析其力比多實踐背後豐富的理論內涵的。

《形態》一書當然不是全面系統地處理二十世紀文學史上的性描寫歷史，而僅是通過對九〇年代以來的「經典」和著名個案梳理身體意識形態的可能範式，從而藉此考掘相關時段文學史上身體的文化變遷，也藉此重審各種理論的限度。所以正如陳思和教授在此書序言中所說：「雖然身體意象是一個比較小的入口處，但是朱崇科博士所論述的方方面面匯總起來，當是一九九〇年代以來的一個時代的縮影。」這就是這部著作的張力所在了。

（原刊《淮北職業技術學院學報》二〇〇九年第六期）

*嵇春霞，女，中山大學出版社編輯，《身體意識形態》策畫與責任編輯。

參考書目（以姓氏拼音字母為序）

一、中文書目

A

[法]托尼・阿納特勒拉（Tony Anatrella）著，劉偉、許鈞譯，《被遺忘的性》（桂林：廣西師範大學出版社，二〇〇三年）。

理安・艾斯勒（Riane Eisler）著，黃覺、黃棣光譯，閔家胤校，《神聖的歡愛：性、神話與女性肉體的政治學》（Sacred Pleasure: Sex, Myth and the Politics of the Body）（北京：社會科學文獻出版社，二〇〇四年）。

艾曉明、李銀河編，《浪漫騎士——記憶王小波》（北京：中國青年出版社，一九九七年）。

B

巴赫金著，白春仁、顧亞鈴譯，《陀思妥耶夫斯基詩學問題》（北京：三聯書店，一九八八年）。

巴赫金著，白春仁、曉河等譯，《巴赫金全集》第四卷（石家莊：河北教育出版社，一九九八年）。

巴赫金著，李兆林、夏忠憲等譯，《巴赫金全集》第六卷（石家莊：河北教育出版社，一九九八年）。

讓•鮑德里亞著，車槿山譯，《象徵交換與死亡》（L' échange symbolique et la mort）（南京：譯林出版社，二〇〇六年）。

[美]波茨（Malcolm Potts）、[澳]肖特（Roger Short）著，張敦福譯，《自亞當和夏娃以來——人類性行為的進化》（北京：商務印書館，二〇〇六年）。

讓•波德里亞著，劉成富、全志鋼譯，《消費社會》（La société de consommation）（南京：南京大學出版社，二〇〇〇年）。

[法]皮埃爾•布迪厄、[美]華康得著，李猛、李康譯，《實踐與反思》（北京：中央編譯出版社，一九九八年）。

[美]蘇珊•布朗米勒（Susan Brownmiller）著，祝吉芳譯，《違背我們的意願》（南京：江蘇人民出版社，二〇〇六年）。

布魯克斯（Peter Brooks）著，朱生堅譯，《身體活：現代敘述中的欲望對象》（北京：新星出版社，二〇〇五年）。

C

曹順慶等，《比較文學學科理論研究》（成都：巴蜀書社，二〇〇一年）。

曹順慶等，《比較文學論》（成都：四川教育出版社，二〇〇二年）。

陳惇、劉象愚，《比較文學概論（修訂版）》（北京：北京師範大學出版社，二〇〇〇年）。

陳國球主編，《文學香港與李碧華》（臺北：麥田出版社，二〇〇〇年）。
陳建華，《帝制末與世紀末——中國文學文化考論》（上海：上海教育出版社，二〇〇六年）。
陳平原，《觸摸歷史與進入五四》（北京：北京大學出版社，二〇〇五年）。
陳染，《不可言說》（北京：作家出版社，二〇〇〇年）。
陳染著，韋爾喬圖，《離異的人》（北京：三聯書店，二〇〇四年）。
陳思和主編，《中國當代文學史教程》（上海：復旦大學出版社，一九九九年）。
陳思和，《中國當代文學關鍵字十講》（上海：復旦大學出版社，二〇〇二年）。
陳曉明，《無邊的挑戰》（桂林：廣西師範大學出版社，二〇〇四年）。
陳志紅，《反抗與困境——女性主義文學批評在中國》（杭州：中國美術學院出版社，二〇〇二年）。
程波，《先鋒及其語境：中國當代先鋒文學思潮研究》（桂林：廣西師範大學出版社，二〇〇六年）。
程文超等，《欲望的重新敘述——二十世紀中國的文學敘事與文藝精神》（桂林：廣西師範大學出版社，二〇〇五年）。

D

戴錦華，《隱形書寫——九〇年代中國文化研究》（南京：江蘇人民出版社，一九九九年）。
[澳]J．丹納赫、T．斯奇拉托、J．韋伯著，劉瑾譯，《理解福柯》（Understanding Foucault）（大津：百花文藝出版社，二〇〇二年）。
德里克（Arif Dirlik）著，孫宜學譯，《中國革命中的無政府主義》（桂林：廣西師範大學出版社，二〇〇六年）。
梵．第根著，戴望舒譯，《比較文學論》（北京：商務印書館，一九三七年）。
董之林，《舊夢新知：「十七年」小說論稿》（桂林：廣西師範大學出版社，二〇〇四年）。
杜士瑋、許明芳、何愛英編《給余華拔牙——盤點余華的「兄弟」店》（北京：同心出版社，二〇〇六年）。
杜小真編《福柯集》（上海：上海遠東出版公司，一九九八年）。

E

[英國]瓊安•恩特維斯特爾（J. Entwistle）著，郜元寶等譯，《時髦的身體：時尚、衣著和現代社會理論》（桂林：廣西師範大學出版社，二〇〇五年）。

F

廢人組稿，先知、先實選編，《廢都啊廢都》（蘭州：甘肅人民出版社，一九九三年）。
福柯著，姬旭升譯，《性史》（青海人民出版社，一九九九年）。
福柯著，劉北成、楊遠嬰譯，《規訓與懲罰》（北京：三聯書店，一九九九年）。
傅柯著，王德威譯，《知識的考掘》（臺北：麥田出版社，二〇〇一年）。
蜜雪兒・傅柯（Michel Foucault）著，洪維信譯，《外邊思維》（La pensée du dehors）（臺北：行人出版社，二〇〇三年）。
[法]蜜雪兒•福柯著，佘碧平譯，《性經驗史（修訂版）》（上海：上海人民出版社，二〇〇五年）。
福柯著，劉北成等譯，《規訓與懲罰——監獄的誕生》（北京：三聯書店，二〇〇三年）。
佛洛德（Sigmund Freud）著，騰守堯譯，《性愛與文明》（合肥：安徽文藝出版社，一九八七年）。
西格蒙特・佛洛德著，楊韶鋼譯，《一個幻覺的未來》（北京：華夏出版社，一九九九年）。

G

簡•蓋洛普（Jane Gallop）著，楊莉馨譯，《通過身體思考》（Thinking Through the Body）（南京：江蘇人民出版社，二〇〇五年）。
乾永昌等編選，《比較文學研究譯文集》（上海：上海譯文出版社，一九八五年）。

[荷]高羅佩著，李零等譯，《中國古代房內考：中國古代的性與社會》（上海：上海人民出版社，一九九〇年）。
高行健，《一個人的聖經》（香港：天地圖書，二〇〇〇年，簡體字版）。
高行健，《沒有主義》（香港：天地圖書，二〇〇〇年）。
高行健，《靈山》（香港：天地圖書，二〇〇〇年，簡體字版）。
高行健，《八月雪》（臺北：聯經出版社，二〇〇〇年）。
高宣揚，《布迪厄的社會理論》（上海：同濟大學出版社，二〇〇四年）。
郜元寶、張冉冉編，《賈平凹研究資料》（天津：天津人民出版社，二〇〇五年）。
葛紅兵、宋耕，《身體政治》（上海：上海三聯書店，二〇〇五年）。
[美]耿德華（Edward M. Gunn）著，張泉譯，《被冷落的繆斯——中國淪陷區文學史（一九三七年－一九四五年）》（北京：新星出版社，二〇〇六年）。

H

寒山碧主編，《中國新文學的歷史命運——二十世紀中國文學的回顧與廿一世紀的展望國際學術研討會論文集》（香港：中華書局香港有限公司，二〇〇七年）。
黃發有，《準個體時代的寫作——二十世紀九〇年代中國小說研究》（上海：上海三聯書店，二〇〇〇年）。
黃華，《權力，身體與自我——福柯與女性主義文學批評》（北京：北京大學出版社，二〇〇五年）。
黃金麟，《歷史、身體、國家：近代中國的身體形成（一八九五－一九三七）》（北京：新星出版社，二〇〇六年）。
黃曉華，《現代人建構的身體維度：中國現代文學身體意識論》（北京：中國社會科學出版社，二〇〇八年）。
黃修己，《中國新文學史編纂史》（北京：北京大學出版社，一九九五年）。
黃子平，《「灰闌」中的敘述》（上海：上海文藝出版社，二〇〇一年）。

J

馬・法・基亞著，顏保譯，《比較文學》（北京：北京大學出版社，一九八三年）。
江曉原，《性張力下的中國人》（上海：上海人民出版社，一九九五年）。

K

馬泰・卡林內斯庫（Matei Calnescu）著，顧愛彬、李瑞華譯，《現代性的五副面孔：現代主義、先鋒派、頹廢、媚俗藝術、後現代主義》（北京：商務印書館，二〇〇二年）。
珍妮佛•克雷克（Jennifer Craik）著，舒允中譯，《時裝的面貌：時裝的文化研究》（北京：中央編譯出版社，二〇〇〇年）。
柯倩婷，《身體、創傷與性別——當代小說的身體書寫》（未刊稿）（廣州中山大學中文系博士論文，二〇〇五年，指導教師艾曉明教授）。

L

李歐梵，《現代性的追求》（北京：三聯書店，二〇〇〇年）。
李歐梵著，毛尖譯，《上海摩登——一種新都市文化在中國一九三〇——一九四五》（北京：北京大學出版社，二〇〇二年）。
李歐梵著，王宏志等譯，《中國現代作家的浪漫一代》（北京：新星出版社，二〇〇五年）。
林怡君、任天豪，《性感的歷史》（臺中：好讀出版，二〇〇六年）。
黎湘萍，《文學臺灣——臺灣知識者的文學敘事與理論想像》（北京：人民文學出版社，二〇〇三年）。
李碧華，《煙花三月》（廣州：花城出版社，二〇〇五年）。
李銀河，《性・婚姻——東方與西方》（西安：陝西師範大學出版社，一九九九年）。

李銀河，《福柯與性：解讀福柯〈性史〉》（山東人民出版社，二〇〇一年）。
李銀河，《李銀河說性》（哈爾濱：北方文藝出版社，二〇〇六年）。
李小江等，《文學、藝術與性別》（南京：江蘇人民出版社，二〇〇二年）。
廖冰凌，《尋覓「新男性」：論五四女性小說中的男性形象書寫》（臺北：文史哲出版社，二〇〇六年）。
林曼叔編，《解讀高行健》（香港：明報出版社，二〇〇〇年）。
鈴木正夫著，李振聲譯，《蘇門答臘的郁達夫》（上海：上海遠東出版社，一九九六年）。
劉登翰主編，《香港文學史》（北京：人民文學出版社，一九九九年）。
劉斌、王玲主編，《失足的賈平凹》（北京：華夏出版社，一九九四年）。
王賡武著，劉宏、黃堅立主編，《海外華人研究的大視野與新方向——王賡武教授論文集》（新加坡：八方文化企業，二〇〇二年）。
劉慧英編著，《遭遇解放：一八九〇——一九三〇年代的中國女性》（北京：中央編譯出版社，二〇〇五年）。
劉小楓，《沉重的肉身》（上海：上海人民出版社，一九九九年）。
劉再復，《論高行健狀態》（香港：明報出版社，二〇〇〇年）。
劉中樹等主編，《世界華文文學的新世紀》（長春：吉林大學出版社，二〇〇六年）。
盧康華、孫景堯，《比較文學導論》（哈爾濱：黑龍江出版社，一九八四年）。
陸揚，《後現代性的文本闡釋：福柯與德里達》（上海：上海三聯書店，二〇〇〇年）。
羅瑪，《開花的身體：一部服裝的羅曼史》（上海：上海社會科學院，二〇〇五年）。
羅素著，文良文化譯，《性愛與婚姻》（北京：中央編譯出版社，二〇〇五年）。

M

馬爾庫塞著，黃勇、薛民譯，《愛欲與文明》（上海：上海譯文出版社，一九八七年）。
孟悅，《人・歷史・家園：文化批評三調》（北京：人民文學出版社，二〇〇六年）。

孟昭毅編著，《比較文學通論》（天津：南開大學出版社，二〇〇三年）。
凱特・米利特著，宋文偉譯，《性政治》（Sexual Politics）（南京：江蘇人民出版社，二〇〇〇年）。
木子美，《遺情書》（南昌：二十一世紀出版社，二〇〇三年）。

N

南帆，《後革命的轉移》（北京：北京大學出版社，二〇〇五年）。

P

潘耀明主編，《高行健》（香港：明報月刊、明報出版社，二〇〇〇年）。
莫里斯・梅洛——龐蒂著，姜志輝譯，《知覺現象學》（北京：商務印書館，二〇〇一年）。

Q

錢理群、黃子平、陳平原，《二十世紀中國文學三人談・漫說文化》（北京：北京大學出版社，二〇〇四年）。

R

任一鳴、瞿世鏡，《英語後殖民文學研究》（上海：上海譯文出版社，二〇〇三年）。

S

薩義德著，王宇根譯，《東方學》（北京：三聯書店，一九九九年）。
蘇珊・桑塔格（Susan Sontag）著，程巍譯，《疾病的隱喻》（Illness as Metaphor and AIDS and Its Metaphors）（上海：上海譯文出版社，二〇〇三年）。

汕頭大學臺港及海外華文文學研究中心編《渴望超越——第十一屆世界華文文學國際研討會論文集》（廣州：花城出版社，二〇〇〇年）。
史書美（Shih Shumei）著，何恬譯，《現代的誘惑——書寫半殖民地中國的現代主義（一九一七－一九三七）》（The Lure of the Modern: writing Modernism in Semicolonial China,1917-1937）（南京：江蘇人民出版社，二〇〇七年）。
斯普瑞特奈克（Charlene Spretnak）著，張妮妮譯，《真實之復興：極度現代的世界中的身體、自然和地方》（北京：中央編譯出版社，二〇〇一年）。
斯威尼（Sean Sweeney）、霍德（Ian Hodder）編，賈俐譯，《劍橋年度主題講座　身體》（北京：華夏出版社，二〇〇六年）。
宋永毅，《老舍與中國文化觀念》（上海：學林出版社，一九八八年）。

T

他愛，《十美女作家批判書》（北京：華齡出版社，二〇〇五年）。
陶東風、和磊，《文化研究》（桂林：廣西師範大學出版社，二〇〇六年）。
[英]布萊恩•特納著，馬海良、趙國新譯，《身體與社會》（瀋陽：春風文藝出版，二〇〇〇年）。
田建民，《張我軍評傳》（北京：作家出版社，二〇〇六年）。
田泥，《走出塔的女人：二十世紀晚期中國女性文學的分裂意識》（北京：中國社會科學出版社，二〇〇五年）。

W

汪民安、陳永國編，《後身體：文化、權力和生命政治學》（長春：吉林人民出版社，二〇〇三年）。
汪民安主編，《身體的文化政治學》（開封：河南大學出版社，二〇〇四年）。

汪民安，《身體、空間與後現代性》（南京：江蘇人民出版社，二〇〇五年）。
王斑，《全球化陰影下的歷史與記憶》（南京：南京大學出版社，二〇〇六年）。
王德威，《歷史與怪獸：歷史・暴力・敘事》（臺北：麥田出版社，二〇〇四年）。
王賡武，《中國與海外華人》（臺北：臺灣商務印書館，一九九四年）。
王賡武，《王賡武訪談與言論集》（新加坡：八方文化企業，二〇〇〇年）。
王宏圖，《都市敘事與欲望書寫》（桂林：廣西師範大學出版社，二〇〇五年）。
王建剛，《狂歡詩學——巴赫金文學思想研究》（上海：學林出版社，二〇〇一年）。
王惠雲、蘇慶昌，《老舍評傳》（石家莊：花山文藝出版社，一九八五年）。
汪暉，《去政治化的政治：短二十世紀的終結與九〇年代》（北京：讀書・生活・新知三聯書店，二〇〇八年）。
王潤華，《華文後殖民文學——本土多元文化的思考》（臺北：文史哲出版社，二〇〇一年）。
王書奴，《中國娼妓史》（北京：團結出版社，二〇〇四年）。
王偉、高玉蘭，《性倫理學》（北京：人民出版社，一九九二年）。
王喜絨等，《二十世紀中國女性文學批評》（北京：中國社會科學出版社，二〇〇六年）。
王小波，《理想國與哲人王》（西安：陝西師範大學出版社，二〇〇四年一版，二〇〇五年一月二刷）。
王小波，《黃金時代》（西安：陝西師範大學出版社，二〇〇五年）。
王豔芳，《女性寫作與自我認同》（北京：中國社會科學出版社，二〇〇六年）。
王宇，《性別表述與現代認同：索解二十世紀後半葉中國的敘事文本》（上海：上海三聯書店，二〇〇六年）。
雷蒙・威廉斯（Raymond Williams）著，劉建基譯，《關鍵字——文化與社會的辭彙》（北京：三聯書店，二〇〇五年）。
威斯坦因（Ulrich Weisstein）著，劉象愚譯，《比較文學與文學理論》（瀋陽：遼寧人民出版社，一九八七年）。

維特根斯坦著，陳嘉映譯，《哲學研究》（上海：上海人民出版社，二〇〇一年）。
韋伯（Max Weber）著，于曉、陳維綱等譯，《新教倫理與資本主義精神》（北京：三聯書店，一九八七年）。
吳俊，《暗夜裡的過客——一個你所不知道的魯迅》（上海：東方出版中心，二〇〇六年）。
吳清忠，《身體使用手冊》（廣州：花城出版社，二〇〇六年）。

X

蕭學周，《中國人的身體觀念》（蘭州：敦煌文藝出版社，二〇〇八年）。
徐坤，《雙調夜行船》（太原：山西教育出版社，一九九九年）。
許紀霖等，《啟蒙的自我瓦解——一九九〇年代以來中國思想文化界重大論爭研究》（長春：吉林出版集團有限公司，二〇〇七年）。
許子東，《為了忘卻的集體記憶——解讀五十篇文革小說》（北京：三聯書店，二〇〇〇年）。

Y

楊松年，《新馬華文現代文學史初編》（新加坡：BPL教育出版社，二〇〇〇年）。
楊宗翰，《臺灣現代詩史：批判的閱讀》（臺北：巨流出版社，二〇〇二年）。
楊松年、楊宗翰主編，《跨國界詩想——世華新詩評析》（臺北：唐山出版社，二〇〇三年）。
特里・伊格爾頓（Terry Eagleton）著，馬海良譯，《歷史中的政治、哲學、愛欲》（北京：中國社會科學出版社，一九九九年）。
沃爾夫岡・伊瑟爾著，陳定家、汪正龍等譯，《虛構與想像——文學人類學疆界》（長春：吉林人民出版社，二〇〇三年）。
于奇智，《凝視之愛：福柯醫學歷史哲學論稿》（北京：中央編譯出版社，二〇〇二年）。

樂黛雲主編，《中西比較文學教程》（北京：高等教育出版社，一九八八年）。
樂黛雲，《比較文學原理》（長沙：湖南文藝出版社，一九八八年）。
法蘭西斯·約斯特著，廖鴻鈞等譯，《比較文學導論》（長沙：湖南文藝出版社，一九八八年）。

Z

查建英主編，《八十年代訪談錄》（北京：三聯書店，二〇〇六年）。
弗·詹姆遜著，王逢振等譯，《快感：文化與政治》（北京：中國社會科學出版社，一九九八年）。
張光芒，《中國近現代啟蒙文學思潮論》（濟南：山東文藝出版社，二〇〇二年）。
張靜主編，《身份認同研究》（上海：上海人民出版社，二〇〇六年）。
張京媛主編，《當代女性主義文學批評》（北京：北京大學出版社，一九九二年）。
張紅，《從禁忌到解放——二十世紀西方性觀念的演變》（重慶：重慶出版社，二〇〇六年）。
張李璽、劉夢主編，《中國家庭暴力研究》（北京：中國社會科學出版社，二〇〇四年）。
張器友等，《二十世紀末中國文學頹廢主義思潮》（合肥：安徽大學出版社，二〇〇五年）。
張清華，《中國當代先鋒文學思潮論》（南京：江蘇文藝出版社，一九九七年）。
張文紅，《倫理敘事與敘事倫理——九〇年代小說的文本實踐》（北京：社會科學文獻出版社，二〇〇五年）。
張小虹，《性帝國主義》（臺灣：聯合文學，一九九八年）。
趙稀方，《小說香港》（北京：三聯書店，二〇〇三年）。
趙毅衡，《建立一種現代禪劇：高行健與中國實驗戲劇》（臺北：爾雅出版社，一九九九年）。
鄭崇選，《鏡中之舞：當代消費文化語境中的文學敘事》（上海：華東師範大學出版社，二〇〇六年）。
周策縱著，周子平譯，《五四運動——現代中國的思想革命》（南京：江蘇人民出版社，一九九六年）。
周偉民、唐玲玲，《論東方詩化意識流小說：香港作家劉以鬯研究》（北京：中國社會科學出版社，一九九七年）。

周與沉，《身體：思想與修行》（北京：中國社會科學出版社，二〇〇五年）。
周志雄，《中國當代小說情愛敘事研究》（濟南：齊魯書社，二〇〇六年）。
朱崇科，《本土性的糾葛》（臺北：唐山出版社，二〇〇四年）。
朱崇科，《張力的狂歡——論魯迅及其來者之故事新編小說中的主體介入》（上海：上海三聯書店，二〇〇六年）。
朱崇科，《考古文學「南洋」——新馬華文文學與本土性》（上海：上海三聯書店，二〇〇八年）。
朱大可等，《十作家批判書》（陝西師範大學出版社，一九九九年）。
朱大可，《守望者的文化月曆：一九九九——二〇〇四》（廣州：花城出版社，二〇〇五年）。
朱大可，《流氓的盛宴：當代中國的流氓敘事》（北京：新星出版社，二〇〇六年）。
朱耀偉，《當代西方批評論述中的中國圖像》（北京：中國人民大學出版社，二〇〇六年）。

（單篇論文此處從略）

二、英文書目English References

Bill Ashcroft, et al (eds), *The Empire Writes Back: Theory and Practice in Post-Colonial Literatures* (London: Routledge, 1989).

Bill Ashcroft, et. al. (eds), *The Post-Colonial Studies Reader* (London: Routledge, 1995).

Roland. Barthes, *The Pleasure of the Text* (Oxford, UK: Blackwell, 1990), translated from the French by Richard Miller.

Jean Baudrillard, *The Consumer Society: Myths and Structure* (London: Sage Publication, 1998).

Tony Bennett et al (Eds.), *Culture, Ideology and Social Process: A Reader* (London: The Open University Press, 1981).

Homi Bhabha, *The Location of Culture* (New York & London: Routledge, 1994).

Joseph Allen Boone, *Libidinal Currents: Sexuallity and Shaping of Modernism* (Chicago and London: Chicago University Press, 1998).

Terry Eagleton, *Criticism & Ideology: A Study in Marxist Literary Theory* (London: Verso, 1978).

Julia Epstein and Kristina Straub (eds.), *The Cultural Politics of Gender Ambiguity* (New Yrok & London: Routledge, 1991).

Michel Feher with Ramona Naddaff and Nadia Tazi (eds.), *Fragments for a History of the Human Body* (New York: Zone, 1989).

Michel Foucault, *The Archaeology of Knowledge* (London: Tavistock/ New York: Pantheon, 1972).

Michel Foucault, *Discipline and Punish: The Birth of the Prison* (Trans.) Alan Sheridan (New York: Vintage, 1977) .

Elizabeth Gorsz, *Volatile Bodies: Towards a Corporeal Feminism* (Bloomington: Indiana University Press, 1994).

Alvin W. Gouldner, *The Dialectic of Ideololgy and Technology* (New York: The Seabury Press, 1976).

Nancy M. Henley, *Body Politics* (New Jersey: Prentice Hall, 1977).

C.T. Hsia, *A History of Modern Chinese Fiction* (New Haven and London: Yale University Press, 1974, second printing).

T. A. Hsia, *The Gate of Darkness: Studies on the Leftist Literary Movement in China* (Seattle: University of Washington Press, 1968).

Maggie Humm, *The Dictionary of Feminist Theory* (Second Ed.) (Columbus, Ohio: Ohio State University Press, 1995).

Leo Lee, Ou-fan（李歐梵）、Shanghai Modern: *The Flowering of a New Urban Culture in China, 1930-1945.* (Cambridge: Harvard University Press、1999).

W. J. T. Mitchell, Iconology: Image, Text, Ideology (Chicago and London: The University of Chicago Press, 1986).

H. M. Posnett, *Comparative Literature* (London: K. Paul, Trench, 1886; New York: Johnson Reprint, 1970).

Quah Sy Ren（柯思仁）, *Gao Xingjian and Transcultural Chinese Theater* (Honolulu: University of Hawaii Press, 2004).

Edward W. Said, *Orientalism* (New York: Pantheon Books, 1978).

Shih Shu-mei（史書美）, *The Lure of the Modern: Writing Modernism in Semicolonial China, 1917-1937* (Berkeley: The University of California Press, 2001).

Ulrich Weisstein, *Comparative Literature and Literary Theory* (Bloomington, London: Indiana University Press, 1973).

Betty Yorberg, *Sexual Identity: Sex Roles and Social Changes* (New York, London, Sydney, Toronto : John Weley & Sons, 1974).

後記

艱難地敲打著鍵盤，看很多小蝌蚪跳躍、飛舞或者因為不合格而慘遭殺戮，不留一絲痕跡。一遍遍地修訂，不知不覺中，進入了〈後記〉的環節。往常，這應當是我最汪洋恣肆、激情四射的得意發揮時刻，如今，卻覺得異常沉重，最主要的客觀原因則是來自於中國內地日益堪憂的整體學術環境。

這是繼我的《本土性的糾葛》、《張力的狂歡》和《考古文學「南洋」》之後的第四本書，卻是我真正在國內完成主體部分的第一本論著。作為處於上升階段且頗理想主義的年輕教師，我沒有權利、資格和企圖要腐敗。我仍然（或只能）獨善其身，保留了曾經的機器人和工作狂的本色：中午不休息，每天工作十至十四個小時，節假日和週末基本不放假。在條件比較艱苦的時候，利用週末時間（二〇〇五至二〇〇六年）在炎夏的文科樓中國現當代文學教研室加班加點，揮汗如雨。這本書裡有幾章都是如斯完成。

而中文系自己的辦公大樓——中文堂拔地而起後，我更是變成了所謂的「中文堂最牛的釘子戶」，牢牢常駐。回歸中山大學以來，記得只看過一次電影，還是在別人的推薦下幫助我輩七〇後人「懷舊」的《青紅》；因為時間寶貴，基本的飲食多在學校飯堂完成，坐實了很多人對我是一個老研究生的臆想。

我的另外的沉重感來自於對家庭的巨大欠負。經濟上，作為一個名牌大學引進人才的副教授，因為專心學術，一個月的收入僅夠維持日常開支，根本談不上休閒，也無法「覬覦」從二〇〇五年飆升迄今價格仍張牙舞爪的房子。正是因為幾乎把所有的課餘時間都獻給了學術，我給家庭的時間實在太少。常常是，每天陪伴犬子孔聖的時間平均不到半個小時：晚上，我踏著月色或黑暗回家時，全家已經平靜地睡去，他睡得更早；早上，我醒來後，早起的他往往已經跟奶奶出去散步了。每天中午是我難得的「放風」時間，跟他或散步，或講故事、聊天，然後看他在我懷中甜蜜睡去。二〇〇七年八月底來到美國巴德學院執教，更是海山遙隔，只能通過視頻、電話傳遞思念。結束交換返回中山大學後，雖然陪伴他的時間多了一些，他不情願卻不得不理解的事情是：爸爸要去辦公室了。退一步說，如果這本書有任何價值的話，毫無疑問，家庭為我做出的全盤犧牲才是第一推動力。

但在沉重之餘，我覺得最重要的事情卻是由衷的感謝。學術往往是寂寞的事業，但志同道合者卻很容易感受到難為外人所理解的相知、彼此支持乃至惺惺相惜的巨大和長久愉悅。

二〇〇一年在新加坡國立大學偶然閱讀高行健開始，我慢慢發現了身體中複雜的政治雙刃劍功能，後來，因為不滿於泛道德論甚囂塵上，越發關注此類課題。所以，二〇〇五年從新加坡回國前開始有意系統化操作。這也是我申報教育部留學歸國人員啟動基金的專案，二〇〇六年二月底網上申報，二〇〇七年十月獲批（教外司留[二〇〇七]二一〇八號）。同時，本書也是廣東省哲學社會科學「十一五」規劃後期資助專案（編號07HJ-02），在此一併表示感謝。

特別感謝如下前輩提供了諸多形式的幫助。尤其感謝哈佛大學王德威教授，長期以來，正是先生對我的提點和關注使得我的學術思路、方法和問題意識能夠有可持續發展性，也不斷提升。復旦大學陳思和教授百忙當中不吝提攜，慷慨賜序。王師潤華教授，一直關注我的成長。

還要大力感謝的有（恕免敬稱）：趙毅衡、朴宰雨、黃子平、王得後、王劍叢、周寧、楊義、王保生、吳承學、王兆勝、方維保、彭玉平、楊立民、吳定宇、李青果、危令敦、詹居靈、葛紅兵、王性初、黃修己、李敬添、王坤等，感謝他們在不同的時間、場合提供了不同層次和方面的建議、支持與幫助。

本書成型前部分章節曾發表於《人文雜誌》、《中山大學學報》、《文學評論》、《海南師範大學學報》、《揚子江評論》、《中外文化與文論》、《上海魯迅研究》、《當代文壇》、《中外論壇》（美國）、《韓中語言文化研究》（韓國）、《備忘志》（馬來西亞）等書刊，特此致謝。

在執教中山大學中文系期間，二〇〇五、二〇〇六級的現當代文學碩士生們，二〇〇五級的本科生們，同樣值得感謝。作為共同成長的學友，你們的熱情發問、提供建議，也讓我有機會重新思考並更好表述我的想法，也讓我們在激情的揮灑中體驗「教學相長」的境界。在美國紐約哈德遜（Annandale-on-Hudson）河畔的巴德學院（Bard College）執教期間（二〇〇七年八月至二〇〇八年五月），也是我生活得特別愉快、簡單的日子，感謝校方提供了很多便利和優越的工作條件，感謝外文部中文主任贏莉華教授、副校長兼音樂學院院長（Prof. Robert Martin）（夫婦）的關愛，可以讓我更好地思考（A Place to Think，巴德的廣告詞名不虛傳），也可以讓我更好地參閱更多英文文獻，以及在舒適、愜意，甚至不可複製的環境中修改拙著。

最後，我特別將此書獻給中山大學以及我的九四級中文系本科同學畢業十週年。歲月飛逝，對中山大學的強烈認同感卻絲毫沒有損耗，這麼多年來（和以後），無論何時何地，我都（會）以作為中山大學的校友而倍覺驕傲。中山大學出版社的嵇春霞老師工作細緻認真，她的努力、熱心、一絲不苟讓拙著呈現出優雅的「身體物質性」，在此一併感謝。

俗話說：「金無足赤。」這本書自然也肯定存在這樣那樣的不足，歡迎讀者、專家、前輩、同道多多批評指正，但存有的錯誤卻只由本人負責。時光荏苒，三十了好久還未「立」起來，覺得自己在學術上亦乏善可陳，慨歎和慚愧之餘，唯有更努力向前。

朱崇科

二〇〇七年六月，初稿於廣州中山大學中文系
二〇〇七年十月至二〇〇八年五月，修訂於紐約巴德學院
二〇〇八年六至十二月，校／定稿於中山大學中文堂

BOD Books on Demand
現當代華文文學研究叢書15　AG0172

身體意識形態
——論漢語長篇（一九九〇— ）中的力比多實踐及再現

作　　者 / 朱崇科
主　　編 / 宋如珊
責任編輯 / 廖妘甄
圖文排版 / 連婕妘
封面設計 / 陳佩蓉

發 行 人 / 宋政坤
法律顧問 / 毛國樑　律師
出版發行 / 秀威資訊科技股份有限公司
114台北市內湖區瑞光路76巷65號1樓
電話：+886-2-2796-3638　傳真：+886-2-2796-1377
http://www.showwe.com.tw
劃撥帳號 / 19563868　戶名：秀威資訊科技股份有限公司
讀者服務信箱：service@showwe.com.tw
展售門市 / 國家書店（松江門市）
104台北市中山區松江路209號1樓
電話：+886-2-2518-0207　傳真：+886-2-2518-0778
網路訂購 / 秀威網路書店：http://www.bodbooks.com.tw
國家網路書店：http://www.govbooks.com.tw

2014年10月　BOD一版
定價：420元

國家圖書館出版品預行編目

身體意識形態：論漢語長篇(一九九〇-)中的力比多實踐及再
現 / 朱崇科著. -- 一版. -- 臺北市：秀威資訊科技,
2014.10
面； 公分. -- (現當代華文文學研究叢書；AG0172)
BOD版
ISBN 978-986-326-270-1 (平裝)

1. 中國小說 2. 現代小說 3. 長篇小說 4. 文學評論

820.9708 103012136

讀者回函卡

請貼
郵票

11466
台北市内湖區瑞光路 76 巷 65 號 1 樓
秀威資訊科技股份有限公司 收
BOD 數位出版事業部

（請沿線對折寄回，謝謝！）

姓　　名：＿＿＿＿＿＿＿＿　年齡：＿＿＿＿　性別：□女　□男

郵遞區號：□□□□□

地　　址：＿＿＿＿＿＿＿＿＿＿＿＿＿＿＿＿＿＿＿＿

聯絡電話：(日)＿＿＿＿＿＿＿＿＿＿(夜)＿＿＿＿＿＿＿＿＿＿

E-mail：＿＿＿＿＿＿＿＿＿＿＿＿＿＿＿＿＿＿＿＿